Le mystérieux fiancé

DÉJÀ PARUS DU MÊME AUTEUR

Le mystère des Carlyle
Le seigneur de Lochraven

SHANNON DRAKE

Le mystérieux fiancé

BestSellers

Collection : BEST-SELLERS

Titre original : BEGUILED

Traduction française de MARIE-JOSE LAMORLETTE

83/85, boulevard Vincent-Auriol, 75646 PARIS CEDEX 13.
Service Lectrices — Tél. : 01 45 82 47 47
www.harlequin.fr

ISBN 978-2-2802-4874-7 — ISSN 1248-511X

Prologue

Dieu, ne gardez pas la reine !

La plume avait vraiment plus de pouvoir que l'épée. Ses doigts frappaient peut-être les touches d'une machine à écrire, mais le sentiment était le même.

Giles Brandon sentit toute l'étendue de son pouvoir tandis qu'il travaillait dans un silence béni. Et, grâce au Ciel, il arrivait à la fin de son œuvre.

Vraiment, il était doué.

Il retira le dernier jet de son article de la machine, un sourire satisfait sur les lèvres. On pourrait peut-être dire qu'il se montrait suffisant, pensa-t-il, amusé, mais c'était probablement le meilleur pamphlet — et le plus incendiaire ! — qu'il avait écrit jusque-là.

Il posa la feuille, s'adossa à son fauteuil et croisa les mains sur sa poitrine pendant un moment, satisfait de ce qu'il avait écrit. Il savoura cet instant de silence qui lui permettait de saluer son propre talent.

Sa maison de ville londonienne était l'une des rares qui se trouvaient en retrait de la rue animée, aussi n'avait-il pas à supporter les bruits de l'homme du commun allant à son travail, le claquement des sabots sur les pavés ou — quelle horreur ! — le grondement et les odieux coups d'avertisseur des automobiles modernes qui devenaient de plus en plus populaires parmi les classes aisées, et même moins aisées. D'épais rideaux de damas couvraient les fenêtres, ajoutant encore à l'isolement. Un silence parfait régnait donc dans la pièce.

Il leva la main, feignant de donner un coup d'épée dans l'air.

— C'est bien vrai, déclara-t-il. La plume est réellement une arme bien plus mortelle que l'épée.

Bien sûr, il était tout à fait conscient que personne ne lui répondrait, puisqu'il avait envoyé sa femme chez sa sœur. Dieu bénisse sa chère épouse, ainsi que sa fortune, qui lui permettait de vivre aisément sans travailler. Heureusement, elle était facilement impressionnée par son génie et cédait vite à ses caprices d'artiste. Un talent comme le sien exigeait une totale concentration, comme il le lui rappelait régulièrement. Elle n'avait donc fait aucune difficulté pour le laisser seul afin qu'il écrive en toute tranquillité.

Ensuite, il n'avait plus eu qu'à donner congé pour la nuit à ce vieux sac d'os de gouvernante et il s'était retrouvé dans son élément, seul.

Il rit.

— Seul avec mes compagnons favoris, lança-t-il à voix haute, une vive intelligence, de l'astuce… et moi-même.

Avec vénération, il prit la feuille dactylographiée, produit de son intelligence supérieure.

— Ceci ne manquera pas de les faire descendre dans les rues !

Il laissa échapper un autre gloussement. Il n'était pas sûr d'avoir envie d'être au milieu d'une telle agitation, mais il appréciait certainement l'idée de la provoquer. On s'était moqué de lui une fois de trop, son nom avait été écarté d'une liste d'invitation de trop, alors qu'il méritait amplement d'être convié.

Aussi, maintenant… ceux qui étaient au pouvoir allaient payer.

Il lut son gros titre avec une intonation théâtrale.

— « La monarchie a-t-elle eu recours au meurtre de sang-froid ? »

Oui, les gens grommelleraient dans les rues. D'ailleurs, la suspicion couvait déjà. Naturellement… Ceux qui faisaient campagne pour débarrasser le pays de la monarchie avaient connu une bien triste fin…

S'il n'était pas aussi bien élevé, Giles se frotterait certainement les mains de joie.

Il se leva de son fauteuil et regarda autour de lui, se félicitant de ce qu'il avait accompli. Cette maison superbe, par exemple. Bien sûr, elle venait de la famille de sa femme, mais peu importait. Son bureau était du plus beau merisier. La lampe qui l'éclairait venait de chez Tiffany. Son tapis était riche et épais, en provenance directe du Moyen-Orient. Oui, il avait réussi, et tout cela grâce à l'intelligence de ses écrits.

Demain, l'article serait imprimé et en milieu d'après-midi…

— Par saint George, je suis… brillant !

Malgré sa maîtrise de la langue anglaise, il ne pouvait trouver d'autre mot pour définir son talent.

Soudain, le bruit d'un applaudissement résonna derrière lui. Giles fut si surpris que son cœur manqua un battement. Il se retourna vivement, stupéfait. Il était seul depuis des heures, alors qui ?…

Une silhouette se tenait au fond de la pièce, dans un coin, et applaudissait non pas avec enthousiasme, mais lentement, d'une façon… ironique.

— Vous ! cria Giles, ses yeux brillant tout à coup d'une lueur de colère.

Il jeta un coup d'œil à la porte de son bureau. Elle était toujours fermée. La maison était fermée à clé, il en était certain. La gouvernante savait qu'il la réprimanderait rudement si elle osait partir sans fermer à clé.

— Brillant, Giles, oh, oui ! vraiment brillant, dit l'intrus.

— Que faites-vous ici ? Comment diable êtes-vous entré ?

Le visiteur haussa les épaules, passant de l'ombre à la lumière diffusée par la lampe sur le bureau.

A présent, Giles pouvait le voir distinctement. L'intrus ne portait pas d'arme et, pourtant, Giles éprouva soudain une terreur aiguë. Il était impossible que quelqu'un soit entré. Impossible qu'ils soient seuls dans un vaste univers d'obscurité.

Il n'entendait pas le monde extérieur dans son havre de paix… et personne ne pouvait l'entendre.

— Je sers le bien suprême de ce pays, et je le sers bien, lança-t-il, pris au dépourvu.

— Vous vous servez vous-même et vous êtes un égoïste, répondit la silhouette.

Un lent sourire ironique se peignit sur les lèvres cruelles du visiteur.

— Mais vous allez rendre un bien plus grand service à la nation. Après tout, comme vous l'avez écrit, nous devons tous être prêts à nous sacrifier.

Les yeux de Giles Brandon s'élargirent. A ce moment-là seulement, il vit l'arme.

— Non ! tonna-t-il.

— Vous allez servir votre pays, Giles. Je vous promets que votre éloge funèbre sera… brillant.

Dans un élan de survie, Giles se lança sur son agresseur, prêt à en découdre. Il était grand et robuste, mais, hélas, pas très agile. Il ne sentit même pas la douleur lorsque l'arme pénétra sa chair, mais il eut conscience de son terrible hurlement…

Des pensées tournaient follement dans sa tête.

La plume *était* plus puissante que l'épée. Néanmoins, un couteau bien aiguisé dans les mains d'un fou…

Il sentit le flot brûlant de son propre sang couler sur sa peau. Le petit îlot de lumière qui entourait son bureau commença à s'évanouir. Les ténèbres envahissaient ses yeux, son esprit… Il ne tarderait pas à être englouti lui-même.

Il tendit la main vers le papier posé sur la table. Son article. Brillant. Oh, oui ! il était brillant. Puis ses mains furent agitées par un spasme et ses doigts se mirent à trembler.

Il effleura le papier.

Peu à peu, son propre cri devenait plus faible, s'estompait…

Hurle ! ordonna-t-il à sa bouche, à sa gorge, mais son corps n'obéit pas.

Il s'étrangla et gargouilla, avec un horrible bruit d'inspiration.

Cela non plus ne fut pas entendu au-delà des murs de son bureau, isolé afin qu'un esprit tel que le sien ne soit pas dérangé par l'agaçant vacarme de l'humanité.

Dehors, le monde continuait son train-train, le bruit des sabots résonnant bruyamment sur les pavés. L'avertisseur d'une automobile retentit dans la nuit, couvrant un instant le son d'une musique qui montait d'un restaurant.

Et derrière les lourdes draperies, dans le bureau à l'écart de la rue, tout devint finalement silencieux.

Le sang de Giles Brandon s'infiltra dans le beau tapis oriental tandis qu'il fixait le plafond sans le voir.

Il entendit ralentir ses battements de cœur jusqu'à ce que tout s'arrête.

Il mourut tranquillement, dans le silence qu'il aimait tant, sa dernière pensée insistant encore sur le fait qu'il était tout-puissant, que la plume avait plus de pouvoir que l'épée…

Mais la chair était faible face à un couteau tranchant…

1

— A bas la monarchie !

Un vacarme incessant régnait dans la rue principale du village de Sutton. A la fois attristée par l'humeur du pays, et intriguée par l'agitation générale, Ally Grayson écarta le rideau qui masquait la fenêtre de sa voiture. Le véhicule avait dû ralentir lorsqu'ils étaient entrés dans le village et, bien qu'Ally ait suspecté qu'il pourrait y avoir de l'agitation en cette période de trouble, elle ne pouvait nier le choc qu'elle ressentait à en être le témoin.

Les gens grouillaient en une foule en colère, brandissant des pancartes qui proclamaient leur haine de la monarchie. « Fini le règne des voleurs ! » « Meurtre royal ! » Certains marchaient en silence dans la rue ; d'autres criaient furieusement devant le beau bâtiment en brique rouge qui abritait le bureau du shérif.

Des regards aigris se posèrent sur sa voiture, mais personne ne fit mine de l'attaquer. Ally se rendait chez son parrain, Brian Stirling, comte de Carlyle, un personnage admiré et aimé de tous, bien qu'il soit un ardent défenseur de la triste et vieillissante reine Victoria. Personne ne lèverait un doigt contre lui, ses biens ou les personnes qui étaient sous sa protection. Et les armoiries des Carlyle peintes sur le véhicule indiquaient qu'Ally faisait partie de ces chanceux.

Néanmoins, la tension dans les rues était palpable.

Fascinée par le spectacle qui s'offrait à ses yeux, Ally reconnut plusieurs personnes parmi les rebelles. Juste devant l'une des maisons Tudor décaties, si communes dans la région, elle aperçut le journaliste Thane Grier, qui ne participait pas à l'émeute mais observait avidement. Elle prit elle-même le temps d'observer l'homme. C'était un grand et beau gentleman, empressé de s'élever dans le monde et d'être reconnu comme un auteur notoire. Elle n'était pas du tout certaine de ce que Thane Grier pensait des événements, et il n'estimerait pas lui-même que son avis personnel comptait lorsqu'il rédigerait son article. Elle pensait, pour avoir lu nombre de ses écrits, qu'il ferait un récit objectif. Il était moins déterminé à être un polémiste ou un essayiste qu'il l'était à être reconnu pour son regard acéré et sa bonne évaluation des faits.

— Vous, là !

Le cri vint du shérif lui-même, qui était sorti sur les marches devant son bureau.

— Vous allez tous arrêter ces bêtises et retourner à vos affaires ! tonna-t-il. Par Dieu ! où en sommes-nous arrivés ? A des numéros de cirque ?

Ally ne doutait pas que le shérif, sir Angus Cunningham, ait le pouvoir de calmer la foule. C'était un héros de guerre qui avait été fait chevalier pour ses services en Inde. Grand et large d'épaules, il n'aurait aucun mal à faire respecter son autorité, en dépit de ses cheveux blancs.

Malgré ses paroles, cependant, il y eut quelques autres grondements.

— Au meurtre ! s'écria faiblement une femme. Deux hommes ont été assassinés, deux hommes qui s'élevaient contre le gaspillage à la cour de Sa Majesté. Nous ne pouvons tolérer une reine qui accepte — non, qui ordonne ! — des actes aussi haineux et infects.

Ally était incapable de discerner le visage de la femme. Entièrement vêtue de noir, en tenue de deuil, elle portait un voile qui cachait complètement ses traits. Ally reconnut toutefois la femme à côté d'elle, qui essayait de la faire taire en la prenant dans ses bras. C'était Elizabeth Harrington Prine, veuve de Jack Prine, un vaillant soldat mort en

Afrique du Sud. Par son époux, Elizabeth possédait des milliers d'arpents dans la partie ouest de la forêt qui entourait le village.

— Au meurtre ! cria encore la femme en noir.

Sir Angus n'eut pas l'occasion de riposter. Il fut rejoint sur les marches par un allié de la justice, lord Lionel Wittburg. L'homme, d'un certain âge, était plus grand que lui mais plus mince, et ses cheveux étaient argentés. Sa réputation remontait presque au début du règne de la reine, et le pays l'avait toujours aimé pour son intégrité de soldat. Il fit écho aux mots qu'Ally avait à l'esprit :

— Comment osez-vous ?

Mais, bien qu'il ait prononcé ces paroles avec force, elle devinait qu'il était prêt à fondre en larmes, et elle savait pourquoi. Hudson Porter, un homme avec qui lord Wittburg avait peu de points communs, mais qui avait été un bon camarade durant sa carrière en Inde, était l'un des antimonarchistes récemment assassinés.

Un troisième homme les rejoignit. Il était beaucoup plus jeune, très séduisant — un gentleman que l'on voyait souvent dans les pages mondaines —, quelqu'un qui savait charmer ceux qui l'entouraient.

— Je vous en prie, c'est une conduite indigne de bons Anglais comme vous, ajouta-t-il avec un sourire enjôleur. Il n'y a aucune raison, aucun besoin d'une telle manifestation.

C'était sir Andrew Harrington, cousin de la veuve qui essayait d'apaiser la femme en noir. Hudson Porter, l'homme récemment assassiné, n'était pas marié, Ally le savait. La femme en noir ne pouvait donc pas être sa veuve. Une sœur, une cousine, une… maîtresse ? L'autre activiste qui avait été assassiné, Dirk Dunswoody, avait quatre-vingts ans et durant toute sa vie était resté célibataire, étudiant le droit et la médecine, voyageant à l'étranger avec l'armée de la reine la plupart du temps. Pourquoi s'était-il retourné si violemment contre la monarchie, nul ne le savait, à moins que ce ne soit par dépit, parce qu'il estimait qu'il aurait dû être fait chevalier pour ses services. Ally savait qu'un étrange scandale avait été associé à son nom, et à la suite de cela il avait été ignoré.

— De grâce, de grâce, bonnes gens. Retournez à vos affaires. Nous ne réglerons rien ici, vous le savez tous, dit sir Angus à la foule.

Les murmures continuèrent, mais il y eut aussi du mouvement.

La foule se dispersait assez, apparemment, pour que Shelby, le cocher, valet, assistant et homme à tout faire de lord Stirling puisse faire avancer la voiture à travers les rues. Tandis qu'il se frayait prudemment un chemin, Ally vit que Thane Grier, gardant toujours le silence et ses distances, s'affairait à griffonner des notes dans un calepin qu'il avait tiré de la poche de son gilet.

Elle laissa retomber le rideau tandis qu'ils quittaient la petite place du village et se dirigeaient vers la forêt.

Ally ne remarqua pas tout de suite que la voiture prenait de la vitesse. Elle s'était plongée dans ses pensées, s'inquiétant de l'état du royaume et de sa propre situation. Elle ne pouvait s'empêcher de s'interroger sur la convocation qui la conduisait au château. Cela avait sans doute quelque chose à voir avec son anniversaire qui approchait. Bien qu'elle se considérât comme une adulte depuis un bon moment, ses tuteurs avaient voulu la protéger du monde le plus longtemps possible, et ce serait seulement lors de cet anniversaire qu'elle deviendrait adulte à leurs yeux. Elle aimait ceux qui l'avaient élevée et s'étaient occupés d'elle, mais elle était impatiente d'avoir son mot à dire dans sa propre vie. Elle avait grandi dans un cocon, protégée de tout, mais elle raffolait des journaux et des livres, et elle avait savouré chacune de ses rares excursions à Londres, un monde de théâtres et de musées. Elle se considérait certainement comme intelligente et bien élevée, même si la majeure partie de son éducation avait été assurée dans une petite école de campagne ou avec les précepteurs qui avaient été envoyés dans sa modeste maison des bois.

Elle avait réussi à avoir un aperçu du monde réel. Bien qu'elle ait grandi sous les soins de ses trois « tantes », elle avait bénéficié également de trois couples de parrains et marraines. Comment avait-elle eu cette chance, elle ne pouvait l'imaginer. Trois femmes adorables pour l'élever et, comme addition incroyable à sa vie, trois couples qui faisaient partie des pairs du royaume pour s'assurer qu'elle reçoive la meilleure éducation et de nombreux avantages.

Les trois dames citées en dernier lieu, Maggie, Kat et Camille, étaient étonnantes, uniques, et avaient été jadis des trublions, comme Ally aimait le penser, même si elle ne le leur disait pas ouvertement. Elle était heureuse de leur passé mouvementé, car si elles devaient se fâcher quand elles découvriraient qu'elle avait pris son avenir en main, elle pourrait leur rappeler qu'elles avaient été des femmes modernes elles-mêmes.

Lady Maggie avait défié toutes les conventions pour s'occuper des prostituées de l'East End, Camille avait rencontré son lord de mari par son travail au département d'égyptologie du musée, et Kat avait déjà fait plusieurs expéditions aux pyramides d'Egypte et même dans la vallée des Rois. Avec de tels exemples, elles ne pouvaient guère compter que leur pupille soit faible et douce, et ne veuille pas faire son chemin dans le monde.

Tandis qu'Ally réfléchissait, la voiture se mit à aller de plus en plus vite, jusqu'à finir par bringuebaler follement le long de la route.

Elle fut arrachée à ses méditations lorsqu'elle fut projetée d'un côté à l'autre par les écarts du véhicule. Elle lutta pour se rasseoir et se cramponna comme si sa vie en dépendait. Elle n'était pas effrayée, juste intriguée.

Shelby redoutait-il que les manifestants qui peuplaient la place du village les poursuivent ? C'était pourtant impossible. Le cocher devait bien savoir que des fermiers effrayés et des boutiquiers de campagne ne représentaient pas une réelle menace pour eux. En particulier quand il y avait des hommes aussi illustres que sir Andrew

Harrington, sir Angus Cunningham et lord Wittburg pour les protéger.

Alors pourquoi conduisait-il soudain comme un fou ?

Elle fronça les sourcils, essayant de garder son équilibre. Certes, les meurtres qui avaient provoqué la peur et la frénésie dans le village étaient assez effrayants pour que le cocher puisse redouter une attaque. Deux hommes assassinés, deux personnages publics dont les opinions s'opposaient à la couronne et qui avaient préconisé la fin de la monarchie. Ces morts étaient terribles, et l'époque en général était dure. La pauvre reine Victoria, vieillissante et si triste ; le prince Edward, qui était de plus en plus noyé dans ses devoirs ; la menace de guerre en Afrique du Sud, de nouveau…

Naturellement, les gens étaient égarés. Pour beaucoup, la pauvreté et l'ignorance surpassaient les progrès stupéfiants apportés par le règne de Victoria dans les domaines de l'éducation et de la médecine. Les ouvriers étaient protégés, maintenant, comme ils ne l'avaient jamais été. Parmi eux, il y avait ceux qui protestaient contre l'allocation versée à la maison royale, ceux qui pensaient que les membres de la famille régnante ne justifiaient pas suffisamment l'argent dépensé pour l'entretien de leurs nombreuses propriétés et leur style de vie somptuaire. L'Angleterre avait un Premier ministre et un Parlement, et beaucoup estimaient que cela suffisait.

Après une violente embardée du véhicule, une roue mordit dans une ornière et Ally faillit heurter le plafond. Que se passait-il ? Shelby n'était pas du genre à s'alarmer facilement. Il ne serait pas effrayé par des protestataires respectueux des lois. De fait, les protestataires n'étaient pas ceux qui causaient réellement l'agitation actuelle dans les rues et dans la presse. Cette agitation pouvait être mise sur le compte de ceux qui essayaient d'enflammer la foule en faisant croire aux gens que la monarchie était derrière les meurtres des politiciens qui se prononçaient contre elle. Il y avait beaucoup trop de gens enclins à croire que la Couronne cautionnait les assassinats en silence.

Elle savait par ses études que les antimonarchistes n'étaient pas nouveaux dans la politique anglaise et elle comprenait même, à un certain degré, pourquoi un tel mouvement avait trouvé un regain d'énergie. Malgré la détermination de la reine Victoria à rendre de la sobriété et de la droiture à la Couronne, ses enfants, y compris son héritier, s'étaient conduits de manière scandaleuse. A l'époque de Jack l'Eventreur, il y avait même eu une théorie selon laquelle son petit-fils, le prince Albert Victor, était l'assassin.

Depuis ce moment-là, une faction d'antimonarchistes, qui criait haut et fort leur haine de la Couronne, n'avait pas hésité à aller plus loin. Les récents meurtres, dont beaucoup accusaient la monarchie, avaient rendu la situation si fébrile que nombre des politiciens les plus sensés du pays mettaient leurs compatriotes en garde : il fallait faire preuve d'un esprit de compromis et de tempérance, sous peine d'une guerre civile.

Ally n'avait jamais rencontré la reine mais, d'après tout ce qu'elle avait vu et entendu, elle ne pouvait pas croire que la femme qui avait apporté de tels progrès à son Empire, et pleurait encore un époux perdu des décennies plus tôt, soit capable d'une telle horreur.

Mais ce n'était pas le moment de songer à cela, se morigéna-t-elle. Pourquoi Shelby roulait-il à une telle vitesse ?

Soudain, il y eut une secousse puis la voiture se mit à ralentir.

Ally soupira. Elle ignorait la raison de cette course folle, mais l'agitation générale n'avait sûrement rien à voir. Et si elle ne se trompait pas, cela voulait dire que… Elle tendit l'oreille, attentive au moindre bruit. Ils s'étaient mis à rouler plus lentement, les chevaux allant au pas, maintenant, et plus au galop.

Soudain, un coup de feu retentit. Ally se figea aussitôt.

Elle entendait des cris, puis la voix rauque de Shelby s'éleva, mais elle ne put comprendre ses paroles.

— Arrêtez la voiture ! tonna une voix grave et autoritaire.

Tendue, sachant qu'ils étaient encore loin du château, Ally se pencha vers la fenêtre, écarta le rideau et regarda à l'extérieur.

Ses yeux s'élargirent de surprise tandis qu'une sueur froide recouvrait sa peau.

Elle ne s'était pas trompée.

Il y avait un cavalier juste à côté d'elle, un homme vêtu d'une cape, d'un chapeau et d'un masque noirs, monté sur un grand étalon. D'autres cavaliers bougeaient nerveusement derrière lui.

Le bandit de grand chemin !

Elle n'avait jamais rêvé qu'une chose pareille puisse arriver dans sa vie routinière. En tant qu'abonnée à plusieurs journaux, elle avait lu des articles sur cet homme et ses complices. A une époque où de plus en plus d'automobiles roulaient sur les routes, ce bandit de grand chemin attaquait les voyageurs, et leur volait tous leurs biens.

Toutefois, il n'avait jamais tué personne, se rappela-t-elle. En fait, certains le comparaient même à Robin des Bois. Nul ne semblait capable de dire exactement à quels pauvres il donnait ses butins, bien que, peu après l'attaque du comte de Warren, des églises de l'East End se soient soudain vu offrir des sommes importantes pour nourrir et habiller leurs ouailles.

Le bandit de grand chemin arrêtait des voitures depuis plusieurs mois et avait volé par-ci par-là divers objets de valeur sentimentale, qui étaient mystérieusement revenus à leurs propriétaires par la suite. Un voleur, mais pas un assassin…

En vérité, il avait commencé ses attaques juste après le premier meurtre. Comme si le pays n'avait pas assez de soucis comme cela.

Les roues s'arrêtèrent en grinçant. Ally entendit le

hennissement de protestation des chevaux, retenus dans leur élan. Puis elle perçut enfin les paroles du cocher.

— Vous ne toucherez pas un cheveu de la gamine, il vous faudra me tuer d'abord.

Ce cher Shelby. Son robuste champion et gardien depuis toujours. Il la protégerait jusqu'à son dernier souffle.

Grâce à la loyauté du cocher, Ally parvint à réunir le peu de courage qu'il lui restait.

Elle ouvrit la portière et lui cria :

— Shelby, nous n'allons pas risquer nos vies pour des gens comme eux. Quoi que veuille ce brigand, nous le lui donnerons et continuerons notre route.

Le bandit de grand chemin tira sur la bride de son grand cheval noir et démonta d'un bond agile. Ses complices restèrent en selle.

— Qui d'autre est dans cette voiture ? demanda-t-il.

— Personne, répondit-elle.

Visiblement, il ne la crut pas. Allant à grands pas à la portière ouverte, il s'introduisit dans l'habitacle sans demander la permission. Ses mains se posèrent sur la taille d'Ally et elle fut soulevée sans cérémonie de l'élégante voiture et déposée à terre. L'homme devait croire qu'il y avait un compartiment caché à l'intérieur, car il disparut dans la voiture avant de ressortir en sautant à côté d'elle.

— Qui êtes-vous et que faites-vous à voyager seule sur la route ?

Son visage était caché par un masque en satin noir, mais il avait des cheveux sombres, attachés en catogan. Il portait une cape de drap et ses bottes de cheval lui arrivaient aux genoux.

Au début, Ally faillit s'abandonner à la peur qui s'était insinuée en elle, mais elle reprit vite ses esprits : pas question de se laisser intimider par ce vaurien ! S'il avait l'intention de changer de méthode et de la tuer, il le ferait d'une manière ou d'une autre. Elle ne se soumettrait pas !

— Vous n'êtes que de la racaille, lui lança-t-elle, et je ne vois pas pourquoi mes déplacements vous regarderaient.

— Miss ! protesta Shelby, effrayé pour elle.

Le bandit de grand chemin fit un signe de tête à l'un de ses hommes — également masqué et vêtu de noir. Ce dernier s'approcha de Shelby alors que le cocher essayait de glisser la main vers son pistolet.

— Ne faites pas cela, prévint doucement le bandit. Nous ne vous ferons pas de mal, et à la gamine non plus.

Le mot « gamine », venant d'un homme qui n'avait aucune idée de ce qu'elle avait accompli, irrita Ally au plus haut point. On la désignait toujours ainsi. Les gens autour d'elle faisaient toujours ce qu'ils jugeaient le mieux pour elle. On applaudissait à ses réussites, mais son avenir semblait appartenir à tout le monde sauf à elle. Grâce à son éducation privilégiée, elle connaissait le latin, le français et l'italien, la géographie, l'histoire et la littérature. Elle savait jouer du piano bien mieux que convenablement, chanter grâce au parrainage de Mme d'Arpe, danser grâce à M. Lonville, et monter à cheval aussi bien que n'importe qui, elle en était certaine, malgré ses efforts pour rester humble. Elle était aussi très consciente que les femmes commençaient à prendre leur place dans de nombreux domaines qui leur étaient autrefois interdits ; elles concouraient à façonner la société et, en fait, le monde. Et elle, Ally, allait mettre sa marque sur le monde. D'une manière ou d'une autre. Alors elle ne supporterait pas de se faire traiter de « gamine » par un brigand !

— Vous ne toucherez pas à cette jeune fille..., commença à dire Shelby d'un ton courroucé.

Mais il ne termina pas. Le bandit de grand chemin avait fait claquer son fouet, un objet long et à l'allure mortelle qui cingla l'air comme un coup de feu. Le pistolet que Shelby avait cherché à prendre voltigea pendant qu'il criait, moins de douleur que de surprise.

— Mon cher ami, dit le bandit, nous ne souhaitons faire de mal à personne, ni à vous ni à la jeune dame. Descendez, s'il vous plaît.

Furieux, le cocher obéit tout en restant sur ses gardes. Ally entendit alors le bruit d'un souffle que l'on relâchait doucement et, soudain, Shelby s'effondra. On aurait dit qu'il s'était évanoui d'un seul coup.

Elle commença à courir vers lui, en poussant un cri alarmé, mais le bandit la saisit par les épaules avant qu'elle ne l'eût atteint. Désemparée, et déterminée à se battre jusqu'au bout, elle se mit à donner des coups de pied et essaya de mordre le brigand. Il jura à mi-voix.

— Qu'est-ce qui se passe avec vous, jeune fille ? Vous jouez avec votre vie.

— Que lui avez-vous fait ?

— Il se réveillera bientôt, ne vous inquiétez pas, lui assura-t-il.

— Que lui avez-vous fait ? répéta Ally, virulente. Vous l'avez tué !

— Il n'est pas mort, je vous l'assure.

Elle tenta de nouveau de mordre la main qui la tenait.

— C'est ridicule, dit-il d'un ton sifflant.

Avant qu'elle comprenne ce qui lui arrivait, elle fut jetée sur son épaule et il quitta la route à grands pas pour s'engager dans un sentier de la forêt.

Seigneur, qu'avait-elle fait ?

Un frisson de peur la parcourut, malgré sa résolution.

— Si vous pensez me trancher la gorge dans les bois, vous le regretterez, le prévint-elle. On vous poursuivra. Vous êtes déjà recherché pour vos crimes. On va ressusciter les exécutions publiques — en fait, on va réinstaurer l'écartèlement et la mise en pièces. Je vous avertis…

— Vous devriez commencer par me *supplier,* dit-il.

— Où m'emmenez-vous ? Vous ne savez même pas qui je suis !

Ils avaient apparemment atteint la destination du bandit. Elle fut déposée brusquement et sans cérémonie sur une souche d'arbre près d'un petit ruisseau. Curieusement, Ally nota que l'endroit était plutôt charmant. Le soleil était presque couché, il disparaissait à l'horizon, aussi était-il entouré de pâles lueurs à travers le dais des arbres et les ombres de la nuit qui approchaient.

Coupant court à ses pensées lyriques, le bandit posa un pied sur la souche et se pencha vers elle.

— Sérieusement, gamine, j'ignore qui vous êtes. Si vous aviez répondu à cette question dès le début, vous seriez sans doute déjà repartie.

— Ne m'appelez pas « gamine ».

— Non, c'est vrai… je devrais plutôt vous appeler idiote.

— *Moi* ? Une idiote ? Parce que je proteste contre un criminel scélérat qui finira sûrement ses jours au bout d'une corde ?

— Puisque je dois être pendu, je peux bien ajouter votre cadavre à la liste de mes méfaits… Quelle importance ?

— Vous *serez* pendu, insista-t-elle d'un ton glacial.

— Peut-être, mais pas aujourd'hui. Aujourd'hui, *je* domine la situation et *vous* allez me répondre.

Elle se tut et le fixa, se forçant de nouveau à chasser la peur qui menaçait de l'envahir. Elle ne céderait pas facilement.

Elle le dévisageait, les yeux brûlants de colère, la tête haute.

— Vous êtes jeune et capable, dit-elle. Vous auriez pu trouver assez aisément un travail honnête. A la place, vous avez choisi une vie de criminel.

Il rit doucement, amusé pour de bon, maintenant.

— Vraiment, gamine, de toutes les jeunes femmes que j'ai rencontrées, vous êtes certainement la plus effrontée. Ou la plus stupide. Je n'ai pas encore décidé.

— Je vous ai déjà dit de ne pas m'appeler « gamine ».

— Vous *êtes* une gamine.

— Alors vous n'êtes qu'un gamin qui joue à être un homme.

Il ne parut pas s'offenser de sa remarque et sourit légèrement.

— Avez-vous donc un titre ? demanda-t-il.

Elle le regarda froidement.

— Vous pouvez m'appeler « miss ».

— Miss. Alors qui êtes-vous et où vous rendez-vous — ou plutôt où vous rendiez-vous ?

— Etes-vous idiot, pour ne pas reconnaître une voiture appartenant au comte de Carlyle ?

Elle ne put dire s'il avait reconnu ou non la voiture, car sa réponse fut une autre question.

— Que faites-vous dans sa voiture ?

— Je ne l'ai pas volée, rétorqua-t-elle.

— Ce n'est pas une réponse.

— C'est la seule réponse que vous aurez.

Il se pencha plus près.

— Mais ce n'est pas celle que je veux.

— Vous m'en voyez désolée.

— De grâce, ne le soyez pas — pas encore, du moins. Donnez-moi simplement l'information que je cherche.

— Vous êtes un butor et un voleur. Je ne vous dois rien.

— Je suis un bandit de grand chemin. Et votre vie et votre sauvegarde sont entre mes mains.

— Tirez-moi dessus, alors.

Il secoua la tête, irrité. Elle haussa le menton. Elle avait peur, certes, mais elle était aussi étrangement excitée. Son sang battait dans ses veines. Aussi ridicule que cela puisse paraître, elle se sentait à la hauteur du défi.

Curieusement, elle ne pensait pas que cet homme lui ferait du mal. Il y avait dans ses manières quelque chose de trop… policé ?

Peut-être que tout cela n'était qu'un rêve qui se réalisait : elle vivait enfin l'aventure ! Elle avait l'impression d'être vraiment vivante, peut-être pour la première fois. Comme ce serait triste si cela devait finir.

Il rit avec aisance, et ce son était agréable.

— Laissez-moi reprendre notre conversation. Chère *mademoiselle,* de grâce, dites-moi ce que vous faites dans la voiture du comte de Carlyle.

— Je vais manifestement le voir.

— Ah ! Vous êtes donc de bons amis ?

— Il est en quelque sorte mon parrain.

— Vraiment ?

— Oui, aussi feriez-vous mieux de prendre garde à ne pas m'offenser.

— Je crains de me moquer complètement de qui j'offense.

— Le comte vous fera passer par le fer.

— Pour cela, il faudrait qu'il m'attrape, ne pensez-vous pas ?

— Ne le sous-estimez pas.

— Je m'en garderais bien.

— Je vous en prie, dites-moi ce que vous attendez exactement de moi. Je crains de ne rien transporter de précieux.

Il souriait toujours, penché vers elle, tout près de son visage. Comment un tel homme, bien habillé, qui s'exprimait bien, qui sentait le propre avec une pointe de musc et de cuir, avait-il pu en venir à une telle existence ?

— Les richesses peuvent être obtenues de maintes façons. Si vous êtes chérie par le comte, vous valez une belle somme.

— Je ne suis pas chérie à ce point, riposta-t-elle sèchement.

Le sourire du bandit s'élargit. Comme elle aurait aimé voir davantage son visage !

— Dites-m'en plus sur vous, commanda-t-il.

Elle croisa les mains sur ses genoux.

— Dites-m'en plus sur *vous-même.*

— J'ai demandé le premier.

— Mais vous en savez déjà plus sur moi que je n'en sais sur vous, lui rappela-t-elle d'un ton guindé.

— Ah, mais je suis le bandit de grand chemin, et vous êtes la victime.

— Précisément. Aucun principe social n'exige que les victimes se montrent coopératives.

Il se pencha plus près.

— Les victimes sont censées être effrayées.

— Savez-vous ce que je pense ?
— Dites, je vous prie.
— Vous n'êtes pas du tout dangereux.
— Vraiment ?
— Il m'apparaît que vous possédez au moins un minimum d'intelligence et que quelqu'un vous a élevé convenablement. Je crois même que si vous le choisissiez, vous pourriez certainement assez bien réussir sans recourir au vol de grand chemin et à l'attaque de victimes prises au hasard.
— Je crains que vous n'ayez pas été une victime prise au hasard, murmura-t-il.
Elle fut surprise et un frisson de peur se mit à lui glacer le sang.
— Je ne possède rien. Pourquoi me choisiriez-vous ?
— Vous étiez dans la voiture du comte.
— Je vous le répète, je n'ai rien qui vaille la peine d'être volé, lui assura-t-elle, plus déterminée que jamais à ce qu'il la croie.
— Vous pourriez avoir de la valeur comme otage.
— Oh ! s'écria-t-elle avec frustration. Vous êtes un sot. Qu'est-ce qui vous prend ? Des choses graves se passent dans le monde. Nous pourrions nous retrouver dans un état d'anarchie. Des hommes ont été assassinés. Les gens se soulèvent. Et vous, vous ne vous préoccupez que de vous-même.
— Mmm.
— Mmm ? C'est tout ce que vous avez à dire ?
— Allez-vous vous opposer à tout le mal qui existe dans le monde ? demanda-t-il doucement.
— Ne voulez-vous rien faire à propos du mal dans le monde ? rétorqua-t-elle.
Il haussa les épaules.
— Voyons voir… Puis-je changer le monde en ce moment ? Probablement pas. Puis-je changer ma propre situation ? Je le pense. Parce que je vous ai, qui que vous

soyez, et que vous êtes une passagère dans la voiture du comte de Carlyle.

— De grâce, je vous l'ai déjà dit, je ne vaux rien.

— Allons, allons. Vous ne pouvez pas être aussi naïve. Pas une femme aussi manifestement… rompue au monde que vous.

Elle s'empourpra et détourna les yeux. Elle avait l'impression que du feu la parcourait. Comment pouvait-elle être ridicule au point de ressentir une telle bouffée d'émotion à cause d'un bandit de grand chemin ? Seigneur, comme c'était pathétique !

— Je vous le dis, quoi que vous vouliez penser, aucune de vos menaces ne me changera en une riche héritière. Je vis en compagnie de plusieurs veuves, bonnes, aimables et menant une vie retirée. Elles possèdent peu. Je quitte rarement les bois.

— Mais, quand vous le faites, c'est avec du style, semble-t-il.

— J'ai la chance d'avoir des amis fortunés qui se sont intéressés à moi quand j'étais enfant.

— Travaillez-vous pour le comte ?

— Non.

— Est-ce que vous ?…

Il la regarda de haut en bas, d'un air significatif.

— Qu'insinuez-vous ? riposta-t-elle d'un ton indigné, si courroucée qu'elle se leva en le poussant de côté. L'épouse du comte est l'une des femmes les plus aimables et les plus belles que j'aie rencontrées, et je vous assure qu'il est de mon avis. Comment osez-vous… Ah ! vous n'êtes qu'un vaurien, et la distinction que j'ai cru percevoir en vous n'est qu'un masque qui vous dissimule beaucoup plus que celui que vous avez sur le visage. Je crois que j'en ai fini avec ce ridicule tête-à-tête et j'apprécierais sincèrement que vous me rameniez à la voiture, maintenant.

Au début, elle eut peur qu'il ne réponde par la violence — elle l'avait poussé assez fort pour le faire vaciller en arrière. Un instant, elle se tint donc immobile, figée, regrettant son geste et se demandant si elle oserait courir. Elle ne connaissait pas l'endroit, néanmoins, s'enfuir n'importe où devrait être préférable à être la prisonnière de cet homme.

Mais il ne se montra pas violent, il ne la toucha même pas. En riant, il s'assit sur la souche.

— Bravo !

— Bravo ?

— Le comte a de la chance d'être défendu aussi chaudement.

— Le comte est connu pour sa force de caractère, sa moralité et son honnêteté, choses que vous apprécieriez si vous n'étiez pas un vaurien.

— Ah, si seulement j'étais un tel homme.

— N'importe quel homme pourrait s'efforcer d'avoir ses qualités.

— Et est-ce que n'importe quel homme pourrait avoir un tel château ? demanda le bandit avec amusement.

— Un château ne fait pas un homme, répondit-elle d'un ton pincé.

— Ni les richesses ?

Elle n'était pas très sûre de ce qu'il y avait derrière son ton — une certaine amertume, peut-être —, mais cela lui fit subitement prendre conscience qu'elle pourrait bien être en grand danger, après tout.

Elle avait réussi à mettre une certaine distance entre eux lorsqu'elle l'avait poussé, et maintenant qu'il était assis, à l'aise, content de lui, certain qu'il avait la haute main, c'était sans doute le bon moment pour s'enfuir.

Il y avait de nombreux avantages à avoir grandi dans un cottage au fond des bois. Elle avait passé des journées sans fin à explorer les sentiers proches de la maison, jouant avec des amis imaginaires, courant d'un endroit à l'autre. Elle avait souvent joué avec les enfants du bûcheron voisin, et il y avait eu une époque, quand elle était jeune, où le fils la prenait pour un vrai garçon manqué. Elle était donc forte, agile et en bonne condition physique. Elle pourrait certainement le semer sans trop de difficultés.

Elle se lança donc, profitant qu'il ait le regard baissé. Sans se soucier de l'eau, elle sauta par-dessus le petit ruisseau et décampa sur l'un des sentiers de la forêt. Il y eut un moment où elle osa se réjouir de son juron surpris lorsqu'il prit conscience de ce qui se passait. Puis elle se rendit compte que non seulement elle était suivie, mais que le vaurien courait vite.

Elle fonça sous des frondaisons, évitant habilement les racines, les pierres et les branches cassées sur son passage. Elle continua à courir, suivant ce qui semblait être un chemin, puis obliqua pour s'enfoncer dans des feuillages plus épais, espérant perdre son poursuivant.

Tandis qu'elle courait, les bruits de pas derrière elle semblèrent s'atténuer. Ou peut-être étaient-ce les battements effrénés de son cœur qui l'empêchaient de les distinguer.

Finalement, elle dut s'arrêter. Ses poumons la brûlaient, son cœur tambourinait et elle avait des crampes dans les mollets. Ses bottines délicates étaient loin d'être les parfaits souliers pour courir à travers la forêt.

Elle s'agrippa à un arbre, respirant fort, essayant d'atténuer la douleur de sa poitrine et de ses membres. Ses cheveux s'étaient dénoués et une mèche lui chatouillait le nez. Elle souffla pour la chasser, puis la rabattit en arrière, pensant qu'elle devait avoir l'air horrible, et constatant en même temps avec fierté qu'elle avait réussi son pari.

Elle avait échappé au bandit de grand chemin.

Juste comme elle commençait à savourer sa victoire, elle entendit un petit rire.

Elle pivota brusquement sur elle-même.

Il était adossé à un arbre, les bras croisés, aussi décontracté que s'il passait un moment à la campagne en bonne compagnie. Pas une mèche de cheveux ne s'était échappée de son catogan. Il n'avait pas le souffle court. Il ne semblait pas avoir fourni le moindre effort.

Elle se redressa, le dévisageant d'un air de défi.

— Vous ne pouvez pas vous échapper, vous savez ?

— Je l'ai pourtant fait.

— Non.

Ally considéra sa situation. Certes, elle pouvait se remettre à courir. Mais comment avait-il fait pour la suivre ? Comment l'avait-il rattrapée si facilement ?

Son cœur sombra lorsqu'elle comprit son erreur. Elle avait été si déterminée à ne pas suivre un sentier trop évident qu'elle avait tourné en rond. Il s'en était avisé et avait simplement attendu qu'elle ressorte des arbres.

Elle ne reproduirait pas cette erreur.

— N'essayez pas de fuir. C'est un gaspillage de temps et d'énergie, dit-il.

— Je suis désolée si je vous dérange, je ne voudrais pas être une source d'ennuis, ironisa-t-elle.

Il haussa les épaules.

— En fait, je n'avais pas d'autre engagement urgent pour la journée.

— Vous rendez-vous compte que le comte de Carlyle lancera des recherches lorsqu'il verra que sa voiture n'arrive pas ?

— Certainement… mais pas avant un bon moment, à mon avis.

— Et pourquoi ?

— Je le suspecte d'être en ville. Il y a une célébration à Buckingham Palace aujourd'hui. L'anniversaire de quelqu'un. Je ne crois pas qu'il rentre chez lui avant ce soir.

— Comment en savez-vous autant sur le comte de Carlyle ? demanda-t-elle, essayant de gagner du temps.

Elle avait besoin de reprendre son souffle. Elle n'allait certainement pas lui dire qu'il se trompait sur l'endroit où se trouvait le comte.

— Je lis les journaux, miss… Ah, oui, c'est vrai. Vous ne m'avez pas encore donné votre nom.

— Je ne me souviens pas que vous m'ayez donné le vôtre.

— Vous ne désirez pas vraiment connaître mon nom. Cela vous rendrait dangereuse pour moi, n'est-ce pas ?

— Alors je ne vous donnerai pas le mien.

Il sourit.

— Vous avez repris votre souffle ?

— Je vais très bien, merci.

— Ne le faites pas.

— Quoi ?

— Vous enfuir de nouveau.

— Que voudriez-vous que je fasse d'autre ?

— Je vous ai dit que je n'ai pas l'intention de vous faire de mal.

— Et je devrais vous faire confiance ?

— Si vous partez en courant, je devrai simplement vous rattraper.

— Mais peut-être que vous ne le pourrez pas.

Il soupira et secoua la tête.

— Je le peux. Et vous n'apprécierez pas que je le fasse.

— Je n'apprécie pas que l'on me dise ce que je dois faire, je n'apprécie pas d'être arrêtée et je n'apprécie certainement pas de converser avec un bandit.

Il leva les mains en un geste fataliste.

— Faites ce que vous avez à faire dans ce cas, et j'en ferai de même.

Elle haussa de nouveau le menton, essayant de remettre un peu d'ordre dans les mèches de cheveux blonds qui lui tombaient sur le visage, gênant sa vision.

— Vous pourriez abandonner votre vie de crime. Vous en aller. Devenir une légende. Trouver un emploi bien rémunéré. Tourner la page.

— Je le pourrais…

— Alors vous devez le faire, insista-t-elle.

— Je suis navré, je ne pense pas.

— Oh…

Elle lâcha un soupir irrité. L'homme semblait s'impatienter et elle comprit qu'il ne tarderait pas à venir la chercher lui-même. N'ayant d'autre recours, elle repartit en courant.

Mais, cette fois, il la rattrapa vite.

Elle le sentit derrière elle avant qu'il ne la touche. Elle perçut la chaleur intense et la puissance qui émanaient de tout son corps. Puis ses bras musclés l'enlacèrent.

L'élan de sa fuite désespérée les propulsa en avant et les fit tomber, dans la terre et le tapis d'aiguilles de pin qui recouvrait le sol de la forêt. La bouche d'Ally sembla s'emplir d'aiguilles de pin et d'humus. En toussant et en crachant, elle essaya de se tourner, mais il était sur elle. Elle réussit à se mettre sur le dos sans toutefois parvenir à se dégager de son étreinte. Il était à cheval sur elle, respirant toujours aisément et, la plus grande des insultes, paraissant amusé.

Elle toussa encore en le fusillant du regard tandis qu'une peur plus intense l'envahissait. Maintenant, elle était bel et bien prise.

Elle n'essaya pas de discuter avec lui ; ne le pressa pas de se lever. Elle frappa simplement son torse de ses poings, de toutes ses forces, tout en se tordant avec frénésie. Cela ne fit que le mettre en colère, enfin. Il lui saisit les poignets et les cloua au sol au-dessus de sa tête, se penchant vers elle.

Son sourire amusé avait disparu, nota-t-elle avec plaisir. Toutefois, malgré cette petite victoire, elle était la perdante.

— Allez-vous vous arrêter ? demanda-t-il.

Elle ne lui répondit pas, mais resta parfaitement immobile, regardant sur le côté.

Il relâcha sa pression, la chevauchant toujours mais ne la clouant plus si durement au sol.

— Je vous avais prévenue que vous n'aimeriez pas ça, dit-il doucement.

— Vous êtes vraiment un butor, murmura-t-elle.

— Je suis un bandit de grand chemin, dit-il avec impatience, pas un garde du corps.

Il tendit la main, écartant une mèche de cheveux de son visage. Ses doigts parurent s'attarder légèrement sur sa joue.

Son toucher était doux, néanmoins il l'avait capturée avec une vraie force et n'avait pas l'intention de la lâcher.

Elle ne le regarda pas.

— Et maintenant ? demanda-t-elle. Que fait-on ?

— Vous allez me dire votre nom et votre but, ce que je vous demande depuis le début, répondit-il.

Elle le fixa soudain, fronçant les sourcils, la peur l'envahissant de nouveau. Elle savait qu'elle devrait se taire, mais elle ne le put pas.

— Vous n'êtes pas… un antimonarchiste ? demanda-t-elle dans un souffle.

Elle fut surprise lorsqu'il sourit, effleurant son menton de ses doigts pour la rassurer, presque tendrement.

— Non. Dieu préserve la reine. Je suis un bon bandit anglais traditionnel, dit-il doucement.

Elle le crut. A plat sur le dos, complètement prisonnière de lui, totalement à sa merci, elle le crut. Elle relâcha son souffle.

— Et vous n'avez pas l'intention de me tuer… ou de tuer quelqu'un d'autre ?

— Jamais, gamine.

— De grâce, cessez de m'appeler « gamine ».

— Vous ne voulez pas me donner votre nom.

Elle le fixa durement. Leur position était intime, et cette pensée la fit rougir. Il était un vrai vaurien et elle se méprisa de trouver que sa voix était voilée, séduisante, son toucher le plus tendre qu'elle avait jamais connu.

— Si vous vouliez avoir l'amabilité de vous ôter de moi ? suggéra-t-elle.

Il se leva et lui tendit la main, la remettant sans effort sur pied. Sa main s'attarda un instant, un instant troublant, puis lâcha la sienne.

— Mon nom est Alexandra Grayson, lâcha-t-elle sur un ton de défi.

— Quoi ? demanda-t-il d'un ton vif, fronçant les sourcils avec une telle tension qu'elle fut momentanément prise de court et se sentit effrayée de nouveau.

Pourquoi réagissait-il ainsi ?

Il n'y avait rien dans son nom ou sa personne qui devrait dire quoi que ce soit à quelqu'un.

— Je suis Alexandra Grayson, répéta-t-elle, autant dire personne, je vous assure. Je vous l'ai dit : je vis dans un cottage au fond des bois avec plusieurs tantes d'adoption. Le comte de Carlyle et son épouse sont comme des parrains pour moi. Eux, et d'autres, se sont occupés de moi depuis aussi longtemps que je m'en souvienne.

— Vous… vous êtes Alexandra Grayson ?

Sa voix était étranglée.

— Que signifie mon nom pour vous ? demanda-t-elle, mal à l'aise, craignant qu'il n'ait perdu la raison.

Il serrait les poings sur ses côtés. Puis il secoua la tête et ouvrit les mains. Une seconde plus tard, il souriait de nouveau, paraissant amusé une fois de plus.

— Rien… Il ne signifie rien pour moi.

— Alors…

— Je pensais que vous étiez quelqu'un d'autre.

Il mentait, pensa-t-elle.

Mais elle n'eut pas le temps de soupeser ses raisons, car il lui tendit la main.

Elle la fixa, déglutissant fortement, mal à l'aise. Il était très impressionnant et elle devinait chez lui une personnalité vibrante et fougueuse. S'il la prenait dans ses bras, ce serait agréable… suave. Excitant.

Si excitant !

Elle se raidit et baissa la tête, serrant les dents. Il n'était qu'un vulgaire criminel !

Elle releva les yeux vers lui. Il l'observait intensément.

— Venez, lâcha-t-il enfin. Je vais vous ramener à la voiture et vous remettre en route.

2

Pensif, Mark Farrow observa la voiture s'éloigner sur la route.

— Mark, dit Patrick MacIver en ôtant son masque de soie noire, nous devons partir, et rapidement. C'était la voiture du comte de Carlyle. Dès qu'ils atteindront le château, le comte se lancera à nos trousses comme un chien de chasse.

Les trois amis qui l'accompagnaient et formaient la bande du bandit de grand chemin, Patrick MacIver, Geoff Brennan et Thomas Howell, le dévisageaient tous avec curiosité. Mark hocha la tête.

— Nous allons nous séparer, annonça-t-il. Geoff, Thomas, partez dans les bois vers l'ouest. Patrick et moi allons prendre à l'est. Assurez-vous de vous arrêter à l'étape pour changer de chevaux. Nous nous retrouverons chez O'Flannery, comme convenu.

Ils acquiescèrent, mais ne bougèrent pas tout de suite.

— Eh bien, dit enfin Thomas. Qui était cette fille ?

— Alexandra Grayson, répondit Mark d'un ton sec.

Patrick réprima une exclamation.

— C'était *elle* ?

— Très séduisante, dit Thomas.

— Renversante, renchérit Geoff.

— Hum… plutôt pleine d'assurance, fit observer Patrick.

Patrick portait un masque conçu pour couvrir la majeure partie de sa tête sous un chapeau. En fait, il était d'une rousseur éclatante, bien trop remarquable.

— Intéressant, dit Geoff d'un ton léger.

Fils d'Henry Brennan, membre estimé de la Chambre des communes, Geoff était l'homme de réflexion de leur quatuor. Grand et mince, avec une force surprenante pour sa carrure, il avait les yeux et les cheveux sombres et arborait un air grave la plupart du temps.

Thomas était son contraire. Les cheveux cendrés, les yeux noisette, doté d'un vif sens de l'humour, il n'était sérieux que lorsque c'était nécessaire. Il éclata de rire.

— A mon avis, vous êtes dans les ennuis, sir Mark.

— Pouvons-nous partir d'ici et rire de ma situation plus tard ? suggéra Mark brusquement.

— O'Flannery, conclut Geoff.

Sur ces mots, ils firent tous tourner leurs chevaux et partirent pour Londres, selon l'itinéraire qui leur avait été assigné.

Mark et Patrick allèrent à vive allure jusqu'à ce qu'ils atteignent la clairière connue sous le nom d'Ennisfarn, où la famille Farrow avait depuis longtemps un relais de chasse. Même si c'était le vieux Walt qui gardait l'écurie, les deux hommes préféraient rester prudents. Ils entrèrent donc par l'arrière du bâtiment. Là, ils démontèrent rapidement avant de quitter leur cape et de desseller leurs chevaux. Ils prirent un nouveau harnachement au râtelier et préparèrent de nouvelles montures, vivement et en silence.

Finalement, alors qu'ils étaient de nouveau en selle et repartis sur la route, leur équipement de hors-la-loi rangé dans leurs sacoches, Patrick reprit la parole.

— Je dois dire qu'après avoir vu la fille je crois que je sauterais sur la chance qui est la vôtre, mais… eh bien, nous entrons dans un monde nouveau. Il est tout à fait archaïque que votre père insiste pour arranger votre mariage.

— Il a conclu l'accord avec Brian Stirling quand je n'étais qu'un jeune garçon et ma promise un bébé, dit Mark avec un haussement d'épaules. J'ignore pourquoi.

Elle n'est pas la fille de lord Stirling, plutôt sa pupille. J'ai toujours pensé que cette histoire cachait quelque chose.

— Ah, oui. Une histoire d'illégitimité, sans doute, murmura Patrick.

Mark le regarda en fronçant les sourcils.

— Ne vous avisez pas de répandre une telle rumeur.

— Je promets de ne rien faire de ce genre, répondit Patrick en riant.

Il redevint sérieux tout à coup.

— Votre futur mariage mis à part, j'oserai dire que nous n'allons plus avoir grande réputation, bientôt. Nous n'avons même pas volé un bijou à cette jeune personne.

— Ne vous inquiétez pas. Nous allons chez O'Flannery.

— Et ?...

Mark sourit largement.

— Pourquoi, à votre avis, vous ai-je mis en garde contre les rumeurs ? J'ai l'intention d'en répandre une moi-même. Faites-moi confiance — à la tombée de la nuit, nous serons les individus les plus dangereux depuis Jack l'Eventreur.

Alexandra allait parfaitement bien, pourtant, dès l'instant où la voiture arriva au château, Shelby fit tant d'histoires qu'on la traita comme du verre fragile. Aux grilles, avant qu'ils ne s'engagent dans la longue allée sinueuse, le cocher se mit à appeler à l'aide. Plusieurs membres de la maisonnée du comte, dont la comtesse, sortirent précipitamment alors qu'ils approchaient de la porte d'entrée.

— La police, milady ! cria Shelby à la comtesse. Nous devons informer la police ! Nous avons été arrêtés par cette créature méprisable dont parlent tous les journaux — le bandit de grand chemin. Ils m'ont assommé et il a kidnappé miss Grayson. Il est parti, mais il ne peut pas être loin. Le comte doit être averti immédiatement. C'est un outrage. Et la pauvre miss ! Ce culot. Ce culot éhonté !

Comment a-t-il osé ? N'importe qui en Angleterre devrait reconnaître les armoiries de lord Stirling !

La comtesse, lady Camille, se montra aussitôt très inquiète, mais grâce au Ciel sa nature sage et équilibrée ne la portait pas à avoir des vapeurs. Avant son mariage avec le comte, elle était une roturière qui travaillait pour gagner sa vie, et elle consacrait toujours du temps au département égyptien du musée. Elle fronça les sourcils, examinant Ally tandis que Shelby l'aidait distraitement à descendre de voiture.

— Shelby, je vous en prie, calmez-vous afin que nous puissions faire le point. Ally, avez-vous été blessée ? Allez-vous bien ?

— Je vais parfaitement bien.

Le comte, grand et très beau, apparut au côté de sa femme.

— Vous en êtes sûre ? demanda-t-il en tendant la main pour lui toucher les cheveux. Vous avez des feuilles dans les cheveux.

— Je vous le jure, je vais très bien, assura Ally.

— Je vais appeler la police, déclara Camille en se tournant pour gravir les marches du perron. Venez, Ally. Que vous alliez bien ou non, cela a dû être une terrible épreuve pour vous. Brian, de grâce, faites-la entrer rapidement.

— Oui, dans un instant. Shelby, assurez-vous que mon cheval soit sellé et prêt. Si cet individu est encore sur les routes, je vais le poursuivre.

— Oh ! mais il ne faut pas ! protesta Ally. Il est… il est armé et dangereux.

Brian Stirling l'observa en haussant un sourcil, avec une expression qui la fit rougir. Quelle idiote ! Le comte n'était pas du genre à se laisser impressionner quand l'un de ses proches avait été menacé.

— Entrez, dit-il finalement. Pendant qu'on selle mon cheval, vous me donnerez tous les détails que vous pourrez.

Il lui offrit son bras et lança par-dessus son épaule :

— Shelby, appelez trois des hommes pour venir avec moi.

Ally accepta son bras et le suivit dans le château. Dans le vestibule, il appela sa gouvernante, puis conduisit Ally dans la grande cuisine. C'était un endroit qu'elle aimait beaucoup. Quand elle venait ici enfant, elle jouait souvent dans la cuisine. Il y avait une immense cheminée et toujours quelque chose en train de cuire dans une marmite sur le feu. Ce jour-là, c'était une recette concoctée par Theodore, le « nouveau cuisinier », comme on l'appelait, bien qu'il soit au château depuis dix ans. C'était un homme robuste, aux joues rouges, et il avait toujours quelque chose de spécial et de délicieux pour elle lorsqu'elle venait au château.

— Theodore, s'il vous plaît, un cognac pour notre jeune miss, demanda le comte.

Le cuisinier, qui se tenait au comptoir où il hachait des herbes en morceaux étonnamment petits, fronça les sourcils, s'essuya les mains sur son tablier et alla au placard.

Un instant plus tard, Ally se retrouva assise près du feu, un verre de cognac dans les mains. Le comte s'installa devant elle, l'air grave.

— A présent, dit-il en plongeant son regard dans celui d'Ally, dites-moi ce qu'il s'est passé.

— Eh bien, comme Shelby l'a dit, nous avons été arrêtés par le bandit de grand chemin.

— Et que voulait-il ?

Elle secoua la tête.

— En fait… il n'a rien pris. Tout ce qu'il voulait, c'était fouiller la voiture, et ensuite savoir qui j'étais et où j'allais.

Le comte parut très anxieux pendant un moment.

— Il ne vous a pas du tout fait de mal ?

— Pas du tout, murmura-t-elle.

Le comte se redressa, se passant les doigts dans les cheveux. C'était un homme grand, bien bâti, et même si son titre aurait pu lui procurer tout ce qu'il désirait sans le moindre effort de sa part, c'était un érudit, un mécène des antiquités, toujours prêt en outre à s'impliquer dans les problèmes sociaux de l'époque. Il avait fait son devoir dans l'armée, également. Ally l'adorait, comme elle adorait Camille, et se demandait comment elle avait eu la chance insigne qu'ils choisissent de la prendre sous leur aile. Elle n'était pas aussi sincère qu'il le méritait, et elle le savait. Le bandit de grand chemin l'avait-il blessée ? De fait, il l'avait blessée dans sa fierté et son ego. Mais…

Elle n'avait pas envie d'en dire trop.

En fait, elle se rendait compte qu'elle ne souhaitait pas que l'homme soit pris. Elle ne supportait pas d'imaginer un voleur aussi galant pendu haut et court.

— Honnêtement, milord, il ne s'est pas passé grand-chose. Au bout de quelques secondes, j'ai su que je n'étais pas en danger.

— L'homme est un criminel, dit-il sévèrement.

— Oui, bien sûr. Mais il ne m'a pas touchée et rien n'a été volé.

Elle hésita.

— Je crains que ce pauvre Shelby ne se targue un peu trop de son courage et de ses capacités. Certes, c'est vraiment un homme merveilleux et un bon gardien. Il était prêt à mourir pour moi. Mais le bandit de grand chemin l'a désarmé en une seconde à l'aide de son long fouet. J'imagine que Shelby est très embarrassé.

La comtesse entra dans la cuisine.

— J'ai joint la police, et l'inspecteur Turner est en route. Hélas, il m'a parlé très honnêtement. Il ne peut pas faire grand-chose maintenant. Le vaurien et ses comparses se sont sûrement enfuis depuis longtemps. Ally, l'inspecteur va vouloir vous interroger sur l'allure et les manières de l'homme. Alors, maintenant, je vous en prie, dites-moi ce qui s'est passé.

Ally regarda le comte. Il lui sourit légèrement.

— Je crains que vous ne deviez répéter votre aventure encore et encore, ma chère.

— Une aventure ? protesta sa femme.

— Eh bien, en vérité, il semble qu'Ally n'en ait pas souffert.

— Cela n'allège en rien ce qu'elle a dû endurer, insista la comtesse.

Une boucle tomba sur son front et elle regarda son époux d'un air indigné, les mains sur les hanches.

— Au moins, la police fera ce qu'elle pourra. C'est tout à fait effrayant, cependant.

— Ally ! s'écrièrent deux petites voix.

Brent et William, respectivement âgés de six et cinq ans, entrèrent en courant dans la cuisine, contournant leur mère pour se jeter sur Ally.

— Les garçons ! protesta Camille.

— Ce n'est rien, lui assura Ally en étreignant les enfants, ravie de leurs sourires enjoués.

Au moins, eux n'étaient pas inquiets et ne lui demandaient pas de se répéter ; ils étaient juste heureux de la voir, et elle les adorait. Brent, le futur comte, était toujours plein d'espièglerie, et William était enchanté de le suivre, un bon compagnon pour tous les exploits de son frère. A l'âge tendre de cinq ans, William avait déjà annoncé que lorsque le moment serait venu, il se rendrait en Amérique pour faire fortune.

— Brian, implora Camille. De grâce, dites à nos jeunes gentlemen qu'ils ne doivent pas prendre Ally d'assaut maintenant.

— Ils sont gentils, insista Ally.

Elle souhaitait que les enfants soient là pour distraire leurs parents de lui poser des questions.

— Les garçons, Ally jouera avec vous une fois que vous aurez pris votre bain et serez prêts pour la nuit, dit Brian en prenant un de ses fils sous chaque bras.

Ils rirent tandis qu'il les emportait dans le couloir.

— Dans la salle de jeux, mes chéris, ordonna-t-il. Et vous ne démonterez pas le nouveau téléphone aujourd'hui, hein ?

— Non, père, promit William.

Il riait toujours.

— Vraiment, ce qui s'est passé n'est pas insignifiant, dit doucement Camille. Si les enfants avaient été dans la voiture ? Si… s'ils avaient essayé de s'enfuir, ou de se battre ? demanda-t-elle d'un ton inquiet.

— Les enfants n'étaient pas dans la voiture, c'était Ally et, apparemment, elle s'est très bien débrouillée, déclara le comte, qui était revenu dans la pièce. Ma chérie, nous ferons en sorte que deux hommes escortent la voiture à tout moment, dorénavant, dit-il à sa femme. Est-ce que cela vous aidera à vous sentir mieux ?

Camille hocha la tête.

— Oui. Jusqu'à ce que ce vaurien soit arrêté. Lucy vous a fait couler un bain, Ally, et a sorti votre toilette pour la soirée. J'aimerais que vos tantes aient accepté de venir… Enfin, je ne peux pas obliger nos chères amies à faire ce qu'elles ne veulent pas. Mais il est perturbant que cela se soit produit un jour pareil, alors que nous avons des invités qui vont bientôt arriver.

Elle sourit à son époux.

— D'un autre côté, je suppose que les gens seraient très déçus de venir ici sans quelque événement excitant à se mettre sous la dent.

— Ally doit monter se rafraîchir, dit Brian. Je vais partir à cheval. Camille, parlez d'abord à l'inspecteur lorsqu'il arrivera. D'ici là, peut-être qu'Ally se souviendra mieux de ce qui s'est passé.

— Que se passe-t-il exactement ce soir ? demanda Ally, heureuse qu'ils semblent mettre son « aventure » en perspective. Votre invitation était très mystérieuse.

— Quelque chose de terriblement excitant aussi, lui assura Camille. Alors, comme Brian le suggère, nous devrions peut-être commencer par nous préparer en attendant notre policier.

— Oui, un bain serait délicieux, concéda Ally.

Elle n'ajouta pas qu'elle apprécierait beaucoup quelques minutes d'intimité. Les yeux du comte avaient semblé transpercer son âme, et elle avait très peur de révéler qu'elle avait en effet l'impression d'avoir vécu une aventure. Elle était stupéfaite par ce qu'elle avait éprouvé en parlant à cet homme. Le *voleur.*

Sa vie était-elle si morne et préservée qu'elle pouvait être transportée aussi aisément par une telle rencontre ?

Hélas, la réponse était oui.

— Venez, Ally. Brian, peut-être devrait-elle prendre un autre cognac dans son bain, pour calmer un peu plus ses nerfs.

— Je suis d'avis que ses nerfs sont déjà tout à fait calmés, répondit le comte. Mais elle peut très volontiers en boire un autre.

Il se détourna, secouant la tête à l'idée que des bandits de grand chemin puissent encore terroriser le pays à cette époque moderne. Theodore versait déjà une nouvelle rasade de cognac dans le verre d'Ally.

— Merci, murmura-t-elle en s'empressant de suivre Camille, les yeux baissés pour éviter de croiser le regard de lord Stirling.

— Je pars à la recherche de ce brigand, déclara-t-il. J'ai lu qu'il agissait avec trois complices. Ally, est-ce exact ?

Elle hocha la tête. A quoi bon mentir ? Shelby dirait au comte tout ce qu'elle ne dirait pas, de toute façon. Et le cocher insisterait sans doute pour l'accompagner.

— Oui, ils étaient quatre en tout.

— Et vous ne pouvez rien me dire d'autre ?

Elle haussa les épaules.

— Ils portaient des capes, des chapeaux et des masques. Je crains de ne pas pouvoir beaucoup vous aider.

— Vous ne le pouvez pas, ou ne le *voulez* pas ? murmura Brian d'une voix très douce.

— Brian ! se récria Camille. Ces hommes sont des criminels !

— Oui, ils le sont, dit fermement le comte, en observant Ally.

— Je suis désolée, milord. Je ne peux même pas vous dire leur taille ou leur couleur de cheveux. Je regrette.

— Quand cet individu vous a emmenée… que s'est-il passé ? demanda Brian.

— J'étais en colère. Nous avons marché et parlé en tournant en rond jusqu'à ce que je lui dise mon nom.

— Et alors ?

— Il m'a aussitôt ramenée à Shelby et nous sommes venus droit ici.

Le comte hocha la tête et se dirigea vers la porte d'entrée, tandis que Camille prenait Ally par le bras.

— Venez, votre bain va refroidir.

— Voilà Florence ! dit Patrick avec entrain lorsqu'ils entrèrent dans l'atmosphère enfumée du pub O'Flannery.

Florence Carter, la serveuse, était occupée derrière le comptoir. A trente-cinq ans, cette femme avait eu une vie difficile avant de trouver sa vocation chez O'Flannery. Elle travaillait très dur, plus de dix heures par jour, mais ne se trouvait jamais réduite à la prostitution, un sort pourtant commun pour les femmes pauvres et sans éducation de l'East End. Elle était plaisante, avec des cheveux roux et de brillants yeux verts, et avait une attitude farouche qui prévenait ses clients qu'ils pouvaient s'amuser, mais en se conduisant bien. Robert O'Flannery, le grand Irlandais propriétaire du pub, savait qu'il avait trouvé une perle en Flo. Elle était aussi rapide que l'éclair et maniait aisément les étudiants qui fréquentaient le local après les cours. Elle pouvait taquiner et plaisanter, mais elle était capable aussi d'arrêter une dispute avant qu'elle ne commence, en dépit de son allure délicate. Elle possédait une force de fer qui avait pris plus d'un homme par surprise.

— Qu'est-ce que ce sera, les garçons ? Une pinte par personne ? leur lança-t-elle.

— Oui, Flo, répondit Mark. Avez-vous vu…

— Vos acolytes dans le crime sont dans le box,

répondit-elle d'un ton léger, en désignant le renfoncement du doigt.

— Un peu trop près de la vérité, hein ? murmura Patrick.

— Pas du tout. Elle plaisante, dit Mark.

Le pub était surpeuplé, et la plupart des clients étaient groupés autour du bar. Mark et Patrick se frayèrent un chemin entre les consommateurs — des ouvriers qui sortaient du travail, des étudiants, dont certains chargés de livres, des soldats et quelques jeunes membres de la haute société qui prendraient un jour le titre de leur père — et rejoignirent Geoff et Thomas.

— Des problèmes ? demanda Geoff.

— Aucun, répondit Mark en faisant un signe de la main à Flo, qui arrivait déjà avec un plateau chargé de pintes.

Elle en laissa quelques-unes en route, évitant avec aisance les tapes sur son postérieur, et parvint à leur loge. Lorsqu'elle posa les chopes sur la table, Mark demanda :

— Vous êtes au courant ? Nous avons croisé un homme sur la route qui a entendu dire que le bandit de grand chemin a encore frappé. Apparemment, il a eu l'audace d'arrêter la voiture du comte de Carlyle. Par chance, il a laissé la jeune fille qui était à l'intérieur continuer son chemin, sans lui faire de mal et sans rien lui voler.

— Il paraît, dit Patrick en se penchant, qu'il n'est pas si miséricordieux, d'habitude.

— Les journaux minimisent ses exploits. Les gens sont en armes, en vérité, chuchota Geoff.

— Ils peuvent minimiser tout ce qu'ils veulent, dit Flo à voix basse. Mais j'ai entendu dire qu'il a assassiné une victime ou deux et qu'il a dissimulé les corps lestés avec des briques dans des lacs et des rivières.

— Oui, je l'ai entendu dire aussi, déclara Mark. Si les passagers des voitures ne font pas de problèmes, il les vole et les laisse partir. Mais s'ils protestent ou se défendent... Cela doit être vrai. Vous l'avez entendu dire, nous aussi... Il est féroce avec ceux qui se rebiffent. Flo, vous devez faire attention.

— Oh ! vous savez, O'Flannery peut être un patron exigeant, mais j'ai la chance de vivre dans la chambre au-dessus de la salle commune. Je n'ai donc pas à voyager.

Malgré son assurance, elle frémit en prononçant ces paroles.

— Vous devriez rentrer chez vous, rappela Patrick à Mark. Vous n'avez pas une soirée, ce soir ?

— Si, murmura Mark. Mais avec Flo ici, je n'ai pas envie d'aller ailleurs.

— Vous êtes un flatteur, sir Mark Farrow, pour ça oui. Et vous serez comte un jour. Vous n'en ferez qu'à votre tête lorsque ça arrivera, alors c'est une bonne chose que vous appreniez un peu d'humilité maintenant. Ainsi, vous allez assister au gala du comte de Carlyle ?

Mark sourit et mit une belle pièce dans la main de Flo.

— C'est là que je suis censé être. Mais, Flo, faites attention avec ce bandit de grand chemin en liberté. Assurez-vous de voyager en sécurité. Et prévenez vos clients au bar.

— Vous êtes bien aimable, dit-elle en refermant les doigts sur la pièce. Vous ferez un bon comte, un jour. Vous avez raison, ajouta-t-elle en changeant de ton, je vais tous les prévenir.

Alors qu'elle se retournait, un homme fit irruption dans la salle.

— Un meurtre ! tonna-t-il. Il y a eu un autre meurtre !

— Qui ? cria quelqu'un depuis le bar.

— Giles Brandon. La police vient de trouver le corps. Ça commence juste à se savoir dans les rues. La gorge tranchée, comme les autres.

Un grondement monta dans la salle, chaque voix essayant de crier plus fort que les autres.

Finalement, le nouveau venu parvint à dominer le vacarme.

— Il l'avait à la main. Son dernier article. Un pamphlet dirigé contre la monarchie.

— Ça va encore faire les gros titres, prédit quelqu'un.

— Oui, des mots couverts de sang, cria un autre.

— Maudite soit la reine Victoria !

Mark commença à se lever, furieux, mais Patrick posa une main sur son bras.

— Laissez-moi faire. Je suis un roturier de pure souche, vous vous rappelez ?

Mark lutta pour contrôler sa colère, puis baissa la tête et acquiesça.

Patrick se leva alors.

— Dieu bénisse Victoria ! La reine trouvera qui est derrière cette sauvagerie.

Il y eut un silence. Puis quelqu'un dit, au bar :

— Elle n'a rien à voir là-dedans, Dieu la préserve.

Sur ce, les cris de « Dieu préserve la reine » s'élevèrent, et les grommellements se changèrent en murmures.

— Finalement, il semble que je n'assisterai pas à ce gala ce soir, gentlemen, conclut Mark en se levant. Nous nous reparlerons bientôt.

Les autres acquiescèrent.

Quand il se dirigea en hâte vers la porte, les conversations animées allaient bon train, certains maugréant à propos des meurtres et d'autres défendant la reine.

Ally fut reconnaissante pour le bain chaud dans lequel elle resta aussi longtemps qu'elle le put, savourant la chaleur… et sa solitude. Finalement, elle en sortit, s'enroula dans la douce serviette que Lucy avait laissée pour elle et retourna dans la chambre. Une statuette d'Isis était posée d'un côté de la table de toilette, une urne funéraire égyptienne de l'autre. Au milieu s'étalait une parure de peignes et de brosses en argent. Des bas-reliefs et des statues décoraient la pièce et des papyrus étaient accrochés aux murs, joliment encadrés. Cette pièce était sa chambre depuis aussi longtemps qu'elle se souvienne. Comme le reste du château, elle était superbement ornée d'objets d'art égyptiens, aussi bien anciens que modernes.

Les parents du comte avaient été des explorateurs, déclenchant la fascination familiale pour l'égyptologie, et Brian avait rencontré en Camille une adepte passionnée. Il savait que les trésors d'un pays pauvre pouvaient trop facilement être subtilisés par des étrangers, et il était un ferme partisan de laisser les objets les plus précieux dans leur cadre d'origine. Il souhaitait néanmoins emporter quelques-unes des pièces de moindre valeur pour son plaisir, et payait toujours de belles sommes pour ses trouvailles. Il avait dit une fois à Ally que, pour chaque trésor ancien qu'il achetait, il s'intéressait aussi au présent, faisant créer de nouvelles pièces pour sa collection par des artistes et des artisans.

Elle se rappelait la fois où elle était venue avec la fille de lord Wittburg, maintenant princesse en Europe de l'Est. La pauvre Lucinda avait été terrifiée par les sarcophages et, au début, Ally l'avait taquinée. Elle s'était cachée dans un sarcophage et en avait surgi devant Lucinda. Mais, lorsqu'elle avait vu combien elle avait effrayée la jeune fille, elle s'en était beaucoup voulu. Il lui avait fallu des heures pour la calmer, et elle avait craint de ne plus jamais avoir le droit de venir au château si sa farce était découverte. Heureusement, Lucinda avait bon cœur et ne l'avait jamais dénoncée.

Cet épisode avait fait prendre conscience à Ally de sa singularité. Elle avait grandi au milieu des sarcophages et autres objets anciens. Pour elle, ils n'avaient rien d'effrayant. Elle savait même qu'en Egypte les momies étaient si communes qu'elles servaient parfois à allumer du feu, et beaucoup de gens utilisaient les massifs sarcophages en pierre comme jardinières. Néanmoins, elle savait que la passion pour les pièces égyptiennes était un goût qui s'acquérait avec le temps.

Elle éprouva soudain un étrange sentiment de perte et de nostalgie. Quelque chose allait changer pour toujours, elle en était sûre. Mais quoi ?

Elle enfila rapidement une camisole de soie, des bloomers et des bas. Elle était encore à moitié habillée quand on frappa à la porte. C'était Molly, l'une des soubrettes de l'étage, venue l'aider à compléter sa toilette pour la soirée.

— Avez-vous vu la robe, miss ? demanda Molly, ses yeux bleus brillant d'excitation.

L'attention d'Ally se porta sur la robe qui avait été étalée sur le grand lit à baldaquin. Elle était d'une élégante nuance de jaune, presque dorée. Elle était superbe avec ses broderies exquises ! En outre, les pinces et les plis subtils mettraient en valeur sa silhouette juvénile.

— Ce sont mes tantes qui l'ont faite ? demanda-t-elle doucement.

Molly hocha la tête.

— Elles gloussaient comme des jeunes filles lorsqu'elles l'ont apportée.

Ally toucha l'étoffe et secoua la tête.

— Pourtant, elles n'ont pas voulu venir ce soir, dit-elle tristement.

— Ah, vous ne pouvez pas les changer, décréta Molly.

— Je les ai suppliées, mais il n'y a rien eu à faire. Vous savez, si l'occasion se représente, je leur dirai que je n'irai pas si elles ne viennent pas. Je sais que le comte et son épouse ont discuté avec elles et les ont cajolées, mais ces vieilles chéries sont bien trop obstinées. Néanmoins, je le jure, la prochaine fois, je me montrerai plus têtue qu'elles.

Molly soupira.

— Eh bien, il n'y aura pas d'autre fois comme celle-ci, dit-elle doucement, en soulevant la robe avec précaution pour la passer par-dessus la tête d'Ally.

Au début, Ally ne prêta pas attention aux paroles de Molly. Puis elle prit conscience du sous-entendu qu'elles contenaient.

— Molly, quelle est cette occasion, au juste ? Pourquoi m'a-t-on convoquée ici ce soir ?

La soubrette rougit et haussa les épaules.

— C'est à vos parrains de vous l'expliquer.

— Molly…

— Allons, allons, ils vont arriver d'un instant à l'autre. Soyez patiente, mademoiselle.

Molly la fit tourner pour fermer la robe.

— Vous savez bien sûr que c'est lady Maggie, l'une de vos chères marraines, qui a conçu le modèle de cette robe, et elle a ensuite envoyé les tantes acheter le tissu. Bien sûr, il n'a jamais été question d'engager une modiste pour cette robe. Lady Maggie a le goût le plus exquis en matière d'habillement, et elle a dit qu'il n'y avait pas de meilleures couturières dans le pays que vos tantes.

Ally sourit, fière de ses chères tantes adoptives. Elles adoraient leur vie simple, dans leur petit cottage au milieu des bois. Elles auraient très bien pu réussir dans le monde de la haute couture mais, à la place, elles avaient choisi une vie calme et heureuse.

— La sœur de lady Kat se fait un nom dans l'industrie de la mode, dit Ally. Elle a fait une présentation à Paris, vous savez, et elle vient trouver les tantes pour ses travaux les plus importants.

— Je sais, répondit la soubrette.

Ally fit un autre essai, espérant la prendre par surprise.

— Molly, que se passe-t-il ce soir ? Fête-t-on mon anniversaire à l'avance ?

— Vous pourriez dire ça, je suppose. A présent, asseyez-vous et laissez-moi vous coiffer.

Ally s'assit, prête à faire une nouvelle tentative en prenant un autre angle d'attaque.

— La cuisine déborde de traiteurs, fit-elle remarquer.

— Bien sûr qu'il y a des traiteurs partout. Quand lord Stirling décide de donner une soirée, dit Molly avec fierté, il n'y a personne qui ne jetterait pas toutes les autres invitations par-dessus les moulins pour y assister, que ce soit pour les affaires ou le plaisir. Maintenant, restez tranquille. Les gens commencent à arriver. Il faut que vous soyez prête.

On frappa de nouveau à la porte et lady Camille entra. Elle portait une robe bleu nuit ajustée, avec une petite tournure qui donnait l'impression qu'elle glissait lorsqu'elle marchait. Comme toujours, elle était extrêmement belle et majestueuse. Elle était née dans la pauvreté avant d'être sauvée de la rue. Dans l'esprit d'Ally, Camille était la preuve que la noblesse se trouvait dans le cœur et dans l'âme, et ne venait pas d'un titre. Elle était vraiment la parfaite compagne pour le comte, tous deux étant volontaires et pleins de compassion.

— Oh ! fit-elle, en approchant pour inspecter Ally. Cette robe est parfaite. Je suis tellement fâchée contre les tantes. Elles devraient être ici ce soir. Mais je dois féliciter Maggie dès qu'elle arrivera, c'est elle qui a choisi la couleur et l'étoffe. Ally, vos yeux paraissent dorés et vos cheveux juste un ton plus foncé. Ma chère enfant, vous avez grandi, vous êtes une femme à présent.

— Merci, dit Ally. Camille, que se passe-t-il ? Est-ce une fête d'anniversaire ? Je remercie le Ciel d'être importante à vos yeux, mais…

La comtesse resta silencieuse un moment avant de changer de sujet :

— Brian est revenu et il est déjà en bas. Il est dans tous ses états. Shelby et lui ont suivi la route prise par la voiture et il a essayé une douzaine de chemins forestiers, en vain. Ils n'ont pu trouver aucun signe de ce maudit bandit de grand chemin. Néanmoins, nous devons donner cette soirée comme prévu. Theodore occupe l'inspecteur de la police métropolitaine en le gavant de bonnes choses dans la cuisine. Mais nous devrons lui parler à un moment donné. Quant à Angus Cunningham, il sera là plus tard, il faudra donc l'informer aussi de ce nouvel incident.

— Une dernière touche, dit Molly en piquant une épingle en diamant dans les cheveux d'Ally.

— Une vraie princesse ! s'exclama-t-elle en reculant pour mieux apprécier son travail.

Ally l'embrassa sur les joues.

— Pas une princesse, une roturière, Molly, qui vous aime et vous remercie.

Molly se mit alors à renifler et prit un mouchoir dans sa poche.

— Molly, arrêtez, dit Ally. Voulez-vous que je reste en haut avec vous ?

— Sottise, vous descendez, déclara Camille en riant. Venez, jeune fille.

Jeune fille… Aux yeux de ceux qui l'avaient élevée, elle resterait probablement une enfant jusqu'à ce qu'elle meure de vieillesse.

— Il y a quelque chose dont je dois vous parler à propos de ce soir, dit-elle à la comtesse.

— Vraiment ?

— Oui. Je devrais sans doute attendre que vous soyez tous réunis. Ce soir, vous serez tous là, tous ceux qui ont été si gentils avec moi, me considérant presque comme votre propre enfant : sir Hunter et lady Kat, lord James et lady Maggie, lord Stirling et vous.

Camille jeta un coup d'œil à la délicate montre en or qu'Ally portait autour du cou.

— Dans ce cas, espérons que nous aurons quelques minutes d'intimité avant que le château ne commence à se remplir. Et, maintenant, dans la cuisine ! L'inspecteur Turner nous attend.

— Mark, tu arrives seulement ?

Joseph Farrow se tenait près du feu, digne et élégant comme toujours. Malgré les années qui passaient, son père paraissait toujours beau et en forme, pensa Mark avec fierté.

Il était enfant unique. Sa mère était morte d'une fièvre quand il était encore petit et, bien qu'il se souvienne de son doux sourire, du sentiment d'amour dont elle l'enveloppait et de son parfum, c'était son père qui avait guidé sa vie.

C'était parce que Joseph était un homme d'une telle qualité que Mark avait toléré ce marché qui le liait à lord

Stirling. Il briserait le cœur de son père s'il l'obligeait à rompre sa parole. Cependant…

— Père, je ne pourrai pas être présent ce soir, dit-il.

Son père fronça immédiatement les sourcils.

— Mark, cet événement a été planifié depuis des années…

— Je sais.

— Il y avait de bonnes raisons pour que je m'engage ainsi.

— Je n'ai pas l'intention de manquer à mon engagement, père, mais…

Le téléphone se mit à sonner. Bien que leur maison de ville londonienne ait été l'une des premières à être équipée de ce nouveau moyen de communication, il semblait que Joseph Farrow ne puisse toujours pas s'habituer à son bruit. Il tressaillit à la sonnerie aiguë.

Jeeter, son valet et majordome, s'empressa d'entrer dans le salon pour soulever le récepteur. Il répondit avec une parfaite dignité, annonçant que celui qui appelait était bien chez lord Farrow. Puis il se tut et regarda Joseph.

— Le détective Douglas, dit-il doucement.

Joseph regarda son fils avant de se diriger vers Jeeter pour prendre l'appel.

— Lord Farrow à l'appareil.

Il écouta attentivement son interlocuteur, les yeux toujours rivés sur Mark.

— Vraiment ? dit-il enfin. Très bien.

Jeeter reprit le combiné que Joseph lui tendait et le reposa avec solennité sur la fourche.

— Eh bien, fils, dit-il d'une voix douce. Il va être délicat d'exprimer tes regrets auprès de nos hôtes, mais… Giles Brandon, bon sang ! ajouta-t-il tristement. Jeeter, veuillez faire préparer ma voiture.

Quand le majordome eut quitté la pièce, Joseph planta son regard dans celui de Mark.

— Va, mon fils. La justice t'appelle.

3

La cuisine était encore très animée. Theodore lançait des instructions et au moins deux douzaines de marmitons et de serveurs se précipitaient de tous côtés.

Toutefois, l'agitation générale s'interrompit lorsque Camille entra dans la pièce, suivie d'Ally. Aussitôt, les têtes s'inclinèrent pour saluer la dame du château.

— Je vous en prie, murmura la comtesse, rougissante. Je ne voudrais pas vous déranger dans votre travail.

Elle dirigea vivement Ally vers une grande table de boucher, où l'inspecteur Turner attendait.

Theodore avait veillé à ce que l'homme soit bien nourri. L'inspecteur se leva pour les saluer.

— Je suis désolé de vous déranger un tel soir, s'excusa-t-il.

Il ressemblait à un vieux basset triste, pensa Ally. Il avait des yeux sombres, qui en avaient trop vu, et un visage très ridé. Mais il était grand et digne, et parlait d'une voix douce. Cet homme semblait prendre son travail à cœur.

— Enchantée, murmura-t-elle.

— Inspecteur, ma pupille, Alexandra Grayson.

— Miss Grayson… J'ai parlé à lord Stirling, mais vous êtes celle qui peut vraiment m'aider. J'ai besoin d'une description de cet homme, le bandit de grand chemin.

— Je voudrais pouvoir vous aider, inspecteur, dit Ally. Mais quant à une description… cela va être difficile.

— Bon, laissez-moi vous poser des questions, alors. Etait-il grand ou petit ?

— Grand.

— Et sa carrure ?

Elle hésita.

— Ce n'est certainement pas un homme malingre… Même s'il est vrai qu'un pistolet peut faire paraître un homme plus puissant qu'il ne l'est en réalité.

— Non, pas malingre, dit-elle.

Camille et l'inspecteur la dévisageaient. Elle devait leur donner davantage d'informations.

— Il était bâti un peu comme lord Stirling, je suppose…

— Il monte bien à cheval ?

— Très bien.

— Peut-être quelqu'un qui a servi dans les forces de la reine, dit l'inspecteur, plus pour lui-même que pour Ally ou Camille. Son visage, à présent ? Sa couleur de cheveux ?

Elle fronça les sourcils.

— Encore une fois, inspecteur, j'aimerais pouvoir vous être plus utile. Ils portaient tous un masque, une cape et un chapeau.

— Mais, d'après l'homme de lord Stirling, Shelby, le bandit lui-même vous a emmenée avec lui.

Elle secoua la tête.

— Il voulait seulement savoir mon nom, et je me suis peut-être montrée un peu obstinée. Il ne m'a rien pris.

— Et… il ne vous a pas du tout fait de mal ?

Si elle ne s'était pas sentie aussi mal à l'aise elle-même, Ally aurait eu pitié de l'inspecteur. L'homme avait tout fait pour poser sa question délicatement.

— Aucun mal ne m'a été fait, assura-t-elle vivement, en se demandant si elle rougissait.

— Et rien n'a été volé ?

— Rien.

Ally hésita.

— Peut-être s'est-il rendu compte après coup qu'il avait arrêté une voiture appartenant à lord Stirling et que ce dernier risquait de le prendre en chasse lui-même.

— Peut-être, fit l'inspecteur, pensif.

Il la fixa de nouveau et elle se sentit encore plus mal à l'aise. Le métier de cet homme était d'interroger les gens. C'était comme s'il déchiffrait chacun de ses mouvements et chaque nuance de ses réponses en l'écoutant.

— Alors… vous ne pouvez même pas me dire de quelle couleur sont ses yeux ?

— J'aimerais le pouvoir. Ils étaient sombres, je crois, mais le masque pouvait les obscurcir, vous savez ?

— Et vous deviez être très effrayée, murmura Camille, augmentant encore le sentiment de culpabilité d'Ally.

— Vous avez sûrement eu d'autres descriptions, suggéra-t-elle innocemment.

— Toujours les mêmes, dit l'inspecteur avec un soupir. Y compris au grand jour. Les gens se rappellent le masque et une cape, des bottes de cheval… Qui, en Angleterre, ne possède pas une paire de bottes d'équitation ? Mais ne craignez rien, miss Grayson. Nous arrêterons ce coupable.

— Je crois que nous avons des invités qui arrivent, fit remarquer Camille en notant que des serveurs vêtus de noir sortaient de la cuisine avec des plateaux chargés de flûtes de champagne.

— Alors occupez-vous d'eux, bien sûr. Je pense que miss Grayson m'a dit tout ce qu'elle savait pour le moment — ou du moins tout ce que son esprit lui a laissé dire, déclara l'inspecteur.

Qu'est-ce que cela signifiait exactement ? se demanda Ally.

— C'est très étonnant, ajouta Turner en secouant tristement la tête. Au moins, miss Grayson, vous ne paraissez pas déstabilisée, comme certaines des dames qui ont été arrêtées par le bandit de grand chemin. A les entendre, on croirait presque que, pour elles, une rencontre avec cet homme valait bien la perte d'un bijou en diamant ou autre.

— Quoi ? s'exclama Camille, sidérée.

L'inspecteur haussa les épaules.

— Elles me disent qu'il se montre poli et charmant quand il les dévalise.

— Ally n'est pas une enfant stupide qui pourrait se laisser tourner la tête par un tel brigand, aussi courtois qu'il soit, dit la comtesse.

— Bien sûr, concéda Turner. Eh bien, merci de votre aide. Et, je vous en prie, profitez bien de votre soirée.

— Inspecteur, vous serez le bienvenu si vous voulez vous joindre à nous, dit Camille.

— Le devoir m'appelle, lady Stirling, mais je vous remercie. J'ai déjà amplement profité de votre hospitalité. Votre cuisinier m'a offert le meilleur repas que j'aie mangé depuis… ah ! peut-être depuis toujours. Je vous souhaite une bonne soirée.

— Merci d'être venu, inspecteur.

— Oui, merci, murmura Ally.

Camille lui prit le bras pour l'entraîner hors de la cuisine tandis qu'elle adressait un sourire crispée à Turner. Dans le couloir, la comtesse secoua la tête.

— Tout cela un soir pareil, vraiment !

— Camille, s'il vous plaît, qu'est-ce que cette soirée a de si exceptionnel ?

La comtesse ouvrit la bouche pour répondre, mais à ce moment-là son époux se libéra de la compagnie d'un gentleman corpulent pour venir vers elles.

— Camille, ma chère, j'ai besoin de vous un instant. Ally, je vous en prie, faites la connaissance de lord Wittburg.

Ally s'apprêtait à traverser le vestibule pour suivre les recommandations du comte, quand elle sentit une tape espiègle sur son épaule.

C'était Hunter Macdonald, un autre de ses tuteurs. Elle l'aimait beaucoup. Il était à sa façon un vrai fripon — ou l'avait été avant de tomber éperdument amoureux de sa femme, Kat. Ils formaient un couple intrépide, osé et un peu outrageux, toujours prêt à se lancer dans une aventure.

— Ma chère, regardez-vous ! s'exclama-t-il, les yeux

brillants et taquins. Une vraie femme. Ah ! vous allez laisser une horde de soupirants languissant après vous partout où vous irez.

— C'est très gentil, sir Hunter, répondit-elle. Mais je suis adulte depuis un certain temps déjà, vous tous ne l'avez simplement pas remarqué.

— Je suis blessé.

Elle rit.

— Je suis si contente que vous soyez ici. Je pensais que vous étiez peut-être partis pour une autre expédition en Egypte.

— Ally, Ally, est-ce que mes leçons n'ont servi à rien ? Il fait beaucoup trop chaud en Egypte en ce moment. Peut-être que vous pourrez vous joindre à nous cette année. Cela pourrait être votre seule chance de le faire.

— Ma seule chance ? releva-t-elle.

Mais il ne lui répondit pas. Kat était passée devant lui pour étreindre farouchement sa filleule.

— Incroyable, dit-elle, ravie. Il faut absolument que je vous peigne dans cette robe.

— En effet, quel tableau ravissant, admit Hunter.

— Ou peut-être devrais-je laisser cet honneur à mon père, dit Kat après réflexion.

— Votre père est un grand artiste, mais ne doutez jamais que son talent réside également en vous, mon amour, déclara galamment son époux.

En les observant, Ally éprouva une bouffée de nostalgie. Si seulement elle pouvait connaître le genre d'amour que ces deux-là partageaient ! Pourvu qu'elle rencontre un jour quelqu'un qui la regarde comme Hunter regardait Kat !

— Ally, reprit Kat en s'écartant, que ce soit moi ou mon père, il faut absolument qu'un tableau de vous soit fait ! Vous êtes splendide dans cette tenue !

— Merci, Kat.

Puis, avant que l'un ou l'autre ne puisse aborder un autre sujet, elle demanda :

— Que se passe-t-il au juste ce soir ?

Une nouvelle fois, ses espoirs d'obtenir une réponse furent anéantis.

— La voici ! s'écria une voix.

Ils furent rejoints en un instant par lady Lavinia Rogers. Veuve d'un comte qui possédait la moitié des terres dans la région nord-est du pays, lady Lavinia était autorisée par son statut à se montrer hardie, curieuse et directe.

— Etes-vous au courant ? demanda-t-elle après avoir posé de petits baisers sur toutes les joues à la ronde. Notre Ally a été attaquée par le bandit de grand chemin.

Ally se retint d'exprimer son agacement.

— Grands dieux ! s'exclama Hunter d'un ton furieux, apparemment prêt à se lancer à la poursuite du brigand sur-le-champ.

— Je n'ai pas été attaquée, protesta-t-elle.

— Comment cela ? s'enquit Kat.

— Il a arrêté la voiture, c'est tout. Il ne m'a rien fait.

— Ah ! je veux bien le croire, dit lady Lavinia.

Elle était petite, un peu forte et avait de brillants yeux bleus et des cheveux du plus bel argent. Elle portait une robe de bal mauve et était parée de bijoux. Certains auraient pu dire qu'elle en faisait trop, mais Ally pensait que ce genre lui allait parfaitement.

Lavinia, Ally le savait, se moquait éperdument de ce que l'on disait d'elle. Elle savait qui elle était. Elle aimait les gens et la vie, et ne s'en cachait pas.

— J'ai été charmée par ce vaurien, moi aussi, annonça-t-elle avec un clin d'œil.

— Vous avez été arrêtée par cet homme ? demanda Hunter en fronçant farouchement les sourcils.

— Oui. Mais voici ce que j'en pense : la police est après lui ; or, je ne crois pas qu'elle devrait le rechercher. Elle ferait mieux de trouver l'horrible individu qui tue des gens à tort et à travers. Il y a eu un troisième meurtre. Vous le savez, n'est-ce pas ?

Hunter et Kat hochèrent sombrement la tête. Ally fronça les sourcils.

— Un troisième meurtre ?

— Giles Brandon. On lui a tranché la gorge. La police n'a rien. *Rien*. Du moins, c'est ce que j'ai entendu dire.

— Lavinia, je vous en prie. Laissez une chance aux policiers, dit Hunter.

Elle souffla.

— Leur laisser une chance ? Le temps qu'ils arrêtent ce meurtrier, le pays se sera écroulé. Vous savez qui était Giles Brandon, n'est-ce pas, ma chère ? demanda-t-elle à Ally.

— Oui, bien sûr. J'ai lu ses articles. Ils étaient incendiaires.

Lavinia hocha gravement la tête.

— Je trouve stupéfiant que nous — ceux qui soutiennent la chère reine Victoria et sa famille — devions toujours nous montrer si nobles, malgré la façon dont nous sommes provoqués. On l'a trouvé avec son dernier article serré dans ses doigts ensanglantés. Cet article paraîtra dans le journal de demain, avec l'annonce de son meurtre. Les antimonarchistes hurlent déjà, pouvez-vous imaginer le désastre que cela va entraîner ?

— Ally !

Cette fois, c'était lady Maggie qui la hélait ainsi, se faufilant à travers la foule tout en saluant gracieusement de la tête les gens qu'elle dépassait, lord Jamie derrière elle.

La vieille dame, indifférente à ceux qui l'entouraient, étreignit Ally, et Jamie fit de même. Il y eut une certaine confusion tandis qu'ils saluaient Hunter et Kat, puis lady Lavinia, et enfin Maggie inspecta la robe d'Ally avec un plaisir évident.

— La couleur est parfaite.

— Parfaite pour ce soir, dit Jamie en relevant le menton d'Ally et en l'embrassant sur la joue.

— *Que* se passe-t-il ce soir, à la fin ? demanda Ally de nouveau.

— Avez-vous entendu parler du troisième meurtre ? Nous étions en train d'en discuter, indiqua lady Lavinia.

— Saviez-vous qu'Ally a été arrêtée par le bandit de grand chemin ? demanda Hunter à Jamie, la voix coléreuse.

— Je viens de l'apprendre.

— Le meurtre, ou le bandit de grand chemin ? s'enquit Lavinia.

— J'ai été appelé au sujet du meurtre, et nous venons d'apprendre qu'Ally a été arrêtée par ce maudit voleur, répondit Jamie.

— Il n'est pas maudit, mon cher, le corrigea Lavinia. Il est tout à fait charmant, vraiment. A présent, à propos des meurtres…

— Atroces. Bien sûr, cette histoire va encore intensifier l'opposition à la Couronne — comme si la reine pouvait être derrière une brutalité aussi épouvantable, déclara Jamie, indigné. Mais, Lavinia, vous pouvez être rassurée : le meurtrier *sera* arrêté.

Lavinia soupira.

— Oui, comme Jack l'Eventreur a été arrêté !

— Lavinia, dit doucement Jamie, en paraissant curieusement mal à l'aise, les meurtres de l'Eventreur sont de l'histoire ancienne, et personne n'a jamais vraiment cru que la monarchie était impliquée.

— Jamie, ne soyez pas si naïf. Cette théorie finira dans les livres d'histoire, comme d'autres. Mais nous savons tous…

— Les meurtres ont cessé. Je pense qu'il est évident que la police en savait plus que ce qu'elle pouvait dire, dit Maggie à Lavinia.

— Le silence ne fait qu'enrager encore plus les gens.

Camille arriva soudain dans leur groupe et prit le bras de Lavinia.

— Passons-nous dans la grande salle ? Le dîner est servi et ensuite, quand le bal commencera, l'annonce sera faite. Je dois faire passer tous ces gens dans la salle à manger… Hunter, Jamie, est-ce que l'un de vous peut avoir l'amabilité d'escorter lady Lavinia ?

— Quelle annonce ? demanda Ally, qui n'en pouvait plus de curiosité.

— Oh ! dit Camille, voici lord Farrow, comte de Warren. Ally, venez avec moi une minute. Curieux, lord Farrow est seul, semble-t-il. Venez, ma chère.

— Camille, implora Ally, de quelle annonce parliez-vous ?

Elle commençait à être sérieusement agacée par le comportement de ses parrains. Chacun semblait éviter ses questions, détournant l'attention sur d'autres sujets dès qu'elle faisait allusion à l'objet de la soirée.

La comtesse se tourna vers elle, ses jolies joues s'empourprant.

— Une annonce dont nous aurions dû vous parler voilà longtemps, je le crains. Nous voulions vraiment le faire, je vous le promets. Simplement, nous voulions tous être présents pour cela et une chose en entraînant une autre…

Elle leva les mains d'un geste impuissant.

— La vie, vous savez ? murmura-t-elle. Je suppose que l'un de nous aurait simplement dû le faire. Cette affaire s'est présentée il y a des années, avant que vous soyez assez grande pour comprendre. Ensuite, vous avez été assez grande, mais il semblait toujours que le moment n'était pas encore venu.

— Lady Camille, quelle est cette annonce ? insista encore Ally avec impatience.

Elles furent interrompues par l'arrivée d'un gentleman.

— Très chère Camille, dit-il doucement.

Grand, les cheveux blancs, le visage ridé et fascinant, il semblait être le genre d'homme à ne pas avoir besoin d'un titre pour commander le respect. Ally reconnut en lui lord Farrow, l'homme que Camille avait indiqué un instant plus tôt. Il siégeait à la Chambre des lords et se battait en permanence pour que les journées de travail des ouvriers soient plus courtes et leurs salaires plus élevés. D'après ce qu'Ally avait lu à son sujet, il était un pair du royaume, un ardent partisan de la reine et un très bon ami du peuple, également.

Aussi était-elle très heureuse de le connaître.

— Lord Farrow, puis-je vous présenter notre filleule, miss Alexandra Grayson ? dit Camille.

Il s'inclina courtoisement et lui prit la main, l'étudiant avec curiosité de ses yeux sombres et doux. Une étrange sensation s'empara d'elle tandis qu'il la détaillait comme un objet exceptionnel rapporté de fouilles archéologiques. Il avait l'air de trouver chaque aspect de sa personne captivant.

— Comment allez-vous ? murmura-t-elle, gênée.

— Très bien, et je suis très heureux de vous rencontrer, répondit-il.

Il lui sourit, puis jeta un coup d'œil à Camille.

— Miss Grayson est vraiment d'une rare beauté.

Un instant, il parut peiné.

— Je suis terriblement désolé que Mark n'ait pu venir. Il sert la reine. Rien d'autre n'aurait pu le retenir loin d'ici, je vous l'affirme solennellement. Vous devrez lui pardonner, ajouta-t-il à l'intention d'Ally.

Pardonner à Mark Farrow ? Mais elle ne le connaissait même pas !

— Naturellement, le service de la reine est plus important que n'importe quelle soirée, milord, répondit-elle toutefois poliment.

— C'est horrible, n'est-ce pas ? dit-il à Camille. Giles Brandon était un fanfaron et un mufle, mais je crains que sa mort n'enflamme les masses.

— C'est ce que nous craignons tous, reconnut la comtesse.

— Enfin, je ne m'attarderai pas sur de telles choses au milieu de tant de beauté, dit lord Farrow.

— Voudriez-vous escorter Ally à la salle à manger ? demanda Camille. Vous êtes placés côte à côte, bien sûr.

Sur ces mots, elle s'esquiva dans un tourbillon.

Bien sûr ?

— Giles Brandon était un fanfaron, mais un auteur puissant, déclara gravement Ally au vieux gentleman.

— Vous avez lu ses articles ? s'étonna-t-il.

— Je lis tous les articles, milord. Pour soutenir une discussion, on doit savoir de quoi on parle.

Il haussa les sourcils.

— Intéressant. Je suis fasciné de faire votre connaissance, ma chère. Allons-y, voulez-vous ? Je vois que Camille est anxieuse d'avoir ses invités installés.

Ally accepta son bras. Les convives affluaient lentement dans la grand-salle. Ally et lord Farrow étaient assis en haut, entourés de Brian et Camille, Maggie et Jamie, Hunter et Kat. Tandis que le repas était servi et consommé, la conversation porta sur la prochaine expédition en Egypte, l'état des musées de Londres, l'art et la littérature, et même le temps.

Ally souriait, répondait et faisait quelques commentaires. Pourtant, elle brûlait de se lever et de crier sa révolte. Elle savait qu'elle avait la volonté nécessaire pour exiger une réponse à la question qu'elle avait posée toute la soirée.

Que signifiait tout cela ?

Elle observa en silence ceux qui étaient assis autour d'elle, et elle sut qu'elle n'oserait rien dire. Lady Maggie et lord Jamie l'avaient recueillie quand elle avait été abandonnée aux soins d'un prêtre local. Le majordome de Maggie, un homme au bon cœur, décédé depuis plusieurs années, était une relation de ses « tantes ». C'était lui qui avait proposé de la confier aux tantes afin qu'elles l'élèvent dans leur cottage de la forêt, où Ally grandirait sans porter le stigmate de jeune orpheline. La propriété où se trouvait le cottage appartenait à lord Stirling, qui était naturellement devenu son tuteur. Kat et Hunter, de très bons amis des Stirling, l'avaient adoptée comme leur filleule aussi, par pure affection. Elle leur devait tant, à tous. Ils étaient les meilleurs parrains et marraines que l'on pouvait souhaiter, même s'il était parfois difficile d'avoir de si nombreux tuteurs. Ils étaient tous beaux, puissants et généreux. Ils avaient un sens aigu des responsabilités à cause des positions que la vie leur avait accordées.

Jamais elle n'oserait déshonorer l'un d'entre eux, et donc elle ne se montrerait pas grossière à la table de Camille.

Pourtant, tandis qu'elle regardait autour d'elle, prétendant bavarder légèrement, sourire et apprécier la soirée, la question faisait toujours rage dans sa tête.

Que se passait-il ?

A mesure que le temps passait, une forte appréhension l'envahissait.

Ally avait eu l'intention de faire sa propre annonce ce soir-là, et de confesser qu'elle avait décidé de prendre sa vie en main et de le faire avec passion. Mais, à présent, quelque chose lui disait qu'elle n'aurait pas cette chance.

Malgré la forte odeur d'antiseptique qui régnait dans la morgue, la puanteur de la mort était toujours horriblement présente.

L'air grave, Mark se tenait près de la table d'opération sur laquelle se trouvait le cadavre de Giles Brandon. En dépit des ampoules nues au-dessus du cadavre, la pièce semblait plongée dans l'obscurité. Deux hommes étaient à ses côtés : le Dr Evan Tiel, médecin légiste, et le détective Ian Douglas.

Ce dernier était l'un des hommes les plus remarquables que Mark avait eu le plaisir de rencontrer. Grand et bourru, il pouvait affronter n'importe qui. Cinquième fils d'un petit propriétaire terrien écossais, il avait passé quelque temps à étudier le droit à Eton, puis était revenu chez lui pour étudier la médecine à Edimbourg. A la fin de ses études, il s'était rendu compte que ce qui l'intéressait le plus était de traduire des meurtriers en justice et d'assurer que des innocents ne soient jamais injustement condamnés. C'était un bel homme, fort et aux larges épaules, mais il montrait la tension éloquente de quelqu'un qui livrait une bataille perdue — défendre les innocents et essayer de déraciner le Mal. Ils vivaient peut-être à une époque grandiose et glorieuse, mais la pauvreté était très répandue à Londres, et c'était un terrain fertile pour le crime.

Le Dr Evan Tiel était un homme tout aussi louable. Plus petit, mince et sec, il était incroyablement énergique. Il était fasciné par l'utilisation de plus en plus importante de la science et de la médecine dans la recherche de la justice. Douglas et lui avaient tous deux suivi à Edimbourg des cours donnés par le Dr Bell, le chirurgien et professeur qui avait inspiré Arthur Conan Doyle pour le personnage de Sherlock Holmes. Alors que certains pouvaient railler l'idée d'accorder de l'importance à un écrivain de fiction pour mener une enquête, Tiel et Douglas percevaient la sagesse des méthodes d'Holmes. Même si Bell consacrait ses observations à définir les causes de maladies, ces méthodes étaient également applicables à d'autres domaines.

— On l'a découvert affalé sur son bureau, les doigts serrés sur son dernier article, dit Ian Douglas.

— En fait, ajouta Tiel, à la façon dont le sang a coulé, il apparaît que sa tête a été tirée en arrière pour lui trancher la gorge, puis il a été repoussé en avant sur le bureau où il a saigné à mort.

— Mais il s'est débattu ? demanda Mark en indiquant des estafilades sur les bras du cadavre.

— Je suppose qu'il a vu son assaillant et s'est débattu, en effet, reconnut le médecin, mais le meurtrier est passé derrière lui, finalement. Il a dû se tenir ainsi.

Il fit une démonstration, se servant de Douglas comme de la victime. Il mima le geste d'avoir un couteau à la main et de le poser sur sa gorge.

— D'accord, résuma Mark. Giles Brandon était à son bureau, tapant à la machine. Il a fini son article. Le meurtrier est entré dans la pièce et il y a eu une lutte, mais l'intrus a réussi à passer derrière lui et à lui trancher la gorge.

Ian Douglas s'éclaircit la voix.

— Le problème est là. La porte d'entrée était verrouillée de l'intérieur. Le portail qui donne sur le terrain était fermé à clé. Et Giles Brandon fermait également son bureau. Je ne crois pas que le meurtrier soit simplement entré par la porte pour prendre Brandon par surprise. Je crois qu'il était déjà là, attendant son retour.

— Alors il semblerait qu'il se soit tenu au fond de la pièce, dans l'ombre, un bon moment, conclut Mark.

— Oui, cela se pourrait, admit Douglas.

— C'est presque plus… un assassinat délibéré qu'un simple meurtre, argua Mark.

Le détective le regarda attentivement.

— Oui, peut-être.

Mark fixa les tristes restes de Giles Brandon. Beaucoup le détestaient, mais peu de gens souhaiteraient une telle fin à quiconque, même à leur pire ennemi.

Il examina les estafilades sur les bras, la plaie ouverte de la gorge.

— Il n'y a pas d'autres blessures sur le corps ? Pas de dommages causés après la mort ?

— Rien, lui assura le Dr Tiel.

Mark recula.

— Alors, si le tueur se trouvait tout le temps dans la pièce, il — ou elle — devait avoir une clé, dit-il.

Ian Douglas secoua la tête.

— Sa femme l'adorait. D'après tous les rapports, il était peu délicat avec elle et l'insultait même en public, à l'occasion. Mais elle l'adorait. Elle était convaincue qu'il était un génie.

— Quelque chose qu'il lui disait probablement lui-même, fit observer Mark, sardonique.

Le détective approuva d'un signe de tête.

— Sans doute. Mais il est tout simplement impossible qu'elle ait fait cela, ou qu'elle en ait été la complice.

— Qui d'autre avait une clé ?

— Seuls Brandon lui-même et la gouvernante, Tilly. Quand vous la verrez, vous vous rendrez compte que ça ne peut pas être elle, non plus. C'est un frêle sac d'os, dure au travail, certes, mais incapable de maîtriser un homme comme Brandon. En outre, elle avait besoin des gages qu'elle recevait de lui et, malgré son tempérament, il était assez prestigieux pour elle d'être la gouvernante d'un tel homme.

— Si l'épouse et la gouvernante ne sont pas coupables, dit Mark, alors l'une ou l'autre a été utilisée par le meurtrier. Je dirais que la clé de l'une d'elles a été volée, puis remplacée. Manifestement, ce n'était pas un acte de violence commis au hasard, et l'assassin a pris le temps de le planifier.

— C'est une autre attaque contre les antimonarchistes, déclara Douglas en secouant la tête. Ce stupide meurtrier ne se rend-il pas compte qu'il ne fait qu'aggraver les choses pour la reine ?

Mark resta silencieux une minute.

— Je crois, affirma-t-il lentement, que le meurtrier est un antimonarchiste.

— Quoi ? s'exclama Douglas. Alors pourquoi tuer ?...

Sa voix faiblit quand il comprit ce que voulait dire Mark.

— Précisément, murmura ce dernier. L'idée est de faire croire à la populace que les monarchistes tuent ces hommes parce qu'ils s'expriment haut et fort. Quel meilleur moyen de faire gagner une cause que de créer une armée de martyrs ?

— Alors ?... demanda le détective en plissant les paupières.

— Je pense que nous devons nous tourner vers les amis et collègues de Giles Brandon. Parce que je suis sûr d'une chose.

— Laquelle ?

— Brandon connaissait son meurtrier. Je dirais même qu'il le connaissait très bien.

*
* *

Le dîner terminé, la longue table sembla disparaître en un instant. Bientôt, de nouvelles tables furent disposées contre les murs, et l'on y plaça d'élégantes tasses à café et de petites assiettes à dessert. Quand on commença à danser, Ally reconnut plusieurs invités qu'elle n'avait pas encore salués.

Le premier à l'entraîner sur la piste fut Brian Stirling. Elle dansait très bien avec lui, étant donné qu'enfant elle avait appris ses premières danses en se perchant sur ses pieds, riant tandis qu'il la faisait tournoyer dans la salle.

Alors qu'ils glissaient sur le parquet ciré, elle chuchota :

— Thane Grier est là.

— Oui.

Brian ne semblait pas content de la présence du journaliste.

— Vous l'avez invité ?

— Bien sûr. Si je ne l'avais pas fait… Il vaut mieux amadouer l'ennemi.

— Il est l'ennemi ?

— Quiconque touche à la presse peut être un dangereux ennemi. Alors, oui, je l'ai invité ce soir. Et tout particulièrement ce soir.

— Brian, je vous en supplie…

Le comte s'arrêta. Ally se rendit compte qu'on lui avait tapé sur l'épaule.

— Lord Stirling, puis-je ?

C'était sir Andrew Harrington. Elle se souvint de l'avoir vu plus tôt, au village, avec sir Angus Cunningham et lord Lionel Wittburg. Ils s'étaient croisés au fil des années, une fois à un gala de bienfaisance pour le département des antiquités et une fois à l'une des soirées données par Maggie pour attirer l'attention sur la situation des pauvres de l'East End.

Brian s'inclina courtoisement, bien qu'il paraisse tendu à l'idée de céder sa cavalière à sir Andrew.

Ce dernier sourit d'un air charmant à Ally en lui

prenant la main et en passant un bras autour de sa taille, pour se couler avec aisance dans la valse.

— Vous êtes certainement devenue une très belle femme, miss Grayson, dit-il.

— Merci, sir Andrew. Comment allez-vous ? Je vous ai vu ce matin.

— Vraiment ?

— Au village.

— Ah, oui… Angus semblait avoir besoin d'aide.

— Les militaires se soutiennent, murmura-t-elle.

Il sourit, puis devint grave.

— J'ai entendu dire que vous avez été accostée par ce monstre, le bandit de grand chemin.

— Je vais très bien.

— Si seulement j'avais été là, dit-il, paraissant en colère. Il faut que quelqu'un passe ce vaurien par le fer.

— Merci. Toutefois, je suis tout à fait capable de me défendre.

Il secoua la tête et dit doucement :

— Vous sous-estimez votre beauté et votre allure, ma chère, ainsi que l'esprit vicieux de certains hommes. Je vous le dis — et je le dis avec ferveur, tout en sachant que vous avez de solides tuteurs —, si jamais vous avez besoin d'aide, je serai là volontiers.

Il était très séduisant, avec de beaux cheveux châtains et des yeux topaze. Grand, fort en dépit de sa minceur, Ally percevait sa puissance dans la façon dont il la tenait.

Elle sourit et inclina la tête.

— Merci.

— Alors… quelle est la mystérieuse annonce qui doit être faite ce soir ? demanda-t-il.

Elle n'eut pas l'occasion de lui dire qu'elle ne le savait pas elle-même, car, comme s'il devinait qu'ils venaient de parler de lui, sir Angus Cunningham les interrompit dans leur danse. Sir Andrew Harrington s'effaça avec réticence tandis que sir Angus entraînait Ally sur la piste. Pour un homme aussi corpulent, il dansait très bien.

— Ma chère enfant, j'ai honte de ce qui vous est arrivé. En tant que shérif du village et des bois environnants, j'ai failli envers vous. Pardonnez-moi.

— Angus !

Elle le connaissait depuis son enfance et le traitait donc avec une certaine familiarité.

— Vous étiez bien occupé ce matin. Le bandit de grand chemin n'est pas une vraie menace, alors qu'une foule en colère…

— Vous avez vu cela ? murmura-t-il.

— Et j'ai été très fière de vous — vous, lord Wittburg et sir Andrew. Vous avez très bien calmé les émeutiers.

Angus parcourut la salle des yeux, l'expression morose.

— Oui, mais… Thane Grier était là aussi. Nous allons voir quelles ordures il mettra dans le journal demain. Bien sûr, il se peut que demain soit encore pire… un autre meurtre, peut-être.

Il parut se ressaisir.

— Pardonnez-moi. Nous n'en parlerons pas ce soir.

— C'est d'une importance capitale, dit-elle doucement.

Puis, son esprit prenant soudain une nouvelle direction, elle fronça les sourcils.

Elle avait remarqué plusieurs femmes en noir, ce soir. Certes, depuis que la reine Victoria avait pleuré si longtemps son cher Albert, porter du noir était devenu une mode. Et, maintenant, il était courant que des femmes s'habillent en noir longtemps après avoir perdu une personne chère. Il n'y avait donc rien d'étrange à voir une femme en noir.

Et cependant…

En regardant par-dessus l'épaule massive de sir Angus, Ally aperçut quelqu'un qui retint son regard. Elle ne savait pas pourquoi, mais cette personne lui rappela soudain la femme qui criait contre la reine ce matin-là.

— Sir Angus ?

— Oui, ma chère ?

— Qui était cette femme, ce matin ?

— Quelle femme ?

— Dans la foule, celle qui criait si furieusement contre la monarchie.

— Qui ne criait pas furieusement ? Je le jure, quelqu'un avait soulevé cette foule. Il y avait des pancartes partout. Nos concitoyens sont normalement paisibles et respectueux de la loi, à part ce maudit bandit de grand chemin. Même si je crois qu'il vient de Londres et utilise simplement mes routes pour ses mauvaises actions.

— Il y avait une femme en particulier, vous ne vous souvenez pas ? Elle était à côté de la cousine de sir Andrew, qui essayait de la calmer, je crois.

Le shérif ouvrit la bouche pour répondre, mais de nouveau la danse fut interrompue. Cette fois, c'était lord Joseph Farrow, comte de Warren. Angus lui céda sa place.

— Vous dansez magnifiquement, dit le comte.

— Merci.

— Je crois savoir que vous chantez tout aussi bien et que vous jouez du piano de façon incroyable.

Elle sourit.

— Je joue du piano, c'est vrai. Pour le reste, cela dépend des oreilles de ceux qui écoutent.

— Je suis très satisfait, murmura-t-il, les yeux brillant d'une lueur amusée.

Ally sourit de nouveau, tout se demandant s'il importait ou non qu'il soit satisfait.

Puis la musique se tut et ne reprit pas. Ally se tourna pour voir ce qui se passait. Lord et lady Stirling, sir Hunter et lady Kat, Maggie et lord James étaient groupés devant l'estrade des musiciens. Enfin, Brian, tenant la main de Camille, se mit à parler.

— Mes amis, nous vous remercions chaleureusement d'être venus. Comme vous le savez, nous avons tous eu le privilège de jouer un rôle dans l'éducation d'une très belle jeune femme. Aussi sommes-nous très heureux de vous annoncer ce soir les fiançailles de notre filleule, miss Alexandra Grayson.

Ally en resta bouche bée un instant. Malgré son choc, elle se reprit rapidement.

— Venez, ma chère, dit Joseph Farrow en lui prenant le bras.

Elle le fixa d'un regard vide, mais elle était si ahurie qu'elle ne protesta pas lorsqu'il l'entraîna vers Brian et les autres.

Lui ? pensa-t-elle. Ils allaient la marier à lord Farrow ?

Elle se rendit alors compte que lord Farrow était sur le point de prendre la parole. Il lui tint la main et se tourna face à la foule.

— Je suis ravi d'être ici ce soir pour représenter mon fils, Mark, qui ne peut être présent. Ceci est un événement prévu de longue date par lord Stirling et moi-même. Nous avons le plaisir d'annoncer les fiançailles de mon fils, Mark, avec miss Alexandra Grayson.

Les applaudissements furent retentissants.

Mais pas plus forts que les battements de cœur d'Ally. Elle avait l'impression d'avoir été heurtée par un train.

Fiancée ? Et pas à un homme qui pourrait être son père, mais à un homme qui ne se souciait même pas d'assister à sa soirée de fiançailles !

Bien sûr, peu importait l'homme en question. C'était… archaïque. Elle avait ses propres projets, ses rêves, ses aspirations. D'ailleurs, elle avait déjà mis ces plans en action…

Elle était anéantie. A peine consciente que ses parrains et marraines l'étreignaient, l'embrassaient. A peine consciente que lord Farrow avait tiré de sa poche une bague qui lui allait parfaitement. Elle baissa les yeux sur le diamant qui étincelait à son doigt.

— Voici notre premier cadeau aux nouveaux fiancés, déclara Camille d'une voix forte, par-dessus l'agitation de la salle. Ma filleule chante comme un ange et ses doigts sont magiques sur le clavier, alors…

Shelby et plusieurs domestiques entrèrent, faisant rouler un superbe piano.

Ally balbutia dans une vaine tentative pour remercier Camille, mais aucun son ne sortit de sa bouche.

— Il n'y a pas une femme dans toute l'Angleterre qui soit aussi ravissante qu'elle, annonça ensuite Maggie. Lord Jamie et moi avons composé un trousseau à la hauteur de sa beauté.

Ally battit des cils quand Molly, avec un grand sourire, entra en portant un déploiement de splendides étoffes. De nouveau, les applaudissements retentirent et Ally se retrouva en train d'étreindre Maggie et Jamie, en se sentant la pire hypocrite du monde.

Ce fut au tour de Kat de parler. Elle s'avança, les yeux pétillants.

— Hunter et moi…

Soudain, un cri horrible l'interrompit.

Toute la salle parut se figer.

Puis un autre hurlement, suivi par un bredouillis incompréhensible de mots hystériques, résonna dans le vestibule.

— Excusez-moi, murmura Brian en partant dans la direction du vacarme.

Les invités le suivirent comme un seul homme. Ally, toujours abasourdie, fut entraînée par la foule.

Dans l'entrée, Shelby essayait de retenir et de calmer une femme. Elle semblait avoir une quarantaine d'années et était toute vêtue de noir. Ses cheveux étaient argentés et ses yeux paraissaient être de la même couleur, flambant de folie.

— Il est mort ! glapit-elle.

Avec la force que lui donnait sa folie, elle se dégagea de Shelby.

Brian leva une main, indiquant au cocher que tout allait bien, qu'il pouvait laisser la femme tranquille.

— Eleanor, dit-il doucement, en tendant le bras vers elle.

Elle le regarda ; puis ses yeux se plissèrent et elle poussa un autre terrible hurlement. Ses vêtements de deuil volant autour d'elle, elle pirouetta vers la foule.

— Il est mort ! Et vous, vous tous, qui soutenez la reine, maudits soyez-vous ! Vous tuerez encore et encore pour atteindre vos objectifs. Il est mort. Mon mari est mort. Giles Brandon, qui valait des dizaines d'entre vous. Il est mort !

— Eleanor, répéta Brian, mais, alors que Shelby voulait bouger, il secoua la tête en silence, accordant une fois de plus à la femme son moment de douleur et de fureur.

Elle pivota de nouveau, comme si elle cherchait quelqu'un en particulier.

Ally fut surprise quand les yeux fous de la femme se posèrent soudain sur elle et qu'elle tendit un bras osseux, revêtu de noir.

— Vous ! cria-t-elle. Enfant de l'élite ! Soyez damnée ! Puissiez-vous souffrir mille morts. Ainsi c'est votre anniversaire ? Et vous êtes nouvellement fiancée ? Je le répète, soyez damnée ! Puissiez-vous connaître une mort atroce avant que le jour de vos noces n'arrive.

4

La maison de ville de Giles Brandon était barricadée, scrupuleusement gardée par une vingtaine de policiers.

— Combien de personnes sont venues ici après la découverte du corps ? demanda Mark lorsqu'il fut à l'intérieur avec Ian Douglas.

Ian haussa les épaules d'un air résigné.

— La gouvernante et le premier officier de police qu'elle a trouvé dans la rue, puis trois ou quatre autres officiers. Après eux, le coroner et plusieurs de ses assistants.

Mark hocha la tête. C'était la procédure habituelle, on ne pouvait rien y faire.

Il prit une lanterne et ressortit, afin de commencer ses recherches sur le trottoir à l'extérieur des lourdes grilles en fer forgé. Il ne put voir aucune trace de sang ni le moindre signe de désordre dans les terrains bien entretenus. En atteignant la porte d'entrée, Ian et lui examinèrent encore scrupuleusement le marbre, les céramiques et les briques.

Le vestibule était propre, aussi.

— De grâce, ne me dites pas que la gouvernante a eu l'autorisation de laver les sols ou de redresser quoi que ce soit une fois que le corps a été découvert, dit Mark.

— Dès que j'ai été appelé, je me suis assuré que rien ne soit touché. Je l'ai questionnée au sujet des sols et elle m'a dit qu'elle ne les avait pas lavés. Elle travaillait dans la cuisine, pensant que c'était là qu'elle pourrait s'occuper le mieux sans faire de bruit. Quand elle est arrivée, elle croyait que Giles était encore en train de travailler.

Une fouille minutieuse des sols, des murs et des meubles de la maison ne donna rien. Mais, tandis qu'ils montaient l'escalier, Ian à quelques pas devant Mark, le détective poussa un petit cri.

— Une tache !

Mark en approcha la lanterne. En effet, cela ressemblait à une tache de sang laissée par une chaussure. Mais elle était petite et suggérait seulement que le meurtrier avait dû partir par l'escalier principal.

— Le sang a dû jaillir de Brandon comme un volcan crachant de la lave, dit Ian. Pourtant, il semble que son meurtrier ait échappé au flot.

— Il était sans doute derrière sa victime, et le sang a jailli par-devant.

— Néanmoins, cela a dû être un bain de sang.

— Mais nous pensons que ce meurtrier a tué deux autres victimes de la même façon. Cela voudrait dire qu'il sait combien de sang coule d'une gorge tranchée.

— Tuer un homme — et en savoir assez pour rester propre, dit Ian avec dégoût.

— Puis-je voir la pièce ? demanda Mark.

— Bien sûr, c'est pour cela que nous sommes ici.

En haut, dans le bureau de Giles Brandon, il devint encore plus évident que l'assassin savait ce qu'il faisait. Brandon avait été tué alors qu'il était debout derrière son bureau. Le meurtrier s'était assuré qu'il tombe en avant pour mourir. Il y avait une flaque de sang séché sur le bureau.

La machine à écrire du journaliste, son arme à lui, en était pleine.

— Il tenait son dernier article à la main quand il est mort ? demanda doucement Mark.

Ian hocha la tête.

— Et nous avons remis l'article au journal — bien qu'il vilipende le gouvernement, comme d'habitude.

Le chef a pensé que retenir une telle pièce, quand son existence filtrerait sûrement, serait bien plus dangereux que de la laisser imprimer.

— C'est exact, j'imagine. Toutefois… les pages devaient être tachées de sang.

— L'article va paraître dans le journal du matin, dit Ian. Avec la nouvelle de la mort de Brandon.

Mark opina.

— Espérons que les gens sauront se montrer raisonnables.

Il observa attentivement la pièce, s'efforçant de reconstituer la scène du meurtre dans son esprit. Il y avait un coin de la pièce où quelqu'un aurait pu se tenir sans être remarqué. Sur la gauche, derrière le bureau. Deux rayonnages de livres formaient un angle, pleins de volumes sombres. Si une personne se tenait parfaitement immobile…

Il se dirigea vers l'endroit en question et regarda le bureau.

— Je serai Brandon, dit Ian.

Alors, ensemble, ils mimèrent la scène.

— Je crois que Brandon s'est d'abord levé, puis qu'il a entendu son meurtrier et s'est retourné, dit Ian.

— Exact. Ensuite, le meurtrier s'est avancé.

— Brandon a levé les bras comme ceci quand il s'est aperçu que l'assassin avait un couteau…, poursuivit le détective.

— Le tueur s'est avancé et a frappé.

— Il a entaillé les bras de Brandon, le sang a coulé.

— Pendant que Brandon chancelait sous l'assaut, le meurtrier l'a pris par l'épaule et l'a fait pivoter.

— Alors sa gorge a été tranchée, de gauche à droite, dit Mark.

— Et il est tombé en avant, essayant d'attraper son article.

— Le tueur a reculé sur-le-champ. Le sang a coulé vers l'avant. Toutefois, le couteau devait dégoutter.

— Alors, suggéra Ian, il a dû le ranger rapidement pour l'empêcher de goutter quand il a quitté la pièce.

— Puis il a pris l'escalier, murmura Mark.

Ian hocha la tête.

Ils passèrent devant la petite tache et descendirent les marches. Là, ils s'arrêtèrent.

— L'entrée de derrière, dit Ian.

— Essayons-la.

Ils prirent le couloir qui passait devant la salle à manger, le salon, la cuisine et le cellier. A la porte de service, Mark inclina la lanterne, dirigeant la lumière sur le bouton.

— Oui, il est parti par là.

— Je ne vois pas… ah ! fit Ian.

De nouveau, la tache de sang était si petite qu'elle aurait pu ne jamais être remarquée.

— La porte de derrière était verrouillée aussi.

— Le meurtrier avait la clé, dit Mark.

Ian ouvrit la porte. Mark leva la lanterne. Une allée dallée conduisait dans un jardin aménagé où trônaient des meubles en fer forgé peints en blanc. Une petite fontaine gazouillait, son bruit détonnant étrangement avec l'ambiance lugubre qui régnait dans le lieu. Les deux hommes se regardèrent et se dirigèrent vers elle. Il y avait des taches de sang sur la pierre.

— Eh bien, c'est ici qu'il a nettoyé son arme, dit Ian. Puis…

— Puis il a continué par l'arrière, supposa Mark en suivant une allée en terre qui serpentait entre des chênes taillés. Un mur en brique lui a coupé le chemin.

— Comment l'a-t-il franchi ? demanda Ian.

Mark se tourna vers lui.

— Il avait un complice, quelqu'un qui l'attendait et qui lui a lancé une corde. Il a grimpé et sauté par-dessus le mur. Ici, à l'arrière de la maison, il y a très peu de circulation. Il y a d'autres maisons résidentielles mais, à cette heure de la nuit, les gens devaient dormir. Il a atterri sur le trottoir, puis son complice et lui se sont rendus dans un endroit sûr, car certains de ses vêtements devaient être tachés de sang.

— Un endroit sûr ou…, murmura Ian.

— Une voiture, acheva Mark.

— Une belle voiture, une qui pouvait se déplacer dans les rues en risquant peu d'être arrêtée par la police, dit Ian. Je suis certain que nous découvrirons cette personne si nous pouvons trouver où les habits ensanglantés ont été laissés.

Mark hocha la tête, puis haussa sombrement les épaules.

— Ian, le meurtrier a bien pu dissimuler ses actions en s'enfuyant dans une belle voiture, comme vous dites. Mais croyez-vous vraiment qu'il aurait osé garder des vêtements tachés de sang ? Pourquoi ne pas s'en débarrasser ?

— Parce que, quand on se débarrasse de quelque chose, cela peut être retrouvé, affirma Ian. Je crois aussi…

Il s'arrêta.

— Quoi ? demanda Mark.

— Je n'ai pas de vrai fondement pour dire cela, mais… je ne pense pas que nous ayons affaire à un fou. Plutôt à un assassin politique, froid et calculateur. Je crois également que cette personne est convaincue de sa propre supériorité. Du fait qu'elle est dans son bon droit. Je suis donc d'avis qu'elle garde toute veste, cape ou autre vêtement qu'elle utilise pour cacher le couteau quand elle s'enfuit. C'est peut-être même quelque chose qui la fait se rengorger. Pourquoi me fixez-vous ainsi ? Pensez-vous que ma théorie est ridicule ?

Mark secoua la tête.

— Pas du tout. Mais je pensais que… D'accord, nous savons que le meurtrier est agile. Capable de se déplacer en silence. De grimper à un mur avec une corde.

— Oui.

— Ce que nous ignorons, c'est s'il est un homme. Nous cherchons peut-être une femme.

— Mais Giles Brandon était un homme grand et fort.

— C'est peut-être pourquoi il a tenté de se défendre. Il a peut-être pensé qu'il avait le pouvoir d'arracher l'arme à son assaillant. Je ne dis pas que le meurtrier est une femme. Je suggère juste que nous ne devrions pas éliminer cette hypothèse.

Après qu'Eleanor Brandon eut glapi sa malédiction désespérée, tout le château s'immobilisa, figé. Personne ne prononça un mot. Personne ne semblait même respirer.

Ally était stupéfaite et bouleversée par la malédiction que la femme venait de lancer à son encontre. Au bout de quelques minutes, elle combattit le frisson qui lui parcourait l'échine et prit la parole.

— Madame Brandon, je suis terriblement navrée de votre perte. Je peux seulement prier que Dieu vous apporte la paix.

Puis Brian Stirling saisit la veuve par les épaules et la fit tourner face à lui.

— Eleanor, je vous en prie. Nous le jurons devant Dieu, aucun de nous n'aurait souhaité la mort de Giles. Nous sommes tous désolés de votre deuil.

Eleanor Brandon s'effondra alors dans les bras de Brian. La harpie avait disparu pour laisser place à une femme fragile et infiniment triste. Bientôt, elle se mit à sangloter en frappant faiblement le torse du comte de ses mains.

— Que vais-je faire à présent, lord Stirling ? Que vais-je faire ?

Soudain, elle se redressa.

— Vous allez me faire arrêter ?

— Eleanor, je ne vous ferai pas arrêter.

Brian leva les yeux pour scruter la foule et Ally sut qu'il cherchait Camille.

Celle-ci s'empressa de répondre à l'appel muet de son époux, suivie de près par lady Maggie.

— Venez, Eleanor, laissez-moi vous conduire en haut.

Vous resterez avec nous cette nuit. Je vais vous donner du cognac.

La veuve secoua la tête, regardant tour à tour les deux époux.

— Il écrivait contre la Couronne. Je sais ce que vous pensiez de ses articles.

— Nous sommes en Grande-Bretagne, dit Camille, et nous sommes libres d'exprimer nos opinions. Giles avait le droit de croire ce qu'il croyait. Maintenant, venez, Eleanor. De grâce, laissez-nous vous aider.

Mme Brandon agita faiblement la main.

— Mon cocher…

— Nous nous occuperons de lui, assura Maggie.

— Je vous en prie, tous, dit Brian en se tournant pour s'adresser à la foule des invités élégamment vêtus qui se tenaient toujours dans le vestibule, silencieux, bouche bée. Pour ceux qui désirent rester, les musiciens vont continuer à jouer.

Il laissa ensuite Camille et Maggie réconforter Eleanor pour se diriger vers Lavinia.

— Si vous ne partez pas, ma chère amie, j'aimerais une danse.

— Comme si j'allais partir après une offre pareille, répondit Lavinia en plaisantant. J'adorerais danser.

Tandis qu'ils retournaient dans la salle de bal, Hunter suivit l'exemple du comte, s'inclinant devant une autre veuve et lui prenant la main. Lord Jamie se porta également volontaire.

Ally ne se rendit pas compte qu'elle n'avait pas bougé jusqu'à ce que Kat vienne la rejoindre.

— Allez-vous bien, ma chère enfant ?

Elle eut un sourire contraint.

— Voyons voir. Je viens d'apprendre que je suis fiancée, mon fiancé ne s'est pas donné la peine d'apparaître pour l'annonce — peut-être n'était-il pas au courant, non plus ? — et on vient de me lancer une malédiction. Une soirée intéressante.

Kat rit doucement.

— Vous oubliez que vous avez été retenue par un bandit de grand chemin, aussi. Oh ! Ally, je vous en prie, ne laissez pas les divagations d'Eleanor vous monter à la tête.

— C'était une sacrée malédiction tout de même.

— Eh bien, je ne crois pas aux malédictions, alors ne laissez pas celle-ci vous troubler l'esprit. Avec tout cela, Hunter et moi n'avons pas pu vous offrir votre cadeau. Alors…

Kat mit une main dans la poche de sa robe et en sortit un écrin.

— S'il vous plaît, Ally, prenez-le.

— Merci, dit doucement Ally en prenant la boîte pour l'ouvrir.

Elle contenait un scarabée, une magnifique œuvre d'art en or et pierres précieuses, très élégante. Ally estima qu'il valait une petite fortune et secoua la tête.

— Je ne peux pas accepter quelque chose d'aussi coûteux.

— Ally, l'égyptologie est notre domaine, lui rappela Kat. Ceci n'est pas une pièce ancienne, mais un objet moderne que nous avons fait fabriquer. Hunter s'est assuré que le scarabée authentique reste au musée du Caire. Mais, bien que ce soit une copie, elle est précise, et avec les gemmes disposées ainsi, elle est censée être magique. Elle déjouera toute menace.

Elle sourit.

— L'original a été offert à la princesse Netahula-ré. On raconte que la femme de son frère a voulu l'assassiner avec du poison. Elle n'est pas morte, elle a simplement été malade, et sa belle-sœur a été prise. C'est elle qui a connu un sort terrible finalement, atroce même. Ce scarabée, tout comme l'original, est censé protéger son propriétaire. S'il existe quelque chose comme une malédiction, ce que je ne crois pas, maintenant vous en êtes protégée. Ainsi tout est bien qui finit bien.

— Je ne crois pas aux malédictions, moi non plus,

mais je vous remercie de tout mon cœur, Hunter et vous. Toutefois, Kat, j'ai vraiment besoin de vous parler, à tous. Je n'avais aucune idée de ce qu'il allait se passer ce soir et…

— Kat, vous voici !

Hunter, un peu essoufflé, les rejoignit sur le seuil.

— Oh ! vous lui avez donné le scarabée. Il vous plaît, Ally ?

— Je l'adore. Il est magnifique. C'est beaucoup trop.

— Sottise ! Vous êtes devenue une femme que nous tenons tous en haute estime.

Hunter l'embrassa sur la joue, puis prit la main de sa femme.

— Je ne veux pas être grossier, mais j'ai dansé avec une douzaine de dames trop grosses ou vieillissantes, et j'aimerais une danse avec mon épouse. Ally, voulez-vous nous excuser ?

— Oui, mais…

Ils s'esquivèrent vers la piste de danse et Ally les regarda partir, frustrée.

Elle baissa la tête. Peut-être n'était-ce pas le bon soir pour leur parler et leur faire comprendre ce qu'elle attendait de la vie. Ils l'avaient élevée en lui apportant tout ce dont elle rêvait, ils ne pourraient donc pas lui en vouloir de souhaiter se servir son éducation.

— Ma chère ?

Elle se tourna vivement. Lord Joseph Farrow, comte de Warren, son futur beau-père, était près d'elle.

— Vous ne devez pas être inquiétée par les divagations d'une folle en proie à la détresse, la rassura-t-il.

— Je ne suis pas inquiète, répondit-elle.

Elle savait qu'elle disait vrai, rationnellement, cependant il y avait toujours cette petite pointe de peur en elle. Mais, se rappela-t-elle, elle avait le scarabée !

— Voudrez-vous me faire l'honneur d'une dernière danse ? demanda-t-il. Il se fait tard et je dois partir bientôt.

— Bien sûr, murmura-t-elle.

Tandis qu'ils se lançaient sur la piste, elle remarqua de

nouveau une lueur amusée dans les yeux de lord Farrow. Elle lui adressa un regard interrogateur auquel il répondit par un sourire.

— Vous n'étiez pas au courant de tout cela, je crois ?

Elle rougit.

— Comment le savez-vous ?

— A la façon dont votre mâchoire est tombée.

— Je suis désolée.

— Ce n'est pas grave. Mais dites-moi, et soyez franche, êtes-vous affligée ou heureuse de savoir que vous serez un jour une comtesse, l'épouse d'un comte ?

— Ce n'est pas vous que j'épouse, milord, ironisa-t-elle. Et vous semblez en bonne santé, sans mentionner que je vous souhaite la plus longue vie possible.

— Eh bien, merci. Mais une génération doit toujours laisser la place à la suivante, et j'admets que je suis heureux d'avoir un fils.

— Vous n'êtes guère un vieillard chenu, milord. Vous pourriez vous remarier et avoir encore de nombreux fils.

Il pencha légèrement la tête et la regarda dans les yeux.

— Je ne me remarierai jamais. Et vous, ma chère, vous avez superbement éludé ma question. Que pensez-vous de cette union avec mon fils ?

— Comme je ne l'ai pas rencontré, je ne peux guère avoir d'opinion.

Elle fut surprise qu'il ne lui dise pas immédiatement que son fils était tenu en haute estime par tous, ou qu'il ne lui vante pas ses qualités.

— C'est vrai. Je pensais que l'un de vos tuteurs vous aurait expliqué la situation.

— Je crois qu'ils en avaient l'intention, mais pas avant aujourd'hui. Et alors, eh bien… les interruptions se sont succédé.

— Même sans connaître mon fils, quels sont vos sentiments sur ce mariage ? Après tout, bien des jeunes filles épouseraient un imbécile pour devenir comtesse.

Elle sourit.

— Suis-je honorée d'être considérée comme digne de cette union ? Certainement. Et j'aime profondément mes tuteurs. J'apprécie tout ce qu'ils ont fait et continuent à faire pour moi.

— C'est dit d'une manière charmante, déclara lord Farrow en inclinant légèrement la tête et en lui décochant un petit sourire amusé. Franchement, j'étais très inquiet. Tout cela a à voir avec une promesse, voyez-vous, bien que je craigne de ne pas être libre d'en parler, en vérité.

Ally secoua la tête.

— Quelles que soient les promesses faites à mon sujet, j'ai été élevée d'une manière qui me permettra de suivre mon propre chemin dans le monde. Votre fils n'est certainement pas obligé de m'épouser.

— Non, ma chère, l'avenir est scellé.

Elle le dévisagea, les sourcils froncés. Puis elle s'avisa que la musique s'était tue. Des gens commençaient à partir.

— Mais…

Elle ne put en dire plus, étant donné que des invités passaient près d'elle, offrant des félicitations, applaudissant à l'union.

— Ma chère, je dois partir, dit lord Farrow. Nul doute que nous nous reparlerons.

Alors, lui prenant la main, il l'embrassa sur la joue et s'en alla. Elle le suivit des yeux, puis sentit une main sur son épaule. Elle se tourna et découvrit lady Lavinia

— Mark est très beau et très noble, dit-elle. Quels délicieux enfants vous aurez !

Andrew Harrington, qui arrivait derrière Lavinia, rit.

— Juste Ciel, Vinnie, chuchota-t-il en haussant les épaules avec espièglerie. Parfois, les gens les plus beaux ont des enfants hideux.

— Andrew, ce que vous dites est horrible ! s'exclama-t-elle.

— Peut-être, mais c'est vrai.

Il eut un sourire charmeur et prit la main d'Ally.

— Pardonnez-moi. Je parle avec la bouche pleine

d'aigreur. Je serais volontiers votre prétendant. Il est injuste que lord Stirling vous ait gardée sous cloche toutes ces années, puis qu'il nous laisse apercevoir une beauté aussi ravissante pour annoncer aussitôt après que vous allez vous marier.

— Vous êtes très aimable, murmura Ally.

Elle aperçut Thane Grier du coin de l'œil. Le journaliste griffonnait sur son carnet.

— ... pas aimable du tout, purement et simplement jaloux, poursuivait Andrew. Ah, enfin... qui vivra verra, n'est-ce pas ? Mais je ne suis qu'un modeste chevalier, et on vous offre un futur comte.

— Mon désir le plus profond dans la vie, monsieur, est d'être une personne qui s'appuie sur ses propres mérites et n'a pas besoin de titres ni de la grandeur de quelqu'un d'autre pour laisser sa marque sur le monde.

— Bien dit ! s'exclama Thane Grier en venant vers eux après avoir rangé son calepin dans sa poche. Ainsi, un homme humble, sans même un « sir » devant son nom, pourrait avoir une chance ?

— Pouvait, corrigea Lavinia d'un ton sec. Miss Grayson est maintenant officiellement fiancée à Mark Farrow.

— Fiancée n'est pas mariée, fit observer le journaliste.

Ally nota qu'il était bien bâti. Son sourire paraissait sincère et il avait un très beau visage. Mais Andrew Harrington, avec ses cheveux couleur de blé, ses yeux verts, sa superbe prestance et ses habits bien coupés était très beau, lui aussi.

Pourtant, à ses yeux, ni l'un ni l'autre ne pouvait se comparer au bandit de grand chemin...

Elle sursauta, stupéfiée et alarmée par cette pensée.

— Tout va bien, ma chère ? demanda Lavinia.

— Oui, tout à fait, répondit-elle vivement.

— Grands dieux, vous n'êtes pas perturbée par la malédiction de cette toquée, n'est-ce pas ? s'enquit Andrew, inquiet.

— Miss Grayson est une jeune femme bien trop saine

d'esprit et pratique pour de telles sottises, affirma Thane en la regardant avec une lueur d'admiration, comme s'il comprenait à son sujet quelque chose qu'elle ne comprenait pas elle-même.

Tandis qu'ils se tenaient là, Shelby vint se placer devant Ally.

— Pardonnez-moi, dit-il poliment aux autres. Lord Stirling a suggéré que je vous ramène à la maison maintenant, miss Grayson. Il craint que vos tantes ne commencent à s'inquiéter.

— Oui, oui, je dois partir. Bonne nuit, dit-elle avec un signe de tête à Thane, Andrew et Lavinia.

— Bonne nuit et Dieu vous bénisse, lança le journaliste après elle.

Comme Shelby la conduisait vers la porte, il murmura :

— Lady Camille a dit que vous aviez refusé de rester pour la nuit quand cette soirée a été planifiée, que vous étiez déterminée à rentrer chez vos tantes. Vous pouvez encore rester, vous savez ? Votre chambre vous attend.

— Non, mais merci de le proposer, et merci de me ramener chez moi, Shelby. Quand les tantes ont absolument refusé de venir, je savais que je devrais rentrer les rejoindre, assura Ally.

Il ne fut pas facile de partir. De nombreux invités s'attroupaient encore sur les marches du perron, attendant leur voiture. Sir Angus lui parla de nouveau, la félicitant. Lord Lionel Wittburg, paraissant âgé et épuisé, l'arrêta aussi, lui souhaitant une bonne santé, du bonheur et une longue vie. Quand Shelby l'aida enfin à monter dans la voiture qui portait les armoiries de lord Stirling, elle aperçut un autre des serviteurs du comte — l'un des hommes forts qui gardaient souvent la porte — assis sur le banc du cocher. Visiblement, son parrain était déterminé à ce que sa voiture ne soit pas arrêtée de nouveau.

Une fois assise, et alors que Shelby prenait les rênes, Ally se tourna vers le château.

Soudain, elle eut une étrange sensation de déjà-vu.

Le journaliste, Thane Grier, se tenait à quelques pas des autres, près de la porte. Il y avait le shérif, sir Angus Cunningham. Près de lui se trouvait Andrew Harrington et à son côté sir Lionel Wittburg. La lumière venant de la porte découpait le trio, les ombres semblant tomber autour d'eux.

Ally crut alors voir une femme… une femme en noir.

Elle se rappela qu'il y avait plusieurs femmes en noir à la soirée. Des veuves en deuil, des filles qui avaient perdu leur père, des mères qui avaient perdu des fils.

Eleanor Brandon était en noir.

Eleanor Brandon, récente veuve de Giles, dont le corps était à peine refroidi. Eleanor aurait dû se reposer chez elle avec un sédatif, mais pour une raison quelconque elle avait ordonné à son cocher de l'amener au château. Elle n'avait pas pu être la femme en noir à côté de la cousine de sir Andrew ce matin, ou bien… ?

Non, impossible… Le meurtre n'était même pas connu, à cette heure-là.

Ally secoua la tête. Elle avait des visions. Eleanor Brandon avait été mise au lit. On lui avait certainement donné beaucoup de cognac, et si l'alcool ne l'avait pas apaisée, Brian Stirling aurait appelé un docteur.

Mais, lorsqu'elle avait dansé avec Angus, Ally avait été surprise d'apercevoir une autre silhouette en noir qui lui avait étrangement rappelé la scène dont elle avait été témoin plus tôt.

Elle s'adossa au siège, puis regarda de nouveau par la fenêtre.

Une femme en noir se tenait bien dans l'ombre.

Mark versa à Ian un whisky que le détective accepta avec des remerciements avant de l'avaler d'un trait. Mark sourit et le resservit.

— La vérité finira par sortir, assura-t-il à son ami.

Ian prit son verre et alla à la belle méridienne du salon. Il se percha au bout, le verre entre les mains.

— Pas par des moyens légaux ni ordinaires, je le crains, dit-il.

— D'une manière ou d'une autre, la vérité sera connue, insista Mark.

Ian le regarda d'un air morose.

— Et si vous êtes pris ?

— Je ne serai pas pris.

Le détective secoua la tête.

— Même vous, vous n'êtes pas infaillible, mon ami.

— Alors je devrai agir très vite.

Mark but une gorgée de son propre whisky.

— Trois meurtres, tous les mêmes. Chaque victime occupée à son bureau. Chaque victime écrivant un article d'opinion contre la monarchie. Aucune preuve d'effraction, comme si ces hommes avaient été assassinés par un fantôme. Mais nous en savons plus long. Dans chaque cas, il a dû y avoir un jeu de clés, soit fourni par quelqu'un de la maison, soit volé. Demain après-midi, je vous accompagnerai lorsque vous interrogerez de nouveau la gouvernante.

Il hésita.

— Ian, non seulement je pense que les victimes connaissaient très bien leur meurtrier, mais je crois également que le tueur est lui-même un antimonarchiste. Il — ou elle, mais disons « il » pour simplifier — croit que tuer ses propres alliés est la meilleure chose qu'il puisse faire pour servir sa cause et renverser le gouvernement.

Avant qu'Ian ne puisse répondre, une porte s'ouvrit et se referma dans le vestibule.

Joseph Farrow, quittant sa cape pour la donner à Jeeter, entra en remerciant son valet.

Il ne parut pas du tout surpris de voir Mark et Ian dans le salon. Ian se leva aussitôt, inclinant la tête avec respect.

— Eh bien ? demanda le comte, puis il se reprit.

Pardonnez-moi. Bonsoir, détective Douglas. J'espère que mon fils vous a bien reçu.

— Bien sûr, murmura Ian.

— Nous avons quelques théories, père, dit Mark, avant d'exposer au comte leurs hypothèses.

— C'est outrageux ! s'écria Joseph lorsqu'il eut terminé. Pourquoi un antimonarchiste tuerait-il ses partisans ?

— Il fait des martyrs — et essaie de faire porter le blâme à la monarchie, dit Mark.

Son père se versa un whisky et se mit à arpenter la pièce.

— Il y a eu ceux qui se sont évertués à mettre toute l'horreur de Jack l'Eventreur sur le compte de la monarchie, dit-il en secouant la tête. C'était ridicule ! Si la reine n'a pas plié face à de telles accusations, elle ne pliera pas plus maintenant. Qui qu'ils soient, ils ne s'en sortiront pas indemnes.

— Non, père, assura Mark.

— Alors ? demanda le comte.

Ian regarda Mark d'un air coupable et répondit :

— Lord Farrow, je pense sincèrement que le tueur est un homme aisé. Je crois que la seule façon pour lui de s'échapper si facilement est d'avoir une voiture qui l'attend chaque fois qu'il commet un meurtre.

— Nombreux sont ceux qui ont cru que l'Eventreur s'échappait en voiture, raison pour laquelle personne ne le voyait. D'un autre côté, l'Eventreur hantait des quartiers où les abattoirs étaient nombreux et la moitié de la population devait porter des tabliers ensanglantés. Ici…

Il baissa la tête un instant, puis la secoua.

— Sur ce point, détective Douglas, je crois que vous pouvez avoir raison.

— Alors nous devons continuer à suivre chaque piste jusqu'à ce que nous trouvions la bonne, murmura Mark.

Ian reposa son verre sur la table basse en merisier.

— Je vous remercie de votre hospitalité. Je vais prendre congé.

— Merci de votre aide, détective, dit Joseph.

— C'est mon métier.

Jeeter apparut alors, prêt à reconduire le détective.

Quand il fut parti, Joseph Farrow regarda son fils.

— Tu n'as encore rien demandé sur ton bal de fiançailles.

— Je suis désolé. Je suis sûr que c'était une soirée élégante.

— Alexandra Grayson est tout à fait charmante, et ravissante.

— Je sais.

— Certes. Elle a rencontré le bandit de grand chemin, après tout, dit Joseph en fronçant les sourcils.

— Père, j'ignorais qui était dans la voiture, je n'ai vu les armoiries qu'après l'avoir arrêtée. Et le bandit de grand chemin, pour maintenir sa crédibilité, ne pouvait guère ignorer une si riche prise.

Le comte ne parut pas apaisé.

— Miss Grayson n'a guère été charmée par un fiancé qui n'a pu s'arranger pour faire une apparition.

— Je ne pouvais rien y faire.

— Je pense que nous devrions hâter ce mariage.

— Quoi ? fit Mark, ahuri.

— Sinon tu la perdras, dit doucement Joseph.

— Père, vous m'avez parlé de cette promesse que vous avez faite à lord Stirling et, bien que vous sachiez que je trouve cette idée ridicule et démodée, je l'honorerai parce que je vous respecte. Mais je ne peux guère m'inquiéter de perdre une femme qui est mienne en raison des machinations d'autres personnes.

Son père se détourna de lui et regarda le feu.

— Je crains que sa vie puisse être en danger dans l'avenir. Tu ne la connais pas encore réellement, mais sa perte serait une véritable tragédie..

— Père, pourquoi…

— Je ne peux te le dire. Tu dois simplement me croire.

— Père…

— J'ai appris quelque chose d'Angus Cunningham

ce soir, Mark. Tu as entendu parler de lady Rowenna ? C'est la fille de lord Carnarenfew.

— Oui, oui… Elle a des terres et un manoir au-delà de la forêt de l'ouest.

— Elle a failli être tuée hier.

— Comment ?

— Une balle tirée dans sa maison.

Mark secoua la tête.

— Peut-être qu'un chasseur s'est égaré, qu'une balle s'est perdue…

— Je crois que c'était une tentative pour la tuer. Elle est connue pour être une petite-fille illégitime de l'oncle de la reine.

— Père, j'avoue que je ne vous suis pas.

— Miss Grayson vit dans un cottage dans les bois. Avec trois tantes qui la gâtent énormément, certes, mais elles ne possèdent même pas un chien de garde.

— J'ai accepté de l'épouser.

— Tu dois le faire très vite, dit le comte. A moins que tu ne sois aveugle, tu dois être conscient que ce ne sera pas une épreuve.

Mark baissa les yeux. Une épreuve ? Jamais. Sa rencontre avec la jeune femme en question l'avait hanté toute la journée. Elle n'était en aucune façon ce qu'il avait escompté. Elle avait un fort caractère, ce n'était donc pas une épouse qu'il se contenterait de prendre et de protéger. Elle avait ses opinions. Elle était intelligente et vive et…

Il ne la voyait pas accepter aisément un tel mariage.

Un sourire contraint incurva ses lèvres.

— Père, pourquoi ne vous êtes-vous jamais remarié ? demanda-t-il doucement.

— Pourquoi ? répéta son père en fronçant les sourcils.

Comme toujours, Mark vit les yeux du comte s'adoucir au souvenir de sa mère.

— Je l'aime toujours, fils. Aucune autre femme ne sera jamais mon épouse.

— J'aurais apprécié connaître un jour ce sentiment,

dit simplement Mark. Cela dit, nous sommes dans une situation très sombre.

— Raison de plus pour que ce mariage se fasse vite. Je suis désolé, fils. Les circonstances sont bien trop critiques pour laisser les émotions prendre le dessus. Je prie pour que les choses soient rapides et que miss Grayson soit au plus tôt en sécurité. Tu vas être comte un jour, néanmoins, tu as décidé que tu devais t'engager en secret dans la garde privée de la reine, jouer les détectives, risquer ta vie…

Joseph se détourna. Mark se raidit.

— Père, vous avez servi dans l'armée.

— Oui, et j'ai survécu, grâce à Dieu. Si tu dois continuer de risquer ta peau, j'aimerais au moins avoir un petit-fils !

— Eh bien, c'est assez direct, murmura Mark. Je m'assurerai de… de voir miss Grayson, de… la garder en sûreté. Mais ne voyez-vous pas, père ? Plus vite nous résoudrons ces terribles crimes, plus tôt tout le monde sera en sécurité. Demain matin, la mort de Giles Brandon sera relatée dans les journaux avec des détails macabres et le dernier article qu'il a écrit paraîtra également. Je donnerais cher pour qu'il existe quelqu'un doté du pouvoir de la plume qui suggérerait que les antimonarchistes eux-mêmes sont derrière ces crimes hideux.

— Moi aussi, dit Joseph d'un ton las.

Il se dirigea vers l'escalier, puis se retourna.

— Mark, pardonne-moi. Je suis fier de toi. Je t'ai élevé pour que tu aies tes propres opinions. Je… ne pourrais pas supporter de te perdre, c'est tout.

— Vous ne me perdrez pas, père.

Le comte hocha légèrement la tête avant de monter l'escalier.

Mark plongea dans ses pensées un long moment. Il prit conscience qu'il n'avait pas dormi de la nuit quand la pendule de la cheminée se mit à sonner. Il était déjà six heures du matin.

Jeeter entra dans la pièce.

— Sir… je me suis procuré la première édition du journal.

— Merci, Jeeter.

Mark traversa vivement la pièce et prit le quotidien. Il sentait encore l'encre fraîche.

Comme il s'y attendait, les gros titres étaient consacrés au meurtre de Giles Brandon. A mi-page, du côté droit, figurait le dernier article du journaliste.

Mais, du côté gauche, il y avait un autre article. Et ses premiers mots étaient enflammés.

« La monarchie est-elle coupable ? Ou un zélote est-il à l'œuvre, un antimonarchiste désireux d'assassiner ses propres amis et camarades juste pour renverser la monarchie et provoquer un changement de gouvernement ? »

Mark en resta bouche bée. Par chance, il était près d'un fauteuil et il put s'asseoir au lieu de s'affaler par terre.

Bonté divine ! Ils venaient juste de dire qu'ils avaient besoin d'une telle plume, et ici…

Il lut l'article. Il était excellent, faisant ressortir toutes les raisons pour lesquelles il était très improbable que la reine ou un autre membre de la monarchie puissent être impliqués. L'auteur énumérait également les raisons pour lesquelles un zélote à l'esprit dérangé et passionné pourrait être le responsable. C'était vraiment excellent. Bien sûr, le papier avait été écrit avant que l'on connaisse le meurtre de Giles Brandon mais, même fondé sur les deux meurtres précédents, il était parfaitement sensé, les mots arrangés avec intelligence, les arguments persuasifs.

Mark chercha vivement une signature.

« A. Anonyme. »

Grâce au Ciel, un pseudonyme !

Si le vrai nom de l'auteur était connu un jour, « A. Anonyme » deviendrait une cible de première importance pour un sinistre meurtre.

5

— Je vais juste me promener dans les bois avec mon bloc à dessin, comme je l'ai fait des milliers de fois au fil des années, dit Ally en portant les yeux d'un cher visage alarmé à un autre.

Elle sourit en secouant la tête.

— Au nom du Ciel, qu'avez-vous ce matin, mes chéries ?

Violet, grande et mince, se mit à se tordre les mains.

— Ally, toutes ces autres fois, c'était *avant* que tu sois accostée par le bandit de grand chemin.

Elle regarda Merry, qui regarda Edith, puis toutes les trois regardèrent leur protégée.

Ally s'avisa soudain que, depuis le bal, ses tantes l'avaient tenue très occupée. Le dimanche, il y avait eu l'église, et elles avaient invité le pasteur à dîner. Le lundi, Violet avait eu besoin d'aide pour confectionner une robe. Le mardi, Merry l'avait appelée au jardin. Le mercredi, Edith avait réclamé son assistance dans la cuisine, et ainsi de suite. Chaque jour, il y avait eu quelque chose à faire. Et maintenant on était de nouveau samedi.

Une semaine depuis le bal et ses fiançailles avec un homme qu'elle n'avait pas encore vu.

Une semaine pour se remémorer sa rencontre avec le bandit de grand chemin. Une semaine… et pas de véritable occasion d'avoir une conversation avec aucun de ses parrains et marraines.

Une semaine au cours de laquelle elle avait eu au moins un peu de temps pour écrire.

— Le bandit de grand chemin… De grâce ! Est-ce pour cela que vous m'avez tenue si occupée ? Pour m'empêcher de sortir ? Il est parti depuis longtemps.

— Et après cela, notre chère Ally s'est fiancée, dit Merry avec le sourire rêveur qu'elle avait eu si souvent depuis la soirée. Je rêve encore de ton allure quand tu es rentrée à la maison. Tu aurais pu être une vraie princesse !

— Non, tante chérie, pas une princesse, protesta Ally, mais Merry valsait déjà à travers la pièce avec un cavalier imaginaire.

Ally ne put s'empêcher de sourire. Elle les aimait tant, toutes les trois. Violet, la plus sévère ; Merry, toujours jeune de cœur ; et Edith, qui faisait l'équilibre entre les deux, parfois aussi gaie que Merry et parfois résolument décidée à soutenir les tendances bien plus strictes de Violet.

Lorsque Ally était rentrée du bal, ses tantes l'attendaient devant la porte du cottage et avaient voleté autour d'elle comme un trio de fées géantes, voulant connaître chaque détail. Ally les avait remerciées encore et encore pour la robe. Elles avaient soutenu qu'il fallait surtout remercier Maggie, mais Ally avait vu le plaisir dans leurs yeux quand elle leur avait dit combien de compliments elle avait reçus pour sa toilette.

Elle avait décrit le château, le dîner, le bal — et l'annonce qui l'avait tellement prise de court, mais qui ne les avait pas surprises, elles. Elle n'avait pas parlé de la veuve de Giles Brandon, faisant irruption avec des cris hystériques et la maudissant. Lorsqu'elles avaient insisté pour avoir plus de détails, Ally avait cédé au début, puis leur avait dit :

— Non, je ne dirai pas un mot de plus. C'était une soirée délicieuse — hormis une chose.

— Laquelle ? avait demandé Violet, intriguée.

— Vous n'étiez pas là. Et j'ai décidé hier soir que je n'irai plus à une autre soirée ou à un autre événement — quelle que soit la gentillesse de mes tuteurs — si vous ne venez pas non plus.

— Oh ! mais… ma chère petite ! avait protesté Violet.

— Nous… nous… nous ne sommes pas du genre à aller dans des fêtes, avait balbutié Merry.

— Oh ! non, non, non, avait dit Edith.

— Alors je resterai ici, avec vous, avait tranché Ally, sévère. Je n'aurais jamais dû vous laisser vous esquiver cette fois.

— Oh ! mais, c'est que…, avait glissé Violet.

— Si vous osez dire que vous ne faites pas partie de la haute société et que j'en fais partie, moi, je refuserai de retourner au château ! Je suis une orpheline. Vous m'avez élevée. Vous m'avez servi de parents. Comprenez-vous ?

Merry avait gloussé.

— Nous sommes de vieilles femmes, ma chérie.

— Vous êtes ma famille. J'adore mes parrains et marraines, ils sont merveilleux et je suis incroyablement chanceuse de les avoir dans ma vie, mais *vous,* vous êtes ma famille. Sommes-nous d'accord ?

Elles s'étaient regardées.

— Bien sûr, chérie, avaient-elles répondu à l'unisson.

Ally revint à l'instant présent.

— S'il vous plaît, je vais juste marcher dans les bois.

— Tu ne devrais vraiment pas, argua Violet.

— Tu es fiancée, maintenant, dit Merry.

Ally se raidit. Si elle leur disait qu'elle ne se sentait pas du tout fiancée et qu'elle n'était vraiment pas sûre d'accepter ce mariage, elles allaient argumenter jusqu'au jour du Jugement dernier.

— Fiancée, murmura-t-elle.

La bague était soudain lourde à son doigt.

— Mais pas encore mariée.

— Oh ! mon Dieu, qu'est-ce que cela signifie ? demanda Merry à Violet.

— Eh bien, elle va accepter le mariage, répondit Violet en regardant Ally. Tu *vas* l'accepter, n'est-ce pas ?

— Oh ! Il faut qu'elle l'accepte ! s'exclama Edith avec un regard soucieux aux deux autres.

— Ally chérie, insista Violet, que voulais-tu dire par là ?

— Je voulais dire que je vais me promener dans les bois, répondit Ally avec un grand sourire. Je vous aime toutes tellement ! ajouta-t-elle en les enlaçant tour à tour.

Puis, avant que quiconque ne puisse l'arrêter, elle prit sa cape au crochet près de la porte et s'empressa de sortir.

Elle courut presque dans l'allée qui partait de la maison, ne s'arrêtant qu'à une trentaine de mètres pour regarder en arrière avec affection.

Le cottage était parfait, comme dans un livre d'images, avec un toit de chaume et une cheminée toujours surmontée d'une volute de fumée, comme un symbole de la chaleur qui régnait dans ce foyer. Merry adorait les fleurs, alors il y avait de magnifiques parterres et de petites jardinières en pierre autour de l'entrée. Les tantes étaient assez âgées, maintenant, mais encore alertes, gaies et juvéniles de maintes façons. Le chocolat chaud guérissait tous les maux, et s'il échouait il y avait du thé et des scones tout frais.

Ally avait beaucoup appris de ses nombreux tuteurs, mais elle avait appris de ces trois femmes, aussi. Elles ne s'asseyaient jamais, ou si elles le faisaient c'était pour lire ou coudre. Elles lui avaient enseigné l'activité, le fait de rester occupée, de respecter la terre, les vertus du balayage et, surtout, l'amour sans conditions.

Elle sourit. Elle avait décidément beaucoup de chance. Puis son sourire s'estompa et une vague d'inquiétude s'empara d'elle sans qu'elle puisse se l'expliquer.

Elle secoua la tête, se morigénant pour ce comportement superstitieux, et passa à travers des bosquets de vieux et beaux chênes pour suivre le chemin qu'elle avait emprunté maintes fois. Il menait jusqu'au ruisseau qui gazouillait dans la forêt, là où il y avait un vieux rocher plat qu'elle avait usé au fil des années à force de s'asseoir dessus. Il se trouvait à côté du tronc massif d'un des vieux chênes qui se dressaient au bord de l'eau. Généralement, elle s'y installait puis quittait ses chaussures et ses bas pour laisser pendre ses pieds dans l'eau et dessiner — ou écrire.

Qu'avait publié le journal aujourd'hui ? se demanda-t-elle. Les tantes recevaient leur courrier en fin d'après-midi et il lui faudrait donc attendre un certain temps pour le découvrir.

Elle monta sur le rocher et procéda à son rituel — ôtant les chaussures et les bas qui la gênaient, tâtant la température de l'eau d'un orteil, avant de s'adosser au chêne en serrant son carnet de croquis dans ses bras.

Elle ferma les yeux, évoquant les images qu'elle voulait dessiner.

D'abord… le village. Ce décor était le plus important.

Hélas, des pensées de ses fiançailles et de son fiancé absent ne cessaient de s'insinuer dans sa tête.

Le village…

Les gens rassemblés sur la place. Les cris…

« A bas la monarchie ! »

Des images passèrent rapidement dans son esprit. Thane Grier, observant ce qui se passait d'un air décontracté.

Puis sir Angus Cunningham, essayant de calmer la foule, et la femme… la femme voilée, vêtue de noir, qui criait. Lord Wittburg à côté du shérif et enfin sir Andrew Harrington. La populace qui commençait enfin à écouter et à se disperser tandis que Shelby faisait avancer les chevaux.

Et puis…

Le bandit de grand chemin.

— Vous rêvez de moi ?

La voix masculine, grave et amusée, la surprit tellement qu'elle sursauta et faillit perdre l'équilibre. Son carnet de croquis s'échappa de ses bras et son crayon fut à deux doigts de se perdre dans le cours d'eau.

— Vous ! s'exclama-t-elle d'une voix étouffée, sidérée.

Devait-elle crier ? Bondir ? S'enfuir en courant ?

C'était bien lui. Il était habillé comme quand il avait arrêté la voiture : des culottes noires, une chemise de poète écrue, de hautes bottes de cheval — et le masque de soie noire. Il avait un pied posé sur le rocher, le coude sur son genou, et l'observait attentivement. Depuis combien de temps se tenait-il là ?

— Oui, moi, dit-il.

Il ramassa le crayon et le mit de côté avec le carnet, puis il s'assit près d'elle sur le rocher.

Elle s'avisa qu'il était seul et qu'il ne semblait pas avoir l'intention de lui faire du mal. Apparemment, il était venu la voir. L'avait-il guetté toute la semaine tandis que ses tantes la maintenaient occupée pour l'empêcher de sortir ?

— C'est un rocher privé ? demanda-t-il.

— En fait, oui.

— Vous êtes donc sur vos terres ?

— Non. Ces terres appartiennent à lord Stirling.

— Alors nous sommes tous les deux des intrus.

— Ne soyez pas ridicule… J'ai le droit d'être chez lui. Vous, en revanche…

Il rit, parfaitement à l'aise, et s'adossa au chêne.

— En vérité, cet endroit n'appartient pas à lord Stirling.

— Vraiment ?

Il désigna le sentier.

— Jusque-là, c'est à lui, mais là où nous sommes assis… Si je ne me trompe pas, nous sommes sur les terres de lord Farrow, comte de Warren.

Ally le dévisagea aussi fraîchement qu'elle le put, considérant que son cœur battait trop vite et qu'une chaleur intense embrasait son sang.

— Eh bien, je pense que lord Farrow m'accueillerait volontiers et me permettrait d'être ici, alors qu'il vous chasserait certainement. Ou, plutôt, vous ferait arrêter.

Il haussa les épaules.

— C'est très possible.

Il la fixait, toujours profondément amusé. Elle remarqua ses yeux. D'un bleu gris, ils pouvaient être clairs, ou foncés, ou voilés par l'ombre. Pareils à du mercure, ils changeaient en quelques secondes, aussi rapidement que ses humeurs.

— Vous êtes fou, et ce que vous faites ici me dépasse. Vous remarquerez que je n'ai rien de plus précieux qu'un carnet de croquis. Ne devriez-vous pas être quelque part sur la route, arrêtant d'autres innocents ?

— Chère miss Grayson, ne vous méprenez pas : je n'attaque pas que des innocents. Et, en vérité, cet endroit me plaît. Un bandit de grand chemin qui travaille dur mérite de se reposer de temps en temps.

— Pas sur mon rocher.

— Nous avons établi le fait que ce n'est ni votre rocher ni le mien, dit-il d'un ton nonchalant.

Bien sûr, Ally devrait simplement se lever et s'en aller. L'homme ne l'en empêcherait certainement pas : il ne semblait pas porter d'armes et son cheval, s'il en avait un, était invisible.

Il regarda de son côté en s'étendant plus confortablement, une main derrière la tête.

— J'ai cru comprendre que des félicitations s'imposaient.

— Comment le savez-vous ? demanda-t-elle d'un ton vif.

— Je lis.

— Comme c'est méritoire. Vous pourriez certainement trouver un véritable emploi, alors.

Il haussa les épaules, fixant son regard sur l'eau.

— Il y avait une page entière sur vous, miss Grayson, la deuxième page du journal. Vous veniez après l'annonce d'un meurtre, un article qui pourfend la reine et un autre qui la défend. Un excellent article, d'ailleurs.

Son sourire s'élargit.

— La nouvelle de vos fiançailles est passée avant le fait que vous ayez été arrêtée par le bandit de grand chemin. Triste, mais vrai.

— Je vous ai dit que vous n'étiez que de la petite racaille, fit-elle remarquer, s'efforçant d'ignorer la vague d'excitation qui menaçait de la submerger.

Il avait trouvé son article excellent…

— Ainsi, vous serez bientôt lady Farrow.

Elle ne répondit pas.

— N'êtes-vous pas avide de devenir comtesse ? demanda-t-il d'un ton sec.

Elle le regarda fixement. A sa propre surprise, elle lança :

— L'article mentionnait-il que le fiancé n'était pas présent ?

— Oui. Grossier de sa part, vous ne pensez pas ?

Elle détourna les yeux, secouant la tête.

— Pour vous dire la vérité, cela ne m'importe pas le moins du monde.

— Il ne vous a pas blessée ?

— Comment pourrais-je être blessée par quelqu'un que je ne connais pas ? En fait, je ne savais rien des fiançailles avant qu'elles ne soient annoncées.

— Brian… Camille… Ils ne vous en ont jamais parlé ? demanda-t-il, paraissant très surpris.

— Brian ? Camille ? Vous êtes terriblement familier, monsieur !

— Je vous demande pardon. Laissez-moi me corriger. Lord Stirling et sa femme ne vous ont jamais dit quel devait être votre sort ?

Elle éclata de rire.

— Mon sort ?

— Eh bien, il s'agit de votre sort, non ?

Elle fixa l'eau à son tour, déterminée à ne pas partager ses sentiments personnels avec un hors-la-loi, aussi charmant qu'il soit.

— Le sort est ce que nous faisons de ce qui nous arrive, murmura-t-elle.

— Ils ne vous ont jamais rien dit, répéta-t-il, l'air stupéfait.

— Vraiment, est-ce que cela vous regarde ?

Il sourit et haussa les épaules. Ally prit alors conscience que leurs bras se touchaient. Elle réprima un frisson. Bien sûr, elle aurait dû donner l'alarme ou au moins partir en courant dès qu'elle l'avait vu, mais elle était en fait très contente d'être là. Satisfaite. Non, pas exactement satisfaite. Transportée. Elle appréciait de discuter avec lui et sa proximité ne l'ennuyait pas du tout. Pour un hors-la-loi, il avait un parfum assez plaisant. Apparemment, son genre d'activité ne l'empêchait pas de prendre des bains ou de garder ses habits propres.

— J'étudie la nature humaine et je suis très curieux, dit-il.

— C'était simplement une soirée comme une autre, murmura-t-elle. Ils me l'auraient dit plus tôt… sans vous ! accusa-t-elle, assez courroucée pour lui frapper le bras de son poing.

— Je n'étais même pas là ! protesta-t-il en se frottant le bras.

— Quand nous sommes arrivés au château, le cocher était dans tous ses états, alors Brian est lui-même entré en fureur et il est parti à cheval, à vos trousses. Vous êtes extrêmement chanceux qu'il ne vous ait pas rattrapé, mais écoutez-moi bien : vous feriez mieux d'être prudent, il peut encore le faire.

— Croyez-moi, dit-il doucement, mais en souriant toujours, je ne sous-estimerais jamais le comte de Carlyle.

— Vous avez intérêt.

— Je suis prévenu. Donc… personne ne vous avait mise au courant ?

— J'ai dû me préparer pour la soirée, puis l'inspecteur Turner m'attendait dans la cuisine pour m'entendre, et le temps qu'il m'interroge, les invités commençaient à arriver. Ainsi, à cause de vous, le comte de Warren — qui semble être un homme très convenable — a dû voir sa future belle-fille se décrocher la mâchoire, regarder fixement lord Stirling et avoir probablement l'air d'une idiote quand les fiançailles ont été annoncées.

— Vous ne semblez pas enchantée à la perspective de votre mariage.

— Je ne le suis pas.

— Pourquoi ? La plupart des jeunes femmes dans votre position seraient transportées à l'idée de devenir comtesse.

Elle agita une main.

— Ce n'est pas votre affaire.

A sa grande surprise, il lui prit cette main. Elle avait oublié la bague à son doigt. Sa main à lui était couverte d'une mitaine qui laissait ses doigts libres. Ally fut étonnée de ne pas protester quand il se redressa pour examiner la bague.

— Elle est belle, dit-il.

Elle lui arracha sa main, puis, horrifiée, elle se sentit rougir.

— Si cela ne vous fait rien, je préférerais ne pas discuter de ma situation avec un hors-la-loi.

— J'ai entendu dire, déclara-t-il en ignorant ses paroles, que cet accord secret a été passé entre lord Stirling et lord Farrow voilà des années.

— Etes-vous obligé d'insister sans cesse ? objecta-t-elle.

— Ainsi, toutes ces années, vous avez été formée pour être la parfaite comtesse. Une voix sublime, jouant du piano à merveille, dansant comme un ange, etc.

Elle grinça des dents.

— Peut-être que danser ne serait pas une mauvaise occupation pour vous, si vous en étiez capable. Ce serait mieux que de détrousser des voyageurs.

— Qu'est-ce qui vous fait penser que je ne sais pas danser, miss Grayson ?

Il se mit debout avec agilité. Dans un grand geste, il s'inclina devant elle.

Elle le fixa, puis se mit à rire.

— Je suis un dangereux hors-la-loi, vous savez ? Vous ne devriez pas rire de moi.

— Si je vous jugeais dangereux, je serais partie depuis longtemps.

— Je vois. Me trouvez-vous amusant au moins ?

Il lui prit la main et la força à se lever. Soudain, elle

fut tout près de lui, enivrée par l'odeur masculine qu'il dégageait. Etrangement, elle était convaincue que cet homme ne représentait pas un danger pour elle.

Elle sourit, ne protestant même pas contre le fait qu'il la tienne de façon aussi familière.

— Oui, je vous trouve très… divertissant.

— Alors dansez avec moi.

— Il n'y a pas de musique.

— Chantonnez.

— Ne soyez pas stupide.

— Bien. C'est moi qui chantonnerai.

Au grand étonnement d'Ally, il le fit : une valse viennoise tout à fait passable. Avant qu'elle ne s'en rende compte, ils dansaient vivement à travers le bosquet. Plaquée contre son corps ferme, elle se laissa aller au plaisir interdit d'être dans ses bras. Jamais elle n'avait été aussi bien accordée aux mouvements de son cavalier. Il la conduisait avec assurance et fermeté, mais sans jamais montrer trop de pouvoir. Elle adorait la façon dont il la touchait, celle dont il se mouvait, et la sensation de la terre sous ses pieds nus était grisante. L'air semblait glisser sur elle avec une suavité étonnante. Les cuisses de son cavalier étaient dures et musclées contre les siennes.

Elle se mit bientôt à rire, trouvant absurde de danser dans la forêt avec un hors-la-loi. Ils étaient proches, leurs visages se touchant presque. Sa bouche était si près de la sienne…

La réalité de ce qu'elle faisait l'effraya soudain. Elle n'était pas du tout certaine de pouvoir accepter un mariage, pas si elle voulait vivre son propre rêve, mais cette conduite était certainement un déshonneur pour ceux qui se souciaient d'elle.

Son rire s'évanouit tandis qu'elle s'écartait vivement. C'était vraiment absurde ! Elle devrait avoir honte d'elle-même.

— Je ne peux pas faire ceci, dit-elle doucement.

— Danser dans la forêt ? Ah, c'est juste. Vous êtes fiancée.

— Je ne dois rien au fils de lord Farrow.

— Ah, non ?

— Je ne le connais même pas.

— Ah…

Elle secoua la tête.

— Vous êtes un criminel.

— Mais un criminel avec un journal, dit-il.

Elle oublia tout le reste.

— Où ? demanda-t-elle.

Il hésita.

— Je vais l'apporter.

Il disparut dans un des sentiers et elle attendit, incertaine, le cœur tambourinant dans sa poitrine. Son cheval devait être à proximité.

Il revint avec le journal du jour et elle le lui arracha avec un cri ravi.

Le dimanche précédent, le premier article d'A. Anonyme avait été publié.

Le journal était exactement comme le bandit l'avait décrit, avec l'article sur le meurtre de Giles Brandon et son dernier pamphlet. Et puis il y avait la défense de la monarchie par A. Anonyme.

Elle lut avidement le morceau de bravoure qui rappelait aux gens que les antimonarchistes eux-mêmes pouvaient être responsables des meurtres — lesquels, hélas, n'étaient toujours pas éclaircis. Lorsqu'elle tourna la page, elle vit qu'il y avait une autre mention de son prochain mariage.

Et après cela…

Un article sur le bandit de grand chemin. Il avait attaqué plusieurs voitures dans la semaine mais, au lieu de provoquer une terrible rancœur, il avait enchanté une vieille dame noble. Elle avait été ravie de découvrir que la bague qu'il lui avait prise avait fini entre les mains de la « Société des dames victoriennes pour le rachat de nos sœurs ». Elle avait payé une rançon pour sa bague, qui avait en fait été une donation et avait financé des repas gratuits dans une église.

— Juste Ciel, vous êtes rapide, dit-il alors qu'elle tournait les pages.

Elle lui décocha un coup d'œil.

— J'avais rarement d'autres enfants pour jouer avec moi. La lecture est devenue… ma compagne, murmura-t-elle. Vous êtes trop modeste, à propos. Vos aventures deviennent populaires. Cette dame ne le dit pas exactement, mais je crois qu'elle vous prie bel et bien de l'arrêter de nouveau.

Il haussa les épaules.

Elle s'était à peine rendu compte qu'il s'était rassis à côté d'elle sur le rocher. Cela paraissait complètement naturel. Leurs bras étaient côte à côte et il se penchait pour lire les pages avec elle. Elle eut conscience une fois de plus de son odeur masculine et de la bouffée de chaleur qu'il faisait naître en elle. Elle se redressa, embarrassée.

— A. Anonyme, marmonna-t-il. C'est un homme mort.

— Quoi ?

Elle fronça farouchement les sourcils.

— Je pensais que vous étiez un bandit, mais un bandit anglais loyal, qui honorait la reine.

— L'identité d'A. Anonyme sera découverte. Et lorsque cela arrivera, ne pensez-vous pas que les antimonarchistes vont le mettre sur la liste de leurs crimes ?

— Je pense que cet homme a tous les droits de donner son avis. Et vous ! Vous dites que vous êtes un partisan de la reine, même si vous êtes un vaurien. Vous devriez l'applaudir.

— Je dis simplement qu'il ferait bien de s'assurer que son nom de journaliste continue à paraître dans le journal. Ou peut-être devrait-il cesser d'écrire, pour son propre bien.

— Peut-être ne le peut-il pas. Peut-être estime-t-il nécessaire qu'un tel article soit écrit et publié, même s'il doit rester anonyme.

— Le journal paye ces essais politiques, fit remarquer le bandit. On peut découvrir qui il est par ce moyen-là.

— Peut-être qu'A. Anonyme est assez intelligent pour faire envoyer les chèques à une boîte postale.

— Et vous pensez que cela empêchera les tueurs de découvrir qui il est ? Ils trouveront un moyen. Peut-être qu'ils auront accès d'une manière ou d'une autre aux dossiers du journal, qu'ils trouveront où les chèques sont envoyés — et attendront.

Ally sentit son sang se glacer et elle frissonna. Il fronça aussitôt les sourcils.

— Avez-vous froid ? J'ai ma cape… avec mon cheval.

— Non, non. J'en ai une aussi. Là, murmura-t-elle en indiquant où elle était tombée.

Il bondit, ramassa la cape et la posa sur ses épaules. Ce faisant, il y eut un instant de proximité qui parut incroyablement doux à Ally.

Elle s'écarta.

— Vous parlez du danger qui menace A. Anonyme, mais qu'en est-il de vous ? Quelqu'un finira par vous tuer.

— Je peux prendre soin de moi.

— Vous êtes un criminel, pour l'amour du Ciel ! Et les criminels qui persistent dans une voie comme la vôtre finissent pas être vaincus.

Au-dessous de son masque, ses lèvres s'incurvèrent.

— Mais je ne suis pas un vulgaire criminel, au moins. On m'a appris l'étiquette.

— En effet, ce qui ne vous donne aucune excuse pour la voie que vous avez choisie.

Elle se détourna de lui et alla à l'endroit où elle avait laissé ses bas et ses chaussures.

— Ne partez pas, dit-il, soudain très sérieux.

— Je le dois. D'ailleurs, ne… ne revenez plus ici. Je vous l'ai dit, Brian Stirling est un homme dangereux.

— Vous ne le croyez pas, mais moi non plus.

— Il est le comte de Carlyle.

— Et je suis un voleur.

— Je ne peux pas être ici avec vous, déclara-t-elle fermement.

Il allait la toucher de nouveau, se dit-elle, son esprit formulant la folle pensée que c'était presque comme si… comme si elle aspirait à se glisser dans ses bras, à sentir le frôlement de ses doigts, à le laisser relever son menton… et poser ses lèvres sur les siennes.

— Je dois m'en aller, dit-elle.

— Attendez !

Malgré elle, elle hésita.

Il vint jusqu'à l'arbre devant lequel elle se tenait et posa sa paume dessus, se penchant vers elle. Tout à coup, il y eut dans ses yeux une gravité qui l'étonna.

— Je dois l'admettre, j'ai eu une passion — née de la nécessité — pour ma… carrière de hors-la-loi. Mais si je n'étais pas un criminel, ma chère miss Grayson, pensez-vous que vous m'auriez offert une place, même limitée, dans votre vie ?

— Dans ma vie ?

— Nous allons sans cesse de l'avant, nous sortons de l'âge des ténèbres, dit-il sombrement. M'auriez-vous laissé vous courtiser ?

Elle le fixa. Son sourire était si nostalgique sous son masque. Elle devait fuir avant que ne se produise quelque chose qui pourrait causer sa perte.

— Hélas, vous êtes un criminel. Et je suis fiancée.

— Peut-être… quelques mots de vous et je pourrai expier mes péchés.

— Vous jouez avec moi, et je crains de ne pouvoir participer à votre jeu, dit-elle.

Pourtant, elle posa une main sur son torse avant de se glisser devant lui, souhaitant désespérément s'échapper et rentrer au cottage.

Mark la regarda s'en aller, tout en espérant qu'elle revienne… Mais pourquoi était-elle restée si longtemps ?

Il prit alors conscience qu'elle s'était enfuie avec le journal, et il ne put s'empêcher de sourire. Une si petite chose pour donner tant de plaisir à quelqu'un. Puis, en fronçant les sourcils, il se rendit compte qu'elle avait oublié son carnet de croquis.

Il devrait le laisser là. Elle reviendrait le chercher. Mais s'il pleuvait avant qu'elle en ait l'occasion ? Il pourrait le prendre, il aurait ainsi un prétexte pour la revoir… en tant que bandit de grand chemin, bien sûr. Serrant le carnet dans sa main, il s'empressa de retourner à son cheval.

Il était plutôt commode que le cottage des bois ne soit pas loin du relais de chasse de son père, se dit-il avec ironie. D'ailleurs, il n'avait pas menti : le cours d'eau se trouvait bien dans la propriété de lord Farrow.

Après sa rencontre avec miss Grayson, Mark n'était pas sûr de ce qu'il ressentait. Certes, la jeune femme n'aurait jamais dû accepter de s'entretenir avec un hors-la-loi en pleine forêt, pas alors qu'elle portait une bague de fiançailles.

Cependant…

Il était fasciné par sa belle chevelure fauve, par le rire dans ses yeux et par l'avidité avec laquelle elle avait lu le journal. Même ses répliques lui plaisaient. Il n'était pas sûr de savoir pourquoi il s'était montré si insistant dans ce qu'il disait, sauf pour le plaisir de croiser le fer avec elle. Il avait applaudi à l'article paru dans le journal, qui était vraiment excellent. Et il était vrai qu'il priait pour le pauvre et stupide auteur qui l'avait écrit, car il serait réellement très facile pour quelqu'un d'avoir accès aux dossiers du journal, en payant. Peut-être qu'un employé malhonnête serait prêt à divulguer la vérité à qui il ne fallait pas.

Il entendit un sifflement et tira sur la bride de son cheval, répondant de la même manière. Peu après, Patrick arriva au galop sur le sentier.

— Votre père est au relais de chasse et vous cherche, annonça son ami.

— Pourquoi ? Je n'explique jamais où je vais.

— Il a supposé que vous étiez au relais, peut-être

en train de jouer avec l'un de vos gadgets de détective, comme il dit, et il a promis que vous assisteriez à un lunch.

— Un lunch ?

— Au musée.

— Je pensais que nous devions explorer de nouveau les pistes cet après-midi…

— Mark, accordez cet après-midi à votre père. Nous sortirons de notre côté et vous rapporterons tout ce que nous verrons, je le promets. Fiez-vous à vos complices, dit Patrick avec un grand sourire.

— Entendu. Mais surveillez bien les routes. Je veux savoir qui va où.

Puis Mark éperonna son cheval et s'éloigna vivement vers le relais de chasse.

Lorsqu'il entra dans le bâtiment, son père était à son bureau, une longue écharpe à la main. Il fronçait les sourcils en la soupesant, visiblement étonné par son poids.

— Qu'est-ce que c'est ? demanda-t-il à son fils lorsqu'il l'aperçut.

Mark alla au bureau, prit l'écharpe et la passa autour de son cou. Puis il l'ôta et la balança, créant un déplacement d'air.

— Une arme de secours, père.

Lord Farrow parut mécontent.

— Où as-tu appris à fabriquer ceci ?

— Dans un livre.

— Un livre sur la guerre ?

— Des histoires de Sherlock Holmes. Arthur Conan Doyle est un homme très astucieux.

Son père soupira.

— Quand tu n'es pas par monts et par vaux à imiter son personnage, fréquentes-tu les cercles littéraires et le rends-tu fou avec tes questions ?

— Parfois.

Joseph soupira.

— Je crois que je me porte mieux quand je ne suis pas au courant de tes exploits.

— Père, je vous le rappelle, je sers la reine. Vous vous êtes battu dans l'armée, comme moi. Et maintenant je crois que je peux servir d'une meilleure façon. Voudriez-vous que je fasse moins ?

— Non, répondit le comte au bout d'un moment. Je voudrais que ces maudits conflits intérieurs s'arrêtent.

Il poussa un profond soupir.

— Un homme doit toujours faire ce qu'il sent selon son cœur. Mais, pour aujourd'hui, tu pourrais peut-être jouer le rôle de mon fils. Peux-tu venir avec moi au musée ? Nous devrons nous hâter.

— Oui.

— Oui ? répéta son père.

— Oui, je viens avec vous.

Joseph sourit.

— Je n'escomptais pas une victoire aussi facile. La voiture attend. De grâce, habille-toi comme un noble cette fois, hein ?

— Je serai impeccable, promit Mark.

Il partit vers la pièce où il entreposait quelques vêtements, puis s'arrêta.

— Y a-t-il une raison à ce lunch ?

— Oui. Tu vas rencontrer ta fiancée.

— Aujourd'hui ?

— Vous auriez dû vous rencontrer la semaine dernière.

— Oui, mais…

— Quelque chose ne va pas ?

— Je… Non, bien sûr que non. Je vais m'habiller rapidement.

Lorsqu'elle parvint au cottage, Ally fut surprise de voir la voiture de lord Stirling garée dans la clairière. Elle savait qu'ils devaient discuter de tout ce qui s'était passé, mais elle avait supposé que les Stirling seraient occupés de leur côté après l'effervescence du bal.

Elle regarda vivement derrière elle, éprouvant une

bouffée de panique à l'idée que le bandit de grand chemin ait pu la suivre. Pourvu que le comte ne réussisse pas à l'attraper !

Elle scruta les bois sombres. Il n'y avait aucun signe de lui. Rassurée, elle arrangea sa tenue, espérant paraître présentable aux yeux de son parrain.

Elle avançait d'un pas décidé lorsqu'elle se rendit compte qu'elle avait gardé le journal du bandit. Oh, non ! quelle sotte ! Elle avait oublié son carnet de croquis ! Elle regretta aussitôt sa fuite stupide et envisagea de retourner le chercher. Elle venait juste de pivoter quand la porte du cottage s'ouvrit.

Kat se tenait sur le seuil.

— Ally ?

Pas le temps de faire demi-tour.

Ally fourra le journal dans une poche de sa cape, arrangea sa jupe et rejoignit la maison par le sentier.

— Kat ! dit-elle avec plaisir. Je vois que la voiture des Stirling est là.

— Oui, je suis ici avec le comte et Camille. J'allais me mettre à fouiller la forêt à votre recherche. Nous sommes venues vous chercher pour un lunch et un événement.

— Un événement ? Un lunch ?

— Un lunch tardif. Quelqu'un du musée a demandé à Brian de prendre la parole lors d'une petite inauguration — et, dans ce genre de choses, on collecte toujours des fonds. Camille s'est mis dans la tête que nous devrions y aller, puis déjeuner au café du musée.

— C'est une idée charmante. J'adore le musée.

— Nous aussi, et le café vient d'être décoré avec des urnes funéraires récemment cataloguées. C'est un endroit délicieux pour rencontrer des gens.

— Et pour parler, j'espère.

— Oh ! oui, bien sûr.

— Il faut que nous parlions, insista doucement Ally.

— Ce sera un endroit merveilleux pour que vous vous rencontriez, dit Kat d'un ton léger.

— Pour que… qui rencontre qui ?

— Votre fiancé et vous, ma chérie. Mark, le fils du comte de Warren. Vous allez l'adorer. Il est très beau et très cultivé.

Elle secoua la tête.

— Et si responsable, d'ordinaire. Mais si c'était une question d'affaires, c'était une question d'affaires. Je sais que Joseph n'est pas du genre à mentir par commodité — même pour son fils. Aujourd'hui, bien que ce ne soit pas comme se rencontrer lors d'un bal magique, ce sera néanmoins charmant.

Charmant ? pensa Ally, prise de panique.

Elle tressaillit et ouvrit la bouche. Elle pouvait commencer par Kat, lui dire qu'elle ne pouvait pas épouser un étranger. Ils le comprendraient sûrement.

Mais, avant qu'elle ne puisse parler, la porte s'ouvrit brusquement. Brian Stirling sortit à grands pas, le journal du jour à la main.

— Des ordures ! tonna-t-il d'un ton irrité. Cet article écrit par Giles Brandon… Cependant, ce type savait s'y prendre avec les mots. Il va influencer ceux qui sont incapables de voir au-delà d'un article, même s'il est ridicule d'accuser la reine de tous ces meurtres.

— Il y a un autre article, dit Ally, oubliant qu'elle n'était pas censée avoir vu le journal.

Par chance, Brian ne parut pas le remarquer. Il était plongé dans ses pensées.

— Oui, un effort courageux, un bon deuxième article par l'auteur A. Anonyme. Je prie que personne ne découvre jamais qui il est.

Ally prit une grande inspiration.

— Pourquoi ? demanda-t-elle.

— Parce que si l'on découvre son identité, c'est un homme mort ! déclara Brian, reprenant sans le savoir les mots que le bandit avait prononcés un peu plus tôt.

6

Visiblement sur ses gardes, Brian Stirling ne monta pas dans la voiture, mais choisit de s'asseoir à côté de Shelby tandis que, de son côté, Hunter chevauchait derrière le véhicule, à l'affût du moindre trouble sur la route.

Une fois de plus, les tantes s'étaient récusées, promettant qu'elles viendraient volontiers dans quelques jours quand le groupe soutiendrait la passion de lady Maggie, une journée à s'occuper des enfants de l'East End. Ally avait farouchement négocié avec elles, comme lady Camille, qui se montrait généralement très convaincante. Mais elles n'avaient pas prévu de sortir, avaient-elles insisté, et juste Ciel ! comment pouvaient-elles être prêtes alors qu'elles n'avaient pas été prévenues ?

Dans la voiture, résignée, Ally se rappela une autre cause de frustration.

— Camille, qu'en est-il d'Eleanor Brandon ? Où est-elle maintenant ? La pauvre femme. N'a-t-elle pas de parents ? Le corps de son mari à peine découvert… et elle, seule avec son cocher, venant au château parce qu'elle ne pouvait rien faire d'autre pour soulager sa douleur.

Camille soupira doucement.

— Elle allait beaucoup mieux le lendemain matin. Cela a dû être horrible pour elle de rentrer chez elle pour apprendre que son époux était à la morgue. Cela fait une semaine, mais je ne crois pas qu'elle puisse l'enterrer avant quelques jours encore. Shelby a raccompagné Eleanor chez elle dimanche matin et a parlé à la gouvernante, qui a promis de ne pas la quitter.

— Je me sens désolée pour elle, murmura Ally.

— Vous n'êtes donc pas effrayée par ses malédictions ? demanda Kat.

— Non, bien sûr que non.

Ally hésita, regardant par la fenêtre. Elle avait presque oublié cette malédiction, mais à présent, malgré elle, elle ne pouvait s'empêcher de frissonner au souvenir du regard fou qu'Eleanor avait posé sur elle.

Elle écarta ces pensées avec impatience. Ce n'était pas le moment de se laisser distraire par de stupides superstitions ! Elle était enfin seule avec Camille et Kat. C'était l'occasion rêvée pour leur expliquer que même si elle appréciait sincèrement leurs efforts, elle ne voulait pas se marier. Son fiancé avait beau être noble et son père charmant, elle n'avait tout simplement pas prévu de suivre ce chemin. C'était le moment de leur dire qu'elle était reconnaissante pour tous les précepteurs et les leçons qui lui avaient permis d'apprendre tant de choses, mais qu'elle avait trouvé une vocation et que maintenant, plus que jamais, elle était certaine de pouvoir faire son chemin.

Mais comment pouvait-elle leur révéler son secret quand tous avaient exprimé les mêmes peurs au sujet d'A. Anonyme ?

Elle soupira. Ses marraines n'étaient pas obligées de connaître toute la vérité, après tout. Ally pouvait très bien se contenter de leur dire qu'elle trouvait plus qu'archaïque de faire un mariage arrangé.

— Camille, Kat…, commença-t-elle à dire.

Il sembla qu'elles étaient destinées à être interrompues. Avant qu'elle puisse parler, la voiture fut secouée et se mit à ralentir.

— Le village, lâcha Kat.

— Une autre manifestation, ajouta Camille.

— Naturellement. Le journal s'est tant étendu sur le meurtre, déclara Kat.

— Et cet article de Giles Brandon, condamnant la Couronne…

— C'est vrai, hélas. Il était très habile avec les mots, murmura Kat.

— Oui, mais… Oh ! les gens ne réfléchissent tout simplement pas ! s'écria Camille.

— Il y avait un autre article dans le journal de la semaine dernière, indiqua Ally. Et un autre aujourd'hui, qui s'en prenait à ceux qui se laissent stupidement convaincre sans rechercher les faits.

— Vous l'avez lu ? demanda Kat. Je pensais que le journal était arrivé juste avant notre départ ?

— J'ai vu les gros titres, répondit vivement Ally.

— Brian était très remonté, fit distraitement observer Camille. Cela est si ridicule ! Regardez tous ces gens, et c'est un si petit village.

Ecartant le rideau de la vitre, Ally fut consternée par le spectacle qui s'offrait à sa vue. Il y avait encore plus de monde que l'autre jour. Comme Camille le disait, cela faisait beaucoup de gens pour un si petit village. Néanmoins, il était normal que les gens soient inquiets. Le premier meurtre remontait à presque six semaines, le deuxième à deux semaines et le troisième à seulement une semaine, et la police recherchait toujours désespérément le meurtrier. Angus se trouvait de nouveau sur les marches du bâtiment en brique qui abritait le bureau du shérif et le tribunal, essayant de faire entendre raison aux villageois. Il rugit de fureur quand une tomate vola vers lui.

La voiture s'arrêta.

Brian sauta à bas du siège du cocher et s'approcha des marches, Hunter marchant derrière lui à grands pas coléreux.

Avant qu'ils ne puissent atteindre leur destination, un autre homme bondit à côté du shérif.

— Arrêtez ! Avez-vous tous perdu la raison ? cria-t-il.

Il était grand, jeune et se tenait très droit. Ses beaux

cheveux sombres étaient soigneusement peignés en arrière, à l'exception d'une mèche qui retombait sur son visage aux traits extrêmement séduisants. Sa mâchoire était carrée, ses pommettes hautes et fermement dessinées, et ses yeux étaient vifs et intelligents. Malgré sa jeunesse, cet homme semblait avoir la capacité de calmer la foule.

— Monsieur ! cria quelqu'un, mais la voix parut trembler un peu. Ne voyez-vous pas que quelque chose doit être fait ? Il n'y a toujours rien, pas un indice. La police autorise ces meurtres et ne fait rien pour les empêcher.

— Elle n'autorise rien de tel. Il y a des unités spéciales qui cherchent désespérément la vérité, jour après jour. Et elles la trouveront. Lisez-vous les journaux ? Lisez-vous entre les lignes ? Vous êtes manipulés. Nous sommes anglais, bon sang ! Nous avons tous le droit d'avoir nos opinions politiques, de parler, sentir et penser comme nous le voulons. Nous sommes sur le point d'entrer dans un splendide nouveau siècle, et chaque jour, avec l'ingéniosité britannique et ses prouesses techniques, nous améliorons nos vies. Mais il y a ceux qui ne veulent pas vous laisser libres de vos opinions. Bonté divine, regardez votre reine. Regardez les progrès pour lesquelles elle s'est battue, dans l'intérêt de son peuple. Je n'essaie pas de vous dire que vous devriez ou ne devriez pas soutenir la monarchie. Je vous dis de vous servir de votre tête. Oui, il y a eu un autre meurtre, et oui, c'est terrible. Mais il y a un article aujourd'hui qui nous avertit que quelqu'un veut que nous sautions sur des conclusions, que nous condamnions la police. Lisez cet article, qui est si plein d'intelligence que les rédacteurs en chef ont jugé bon de le faire paraître en première page. N'est-il pas tout aussi plausible que les meurtres soient froidement et perversement commis pour créer des martyrs d'une cause ? Quelle meilleure façon de soulever les gens en faveur d'un résultat ardemment désiré ? Réfléchissez-y. Regardez dans toutes les directions. Ne vous laissez pas mener comme un troupeau de moutons. Servez-vous de votre esprit, de votre droit légitime de former vos propres opinions !

Le silence suivit ce discours puissant. Et alors ce fut comme si la foule se mettait à fondre. Un homme près de la voiture abaissa simplement sa pancarte. Des murmures s'élevèrent, certains arguant encore que la reine devait être derrière les meurtres. Mais il y avait des ripostes, à présent, et d'autres qui maugréaient qu'ils en avaient assez de perdre leur temps à hurler dans la rue pour rien. Quelqu'un dit clairement :

— Je ne le crois pas. Je ne le crois pas plus maintenant que j'ai cru que la reine était derrière les crimes de Jack l'Eventreur. C'est vrai. Nous sommes manipulés, menés comme des moutons.

— Ne vous laissez pas utiliser !

Brian avait atteint les marches.

— Lord Stirling, marmonna quelqu'un.

— En effet, comme l'a dit mon estimé ami, vivez votre vie et servez-vous de votre tête. Nous sommes des hommes et des femmes qui pensent. Protestez si vous voulez, mais pensez clairement et considérez toutes les possibilités avant de lancer vos accusations diffamantes.

La foule continua à se disperser.

— Eh bien, qu'en pensez-vous ? demanda Camille en se penchant en avant pour tapoter le genou d'Ally.

— Je pense que la foule a été efficacement calmée, répondit-elle.

Et malgré la peur qui lui avait été si récemment instillée, elle éprouvait un vif sentiment de fierté. L'homme leur avait dit à tous de lire l'article d'A. Anonyme.

— Qui est cet homme ? s'enquit-elle, intriguée.

Camille jeta un coup d'œil à Kat, qui sourit et haussa les épaules.

— Votre fiancé, ma chère : sir Mark Farrow.

— Sir ?

— Il a été fait chevalier pour services rendus en

Afrique du Sud, expliqua Camille. Ah, là, vous voyez ? Son père attend avec leur voiture.

Ally regarda de nouveau par la fenêtre, mais l'homme lui tournait le dos à présent. Il parlait avec Brian, Hunter et son père. Ils se séparèrent finalement, rejoignant leur voiture respective.

— Je pensais qu'ils étaient en ville, murmura Camille à Kat, tandis qu'Ally laissait retomber le rideau et ramenait son attention sur elles.

— Ils devaient être au relais de chasse de lord Farrow. Sa propriété borde la vôtre, n'est-ce pas ?

— Oui, je crois. Nous n'avons pas de barrières, bien sûr. Je ne sais pas moi-même où finit notre domaine et où commence celui de lord Farrow.

A cet instant, on frappa à la vitre. Ally sursauta, tombant presque de son siège. Elle écarta le rideau.

— Tout va bien pour vous ? demanda Brian.

— Bien sûr, mon amour, répondit Camille.

Le comte sourit. Puis il retourna s'asseoir avec Shelby, pendant qu'Hunter rejoignait son cheval. Il y eut une secousse et la voiture se remit en route.

— Alors, Ally, dit Kat avec un sourire espiègle. Qu'en pensez-vous ? Il a de l'allure, n'est-ce pas ?

— Vous voulez parler de Mark Farrow ?

— Bien sûr, dit Camille.

Elles la dévisageaient comme deux chattes très satisfaites et contentes d'elles.

— Il semble être… quelqu'un de louable.

— C'est tout ? s'exclama Kat en riant.

— Je ne le connais pas, leur rappela Ally.

— Mais vous allez le connaître, dit Camille.

— Il est très beau, déclara Kat. Bien sûr, pour moi, personne n'est aussi beau et charmant qu'Hunter, mais…

— Il est plus jeune, ce qui convient pour Ally, fit remarquer Camille.

Elles lui décochèrent de nouveau des sourires de chattes.

C'était maintenant ou jamais, songea Ally.

— Il semble être un excellent orateur. Un homme intelligent aussi, puisqu'il lit les journaux et complimente ceux qui le méritent, affirma Ally, mais…

— Mais ? releva Camille, son sourire remplacé par un froncement de sourcils.

Ally secoua la tête.

— Je…

— Ally, il va être l'une des voix les plus écoutées du pays, dit doucement Camille.

— Et ce n'est pas un dandy qui s'attend à ce que les autres se battent pour lui, ajouta Kat. Il ne reste pas dans sa tour d'ivoire, se servant de sa position pour éviter de faire quoi que ce soit de sa vie.

— Brian et lord Farrow sont amis depuis des lustres, insista Camille. Brian savait que le fils de lord Farrow deviendrait digne de confiance, empli du sens des responsabilités. Même enfant, Mark avait un sens aigu de la dignité et de l'honneur.

Ally adressa un regard agacé à Camille. Etait-ce pour sa dignité et son honneur qu'elle était tombée amoureuse de lord Stirling ?

— Je vous en prie, Camille, dit-elle. Je sais que Brian et vous avez beaucoup pensé à mon bien-être, surtout en considérant que vous avez votre propre famille et que j'étais simplement une enfant confiée à Maggie et Jamie par un prêtre. Je ne pourrai jamais vous remercier assez, vous tous, et…

— Nous remercier ? releva Camille, l'air perplexe.

— Nous remercier ? répéta Kat.

— Nous n'avons pas besoin d'être remerciés.

— Nous vous aimons ! renchérit Kat. Vous êtes devenue tout ce que l'on peut espérer d'un enfant.

— C'est pourquoi ce sera une union aussi parfaite, déclara Camille.

— Je suis sûre qu'il est tout à fait merveilleux…, reprit Ally, consciente d'une trace d'irritation dans sa voix.

— Attendez. Vous ne le connaissez pas. Vous serez

peut-être surprise de découvrir qu'il est absolument parfait. Vous ne pouvez pas le savoir avant de le rencontrer, coupa Camille.

— C'est juste que… que je pensais à une carrière, parvint enfin à dire Ally.

— Une carrière ? s'étonna Camille.

Ally fut forcée de sourire devant la mine éberluée de sa marraine.

— Kat a une carrière. C'est une artiste. Vous, Camille, êtes une égyptologue. Je pensais moi aussi à une carrière. Parce que, ajouta-t-elle vivement, j'ai eu le privilège de bénéficier de votre sollicitude et de vos enseignements durant toutes ces années. Je n'ai rien souhaité plus ardemment que devenir comme vous.

Toutes deux la regardèrent, abasourdies.

— Mais je suis mariée à lord Stirling, dit enfin Camille.

— Et si ce n'était pas Hunter, je ne pourrais pas exercer mon art, ajouta Kat.

— Vous vous sous-estimez, Kat, dit gentiment Ally. Votre talent serait sorti au grand jour. Je crois que vous n'auriez pas pu l'empêcher.

De nouveau, elles la dévisagèrent.

— Quelle carrière avez-vous à l'esprit ? demanda finalement Camille.

— Je souhaite écrire.

— Ecrire ? répéta Kat.

Elle regarda Camille.

— Mais elle peut écrire en étant mariée.

Elle ramena les yeux sur Ally.

— Bien des femmes tiennent un journal…

— Pas un journal. Je veux que mon travail soit publié.

Elles la fixèrent une nouvelle fois. Puis Camille s'adressa à Kat.

— Une femme mariée peut soumettre son travail à la publication.

— Oui, bien sûr, admit Kat. Ecrire se fait le plus souvent à un bureau.

— Ou sur un rocher, murmura Ally.

— Pardon ? fit Camille.

— C'est un travail qui se fait chez soi, la plupart du temps, indiqua Kat.

Elles s'adossèrent de nouveau à leur siège, souriant de nouveau.

— Il n'y a aucune raison que cela ne marche pas, dit Camille.

— Aucune, reconnut Kat.

— Vous dites que Mark Farrow sera un homme puissant, déclara Ally. Il *est* un homme puissant, rectifia-t-elle en se rappelant la façon dont il avait parlé. Quelquefois, de tels hommes ne veulent pas d'une épouse qui s'intéresse à ses propres objectifs — avec passion.

Camille se pencha en avant.

— Nous ne vivons pas au Moyen Age. Personne ne vous traînera à l'autel et ne vous forcera à prononcer vos vœux. Mais, Ally…

Elle fit une pause, paraissant affligée.

— A une époque comme la nôtre, il semble plus évident que jamais que vous devez avoir un tel homme dans votre vie.

— Pardon ? demanda Ally.

Camille regarda Kat, l'air mal à l'aise, et Ally eut le sentiment très net qu'il y avait quelque chose qu'elles ne lui disaient pas. Et n'allaient pas lui dire.

— Nous sommes à l'âge de l'Empire, dit Kat d'un ton léger.

— Mais c'est toujours un monde dangereux, ajouta Camille.

— De quoi parlez-vous ? implora Ally.

— Ne voulez-vous pas… eh bien, toutes les choses qu'une jeune femme veut d'habitude ? demanda doucement Kat.

— Un foyer, un mari, des enfants ? poursuivit Camille.

Ally hésita avant de répondre avec soin.

— Cela peut paraître étrange, mais comme je l'ai dit

plus tôt, j'ai appris de femmes incroyables. L'amour est important. Et se respecter soi-même aussi. Je sens… je sens que j'ai la capacité de créer quelque chose d'important moi-même. Quant au reste, je souhaite ce que vous avez eu. Je veux aimer, comme vous aimez. Et je veux un époux qui me regardera comme Brian vous regarde, Camille, comme Hunter vous regarde, Kat. Comme lord Jamie regarde Maggie.

Elles restèrent silencieuses.

— Mais il n'en a pas toujours été ainsi, vous savez ? Nous sommes tombés amoureux, et pas toujours tout de suite, précisa finalement Camille.

— Vous tomberez sûrement amoureuse de Mark, assura Kat. J'ai été stupide, autrefois — Hunter était devant moi et j'étais aveuglée par quelqu'un d'autre. Je me suis rendu compte plus tard que cet homme m'aurait cruellement déçue en quelques semaines. L'amour n'arrive pas toujours… simplement comme cela. Parfois, il commence lentement, par un mot, un constat, une sensation qui vous trouble.

Ally hésita. Elle avait éprouvé la sensation dont parlait Kat à propos… du bandit de grand chemin.

Mais elle ne tomberait pas amoureuse d'un criminel.

— Rencontrez Mark, au moins, l'implora Camille.

— Bien sûr, dit Ally en sentant le poids de la bague à son doigt. Mais je sens que je dois parler de mes plans à Brian, Jamie et Hunter.

— Non ! protesta Kat.

— Non, de grâce, pas encore, dit Camille. Ne faites rien avant d'avoir au moins parlé avec Mark. Tout ce que je vous demande est de lui donner une chance. S'il vous plaît ?

— Comme vous voudrez, murmura Ally.

Cela ne lui plaisait pas, mais au moins avait-elle dit ce qu'elle pensait à Camille et Kat. Si elle les connaissait comme elle le croyait, Maggie ne tarderait pas à être au courant de ses projets, elle aussi.

Alors oui, elle rencontrerait Mark Farrow, le futur comte de Warren. Mais elle ne renoncerait pas à son rêve.

Mark entendit le petit grognement de son père à l'instant où ils gravissaient les marches du musée.

Il en comprit la raison lorsqu'il aperçut Ian Douglas qui l'attendait à l'intérieur du hall.

— Maintenant ? gronda Joseph.

Le détective rougit et parla à mi-voix.

— Pardonnez-moi, lord Warren. Si ce n'était pas aussi important… Mais le chef a rencontré le premier ministre et il pense que nous devons parler immédiatement à Eleanor Brandon et à la gouvernante.

— Il existe des forces importantes comprenant des shérifs, la police métropolitaine et la police de la Cité de Londres pour résoudre cette crise, lui rappela Joseph.

Ian se mit à remuer nerveusement, très mal à l'aise, et regarda autour de lui avant de reprendre la parole.

— Je suis désolé, lord Farrow. Apparemment, la reine elle-même pense qu'un autre cerveau doit s'y consacrer, tel que…

— Tel que mon fils, qui est ici pour rencontrer sa fiancée, une jeune dame à qui il a déjà fait faux bond la semaine dernière lors de sa propre soirée de fiançailles.

— Père, je crois que nous devions d'abord visiter l'exposition, puis aller déjeuner, dit Mark. Je dois obéir à la convocation d'Ian, mais je peux certainement revenir à temps pour le lunch.

Lord Farrow regarda Ian, les sourcils froncés.

— Il doit absolument être de retour pour le dessert et le café.

— Oui, milord, dit Ian. J'ai des chevaux qui attendent, c'est plus rapide que de faire avancer une voiture dans la circulation de la ville.

— Père, je *serai* là.

Mark se tourna et sortit à grands pas avec Ian. De

beaux chevaux de la police les attendaient, un officier tenant les brides. Ian avait fait le bon choix, car il y avait plusieurs embouteillages, une automobile en panne et d'autres blocages. A cheval, ils atteignirent rapidement la maison de ville où Giles Brandon avait été tué.

Du temps avait passé, mais il y avait toujours des officiers de police devant, même si Mark ne pensait pas que ce soit nécessaire. Le meurtrier avait fait ce qu'il avait à faire. Eleanor n'était pas en danger.

La gouvernante ouvrit la porte d'entrée. C'était une femme maigre avec de grands yeux bruns et un visage squelettique. Son teint paraissait beaucoup trop cendreux pour un être vivant.

— Hattie Simmons, dit Ian avec un sourire aimable, en tendant la main.

Elle n'était probablement pas habituée à une telle courtoisie, car elle le regarda plusieurs secondes avant d'accepter son salut. Ian allait présenter Mark, mais ce dernier secoua la tête et tendit également la main.

— Miss Simmons, je suis Mark, dit-il.

— Mme Brandon attend dans le salon, dit Hattie.

— Auriez-vous du thé, par hasard ? demanda Mark.

Ian fronça légèrement les sourcils, puis comprit son intention.

— Je vais trouver Mme Brandon, dit le détective. Vous pouvez peut-être aider Hattie à préparer le thé.

— Avec plaisir, répondit Mark.

— Je suis la gouvernante. Je dois préparer le thé seule, déclara Hattie.

— J'avais l'habitude d'aider ma mère à le préparer, indiqua Mark. Cela me plaisait. Vraiment, vous avez dû avoir une mauvaise journée et une mauvaise nuit. Je vous en prie, laissez-moi vous assister.

La gouvernante ne répondit pas ni ne montra d'émotion. Elle se contenta de se tourner et d'aller vers la cuisine. Mark regarda Ian en haussant les épaules et la suivit.

Dans la cuisine, Hattie mit une lourde théière sur le

poêle. Mark vit qu'un plateau attendait et le posa sur la table avant de s'asseoir. Hattie ouvrit une boîte à pain et chercha des scones ou des muffins, n'importe quoi à servir, pensa-t-il. Ni elle ni Eleanor Brandon ne semblaient être le genre de femmes à se souvenir de manger, à moins que quelqu'un ne les y incite.

— Hattie… Puis-je vous appeler Hattie ?

— Tout le monde m'appelle comme ça, dit la femme d'un ton aigre.

— Hattie, je suis désolé d'aborder ce sujet, mais vous savez que nous devons parler, n'est-ce pas ?

Elle hocha sombrement la tête, les lèvres pincées.

— Je veux m'assurer de tout bien comprendre, alors je vais vous dire ce que l'on m'a dit. Vous aviez congé pour la nuit parce que M. Brandon voulait que la maison soit vide. Il voulait le silence complet pendant qu'il travaillait.

Elle hocha de nouveau la tête.

— J'ai raconté mon histoire aux autres officiers.

— Je ne suis pas vraiment un officier, Hattie. Je veux écouter tout ce que vous avez à dire et voir s'il n'y a pas quelque chose que nous avons laissé passer.

Elle pencha la tête de côté et haussa les épaules.

— Quand vous êtes revenue le matin, la maison était-elle fermée à clé ?

— Le portail et la maison.

— Ces muffins ont l'air délicieux. Puis-je ?

Elle était peut-être aussi efflanquée qu'une jument affamée, mais apparemment elle était fière de sa cuisine.

— Ils ont deux jours, monsieur. J'aimerais pouvoir vous offrir quelque chose de frais, dit-elle en lui apportant un muffin dans une assiette.

— Je suis sûr qu'ils sont bien meilleurs que des frais, assura-t-il.

Il prit une bouchée.

— Et j'ai raison. Délicieux.

Malgré sa pâleur, elle rougit.

— Merci.

— Bon, Hattie, alors vous êtes rentrée d'une nuit de congé — où étiez-vous, à propos ?

— Je suis restée chez mon amie Maude. C'est la gouvernante des Perry, plus bas dans la rue, mais elle a sa propre pièce avec une entrée privée.

Il hocha la tête, projetant d'envoyer quelqu'un à Maude et aux Perry, juste pour vérifier ses dires.

— Donc vous êtes revenue et avez travaillé dans la cuisine.

— Oui. Je n'ai pas entendu M. Brandon. Je savais que tôt ou tard il réclamerait son thé. Mais j'essayais toujours de ne pas le déranger la première.

— Je vois.

Elle l'observait, et il montra qu'il savourait son muffin.

— Hattie, à quelle heure êtes-vous montée au bureau de M. Brandon ?

— Vers 9 heures, je crois.

— La porte de son bureau était-elle fermée à clé ?

— Oui, comme toujours.

Elle hésita, le regardant, puis elle commença à fournir des informations.

— Au début, je n'ai pas voulu frapper. Alors je suis partie. Mais ensuite…

Elle hésita de nouveau, son visage se contractant.

— Je suis revenue et j'ai frappé. Et il n'a pas crié. J'ai frappé plus fort, encore et encore. Il ne répondait toujours pas. Je suis descendue chercher mes clés.

— Où les gardez-vous ?

Elle désigna l'endroit du doigt. Les clés de la maison étaient à un anneau accroché à un portemanteau près de la porte de derrière.

— Donc vous avez pris les clés et êtes remontée.

— Oui. J'ai frappé de nouveau. J'ai appelé. Et finalement j'ai ouvert la porte.

Son visage trahit l'horreur qu'elle avait dû ressentir.

— Il y avait tant de sang…, dit-elle faiblement.

— Vous avez su qu'il était mort ?

— Oh, oui !
— L'avez-vous touché ?
Elle secoua la tête.
— Non. Je n'ai pas eu besoin de le toucher.
Elle fixa Mark.
— Vous n'auriez pas eu besoin de le toucher, non plus. Vous auriez su. Je n'aurais absolument pas pu le sauver. C'était… évident.
— Et alors ?
Elle déglutit.
— J'ai couru. J'ai couru tout le long jusqu'au poste de police. Et un officier est revenu avec moi… mais je ne suis pas remontée. Non… Je ne pouvais pas remonter. Je… je n'ai pas pu rester dans la maison.
— Qu'avez-vous fait ?
— Je suis retournée chez Maude.
— Un officier de police vous a-t-il accompagnée ?
Elle hocha vaguement la tête. Puis elle dévisagea Mark.
— Je suis seulement revenue ce matin à cause de Mme Brandon. Elle a besoin de moi. C'est une femme de bien, une femme aimable.
Hattie se tut une seconde, puis laissa échapper :
— Une femme de qualité, vraiment.
Elle se signa.
— Dieu sait que personne ne méritait ce qui est arrivé à M. Brandon, mais… elle ne méritait pas non plus ce qu'elle recevait sans cesse de lui.
— Ils ne s'entendaient pas ?
Hattie souffla.
— Je ne peux pas dire qu'ils ne s'entendaient pas. Ils ne se disputaient pas. Il criait. Elle se taisait. Il lui donnait des ordres. Elle faisait ce qu'il disait. Voilà.
Elle sourit.
— C'était sa maison à elle, vous savez ? Il pouvait être écrivain grâce à son argent à elle. Mme Brandon, elle n'est pas si vieille, mais elle en a l'air. Il l'a usée avec ses cris et ses colères. Il l'avait persuadée qu'il était

le deuxième après Notre-Seigneur et qu'elle avait de la chance d'être dans la même pièce que lui.

Hattie n'avait visiblement pas aimé Giles Brandon. Que l'argent du foyer vienne ou non de Mme Brandon, apparemment, c'était lui qui contrôlait tout. Maintenant qu'il était face à la gouvernante, Mark était presque sûr qu'elle n'était pas coupable, en dépit du peu d'estime qu'elle avait pour son maître. Toutefois, elle avait l'air forte derrière son allure fragile, et il ne voulait donc pas l'exclure totalement de la liste des suspects.

— Hattie… quand vous sortez dans la journée pour faire des courses, prenez-vous vos clés avec vous ? demanda-t-il.

— Oui. Enfin, pas si je sors pour Mme Brandon. Je n'ai pas besoin de traîner cette lourde chaîne avec moi quand elle est à la maison. Elle peut m'ouvrir.

— Qui d'autre vient ici, à part vous, bien sûr, et Mme Brandon ?

— Vous plaisantez, monsieur ?

— Non, Hattie, je suis sérieux.

— Je ne saurais pas par où commencer. Toutes sortes de gens viennent ici. M. Brandon tenait des réunions chez lui, parfois. Il ne faisait pas qu'écrire contre la monarchie, vous savez ? Il faisait partie de groupes qui prévoyaient de faire tomber la Couronne.

— Qu'en pensiez-vous, Hattie ?

Elle leva les mains, le regard presque amusé et très désabusé.

— Qu'est-ce que ça peut me faire, à moi ? Pour une femme comme moi… quoi, il y aura un ancien maître et un nouveau maître. Je travaille. Je survis. Peu m'importe qui est en haut de la liste. Je serai toujours en bas.

Mark ne savait pas très bien comment répondre à cela.

— Vous êtes une bonne gouvernante, Hattie. Et c'est déjà un grand talent.

Elle baissa les yeux.

— Merci, dit-elle, embarrassée.

Puis elle haussa les épaules.

— Mme Brandon est… Eh bien, je serai là pour elle.

— C'est gentil à vous, Hattie.

Il lui prit les deux mains.

— C'est très gentil à vous. Et rappelez-vous ce que j'ai dit : vous êtes une femme de talent.

Elle sourit et, juste à ce moment-là, l'eau se mit à bouillir.

Le musée était plein de monde. La nouvelle exposition venait d'ouvrir et Camille, qui s'occupait si souvent de tels événements, avait décidé que ce ne serait pas une journée réservée à l'élite. Les portes étaient ouvertes au grand public également. Elle espérait que les gens aisés offriraient des contributions, mais l'une des raisons pour lesquelles elle voulait un tel mélange était qu'elle croyait à la bonté de l'humanité. Elle voulait que les personnes privilégiées voient en quoi leurs contributions pouvaient aider ceux qui n'étaient pas aussi favorisés.

— Le salon de thé est en bas, dit Camille alors qu'elles entraient. Nous devrions nous mélanger un peu aux visiteurs, puis déjeuner dans une heure ou deux.

— C'est parfait, déclara Ally. Je suis impatiente de voir l'exposition.

Elle mentait effrontément, mais elle n'avait pas le choix.

— Ah, voici Maggie et Jamie qui parlent avec lord Joseph Farrow, poursuivit Camille. Je ne vois pas Mark avec lui. Comme c'est étrange. Peut-être est-il déjà dans les salles d'exposition.

Elle se dirigea vers le groupe.

— Venez, Ally, dit doucement Kat en la suivant.

Mais Ally hésita. Même à distance, elle entendit les paroles de lord Farrow :

— Il a dû s'absenter un moment — il sera en retard, je le crains. Mais il sera là.

Il serait là ? Malgré elle, elle éprouva une bouffée de

colère. Ainsi, le merveilleux Mark Farrow ne pouvait toujours pas trouver le temps de rencontrer sa fiancée ! C'était insultant.

Elle ne s'appesantirait pas là-dessus pour le moment ; elle devait profiter de ce contretemps et de sa présence ici. Elle s'assura que ses marraines étaient plongées dans leur conversation avec lord Farrow, puis elle se faufila le long du mur et retourna à la porte d'entrée — qu'elle franchit aussitôt. Elle ne courut pas, ce qui aurait attiré l'attention sur elle, mais elle descendit rapidement les marches et se retrouva dans la rue.

Par chance, elle était venue souvent au musée et connaissait bien les rues voisines.

Elle n'eut pas besoin de héler un fiacre ; elle pourrait atteindre sa destination beaucoup plus vite à pied. La cité était, comme toujours, une vraie ruche bourdonnante d'activité. Ally avançait rapidement, se frayant un chemin entre des ouvriers, des hommes d'affaires se rendant dans des banques, des voitures, des charrettes, des automobiles — une véritable mer d'humanité.

Tandis qu'elle marchait, elle regretta d'avoir laissé son carnet de croquis près du ruisseau. Elle avait écrit dedans des choses excellentes, mais elle était très fière de l'article caché dans la poche de sa jupe également.

Ce matin-là, en observant son fiancé sur les marches du bureau du shérif, elle avait définitivement compris que jamais elle ne s'était trompée sur l'importance de ce qu'elle faisait. Auparavant il lui était arrivé d'avoir peur, elle s'était sentie confiante d'autres fois, et à d'autres moments elle avait été certaine qu'il lui manquait un vrai talent d'écrivain. Mais, même si elle savait qu'elle avait encore énormément à apprendre, elle était persuadée aussi qu'il était impératif pour elle de continuer à envoyer ses essais. Grâce à ce lunch, elle avait l'occasion d'expédier son travail directement de la ville, au lieu d'essayer de paraître nonchalante quand elle le postait du village.

En fait, se dit-elle, elle devait remercier Mark Farrow

de son apparent désintérêt. S'il avait été là, elle n'aurait pas pu s'échapper si facilement du musée.

Elle s'arrêta, admettant en elle-même qu'il était un excellent orateur. Il ne fulminait pas, ne se mettait pas en rage. Il avait une voix puissante, emplie de calme et de conviction.

Il parlait avec sagesse, du fond du cœur. Et il possédait la présence physique qui lui permettait de captiver l'attention de la foule.

Peut-être était-il un homme bien, et pas seulement le fils oisif d'un riche lord.

Perdue dans ses pensées, elle ne regarda pas une fois en arrière, l'idée qu'elle puisse être suivie ne lui venant pas à l'esprit.

En tournant au dernier coin de rue, Ally vit le bureau de poste. Elle entra, la capuche de sa cape sur la tête, se mit dans la file et approcha finalement de l'employé au comptoir. Elle lui donna la lettre, paya le port et demanda s'il y avait du courrier adressé à Olivia Cottage. On lui remit une enveloppe ; elle remercia l'homme et s'empressa de sortir.

Elle trouva un pas de porte vide devant une vitrine annonçant l'ouverture prochaine de « Chez Madame Le Deveau, ravissantes créations françaises ». Là, elle déchira l'enveloppe. Impressionnée, elle vit le chèque qu'elle contenait. La somme était loin d'être énorme mais, pour elle, elle était stupéfiante. A. Anonyme avait été publié deux fois. Et payé deux fois. Cela signifiait qu'elle était capable d'exaucer son rêve. Le sentiment d'avoir accompli quelque chose était doux, et pendant un moment elle le savoura.

Puis elle repartit.

Elle regarda l'heure à la montre accrochée à son cou, et son cœur sombra. Elle était partie bien plus longtemps qu'elle n'en avait eu l'intention. Elle se hâta de retourner au musée, ne pensant toujours pas à regarder derrière elle.

7

Après le thé, Ian et Mark échangèrent leur place.

Eleanor Brandon paraissait calme, ce matin-là, mais vidée de toute énergie et de toute émotion. Elle avait à peine mangé et presque pas bu son thé.

— Eleanor, demanda gentiment Mark, y a-t-il quelque chose, quoi que ce soit, que vous pouvez nous dire et qui nous aiderait ?

Ce fut comme si ses paroles l'atteignaient de très loin, et elle dut lutter pour se concentrer sur lui. Elle sourit, mais son sourire était lugubre.

— J'ai répété mon histoire encore et encore. Mais j'ai entendu dire que la police vous demande parfois de venir et de poser des questions.

Il haussa les épaules.

— J'écoute bien, c'est tout. J'essaie d'ajuster les pièces du puzzle.

Elle l'étudia, le regard sceptique.

— Je vois.

Il se demanda ce qu'elle voyait au juste. Soudain, elle sourit de nouveau.

— Ils m'ont demandé si mon mari et moi nous entendions bien. Pouvez-vous croire une chose pareille ?

— Je crains, Eleanor, que beaucoup d'époux morts finissent ainsi parce que l'amour et la haine sont fortement liés.

— Pensez-vous que j'aurais pu faire cela ?

— Non.

— Je vois. Alors n'allez-vous pas me demander si Giles avait des ennemis ? Parce qu'il en avait, bien sûr. Des ennemis riches et puissants — protégés par la Couronne.

— Eleanor, vous ne pouvez pas faire de suppositions, dit tranquillement Mark.

Elle rit doucement, un son rauque et sec.

— Est-ce que je pense que Victoria elle-même est descendue de son trône pour trancher la gorge de mon mari ? Non. Est-ce que je pense qu'elle le voulait mort ? Oui. Bien sûr que les membres de la famille royale le voulaient mort. Sont-ils tous des gens bien et pieux ? Non.

Elle se pencha soudain en avant.

— Vous êtes jeune. Vous ne vous souvenez peut-être pas bien des meurtres de l'Eventreur. Il y a eu des spéculations comme quoi le prince Albert y était mêlé, on a dit que c'était une machination concoctée pour empêcher les gens de savoir qu'il avait épousé une roturière, une *catholique*. Comment sortir un prince d'une telle situation ? Eh bien, assassiner la pauvre fille et un tas de prostituées pour que cela ait l'air de l'œuvre d'un fou. Très intelligent !

— Eleanor, tout le monde connaît l'histoire et elle n'a aucun sens. La femme à qui il était paraît-il lié était catholique, oui. Mais elle n'était pas une prostituée. Elle travaillait chez un tailleur.

Eleanor agita une main avec impatience.

— Elles commencent toutes par un emploi décent, dans l'East End. Puis elles deviennent des catins. De sales vieilles souillons qui ne s'intéressent qu'à leur prochaine bouteille de gin !

— Mais l'Eventreur tuait de vieilles prostituées, pas d'humbles employées.

— Mary Kelly n'était pas vieille. Elle était jeune. Et encore belle, à ce qu'on dit.

— Et elle était sans nul doute une prostituée.

— Je crois que la police savait qui était le meurtrier,

dit fermement Eleanor. Tout comme elle sait qui commet ces meurtres maintenant.

— Eleanor…

— Vous ne me convaincrez pas que mon mari n'a pas été tué par la Couronne.

Mark se radossa à son siège, malheureusement certain que la veuve répandrait ses accusations partout lorsqu'elle quitterait son état apathique. Il était un ferme partisan du droit de chacun à avoir son opinion, mais…

— Eleanor, comment pouvez-vous éliminer le fait que sa mort fait de lui un martyr pour une cause ? Vous savez par ailleurs que la police doit enquêter sur toutes les possibilités, même…

Il laissa retomber sa voix et la regarda tristement.

Elle le fixa, puis réprima une exclamation.

— Je suis toujours soupçonnée ? Mais je n'étais pas ici !

— La police a interrogé votre sœur. Tous les alibis doivent être vérifiés.

Son expression se durcit.

— Ma sœur et moi ne nous entendons pas, mais je sais qu'elle ne mentirait pas. J'étais avec elle.

— Oui, elle a confirmé que vous étiez chez elle.

— Elle n'en était pas contente. Et je n'y serais jamais allée, si…

— Votre mari n'avait pas voulu que vous soyez ailleurs ?

Elle rougit et haussa le menton.

— Vous ne pouvez pas comprendre… Mon mari était un génie !

— Eleanor, je suis désolé de dire du mal de l'homme que vous venez de perdre, mais son génie s'accompagnait d'une pointe de cruauté et je crois que vous le savez.

Elle détourna les yeux, et il fut certain qu'elle s'empourprait légèrement.

— Eleanor, où gardez-vous les clés de cette maison ?

Elle fronça les sourcils.

— Je… Elles sont parfois dans mon réticule, et parfois sur la commode de ma chambre.

— Une chambre que vous partagiez avec Giles ?

De nouveau, elle rougit un peu.

— Nous avions chacun notre chambre, ce qui n'est pas du tout inhabituel. Giles travaillait souvent tard. Il avait besoin d'être libre d'aller et venir sans me déranger.

— Il y avait donc des moments où n'importe qui dans la maison pouvait avoir accès à vos clés ?

Elle haussa les épaules.

— Je crois savoir que votre mari recevait souvent un groupe qui se dédiait à la chute de la monarchie.

— Oui.

— Receviez-vous parfois des gens farouchement loyaux à la reine ?

— Jamais !

— Eh bien, Eleanor, il apparaît que la clé de la maison a été volée et reproduite. Il semble probable que quelqu'un l'ait prise pendant qu'il était ici. Comme vous ne receviez jamais de loyalistes… Je ne vous dis pas de croire en ma théorie. Je dis juste que vous devriez réfléchir longuement et profondément.

Mark s'arrêta et la regarda dans les yeux, l'expression ferme.

— Et je vous le jure, nous *arrêterons* le meurtrier de votre époux.

Ally craignait de respirer encore trop fort, et que les battements effrénés de son cœur ne la trahissent, mais le gardien du musée lui adressa juste un sourire amical en la reconnaissant et elle se glissa facilement à l'intérieur avec un groupe d'écoliers en uniforme.

Elle se tenait à l'arrière du groupe, à présent, reprenant son souffle et écoutant le professeur disserter sur les anciens rites funéraires. Puis on lui tapa sur l'épaule et elle sursauta, effrayée, avant de se tourner et de découvrir sir Andrew Harrington derrière elle.

— Miss Grayson, vous voilà. J'avais entendu dire

que vous étiez au musée, mais je vous ai cherchée en vain, désespérant de vous trouver. Je craignais de ne pas avoir l'occasion de vous saluer avant l'arrivée de votre évanescent fiancé.

Il s'avança à côté d'elle.

— Où étiez-vous ? demanda-t-il. Je pourrais ajouter « toute ma vie », mais c'est une réplique si pathétique.

Ally rit.

— Nous nous sommes déjà rencontrés, vous savez ?

— Ah, mais vous étiez jeune, et quel homme aurait osé affronter tous ces farouches tuteurs qui vous protégeaient ? Nous étions nombreux à penser que le temps viendrait où nous pourrions gentiment faire notre cour. Qui se doutait que vous feriez votre entrée dans le monde et seriez fiancée le même soir ?

Elle fut forcée de sourire. Il ne faisait que la flatter, et elle savait que c'était sa façon de procéder. Mais il était séduisant et charmant, et elle constata qu'elle appréciait ses attentions.

— Sir Andrew, je suis sûre que maintes jeunes femmes se pâment rien qu'à votre présence.

Il rit et haussa les épaules.

— Peut-être pas rien qu'à ma présence. Mais laissons cela. Avez-vous vu la nouvelle momie ? On l'a complètement mise à nu. Venez, je vais vous montrer.

— N'est-il pas temps de descendre dans le salon de thé ? demanda anxieusement Ally, en jetant un coup d'œil à sa montre.

— Nous avons une minute.

Une main posée très convenablement sur son coude, il la conduisit dans la salle voisine. Elle remarqua immédiatement que Thane Grier était là dans sa pose habituelle, appuyé au mur, son calepin sorti. Il ne semblait pas faire attention à l'exposition, il observait plutôt les gens qui étaient là. Lorsque Ally entra dans la salle, il se redressa. Il devait bien voir qu'elle était escortée par Andrew, mais cela ne parut pas l'empêcher d'intervenir.

Tandis qu'il s'approchait, Ally se demanda ce qu'il avait l'intention d'écrire.

— Miss Grayson.

Ils s'arrêtèrent. Le journaliste tendit la main.

— Bonjour. Je suis désolé de vous interrompre, mais vos fiançailles sont dignes d'intérêt.

— Pourquoi mes fiançailles seraient-elles une information importante ?

Le sourire de Grier s'élargit.

— Vous êtes sûrement consciente que Mark Farrow est considéré comme…

— Le meilleur parti du royaume, hormis la royauté, coupa sèchement Andrew.

Elle fronça les sourcils, mais le journaliste haussa les épaules, comme Andrew avait exprimé ce qu'il pensait, même s'il n'avait pas choisi les termes que lui-même aurait employés.

— Je ne vois pas très bien ce que vous voulez que je dise, monsieur Grier, murmura Ally.

— Eh bien, si je peux me permettre de le demander, pourquoi, à votre avis, avez-vous été choisie pour un tel honneur parmi toutes les femmes d'Angleterre, et même du monde ? Vous serez certainement une magnifique jeune mariée, mais… vous n'êtes pas titrée. En fait, vous êtes orpheline.

Elle le fixa, consciente qu'il harponnerait chacune de ses paroles, et consciente également que c'était de très mauvais goût de sa part de la questionner ainsi. Mais il était journaliste ; il ne se souciait pas d'être grossier.

— Légalement, le comte de Carlyle est mon tuteur, répondit-elle. Je suis sûre que ces fiançailles sont dues à son amitié avec lord Farrow.

— Néanmoins…

Grier cherchait quelque chose, et insistait pour l'avoir. Il devait forcément y avoir une signification cachée à tout ceci. Mais si c'était le cas, Ally ignorait laquelle.

— Je crains de vous avoir donné la meilleure réponse

possible, dit-elle. Peut-être devriez-vous poser votre question directement à lord Stirling ou à lord Farrow. Ou à Mark Farrow lui-même, pourquoi pas ?

— Je l'ai fait, mais Mark Farrow ne m'a pas encore répondu.

— Alors vous devrez attendre, n'est-ce pas ?

— Ecoutez, Grier, interrompit Andrew Harrington. C'est une chose de poser une question à miss Grayson, et une autre de la harceler.

— Je vous présente mes excuses, dit vivement le journaliste.

— Je vous en dirais plus si je le pouvais, déclara Ally.

Lord Lionel Wittburg choisit ce moment pour les rejoindre et la sauver.

— Ah, vous voici, Ally. Lady Camille vous cherchait.

— Je me rends dans le salon de thé, dit-elle.

Thane Grier inclina la tête avec respect devant lord Wittburg.

— Votre Grâce, dit-il.

Wittburg fit un signe de tête, sans s'intéresser à lui.

— Les écrivains, fit-il. Un fléau pour nous tous.

Ally n'était pas entièrement d'accord, mais elle se laissa toutefois entraîner. Ils descendirent le large escalier de marbre qui menait à l'étage inférieur, où le salon de thé était déjà empli de bienfaiteurs et de gens du commun.

— Lady Camille est à la table d'honneur, et vous avez une place à côté d'elle.

Ally remercia lord Wittburg et s'empressa de traverser la salle, consciente qu'elle était observée avec intérêt par tout le monde. Beaucoup de jeunes filles qui avaient été présentées cette année-là la fixaient — comme leurs mères ou leurs tutrices. Elle n'avait pas mesuré avant ce moment que Mark Farrow était vraiment considéré comme la crème de la crème.

Pourtant, l'homme de la situation n'était toujours pas là.

Tous ceux qui la fixaient avaient certainement conscience

que, malgré ses fiançailles, elle était seule pour assister à ce lunch.

Elle s'assit à côté de Camille, notant que la chaise à la droite de la comtesse était vide. Brian était installé un peu plus loin, près de lady Newburg, qui était probablement la plus grande bienfaitrice du musée après les Stirling.

— Je suis navrée d'être en retard, déclara Ally.

— Ce n'est pas grave. Beaucoup de gens sont encore en train de descendre, lui assura Camille en lui pressant la main.

Lord Farrow se trouvait de l'autre côté de lady Stirling. Il se pencha en avant.

— Je suis sûr que mon fils sera là dans une minute.

Mais Mark Farrow n'apparut pas. Une salade de concombres fut servie et Brian, qui avait une longue histoire familiale avec le musée, se leva pour prononcer le discours de bienvenue. Il était un excellent orateur et la salle résonna de rires et d'applaudissements.

Puis le directeur des antiquités, un petit homme sérieux, se leva pour parler. Il était sympathique, mais manquait d'éloquence. L'esprit d'Ally se mit à vagabonder.

Elle souhaita être assise près de Kat, qui était à côté du romancier Arthur Conan Doyle, un de ses grands amis. Ally avait eu la chance de participer à certains événements où l'écrivain avait été invité. Elle avait alors bu avec avidité chacune des paroles de l'homme. Ses histoires de la vraie vie étaient toujours amusantes, fascinantes, parfois même tristes, mais elles ne manquaient jamais de la captiver. Elle regarda autour d'elle, consciente qu'il était impoli de dévisager l'auteur ainsi. Il y avait d'autres personnages importants, des écrivains, des hommes d'Etat, un acteur qu'elle avait vu sur scène, une vedette de l'opéra. Il y avait également un photographe accompagné de son assistant qui portait son lourd équipement.

La voix du directeur bourdonnait sans fin tandis qu'on leur servait le plat principal, du poisson blanc à la sauce florentine.

Et tandis qu'on le desservait.

Le dessert était un soufflé à l'abricot, et le directeur parlait toujours.

Ally essaya de feindre d'être attentive. Elle jeta un coup d'œil à Camille alors qu'on servait le café, et vit que les yeux de sa marraine pétillaient. Toutes deux pensaient sûrement la même chose : si le directeur n'en venait pas bientôt au fait, les bienfaiteurs demanderaient qu'on leur rende leur argent — avec des intérêts.

— Bonjour.

Ce murmure à son oreille la surprit tant qu'elle faillit crier. Par chance, elle se retint et se tourna.

Son fiancé était enfin arrivé.

Il tira la chaise à côté d'elle et s'assit. Vu de près, elle constata qu'il avait un beau visage, fortement sculpté. Ses épaules étaient larges, et remplissaient bien sa jaquette fauve. Son gilet de brocart était ajusté de façon flatteuse et son pantalon marron était à la pointe de la mode. Ses yeux…

Ils étaient troublants. Ils étaient d'un bleu argenté, vif comme le mercure, cernés d'un bord plus foncé. Il y avait quelque chose en lui…

— Je suis désolé. Pardonnez-moi, j'étais retenu par des affaires urgentes, chuchota-t-il. Je suis Mark Farrow.

Habituellement, Ally ne perdait jamais l'usage de la parole, mais cela lui arriva à cet instant. Elle hocha la tête et parvint enfin à dire :

— Bonjour. Enchantée.

Quelle conversation ridicule… Elle était fiancée à cet homme !

Non, c'était *cela* qui était ridicule !

Il y eut soudain une tempête d'applaudissements et le directeur rougit avant de faire une courbette, puis s'inclina de nouveau. Pauvre petit homme. Il ne se doutait pas que les gens acclamaient la fin de son discours et non pas le discours lui-même.

— Mark, dit Camille, ravie. Vous êtes enfin arrivé.

— Je vous présente mes excuses. Une affaire urgente. En fait, j'étais parmi les premiers ici.

Il sourit affectueusement à son père.

— Hélas, j'ai été appelé ailleurs. Mais… miss Grayson, peut-être pourrais-je vous faire visiter la nouvelle exposition ?

— J'en serais ravie, dit-elle.

Souriant, il se leva et tira la chaise d'Ally.

— Si vous voulez bien nous excuser ?

— Certainement, murmura Camille.

Ally se laissa donc entraîner hors de la salle par l'étranger à qui elle était fiancée.

Il fit un signe de la main à plusieurs personnes, disant un mot çà et là tandis qu'ils se frayaient un chemin entre les tables. Lorsqu'ils sortirent, ils furent aveuglés par un flash.

Le photographe à l'œuvre, pensa sèchement Ally.

Thane Grier était là aussi, en train d'écrire. Il offrit à Ally son habituel sourire contraint.

— Mark ! appela quelqu'un, et ce dernier s'arrêta.

Ally fut surprise de voir Arthur Conan Doyle se diriger vers eux avec un grand sourire.

— Et cette chère Ally.

La moustache du romancier lui chatouilla la joue quand il l'embrassa.

— J'ai été très content de tout ce que j'ai entendu dire, Mark. Je vous le dis, certains de ces individus ne voient pas la vérité quand elle les regarde dans les yeux.

— Arthur, vous êtes un homme brillant, déclara Mark, et Ally décida qu'il lui plaisait au moins un peu, simplement parce que ses paroles semblaient sincères et qu'elle adorait elle-même le romancier.

— En fait, poursuivit Mark, j'aimerais mettre votre esprit à l'épreuve sur quelques sujets. Auriez-vous un peu de temps à m'accorder cette semaine ?

— Oui, nous nous mettrons d'accord.

— Ce sera un plaisir pour moi.

— Félicitations à vous deux, dit l'auteur, avant de s'éloigner avec un petit signe de main.

— Vous le connaissez bien ? demanda Ally.

— Pas mieux que vous, apparemment, dit-il sèchement.

— Je le trouve merveilleux.

— Est-il votre auteur favori ?

Elle hésita.

— Oui. J'admets aussi être très impressionnée par l'Américain Poe.

— Vraiment ? Il a un côté un peu morbide.

— Je le trouve captivant.

— En fait, moi aussi. Et il a eu une si triste vie.

Ils avaient atteint l'escalier. Ally savait que des gens avaient pu entendre leurs paroles, et elle était heureuse qu'elles aient été aussi anodines. Lorsqu'ils parvinrent au niveau où avait lieu la nouvelle exposition, elle s'arrêta et regarda en arrière.

Ils n'avaient été suivis ni par le journaliste ni par le photographe.

Elle libéra son bras.

— Puis-je parler franchement ? demanda-t-elle.

— Je vous en prie.

— Vous n'êtes pas obligé de persévérer dans cette comédie.

— Je vous demande pardon ?

— Je crois savoir, monsieur, que vous êtes dirons-nous au sommet de la pyramide, murmura-t-elle.

Oh ! ses yeux ! C'était absurde, étrange. Ils lui donnaient une impression de déjà-vu. Tout comme son contact. Elle comprit à ce moment-là ce qu'elle avait pensé à son insu : les yeux de son fiancé ressemblaient incroyablement à ceux du bandit de grand chemin. C'était ridicule, se dit-elle. Elle ne l'avait vu que masqué. Pourtant… c'étaient ses yeux.

Les deux hommes étaient de la même taille et puissamment bâtis. Et leur voix…

Non, c'était impossible.

— Je ne comprends pas ce qui se passe, reprit-elle. En fait, j'oserais dire que personne en Angleterre ne le comprend. Apparemment, votre père et lord Stirling — que j'adore, ne vous méprenez pas — ont conclu une sorte d'accord médiéval. Mais vous ne devez pas vous sentir obligé. Je ne suis pas une pauvre orpheline sans défense. Je suis tout à fait capable de prendre soin de moi.

— Etes-vous en train de me dire que vous refusez de m'épouser ? demanda-t-il.

— Non, je ne refuse pas à proprement…

— Bien. Venez, alors. Allons voir l'exposition.

Il partit en avant, mais Ally ne le suivit pas. Elle se sentait brusquement effrayée. Il se tourna, lui prit le bras et l'entraîna avec lui.

— Vous devez être versée en égyptologie, dit-il.

— Je ne peux faire autrement que d'avoir quelques notions, répondit-elle en ravalant à la fois sa peur et ses conclusions impossibles. J'ai passé beaucoup de temps au château et sa décoration est purement égyptienne. Bien sûr, j'ai aussi passé du temps dans l'atelier de Kat… Avez-vous compris ce que je vous ai dit ?

— Que je ne suis pas tenu de vous épouser.

— Exactement.

— Et je vous ai demandé si vous refusiez.

— Refuser n'est pas mon point de vue.

— Bien. Alors les plans pour le mariage peuvent continuer.

De nouveau, il partit en avant. Il s'arrêta près d'une grande pierre gravée de hiéroglyphes.

— Pouvez-vous lire ceci ? demanda-t-il.

— « Celui qui entre ici encourt le courroux d'Isis », lut-elle rapidement. Vous ne savez rien de moi, ajouta-t-elle.

Il se mit à rire.

— Je sais tout de vous. Voyons voir… « Elle a des cheveux d'or filé, des yeux qui rivalisent avec le soleil et une voix de rossignol. » Directement cité de lord Stirling, et je constate qu'il n'a pas menti.

— Merci, c'est tout à fait charmant, mais néanmoins vous ne me *connaissez* pas vraiment. Et je ne vous connais pas du tout.

— Je suis l'unique enfant de lord Joseph Farrow, comte de Warren. Avez-vous besoin d'en savoir plus ?

Elle fronça les sourcils. La question était acérée — et agaçante. Pensait-il que son titre faisait de lui un parti si incroyable que rien d'autre ne compterait pour elle ?

Il avait tort. Elle l'avait rencontré, à présent, et elle le regrettait. Elle l'avait admiré quand il avait parlé au village un peu plus tôt. Elle avait supposé qu'il était un homme de réflexion qui souhaiterait entendre ce qu'elle avait à dire. Mais maintenant...

— En vérité, j'ai déjà vu l'exposition, mentit-elle. Cela a été un très grand plaisir. Je suis si contente que nous ayons fait connaissance, poursuivit-elle, ajoutant une fausseté à une autre.

Elle ignorait pourquoi elle était si ridiculement en colère. Peut-être parce qu'il avait paru tant ressembler à son bandit de grand chemin, pour se révéler seulement un crétin élitiste.

Elle s'éloigna de lui sans se soucier où elle allait. En quelques secondes, elle lui avait échappé. Pour le moment, c'était tout ce qui comptait.

— Miss Grayson ! appela Mark.

Elle ne semblait pas l'entendre. Ou, plutôt, elle faisait semblant de ne pas l'entendre.

Mark grimaça. Il avait été stupide. Il avait essayé de déguiser un peu sa voix. Il avait porté ses cheveux libres. Il avait choisi ses vêtements pour leur coupe qui était très différente de son accoutrement de bandit.

Il avait voulu être un autre homme. Apparemment, il avait très bien réussi. Le bandit de grand chemin lui plaisait. Lui ne lui plaisait pas.

Il fronça les sourcils. Tandis qu'elle disparaissait,

quelque chose tomba de la cape drapée sur son bras. Il se hâta d'aller le ramasser.

C'était une enveloppe adressée à Olivia Cottage, dans un bureau de poste voisin. Son éducation lui dictait de la retrouver pour lui rendre cette lettre. Et il partit d'ailleurs dans cette intention mais, au bout de quelques pas, il s'arrêta.

Elle avait choisi de le quitter. Soit. Il tapota l'enveloppe, pensif. Olivia Cottage ? Peut-être n'était-ce même pas une lettre qui lui appartenait.

Il ouvrit l'enveloppe et vit qu'elle contenait un chèque établi par les bureaux du journal au nom d'Olivia Cottage. Il secoua la tête, les sourcils froncés. Il n'avait jamais entendu ce nom auparavant, et il pensait connaître tous les journalistes de la ville. Il partit à travers la salle, irrité d'avoir quitté si sottement la maison de Giles Brandon pour venir au musée et être aussitôt laissé en plan.

Puis il se figea, interdit.

Anonyme.

Olivia Cottage devait être le vrai nom d'A. Anonyme, ce qui signifiait que cette personne était quelque part dans le musée.

Et si le chèque était tombé entre de mauvaises mains...

Il secoua la tête avec lassitude. Il fallait arrêter ces meurtres. Il ne craignait qu'une chose : que le tueur frappe de nouveau avant qu'il ne soit arrêté.

Et A. Anonyme, ou Olivia Cottage, était une cible de choix pour ce zélote implacable. Après tout, A. Anonyme n'écrivait-elle pas des articles qui menaçaient de percer à jour le meurtrier ?

Une chape de plomb sembla soudain s'abattre sur lui. Et si Ally *n'avait pas* ramassé cette enveloppe par erreur ? Si *elle était* A. Anonyme ?

Thane Grier, l'air épuisé et maussade, était assis sur les marches quand Ally sortit vivement du musée.

Il leva les yeux et, un instant, son regard exprima le fond de sa pensée tandis que son visage reflétait son abattement.

De son côté, elle était certaine que le journaliste avait perçu son propre désarroi et sa désillusion.

Tous deux conscients d'avoir été pris dans un moment de faiblesse, ils se mirent à rire.

Puis Grier tapota la marche en pierre.

— Je sais que je suis un humble journaliste mais, je vous en prie, asseyez-vous près de moi. Je suis sûr que vous m'avez trouvé agaçant, quelquefois, mais vous semblez avoir besoin de vous échapper un instant. Je promets de ne pas vous cuisiner.

Ally hésita, puis haussa les épaules. Quelqu'un pouvait sortir et la voir dans une situation aussi peu digne d'une dame, mais elle s'en moquait. Elle s'assit.

— Qu'est-il arrivé à votre fiancé ? demanda-t-il.

Puis il leva la main et ajouta vivement :

— Désolé. J'ai promis de ne pas poser de questions.

— Pourquoi avez-vous l'air si déprimé ? demanda-t-elle à son tour.

Il secoua la tête et la regarda.

— A. Anonyme.

— Pardon ? fit-elle, stupéfaite.

— Je suis censé être un journaliste de renom, mais j'ai été relégué en deuxième page par un essayiste anonyme. Et pas une fois, deux fois ! Et me voilà aujourd'hui, travaillant pour la page mondaine.

Elle sourit et lui assura :

— Vous êtes un journaliste doté d'un œil acéré et objectif. Cependant, les rédacteurs en chef se devaient d'être justes. Quels que soient leurs propres penchants politiques, ils devaient imprimer une opinion contraire à celle de Giles Brandon, surtout avec la nouvelle de son meurtre étalée en première page. Peut-être que quelqu'un de sage a décidé que c'était un moyen d'éviter une guerre civile déclarée.

— Nous n'aurons plus jamais de guerre civile ici, protesta-t-il avec indignation.

— Vous avez vu de vos yeux combien la situation peut devenir grave, lui rappela-t-elle.

— Oui, je suppose. Comment le savez-vous ?

— Je vous ai vu dans les manifestations le jour où Giles Brandon a été tué, et de nouveau ce matin.

— Avez-vous vu l'article sur vos fiançailles ?

Elle rit doucement.

— En vérité, non. Je ne suis pas allée aussi loin dans le journal.

— Vous voyez ? Vous lisiez les essais.

— Désolée, c'est juste que… Je veux dire, d'ordinaire, je lis le journal de la première à la dernière page.

— Je pense que vous apprécierez. Je l'admets, j'ai commenté l'absence de votre fiancé à sa propre soirée de fiançailles, mais j'ai dit que cela avait dû être un triste jour pour lui, car je n'avais jamais vu une femme resplendir d'une telle beauté intérieure et extérieure.

— C'est charmant. Merci.

Il l'étudia, son visage mince et ascétique penché de côté, les yeux curieux.

— Pardonnez-moi — et ceci restera entre nous, je le jure — mais pourquoi de telles fiançailles ont-elles été arrangées ?

Ally poussa un soupir exaspéré.

— Je ne vous mentais pas ! Mis à part le fait que lord Stirling et lord Farrow sont amis, j'ignore quelles raisons pourraient motiver ces fiançailles.

— N'êtes-vous pas curieuse ?

— J'ai été… tracassée par d'autres questions, dirons-nous.

— Est-ce que ces questions concernaient le bandit de grand chemin ?

Elle sourit et secoua la tête.

— Alors ? insista-t-il.

— Non, je me posais des questions sur… la vie, tout simplement.

— La vie ? Rassurez-vous, avec ce mariage, vous n'aurez à vous tourmenter pour rien dans la vie. Savez-vous ce que vaut lord Farrow ?

— Suis-je lord Farrow ? Non, je ne le sais pas et ne m'en soucie pas.

— Mais votre destin est d'épouser son fils.

— Mon destin, dites-vous ? Il devrait être davantage que le mariage.

Il la fixa, puis se mit à glousser.

— Allez-vous devenir une suffragette ?

Elle fronça les sourcils.

— Les femmes *devraient* avoir le droit de vote. Considérez que deux des souverains qui ont régné le plus longtemps et qui ont eu les règnes les plus productifs ont été des femmes.

— Alors vous allez le repousser ? Echapper au mariage ?

— Il ne s'agit pas de le repousser, murmura-t-elle, mal à l'aise.

— Ah…

— Que signifie ceci ?

— Vous êtes inquiète à propos de lord Stirling et de ce qu'il pensera. Et fera bien sûr. Vous avez passé votre vie sur sa propriété.

— Mes tantes ne manquent guère de capacités. Si elles l'avaient voulu, elles auraient pu faire fortune dans n'importe quelle grande ville. Ce sont les meilleures couturières…

Elle s'interrompit, car il gloussait de nouveau.

— Holà, miss Grayson, je vous en prie. Vous n'avez pas besoin de me faire un sermon. Je n'ai jamais vu quelqu'un travailler aussi dur que ma mère. Elle nous a fait l'école, elle nous a lu des livres — elle m'a donné mon amour des mots. En plus, elle frottait et nettoyait, lavait et repassait, cuisinait. Je n'ai jamais vu quelqu'un mériter plus de respect. Elle avait des opinions politiques éduquées.

Il se tut un moment.

— Et maintenant elle est partie. Mais elle a vu mon premier article publié.

— J'en suis très heureuse.

Il lui sourit.

— Vous savez, quoi que j'aie écrit sur vous… ce n'était pas assez. Vous êtes vraiment charmante de toutes les façons.

Il lui offrit une poignée de main.

— Si jamais vous découvrez qu'un journaliste qui se bat peut vous être utile, n'hésitez pas à demander.

Elle lui serra fermement la main.

— Merci.

Elle se leva et tenta de défroisser sa robe.

— Et si vous avez besoin d'aide, sentez-vous libre de vous adresser à moi.

— Si vous découvrez par hasard l'identité d'A. Anonyme, de grâce… cela m'aiderait vraiment.

Elle haussa les épaules.

— Désolée, mais s'il y a autre chose…

— Votre tuteur est à la porte, dit Thane en se levant vivement.

Ally se tourna. Brian Stirling et Camille sortaient du musée, discutant avec Maggie, Jamie, Kat et Hunter. Brian fronçait les sourcils et elle fut certaine qu'il la cherchait. Maggie fut la première à l'apercevoir.

— Ah, la voici ! dit-elle en agitant la main.

— Allez-y, allez-y, la pressa Thane.

Elle s'avança et demanda d'un ton lisse :

— Vous me cherchiez ? Je suis désolée. J'ai eu besoin de prendre l'air.

— Bien sûr, bien sûr. Mark vous cherche aussi, ma chère, dit Maggie. Il va prendre la voiture de son père et vous ramener au cottage.

— Merveilleux, répondit Ally.

A ce moment-là, Mark Farrow apparut derrière les autres.

— Ah ! vous voici, Ally.

Elle sourit, brûlant de lui dire que, pour lui, elle serait Alexandra, ou miss Grayson. Elle parvint à se taire.

— Y allons-nous ? Mon cocher est plus loin dans la rue. Cela vous dit-il de marcher un peu, ou dois-je lui demander de s'approcher ?

— Je marche très bien, déclara-t-elle fraîchement.

— C'est ce qu'il semble, dit-il, et elle fut étonnée de constater qu'il y avait quelque chose de coléreux dans ses paroles.

— N'oubliez pas, la voiture viendra vous prendre vendredi, Ally, lança Maggie. C'est notre journée dans l'East End, vous vous rappelez ?

— Bien sûr. Je ne la manquerais pour rien au monde. Et les tantes viendront également, elles l'ont promis.

— Ces chères femmes. Elles ne viennent que quand elles pensent qu'elles pourront travailler, répondit Maggie.

Mark Farrow avait rejoint Ally et lui offrait son bras. Elle le prit, refusant de songer aux muscles fermes qu'elle sentait sous ses doigts. Toutefois, elle ne put s'empêcher de se rappeler combien elle l'avait admiré quand il avait harangué la foule dans la matinée.

Hélas, il n'était pas aussi raffiné lors de conversations plus intimes. Elle respectait de nombreux membres de la noblesse, mais pas ceux qui pensaient qu'ils valaient mieux que d'autres simplement à cause d'un hasard de naissance.

Elle se retourna. Ses six tuteurs étaient là, l'observant comme des parents affectueux, heureux et fiers. Son cœur se serra.

Ils désiraient tellement ce mariage. Ils semblaient croire qu'ils avaient créé pour elle un avenir sans nuage.

Lorsqu'ils furent arrivés devant la voiture de Mark, celui-ci lui tendit la main pour l'aider à monter. Il s'installa en face d'elle, visiblement soucieux de mettre de la distance entre eux. Puis le cocher fit claquer les rênes et les chevaux se mirent en branle.

Elle leva les yeux vers son fiancé et se rendit compte qu'il la fixait de son regard étrange.

— Dites-moi, miss Grayson, dit-il — et elle regretta de ne pas avoir eu l'occasion de lui dire de l'appeler ainsi —, qu'avez-vous pensé de ce papyrus ?

— Quel papyrus ?

— Le grand, au milieu de l'exposition.

— Ah, oui. Une pièce peu ordinaire. Enorme, non ?

Il sourit.

— Et les trois sarcophages identiques ?

— Etranges, n'est-ce pas ?

— Qu'avez-vous pensé des urnes funéraires très différentes qui sont exposées ? Avez-vous déjà vu des objets aussi inhabituels ?

— Jamais.

Il se pencha en avant.

— Miss Grayson, vous êtes une menteuse. Vous n'avez jamais vu cette exposition.

— Je vous demande pardon !

— Et je ne crois pas que ce soit la seule chose sur laquelle vous ayez menti.

Il mit une main dans sa poche.

— Ceci est-il à vous ?

Sous le regard horrifié d'Ally, Mark Farrow sortit l'enveloppe contenant le chèque rédigé à l'ordre d'Olivia Cottage.

8

Ally contempla fixement l'enveloppe, puis se décida enfin à croiser le regard de Mark.

— Olivia Cottage ? Au nom du Ciel ! pourquoi pensez-vous que cette lettre m'appartient ?

— Elle est tombée de votre cape, lui lança-t-il.

Elle haussa les épaules, tourna la tête vers la fenêtre et constata que le rideau était tiré. Elle regarda Mark de nouveau.

— Je suggère que vous la remettiez à l'un des directeurs du musée. Je suppose que quiconque l'ait perdue, il la cherchera.

Elle le fixait droit dans les yeux. Il soutint son regard. Elle fut certaine de ne pas cligner les paupières ni de se trahir d'aucune façon. Finalement, il remit l'enveloppe dans sa poche.

— Alors... comment avez-vous fait pour manquer toute l'exposition ?

— Je n'ai pas manqué toute l'exposition. Comment avez-vous fait pour manquer tout le lunch ?

— Vous *avez* manqué l'exposition. Et j'avais des affaires légitimes à régler.

Etait-il légèrement sur la défensive ?

— Je pense que nous devrions discuter de cette proposition de mariage, dit Ally.

— Parce que j'ai été retenu d'une manière inévitable ? demanda-t-il d'un ton irrité.

— Parce que je ne crois pas que nous soyons compatibles.

— Miss Grayson, j'ai fait de mon mieux pour venir aujourd'hui.

Elle agita une main.

— Vous ne me connaissez pas. Ce mariage a été arrangé. Ne rechignez-vous pas un peu à l'accepter ?

Il se pencha en avant, le visage intense.

— Je connais mon père et je connais lord Stirling. S'il n'y avait pas une très bonne raison à ce mariage, il n'aurait pas lieu.

— Néanmoins, dit-elle doucement, cela me paraît très étrange. J'ai rencontré votre père. Il semble être un homme aimable et admirable. Lui obéissez-vous sans discuter en toutes choses ?

Il s'adossa de nouveau à son siège, l'air furieux. Ainsi, elle ne s'était pas trompée : Mark Farrow n'était pas le genre d'homme à se soumettre à un ordre sans en connaître la cause. Dès leur premier échange, elle avait décidé qu'elle le détestait, elle fut donc surprise de l'élan d'affection qui s'empara d'elle en cet instant… Tout à coup, Mark semblait différent…

Il croisa de nouveau son regard.

— Dites-moi, qu'ai-je fait pour vous offenser si gravement et si rapidement ?

Elle secoua la tête.

— Aucun homme ne devrait jamais penser qu'il vaut son pesant d'or parce qu'il héritera d'un titre.

— D'accord, murmura-t-il. Ne me demandez pas de m'excuser pour mon père. C'est un homme exceptionnel.

— En effet. Mais aucun fils ne devrait attendre le monde sur un plateau à cause de la vie que son père a eue.

— Je vois.

Il la fixa en silence, paraissant légèrement amusé. Puis il se pencha en avant et lui prit les mains. Surprise, elle eut un mouvement de recul, mais il la retint fermement.

— Dites-moi, je vous prie. Y a-t-il quelqu'un d'autre ? Quelqu'un que vous préféreriez épouser ? Quelqu'un qui a conquis votre cœur ?

A part un bandit qui avait les mêmes yeux que lui ?

— Non, répondit-elle au bout d'un moment. Il n'y a personne. Ce n'est pas le problème.

Curieusement, son toucher lui semblait familier. Elle regarda ses mains. Il ne portait pas de gants. Ses doigts étaient longs et fins. Elle leva la tête et prit alors conscience qu'il était très proche d'elle. Une bouffée de chaleur l'envahit. Mark Farrow ressemblait étrangement au bandit de grand chemin. Elle se souvint alors du roman d'Alexandre Dumas, *L'Homme au masque de fer.* Se pouvait-il que Mark ait un double chevauchant à travers la campagne, arrêtant des voitures pour se venger d'une aristocratie qui l'avait banni ?

— Alors accordez-moi une chance, dit-il très doucement. Laissez ce mariage se dérouler comme prévu. Qu'avez-vous à perdre ? J'ai une très belle maison de ville, bien que dernièrement, je l'admets, j'aie plus souvent résidé chez mon père. Ma maison est assez vide, voyez-vous ? Nous possédons un relais de chasse au fond des bois, si la forêt vous manque. Et il y a les domaines dans le Nord. Nous avons un château aussi ancien et solide que celui de Brian Stirling, mais pas aussi proche de Londres, je le reconnais.

— Vous ne parlez que de possessions, fit-elle remarquer, mais elle se sentit sourire légèrement.

Il haussa les épaules.

— Il est bon d'avoir un endroit où vivre.

Elle fut forcée de rire, et elle se pencha vers lui.

— Qu'aurez-vous en retour ? demanda-t-elle. Pas de dot. Même si, ajouta-t-elle en soupirant, je suis sûre que mes tuteurs ont prévu quelque chose. Pas de titre. Pas de grand lignage. En fait, tout le pays se demande sûrement pourquoi vous m'épousez.

— Peut-être ai-je été ravi de découvrir un beau tempérament en plus d'un beau visage. Et vos tuteurs ne cessent de chanter vos louanges. Il n'y a rien qui apaise l'âme comme une musicienne de talent.

— Vous avez les moyens d'engager tous les musiciens du royaume.

— Peut-être suis-je plus intéressé par un divertissement intime devant un feu, par une musicienne pour la vie, par un chant avec du cœur et du sentiment, si vous voulez.

Quelque chose dans sa voix, une intonation grave et rauque, lui fit battre le cœur plus vite. C'était incroyable ! La prenait-il pour une idiote ?

Aussi ridicule que soit cette pensée, elle fut soudain certaine qu'il était bien le bandit de grand chemin. Mais pourquoi se livrerait-il à une telle mascarade ? Cet homme avait sûrement de l'argent à revendre, sans avoir besoin de détrousser des voyageurs.

— Une charmante façon de voir, murmura-t-elle en le dévisageant.

Pensait-il réellement qu'il l'avait dupée ? Qu'elle pouvait si facilement se laisser abuser par un masque ?

Apparemment oui.

— Vous pensez que tout sentiment que j'exprime est faux ? demanda-t-il.

— Je ne sais pas ce que je pense pour l'instant. Je viens juste de vous rencontrer. Et je ne comprends certainement pas comment vous pouvez imaginer que je pourrais correspondre à vos rêves, ni pourquoi vous êtes disposé à mener ce projet à bout.

— Pourtant je le suis, dit-il.

Cette fois, la voix de Mark était ferme. Ally fronça les sourcils, intriguée. Il était le bandit de grand chemin. Et, en tant que tel, il avait discuté avec elle. S'était assis près d'elle. Avait dansé avec elle. Lui avait parlé.

Elle baissa vivement la tête, s'apercevant que son cœur s'envolait d'une très étrange façon. Elle avait commencé à ressentir une fascination totalement immorale pour l'élégant hors-la-loi, mais il y avait eu quelque chose dans leurs échanges qui l'avait tout simplement… ensorcelée. Alors se rendre compte que son fiancé et lui étaient un seul et même homme…

Mais qu'est-ce que c'était que cette histoire ?

— Vous semblez être un homme très occupé. Je ne vois pas comment le mariage peut s'ajuster à votre emploi du temps, dit-elle avant de se tourner vers la fenêtre.

— Il suffit de le faire s'ajuster, murmura-t-il.

Elle écarta le rideau. Elle souhaitait qu'ils soient déjà arrivés au cottage, tant elle craignait de se trahir.

— Qu'est-ce qui ne va pas ? demanda-t-il.

Elle ne put résister. Elle se tourna et le regarda, laissant retomber le rideau.

— Je suppose que je suis un peu nerveuse. Ma rencontre avec le bandit de grand chemin, vous savez ?

Il s'adossa au siège.

— Je doute sincèrement qu'il attaque *cette* voiture.

— Ah, oui ? Il est plutôt courageux… ou du moins intrépide. La preuve : il a attaqué la voiture du comte de Carlyle.

— Mais vous étiez seule à l'intérieur.

— Il ne pouvait pas le savoir.

— Peut-être ce vaurien vous avait-il observée.

— Je pense qu'il est juste un peu stupide.

— Stupide ? Cet homme a esquivé jusqu'ici toutes les forces de police — *et* le comte de Carlyle.

Elle haussa un sourcil.

— On croirait que vous le défendez.

— Bien sûr que non !

Ally baissa les yeux sur ses mains, déterminée à ne pas montrer son jeu. Elle était encore plus certaine maintenant que Mark Farrow et le bandit de grand chemin étaient un seul et même homme. Ce qu'elle ne pouvait commencer à concevoir, c'était la raison de sa double identité.

Elle fut sûre de le surprendre quand elle lui saisit brusquement les mains. Elle étudia soigneusement ses doigts et dit :

— Il sera pris. Finalement. Mais, d'ici là, il peut très bien attaquer cette voiture… Oh ! Il l'a déjà attaquée, n'est-ce pas ? J'ai entendu dire que votre père a été arrêté et dévalisé. Il paraît qu'après coup le bandit de grand chemin a fait de généreuses donations à plusieurs églises de l'East End.

Mark ne battit pas d'un cil. Il la dévisagea, et le seul signe éloquent de son intérêt fut un léger tressaillement de ses doigts. Il se rassit en arrière, lui retirant ses mains.

— J'avais oublié, murmura-t-il.

— Comment avez-vous pu oublier une attaque commise contre votre propre père ?

Il balaya l'air de sa main.

— Mon père n'en a pas été ébranlé. Cela lui a paru de peu d'importance. A mon avis, il a pensé que l'homme se voyait comme une sorte de Robin des Bois moderne.

— Vous êtes des gens très peu communs, dit-elle à mi-voix. Votre père a dû être pris par surprise et il a donné au voleur ce qu'il voulait. Si le bandit de grand chemin nous arrêtait maintenant, nous devrions lui remettre tout ce qu'il demanderait.

— Vous pensez que je ne peux pas me défendre ?

Elle haussa les épaules.

— Il est très fort.

— Je suis un tireur d'élite, miss Grayson.

— Il manie un long fouet, comme ceux qu'on voit sur les gravures des Amériques.

— Je peux me défendre — et vous défendre également, ma chère.

— Je détesterais vous voir tuer, murmura-t-elle.

— Eh bien, merci de ne pas souhaiter ma mort, au moins.

— Je vous avertis, il pourrait très bien vous tuer si vous le combattiez.

— Peut-être que c'est moi qui le tuerais.

Elle agita la main d'un geste condescendant, consciente de l'avoir irrité. Les hommes, même les meilleurs, avaient leur ego.

— Peut-être. Mais je vois que cette conversation vous contrarie. Je suis désolée. Je n'aurais pas dû évoquer ce sujet. C'est juste que… je crois que j'étais très près d'ici quand la voiture du comte de Carlyle a été arrêtée.

— Vous n'avez pas à vous inquiéter, dit-il avec un air exaspéré. Si nous étions arrêtés, je me battrais jusqu'au bout. Je suis prêt à risquer ma vie pour vous défendre.

— Comme c'est honorable. Mais si vous mouriez pour moi, je resterais avec ce vaurien.

Elle prit un air horrifié et feignit de frissonner.

— Miss Grayson, nous ne serons pas attaqués.

— Mais…

— Cessons cette conversation, voulez-vous ?

Elle acquiesça, puis écarta de nouveau le rideau pour regarder à l'extérieur : ils traversaient le village et elle fut heureuse de voir qu'il n'y avait pas de manifestation.

La voiture ralentit alors que la circulation devenait plus dense. Comme elle observait le va-et-vient habituel des villageois, Ally fut surprise d'apercevoir une femme en noir debout devant une vitrine.

Beaucoup de femmes portaient du noir, se rappela-t-elle une fois encore. Le grand deuil n'était pas une rareté.

Pourtant, la silhouette de cette femme lui semblait familière.

— Qu'y a-t-il ? demanda vivement Mark, en changeant de place pour s'asseoir à côté d'elle.

— Je… Rien.

— Si, il y a quelque chose.

— C'est stupide.

— Dites-moi.

Il était très proche à présent. Et la pression de son corps n'était pas… déplaisante. Ni son odeur. Son visage était tout près du sien. Elle était tentée de le toucher.

— Eh bien ? insista-t-il.

Elle baissa vivement la tête. Il ne semblait pas affecté par leur proximité.

— J'ai l'impression de voir la même femme en noir partout où je vais.

— Une femme en noir ?

— Je vous l'ai dit… ce n'était rien.

— Si cela a attiré votre attention, ce n'était pas rien.

— Elle était à la manifestation contre la monarchie la semaine dernière. Je crois que la cousine de sir Andrew Harrington, Elizabeth Prine, la veuve du deuxième homme assassiné, était à côté d'elle. Et là, juste maintenant…

— Il y a beaucoup de femmes en noir de nos jours.

— Je sais.

— Toutefois, vous êtes très observatrice.

Elle sentit qu'il l'étudiait avec attention. Trop d'attention. Il ne pouvait pas savoir ce qu'elle avait dans la tête, se dit-elle.

Elle laissa retomber le rideau, mais il resta à côté d'elle.

— Est-ce que m'épouser serait une telle punition ?

Ses yeux gris étaient fixés sur elle, la dévisageant bien trop intensément. Son regard était… hypnotisant. Puis il porta les doigts à ses joues et lui effleura la peau, explorant les contours de son visage. Elle fut surprise d'éprouver une bouffée de chaleur, l'excitation cascadant le long de son corps. Elle brûlait de tendre la main et de le toucher en retour. Elle dut se rappeler qu'ils venaient de se rencontrer et que, fiancés ou pas, il y avait des règles qu'elle devait observer.

— Je vous connais à peine, murmura-t-elle.

— Mais j'ai l'intention d'apprendre à vous connaître, répondit-il d'une voix rauque, teintée d'ironie.

Ally prit une profonde inspiration. Tout à coup, l'habitacle semblait oppressant. Troublée, elle oublia qu'ils venaient de traverser le village et qu'ils approchaient enfin de chez elle.

— Je ne suis pas si terrible, chuchota-t-il.

Il lui prit la main et frôla ses doigts d'un léger baiser. Il y avait quelque chose de terriblement troublant dans ce petit geste. De nouveau, Ally sentit un long frisson parcourir sa peau.

— Vous me connaissez à peine, réussit-elle à dire, les yeux rivés aux siens. Peut-être est-ce moi qui suis terrible.

Il secoua lentement la tête et elle éprouva une bouffée de panique. Elle s'efforça durement de retrouver un semblant de logique et de formalisme. Il était vrai qu'elle le connaissait à peine. Elle l'avait rencontré trois fois… ce jour-là et deux fois alors qu'il était déguisé en bandit de grand chemin. Pourquoi Mark Farrow jouait-il à ce petit jeu sournois avec elle ?

Il se pencha plus près. Sa bouche était parfaitement dessinée, ses lèvres pleines, fermes, sensuelles…

— Nous sommes fiancés, lui rappela-t-il, les doigts de sa main droite mêlés aux siens et ceux de sa main gauche se coulant dans ses cheveux puis sur sa nuque.

Ses lèvres touchèrent les siennes en un baiser d'une surprenante douceur, un baiser séducteur par son pouvoir et sa hardiesse, mais si lent et si attirant qu'Ally ne songea pas à protester. Elle n'hésita pas une seconde à répondre à son étreinte. Les lèvres de Mark étaient si douces… Il lui caressa la bouche de sa langue, approfondissant son baiser tandis qu'Ally était submergée par une vague de chaleur. Le va-et-vient profond et insistant de sa langue dans sa bouche était au-delà de ses rêves les plus érotiques. Sans qu'elle puisse s'en empêcher, elle lui plaqua ses mains sur le torse, non pour le repousser, mais plutôt pour sentir les battements de son cœur, le mouvement de sa respiration…

Puis, lentement, il s'écarta, ses doigts toujours mêlés aux siens, ses yeux argent brillant dans la pénombre de la voiture. Elle se rendit alors compte qu'ils s'étaient arrêtés.

Elle avait perdu l'esprit, se dit-elle.

— Malheureusement, nous sommes arrivés, fit-il remarquer d'une voix enrouée.

— Oh !

Embarrassée, elle tenta de lisser ses cheveux, essaya de reculer, ce qui n'était pas facile dans l'étroit habitacle. Elle toucha ses lèvres, qui semblaient différentes maintenant. Elle était ébranlée. Elle était en colère.

En colère de s'être laissé si facilement séduire.

— Alors je dois rentrer, dit-elle d'un ton un peu sec.

— Pourquoi êtes-vous fâchée ?

— Je ne suis pas fâchée. Je suis chez moi. Pouvons-nous descendre ?

— Je suis encore plus convaincu de la justesse de ce mariage, dit-il doucement.

— Nous verrons, murmura-t-elle en pensant passer devant lui.

Mais il la retint. Le contact de ses mains sur elle était presque insupportable, tant il était sensuel.

— Je suis enchanté, dit-il.

Etrangement, cette phrase sonnait comme un avertissement.

— Quant à moi, je suis pressée de sortir de cette voiture, rétorqua-t-elle. Si cela ne vous fait rien…

— Tout va bien. Nous sommes fiancés. Vous n'avez pas besoin d'être furieuse.

— Je ne sais pas de quoi vous parlez.

— Vous n'êtes pas furieuse contre moi, vous savez ? Vous êtes furieuse contre vous-même.

— Je ne suis furieuse contre personne.

Il sourit, et son air amusé la mit hors d'elle.

— Si. Vous n'aviez pas l'intention de répondre à mon baiser, mais vous avez beau essayer, vous ne parvenez pas à me trouver rebutant.

— Je devrais peut-être essayer d'embrasser tous les hommes que je ne trouve pas rebutants.

Il plissa les paupières.

— Nous sommes fiancés. La bague est à votre doigt.

— Je peux l'enlever.

Joignant le geste à la parole, elle tenta d'ôter l'anneau de son doigt. Hélas ! la bague buta sur son articulation.

— Oh ! juste Ciel ! Pouvons-nous sortir de cette voiture, maintenant ? s'écria-t-elle finalement.

Il s'écarta enfin, non sans lui adresser un regard satisfait. Ally dut se contrôler pour ne pas le gifler.

Mark descendit ensuite du véhicule sans autre commentaire, se tournant non pas pour l'aider, mais pour la soulever et la poser par terre.

— Merci pour le trajet. Je suis chez moi et en sécurité, maintenant.

Enfin, elle allait pouvoir échapper à la compagnie de cet arrogant ! Elle s'apprêtait à lui tourner le dos quand les tantes surgirent du cottage.

— Oh ! s'écria Edith. C'est Mark Farrow !

Violet, qui la bouscula presque sur le seuil, se montra tout aussi observatrice.

— Mark ! Comme c'est charmant. Vous avez décidé de ramener notre Ally.

Merry, suivant Violet, eut la présence d'esprit de suggérer :

— Entrez prendre une tasse de thé avant de repartir.

— Oh ! il est bien trop occupé, dit vivement Ally.

— Pas du tout. Je serais ravi de prendre une tasse de thé, déclara Mark, et le coup d'œil qu'il lui lança prouva amplement le plaisir qu'il prenait à la mettre mal à l'aise.

— Mais si votre père a besoin de votre cocher…

— Cet homme pourrait apprécier une tasse de thé aussi, dit Violet.

— Arthur ? appela Mark.

Le cocher, un homme costaud aux larges épaules, aux cheveux grisonnants et au sourire facile, descendit du banc.

— Aimeriez-vous une tasse de thé ?

Arthur ôta son chapeau et inclina la tête.

— Ce ne serait pas de refus, monsieur.

Il se tourna vers Violet.

— Si ça ne vous fait rien, m'ame.

— Nous n'avons qu'une humble demeure, mais tous les visiteurs sont les bienvenus ici, répondit-elle.

Merry joignit les mains.

— Ce sera donc du thé.

Ally réprima de justesse un grognement.

— Oh ! c'est charmant, charmant. Entrez donc, lança Edith.

Et ainsi, en dépit de son malaise, Ally dut de nouveau passer son bras sous celui de Mark Farrow tandis qu'il l'escortait jusqu'au cottage. Là, enfin, elle parvint à se dégager.

— Mes chéries, dit-elle fermement aux tantes, asseyez-vous et bavardez avec nos invités, je vais apporter le thé.

— Oh ! non, chérie, protesta Merry. Tu dois rester avec ton fiancé…

— Nous avons déjà eu une conversation délicieuse dans la voiture. A présent, j'aimerais que vous fassiez plus ample connaissance avec lui.

Elle disparut dans la cuisine avant que ses tantes ne protestent davantage. Une fois là, elle fulmina durant plusieurs minutes avant de se rappeler qu'elle devait mettre l'eau à bouillir.

Tandis qu'elle se tenait devant le poêle, elle se surprit à toucher de nouveau ses lèvres, se remémorant le baiser qu'elle venait d'échanger avec son prétendu fiancé. Malgré ce qu'elle lui avait affirmé, elle ne le détestait pas du tout. Toutefois, elle le trouvait insupportable. Mark Farrow était visiblement habitué à tout contrôler, lui-même et le monde autour de lui…

Et ce trait de sa personnalité était notable même lorsqu'il était déguisé en bandit de grand chemin.

Dire qu'elle était censée l'épouser !

Elle se mordit la lèvre, écoutant les bavardages qui venaient du salon. Mark riait facilement. Il complimentait les tantes au sujet de la décoration de la maison. Il semblait avoir les meilleurs rapports avec son cocher.

Soudain, Ally sentit un étrange tremblement s'emparer d'elle. Elle allait devenir sa femme. Elle avait pensé s'opposer à cet arrangement mais, bien que sa vie ait été protégée, elle avait déjà rencontré des hommes et n'avait jamais éprouvé un sentiment aussi magique que lorsqu'il la touchait…

— Ah, mais il mérite tout ce que je peux lui donner en retour, dit-elle dans la pièce déserte.

Elle se mit alors à rire, élaborant des plans. Elle était certaine de revoir bientôt le bandit de grand chemin.

Très bientôt.

Mark étouffa un bâillement. L'office du dimanche, dans la petite église à l'écart du village, semblait sans fin. Et le sermon, durant lequel le pasteur incitait fortement ses ouailles à se conduire avec modération, était le parfait remède contre l'insomnie.

De sa place, à côté de son père, il pouvait voir Violet, Merry et Edith, ainsi qu'Ally, qui était assise près de Violet. A la fin du service, décida-t-il, il insisterait pour qu'elles viennent déjeuner chez son père. Son cœur se mit à battre plus vite à cette idée.

Soudain, Ally se tourna vers lui, comme si elle avait senti qu'il la fixait. Leurs regards se croisèrent et, prise de court, elle s'empourpra avant de détourner les yeux avec empressement.

A la fin de la messe, il se leva avec la ferme intention de lui parler. Mais, alors qu'il descendait l'allée, on lui tapa sur l'épaule.

C'était le détective Ian Douglas. L'inquiétude s'insinua en Mark. La situation devait être critique pour que Ian quitte la ville afin de venir le trouver.

— Puis-je vous parler ? demanda le détective à voix basse.

Mark jeta un regard à son père, qui avait déjà rejoint les trois sœurs et Ally. Cette dernière lui lança un regard en coin puis se détourna. Malgré le baiser qu'ils avaient échangé, sa fiancée ne semblait pas l'apprécier.

Pourtant…

Il était impossible d'oublier ce qu'il avait ressenti en la touchant. Le contact de ses lèvres sous les siennes, la souple chaleur de son corps…

— Mark ?

— Oui, je suis désolé. Qu'y a-t-il, Ian ? Pas un autre meurtre ?

— Un problème.

— Avec qui ?

— Lord Lionel Wittburg. Voulez-vous me suivre ?

Le père de Mark avait fini par s'apercevoir que son fils ne l'avait pas suivi. Quand il vit Ian Douglas, il leva les yeux au ciel, mais hocha la tête.

— Voulez-vous m'accorder un instant ? demanda Mark au détective.

Au signe de tête de ce dernier, il descendit l'allée et sortit, rejoignant les autres qui attendaient au soleil sur le parvis. Avec les yeux des villageois posés sur lui, il ne pouvait partir sans saluer sa fiancée.

Elle le regarda approcher d'un air méfiant.

— Ma chère, dit-il.

Convaincu qu'elle n'oserait pas protester en présence du comte et de ses tantes, il lui prit les mains, l'embrassa sur les deux joues, puis il effleura ses lèvres d'un léger baiser. Il la sentit presque se raidir mais, ainsi qu'il s'y attendait, elle resta immobile, en dépit de son regard plein de défi. Et elle ne fit pas un geste pour le gifler, bien qu'il soit sûr qu'elle en mourait d'envie. Il avait peut-être charmé les tantes quand il avait pris le thé chez elles, mais Ally, elle, n'était toujours pas impressionnée.

Elle lui retira ses mains un peu brusquement et désigna l'église d'un signe de tête.

— Je crois que quelqu'un vous attend.

— Je crains d'avoir prévu une rencontre avec un vieil ami, mais il m'a suffi de vous regarder pour l'oublier.

Merry gloussa, ravie.

— C'est tellement merveilleux !

— Tout à fait, murmura sèchement Ally.

— Votre père vient de nous inviter à un délicieux déjeuner, lui annonça Violet.

— J'espère revenir bientôt et me joindre à vous, dit Mark.

— Vous êtes toujours si occupé, fit remarquer Edith en secouant la tête.

— Eh bien, quand ils seront mariés, Ally aura ce cher garçon toute la nuit, chaque nuit, et ils ne se manqueront pas l'un à l'autre, dit Merry.

— Merry ! s'exclama Violet, choquée.

— Quoi ? protesta sa sœur. Je disais simplement que lorsqu'ils seront mariés, ils… Oh !

Elle rougit et se tut.

— Vous feriez mieux d'y aller, conseilla Ally. Votre ami semble nerveux. Il a l'air d'un policier. En est-il un ?

Mark fut surpris. Il se tourna vers le détective, qui l'attendait en haut des marches. L'homme était pourtant vêtu d'un simple costume.

— Oui, en effet, il est détective. Comment l'avez-vous deviné ?

— Son costume, répondit-elle. Correct, mais pratique, pas extravagant, et il a un air de lassitude et de calme dignité. Il y a aussi ses chaussures. Elles sont en cuir solide, pas en délicat chevreau. Elles sont faites pour marcher.

— Très observateur, dit Joseph.

Mark la dévisagea avec étonnement. Elle haussa les épaules.

— Je suis une fervente lectrice d'Arthur Conan Doyle.

— Et de Poe, murmura Mark.

— L'un joue sur nos peurs tandis que l'autre nous apprend quelque chose de la vie, dit-elle.

Elle sourit et passa devant Mark pour retourner vers l'église — et vers Ian.

Mark la suivit. Elle tendit la main.

— Je suis Alexandra Grayson. Enchantée, monsieur le Détective.

Ian rougit fortement, mais lui prit la main.

— Le plaisir est pour moi, miss Grayson.

— J'ai cru comprendre que Mark et vous êtes de vieux amis.

— Oui.

— Etes-vous ici pour poursuivre le bandit de grand chemin ?

— Non, mais de nombreux bons officiers cherchent ce vaurien.

— Je vois. Nous allons tous déjeuner au relais de chasse de lord Farrow. Peut-être nous accompagnerez-vous.

— Je crains que…

— Ian et moi déjeunerons plus près de la ville, étant donné qu'il doit être rentré avant la tombée de la nuit, dit Mark.

— Oui, oui, en effet, reconnut Ian.

— Je vois, dit Ally, et elle lui sourit. Bon, eh bien, vous devez partir apparemment.

— J'en ai peur, dit Mark.

— Alors je ne dois pas vous retenir. Cela a été un plaisir.

Un moment plus tard, leurs adieux faits, elle se tourna pour s'éloigner.

— Pardonnez-moi, très chère, mais j'aimerais un dernier baiser, dit Mark.

Il la ramena en arrière et effleura ses lèvres des siennes. Juste Ciel, pensa-t-il, son parfum était enivrant.

Elle se dégagea de ses bras en un clin d'œil, la bouche pincée. Il était certain qu'elle avait envie de s'essuyer les lèvres.

— Monsieur le Détective, une fois encore, c'était un plaisir. Je suis impatiente de mieux vous connaître, dit Ally, et elle s'en alla.

Ian la suivit des yeux tandis qu'elle rejoignait les autres.

— Ian ! fit Mark d'un ton acéré.

— Quoi ? Oh ! oui. L'affaire en cours.

Ils se rendirent à cheval au manoir de Lionel Wittburg, dans l'ouest de la forêt, sur la route de Londres. Tandis qu'ils chevauchaient, Ian expliqua qu'il avait reçu un appel du valet de lord Wittburg. L'homme, très bouleversé, avait indiqué que son maître ne s'était pas levé depuis des jours, qu'il était simplement resté couché à répéter que la reine avait tué son ami Hudson Porter. Apparemment, lord Wittburg était devenu comme fou, refusant même de manger.

Mark connaissait Lionel Wittburg et son valet Keaton depuis son enfance. Aussi ce dernier les accueillit-il avec joie avant de les conduire dans la chambre de lord Wittburg.

La pièce était vaste, avec un lit massif dressé sur une estrade, et le reste de l'espace destiné à recevoir.

Lionel était dans le lit, fixant le plafond. Mark s'empressa d'aller à son chevet. Il toucha la chair du vieil homme, qui était froide et moite. Wittburg divaguait et ne semblait pas les voir.

— Ça recommence. Il y a une conspiration. Tous les hommes sont aveugles. Ils ne voient que ce qu'ils veulent voir. Je crois que c'est arrivé. Je crois… Des femmes mortes. Si nombreuses, et maintenant ce sont des hommes morts. Des hommes morts en rang. Tous alignés.

— Lord Wittburg, dit Mark d'un ton vif.

Il jeta un coup d'œil à Keaton.

— Avez-vous appelé un médecin ?

— Il l'a vu la semaine dernière, et il a prescrit des pilules. Lord Wittburg avait du mal à dormir.

Mark regarda les flacons et secoua la tête.

— Des opiacés. C'est trop fort. Son pouls est faible. Ian, aidez-moi. Levons-le.

— Le lever ? dit Keaton. Mais… il est malade. Peut-être que s'il dormait plus…

— S'il dort davantage, il ne se réveillera peut-être pas. Avez-vous du café ?

— Bien sûr, répondit le valet, offusqué à la simple idée que la maison puisse manquer d'un ingrédient aussi important.

— Faites-en dans ce cas. Ian, aidez-moi, s'il vous plaît.

Wittburg était un homme très costaud. C'était aussi un poids mort. Mais, avec Ian de l'autre côté, Mark réussit finalement à le sortir du lit.

— Et maintenant ? demanda Ian, s'escrimant sous le poids du malade.

— Faites-le marcher.

Tandis qu'ils marchaient, lord Wittburg continua à divaguer comme auparavant.

— Les péchés des pères. Toujours les péchés des pères. L'histoire nous le montre. Caïn et Abel. Cela recommence. Tant de morts et toute vie, dit-on, est précieuse. Certains ne le croient pas. Certains pensent que la vie est plus précieuse pour les gens bien nés. Que représente une prostituée morte, hein ? Une prostituée mourra d'une cirrhose du foie, de toute façon. Le gin la tuera. Peut-être qu'un couteau est plus miséricordieux. Les meurtres étaient morbides… morbides. Mais le couteau était rapide. Mon Dieu ! Il a dû y avoir des moments d'une telle terreur. Couper. Couper ! Une gorge est tranchée. Le sang coule à flots. Les prostituées ont été tuées ainsi. Les antimonarchistes aussi. Ah, Hudson ! Comme nous avons débattu. Comme vous attaquiez, comme je me défendais, et pas une fois nous n'avons laissé les débats détruire les fondements de notre amitié. On disait que vous étiez amer, mais je savais que ce n'était pas le cas. Vous n'espériez pas de considération après avoir couché avec la femme du lieutenant ! Couper. Couper… gorge tranchée. Des prostituées. Des hommes avec un esprit.

— Au nom du Ciel, de quoi parle-t-il ? demanda Ian.

— Il était, comme vous le savez, un proche ami du premier homme assassiné, Hudson Porter. Ils ont servi ensemble à la guerre. Wittburg est un homme très intelligent. Hudson Porter était un étudiant et un amateur d'Histoire.

— Mais il parle des meurtres de l'Eventreur. Cette histoire remonte à longtemps.

— Je crains qu'il ne les relie à la monarchie.

— Mais il soutient la monarchie !

— Même lui a été dévoyé, semble-t-il, dit Mark.

A ce moment-là, Keaton revint avec un plateau en argent sur lequel étaient disposées une cafetière et des tasses.

— Installons lord Lionel dans le fauteuil devant le feu, dit Mark.

Pendant ce temps, Keaton servit le café. Mark porta une tasse aux lèvres de lord Wittburg, le forçant à boire.

Le vieil homme s'étrangla et toussa, puis parut sursauter. Il regarda fixement Mark comme s'il le remarquait pour la première fois.

— Un homme comme votre père, murmura-t-il. Si seulement le monde en comptait plus de sa qualité…

Il fronça les sourcils.

— Quand êtes-vous arrivé ?

— Il y a juste un moment. Lord Wittburg, vous prenez bien trop de médicaments, dit Mark.

— Je voulais dormir.

— Je ne veux pas insulter votre médecin, mais ces remèdes vous donnent des hallucinations.

Lord Wittburg jeta un coup d'œil à son valet, qui l'observait anxieusement. Au bout d'un moment, il sourit.

— Je vais bien maintenant, Keaton.

— Puis-je… emporter ceci, milord ? demanda le valet en désignant les fioles.

Son maître sourit.

— Je me suis battu en Inde et en Afrique. J'ai pris les drogues les plus virulentes. Et je me laisse emporter par des fantômes. Oui, Keaton. Vous êtes un homme bien. Je vous sais gré de vos soins. Débarrassez-vous de ces fioles.

Puis il se tourna vers Mark.

— C'est Keaton qui vous a appelé ?

— Il a appelé Ian, sachant que vous étiez bouleversé par le meurtre d'Hudson Porter et que Ian était l'un des hommes clés travaillant sur l'affaire.

— Je vous remercie tous les deux d'être venus. Je crois que je vais reprendre du café. Vous pouvez dire à Keaton que je vais déjeuner également.

— Nous allons rester un moment, assura Mark.

Ils se joignirent au vieil homme pour le repas, servi dans sa chambre. Tandis qu'ils déjeunaient, Wittburg parla d'une façon sensée, de chevaux, de courses, du musée — de tout, sauf du climat social.

Finalement, certain que lord Lionel était dans un meilleur état d'esprit, Mark indiqua à Ian qu'ils pouvaient partir. Mais, alors qu'ils se préparaient à s'en aller, lord Wittburg rappela Mark et lui fit signe de s'approcher pour lui parler à voix basse.

— Vous ne savez pas comment l'Histoire se répète, mon cher garçon. Vous n'en savez pas la moitié.

Au début, Mark pensa que le vieil homme divaguait de nouveau mais, en le regardant dans les yeux, il comprit que non.

Lord Wittburg lui serra fermement la main.

— Découvrez la vérité sur votre mariage, Mark Farrow. Alors, vous comprendrez. Trouvez la vérité sur la femme qui va être votre épouse.

9

Bien qu'elle appréciât beaucoup le comte, Ally ne s'était pas montrée empressée à l'idée de passer la journée au relais de chasse de lord Farrow. Elle était impatiente de rentrer chez elle et d'aller au ruisseau, afin de récupérer son carnet de croquis.

Mais, lorsqu'elle arriva au relais, elle fut enchantée de découvrir que lord Farrow avait un invité. Arthur Conan Doyle était là, assis devant la maison, observant le manège des chiens.

Elle le salua avec plaisir.

D'âge moyen, l'auteur était un homme solide, quoique pas très grand. Son visage, plus marqué qu'il ne l'aurait dû, reflétait en permanence une tristesse profonde. Certainement en raison de la maladie de sa femme.

Louisa était une femme douce et agréable, et très forte à sa façon. Elle aimait celui qu'elle appelait Conan et leurs enfants, Kingsley et Mary. Mais, en raison de sa maladie, elle sortait rarement avec son époux.

Lorsqu'il aperçut Ally, l'écrivain se leva et la salua comme une vieille amie, en lui donnant une accolade.

— Je vois que vous connaissez la femme qui sera bientôt ma belle-fille, fit remarquer Joseph Farrow.

— Oui, nous nous sommes rencontrés par l'intermédiaire de lady Kat, qui est une de mes chères amies.

Les tantes s'étaient arrêtées un peu plus loin et observaient la scène, impressionnées.

Lord Farrow les présenta une par une. L'auteur se montra charmant avec chacune d'elles.

Le déjeuner fut servi par un homme nommé Bertram, qui s'occupait apparemment à la fois des écuries et de la maison, avec efficacité. Les tantes insistèrent pour aider à servir et Ally aida aussi. Bientôt, tout fut porté sur une table sur la terrasse, derrière la maison.

Un troisième invité s'était joint à eux pendant qu'elles apportaient les plats : sir Andrew Harrington. Il se leva dès que les femmes apparurent, imité par Doyle et lord Farrow.

— Comme il est charmant d'avoir un déjeuner servi par de telles beautés, dit-il.

— Sir Andrew. Quelle surprise ! dit Ally. Qu'est-ce qui vous amène ici ?

— Je suis souvent dans le coin. J'ai de la famille par là, vous savez ? A l'église, j'ai entendu que lord Farrow donnait un déjeuner dominical, et il n'est jamais assez grossier pour refuser un homme affamé à sa table.

— Vous êtes toujours le bienvenu, assura lord Farrow. Laissez-moi vous présenter…

— Violet, Merry et Edith, dit sir Andrew en souriant et en baisant élégamment la main des tantes, ce qui bien sûr fit glousser Merry.

— Charmée, lâcha-t-elle.

— C'est un plaisir, dit Edith.

— Certainement, fit Violet.

Sir Andrew se joignit donc à eux pour le déjeuner et la conversation fut détendue. Il dit aux sœurs qu'il avait vu leurs modèles et n'en avait jamais trouvé de supérieurs, nulle part.

Les tantes étaient incapables d'être de simples invitées, constata Ally tandis qu'ils finissaient de manger et que le café était servi. Lord Farrow leur assura que deux femmes du village venaient dans la semaine pour faire le ménage, mais elles insistèrent pour aider à débarrasser la table.

Quand ce fut terminé, lord Farrow leur offrit à tous de

faire un tour des écuries, mais Doyle et Ally refusèrent. Même si elle aimait beaucoup Andrew Harrington, elle voulait passer un moment seule avec l'auteur.

Dès que les autres furent partis, Doyle se pencha vers elle.

— Grands dieux, ma chère. Quelle bonne fortune est la vôtre !

Ally hésita avant de répondre :

— Je ne souhaite pas vraiment me marier.

— Quoi ?

— Enfin, si. Un jour.

— Mark Farrow vous déplaît ? Je vous assure qu'il est un homme très honorable.

— Un homme qui disparaît souvent.

En souriant, Doyle agita un doigt.

— On m'a raillé, on m'a cru, mais je n'ai jamais été interrogé aussi à fond que par ce jeune homme.

— Je vous demande pardon ?

— C'est quelqu'un d'intelligent. Ceux qui cherchent des réponses dans le domaine de la science sont souvent brillants, parfois presque fous. Ceux qui considèrent les faits seuls feront plus de découvertes que n'importe qui.

— Je ne vous suis toujours pas.

— J'ai très bien réussi avec mon Sherlock de fiction, mais, en fait, il était fondé sur un certain Dr Bell, un homme brillant, l'un de mes professeurs. Bien que Holmes soit inventé, sa personnalité ne l'est pas. Mark raffole d'écouter, d'observer et ensuite de tricoter les faits ensemble. Ce sont des mathématiques, d'une certaine façon, ajouter ce qui est connu et parvenir à une conclusion.

Il hésita et se pencha de nouveau vers elle.

— Il m'a demandé d'être ici aujourd'hui. S'il n'est pas là, c'est pour une très bonne raison.

Ally fronça les sourcils.

— Il est allé déjeuner avec un ami détective. Ian Douglas.

— Ah…

— Et qu'est-ce que cela signifie ?

— Qu'il enquête sur un meurtrier.

— Mais il n'est pas détective.

— Non. Il est le fils du comte de Warren.

— Mais…

— Je pense que s'il le pouvait, Mark serait dans son élément dans la police. Mais il a des responsabilités qu'il ne peut pas écarter. Et, avec sa position, il peut fouiller des endroits auxquels un officier normal n'a aucun accès. Donnez-lui une chance, Ally.

Elle hésita.

— Je suspecte quelque chose. Mais vous devez jurer que vous garderez ce secret pour vous.

Il haussa un sourcil.

— Je pense que Mark Farrow est le bandit de grand chemin.

Doyle se rassit en arrière, essayant de masquer ses pensées.

— Vous *savez* qu'il est le bandit de grand chemin ! s'exclama-t-elle.

— Chut. Je ne *sais* rien.

— Mais…

— S'il est le bandit de grand chemin, il y a une très bonne raison à cela. De grâce, croyez-le. Surtout chut ! Les tantes reviennent.

Peu après, le reste des convives les rejoignirent en effet.

— Ally, quels superbes chevaux ! Tu devrais les voir, dit Violet. Mais, après tout, tu auras maintes occasions de revenir, ajouta-t-elle avec un clin d'œil.

— Elle les verra bientôt, dit lord Farrow. Comme il est intéressant que vous deux partagiez une telle amitié, ajouta-t-il en désignant Ally et Doyle. Mon fils et vous avez beaucoup en commun, ajouta-t-il à l'attention d'Ally.

— Si je pouvais être votre fils ! ironisa galamment sir Andrew.

— Vous, sir Andrew, avez été un très bon soldat. Vous n'avez besoin d'être personne d'autre, déclara lord Farrow.

— Bien parlé, comme toujours, dit sir Andrew.

— Cette journée a été charmante, déclara Violet, mais je crains que nous ne devions rentrer. Même si j'avais espéré que Mark serait de retour avant que nous ne partions.

— La forêt est très sombre la nuit, dit Edith.

— Je peux certainement vous raccompagner, indiqua sir Andrew.

— Bertram les escortera, décréta lord Farrow.

Ils bavardèrent encore quelques minutes, mais Mark Farrow n'apparut pas. Tant mieux ! songea Ally. Elle avait apprécié sa discussion avec Arthur Conan Doyle. Elle trouvait également amusant d'être taquinée par sir Andrew, dont les flatteries peu délicates la faisaient rire.

L'auteur l'étreignit de nouveau avec chaleur lorsqu'elles partirent.

— Faites appel à moi n'importe quand, vous serez la bienvenue, lui dit-il après l'avoir aidée à monter dans la voiture.

Elle sourit et le remercia.

— De fait, ma vie aussi est à votre service, lui assura sir Andrew avant d'enfourcher son cheval.

Ally lui sourit, puis s'installa sur son siège à côté d'Edith. Aussitôt, Violet fit claquer les rênes.

Ally remarqua alors que lord Joseph Farrow l'observait d'un regard intense. Finalement, il fit un signe de main.

Lorsqu'elle se coucha ce soir-là, elle ne put s'empêcher de songer à son mystérieux fiancé et à ses activités clandestines.

Que faisait exactement Mark Farrow lorsqu'il disparaissait ?

Mark sut à l'instant où il entra dans les bureaux du journal que tous les yeux étaient rivés sur lui. Les dactylos et les employées rougirent, firent un signe de tête et se mirent à jaser dans son dos.

Les hommes en firent autant, constata-t-il.

L'un d'entre eux, qui avait des taches d'encre sur les coudes de sa veste, le conduisit dans le bureau de Victor Quayle, le rédacteur en chef. Il avait rencontré Quayle un certain nombre de fois, mais l'homme fut surpris de le voir ; il lâcha la page qu'il lisait et faillit avaler sa pipe.

— Juste Ciel ! Lord Farrow.

— Je vous en prie, Victor. Appelez-moi Mark.

Victor Quayle, victime d'une calvitie précoce, lui serra vigoureusement la main.

— Qu'est-ce qui vous amène ?

Il fronça les sourcils.

— Je crois que notre compte rendu de vos fiançailles était tout à fait honnête. Si vous n'étiez pas à votre soirée de fiançailles, je ne peux blâmer mon reporter d'avoir écrit la vérité.

Mark secoua la tête.

— Je suis venu parce que j'ai un souci. Et parce que j'ai trouvé ceci au musée hier.

Il tendit l'enveloppe adressée à Olivia Cottage.

Victor parut perplexe.

— Nous avons envoyé ceci à une pigiste, dit-il.

— Votre pigiste devait être au musée.

Victor haussa les épaules.

— Je suppose.

— Qui est Olivia Cottage ? demanda Mark.

Le rédacteur en chef hésita.

— Je… ne peux pas le dire.

— Je sais que c'est commode pour vous de tenir certaines sources cachées, mais je crois que c'est l'identité de votre éditorialiste A. Anonyme, dit Mark.

Il se tourna pour s'assurer que la porte était fermée.

— Je suis inquiet pour elle — ou lui. Je ne cherche la vérité que pour m'assurer que l'auteur soit protégé.

Victor secoua la tête, l'air fatigué.

— Aimeriez-vous quelque chose ? Le café est affreux, mais il aide à tenir bon.

— Non, merci. Je vous en prie, Victor. Je vous le jure, je ne cherche qu'un moyen d'aider cette personne.

— Bien sûr. Vous êtes monarchiste, murmura Victor.

— J'aiderais aussi les antimonarchistes — si j'avais un indice sur l'endroit où le tueur frappera prochainement.

— C'est terrible, n'est-ce pas ?

Victor semblait se sentir un peu coupable.

— Mais mes sentiments sur la situation ne comptent pas. Je dois publier des articles qui relatent honnêtement la situation.

— Vous dirigez un excellent journal, assura Mark. Je cherche seulement à éviter d'autres meurtres.

L'homme soupira.

— Je vous aiderais si je le pouvais.

— Que voulez-vous dire ?

Victor eut un rire sec.

— J'ignore l'identité d'A. Anonyme, ou d'Olivia Cottage, qui est un autre faux nom. Quand je vous dis que je ne peux pas vous le dévoiler, c'est exactement cela. Je ne sais pas qui est cette personne. L'article m'est parvenu en demandant que tout paiement, si nous le publiions, soit envoyé poste restante, au nom d'Olivia Cottage. Le bureau de poste en question est près du musée. Je vous sais gré d'avoir rapporté ceci. Je vais ainsi pouvoir le réexpédier. Bien que…

— Bien que ?

Victor haussa les épaules.

— Je suppose que cette personne ne doit pas être dans une situation financière difficile, sinon elle ne serait pas aussi négligente avec un paiement.

— Avez-vous reçu autre chose de cette Olivia Cottage ?

— Pas encore, dit Victor en souriant, mais j'espère qu'elle nous enverra un article bientôt.

— Je ne vous demande pas de trahir vos collaborateurs, mais j'aimerais beaucoup que vous me teniez au courant. Me préviendrez-vous s'il vous arrive un autre article de cette Olivia Cottage ?

— Oui, cela, je peux le faire.

Mark remercia chaleureusement Victor et, après lui avoir demandé des nouvelles de sa famille par pure politesse, il s'en alla. En partant, il croisa Thane Grier dans les couloirs.

— Bonjour, dit-il en étudiant le journaliste.

Grier parut surpris de le voir là.

— Est-ce quelque chose ne…

— Rien du tout.

— Vous n'êtes pas venu au sujet de l'article que j'ai écrit ?

Mark rit.

— Vous êtes un journaliste, vous écrivez la vérité. Pourquoi aurais-je un problème avec cela ?

— J'ai mentionné votre absence à votre soirée de fiançailles.

— Et c'était vrai. Je n'étais pas là.

— Si vous avez lu le journal d'aujourd'hui… il y a un petit article sur vous et miss Grayson au musée. Il est tout à fait positif.

— Merci.

Mark le fixa et fronça les sourcils.

— Vous écriviez des articles bien plus sérieux que ceux qui paraissent dans le carnet mondain, auparavant.

— En effet, marmonna Grier. Ce n'est pas mon sujet préféré, je l'admets, mais il y a beaucoup de journalistes et un nombre limité de nouvelles. J'ai écrit l'article sur le meurtre de Giles Brandon.

— Oui, je l'ai lu. Bon travail. Pas de sensationnalisme.

Thane haussa les épaules.

— Parfois, les lecteurs préfèrent le sensationnalisme justement.

— Je pense que vous avez bien fait. Moi, je préfère que les nouvelles restent des nouvelles, rien de plus. Un article d'opinion est simplement une opinion. Les informations elles-mêmes ne devraient jamais être biaisées.

— Dites-le à Victor la prochaine fois que vous viendrez,

murmura Grier. Désolé, c'est juste… Oh ! Permettez-moi de vous féliciter pour vos fiançailles. Je suis rarement aussi impressionné par une jeune femme qui apparaît dans le carnet mondain.

— Merci, dit Mark.

— Elle a l'esprit bien fait.

Mark hocha la tête et ils se dirent au revoir. En quittant les bureaux, Mark se rendit compte que le journaliste avait dit quelque chose de très vrai.

Un esprit bien fait…

Intelligent, acéré, spirituel.

Le tout dans une enveloppe charmante.

Les paroles de Thane Grier avaient touché à l'essence de la vérité. Mark avait peut-être été attiré par une belle apparence, mais il avait été séduit par un esprit bien fait.

Son carnet de croquis n'était nulle part !

Ally soupira bruyamment tout en poursuivant ses recherches. Mais il n'y avait rien, nulle part !

Profondément troublée et épuisée, elle grimpa finalement sur le rocher pour réfléchir.

Le bandit de grand chemin n'était pas venu non plus.

Un frisson la parcourut tandis qu'elle considérait l'énigme à laquelle elle était confrontée. La veille, dans la voiture qui la ramenait au cottage, Mark avait sorti la lettre adressée à Olivia Cottage. Ally était certaine d'avoir menti de façon convaincante. Et elle était également certaine que Mark Farrow était le bandit de grand chemin.

Alors, si son carnet n'était plus là… cela voulait dire que le bandit — Mark ! — l'avait trouvé. Si c'était le cas, tôt ou tard, il percerait à jour son secret. Et ses dénégations de la veille n'auraient plus aucun poids.

*
* *

La première intention de Mark avait été de partir à cheval tout de suite après avoir interrogé le directeur du journal.

Mais, tandis qu'il chevauchait vers le relais de chasse de son père, il s'avisa qu'il pouvait faire un meilleur usage de son temps en s'acquittant d'une visite à la fois nécessaire et très importante.

Elizabeth Harrington Prine était une femme d'environ quarante ans, encore très belle. Elle était grande, et se mouvait avec une élégance qui attirait le regard autant que son apparence. Lorsqu'elle ouvrit la porte à Mark, elle sembla très surprise de le voir. Toutefois, elle se reprit bien vite.

— Mark ! Entrez. Je vous fais mes excuses. Il y a longtemps que je n'ai pas reçu de visite.

— Je vous prie de me pardonner mon intrusion alors que vous êtes encore en deuil.

— Ce n'est pas une intrusion. Comme vous devez le savoir, quand Jack a été… tué, la police était partout. La maison était envahie. Et ensuite… les amis essaient de se montrer utiles. Ils veulent vous aider pour les arrangements funéraires, ils apportent à manger, et vous devez donner l'impression de faire face. Finalement, quand l'activité retombe, vous avez le temps de pleurer seule.

— Elizabeth, je suis vraiment désolé pour votre perte.

Elle l'étudia de ses brillants yeux verts.

— Je crois ces mots de vous, Mark. Vous n'avez jamais traîné un homme dans la boue parce que ses croyances étaient différentes des vôtres. Toutefois, avant que vous n'entriez, je dois vous avertir : si jamais je découvre que la monarchie était impliquée dans cette triste affaire, eh bien, je finirai pendue moi-même, parce que je chercherai à me venger.

— Je ne crois pas qu'une telle chose arrive, Elizabeth.

Elle eut un sourire contraint en l'introduisant dans le salon. Sa maison était à la lisière du village. De là, Mark pourrait regagner le relais de son père très rapidement — et également se rendre au petit cottage où il se confronterait à Ally en tant que bandit de grand chemin. Mais, auparavant, il voulait en savoir plus sur les activités d'Elizabeth depuis la mort de son époux. Il avait interrogé la veuve de Giles Brandon, ainsi que sa domestique. Il jugeait donc logique de procéder de la même manière avec les autres victimes. Hudson Porter, le premier antimonarchiste tué, n'était pas marié. Le lendemain, il parlerait à sa gouvernante.

— Voulez-vous du thé ?

— Non, merci, Elizabeth.

— Je ne pensais pas qu'il s'agissait d'une visite mondaine.

— Elizabeth, vous n'étiez pas ici la nuit où Jack a été tué, n'est-ce pas ?

Elle secoua la tête.

— J'étais à Londres. Nous étions invités à une soirée. Jack n'a pas voulu venir. Il était convaincu qu'il devait travailler. Mais il m'a encouragée à y aller.

— Et votre gouvernante ?

— Elle ne travaille que la journée.

Elizabeth hésita.

— Elle l'a trouvé le matin, en arrivant. J'étais restée à la maison de ville de Kensington.

— Je crois savoir qu'il n'y avait pas de traces d'effraction.

— Non.

— Cela voudrait dire que Jack connaissait sans doute son meurtrier.

Elle s'assit soudain, l'air tendu.

— Vous suggérez qu'il a été tué par un autre antimonarchiste, comme cet article du journal le laissait entendre.

— Elizabeth, Jack aurait-il invité un monarchiste à entrer ?

Elle hocha la tête.

— Bien sûr, s'il le connaissait. Vous-même avez vos opinions, ce qui ne vous empêche pas de vous montrer courtois avec ceux qui ne partagent pas vos idées. Dieu sait que Jack était encore *ami* avec beaucoup de partisans de la monarchie. Après tout, lord Lionel Wittburg était très proche de Hudson Porter, et Hudson a été le premier à être tué. Je sais d'ailleurs que lord Wittburg en a beaucoup souffert.

— Elizabeth, combien de personnes ont les clés de chez vous ?

Jusque-là, elle s'était montrée coopérative, mais là elle se raidit.

— Mon mari en avait un jeu, naturellement. J'ai les miennes et ma gouvernante aussi.

— Où sont-elles ?

— Je n'ai pas l'habitude de laisser traîner mes clés.

— Mais où les rangez-vous ?

Elle soupira.

— Dans un tiroir de ma commode.

— Puis-je parler à votre gouvernante aujourd'hui ?

— Je crains de lui avoir donné son après-midi.

— Ce n'est pas grave. Je peux revenir.

Il se leva.

— Elizabeth, je suis désolé. J'essaie simplement de découvrir la vérité.

Elle se leva aussi.

— Vous devriez regarder aux bons endroits, alors.

— Quels endroits ?

Elle le fixa, les yeux coléreux.

— Vous pourriez commencer par la Couronne !

Conscient qu'il ne parviendrait pas à apaiser la colère d'Elizabeth, Mark préféra quitter la maison sans insister. Avant de partir, il conseilla toutefois à la veuve de bien fermer derrière lui. Elle le remercia d'un ton sec et claqua la porte brusquement, avant de fermer le verrou. Résigné, Mark allait descendre les marches du perron lorsqu'il entendit des voix qui venaient de l'intérieur.

Elizabeth lui avait-elle menti lorsqu'elle avait prétendu

que la gouvernante était absente ? Ou bien était-ce quelqu'un d'autre ?

« Ally chérie,

Nous sommes parties assister M. et Mme Morton, qui ont tous les deux de la fièvre. La sœur de Mme Morton est en route, mais le père Caroll nous a demandé de veiller sur eux en attendant son arrivée.

Edith a fait de la soupe et nous avons emporté quelques affaires. Je crains que nous ne rentrions très tard. Fais-toi quelque chose à manger, ferme à clé et ne laisse entrer personne.

Fais très attention à toi, chérie.

Nous t'aimons.

Les tantes. »

Ally ne put s'empêcher de sourire en lisant la lettre qu'elle avait trouvée sur la table de la cuisine. C'était toujours Violet qui écrivait, mais elle ne signait jamais de son nom. Elle signait toujours « Les tantes ».

Qu'elles soient parties pour la soirée ne la dérangea pas. Les trois femmes s'affairaient toujours dans le voisinage, prenant soin d'un bébé pour une mère malade, nourrissant une famille en difficulté. C'étaient les personnes les plus attachantes du monde. Ally pensait souvent que si elle avait été si sage lorsqu'elle était enfant, c'était surtout pour ne pas voir la déception dans les yeux de ses tantes.

— C'est intelligent de leur part, songea-t-elle à voix haute. Je devrai m'en souvenir quand je serai mère.

Le sourire aux lèvres, elle se fit du thé et découvrit qu'un ragoût mijotait sur le poêle. Elle se servit un bol, prit un de ses romans préférés de Defoe et s'assit devant le feu. Mais les mots qui d'ordinaire la captivaient tremblaient devant ses yeux.

Si, comme elle le suspectait, le bandit de grand chemin avait bien trouvé son carnet, à un moment donné il le lirait.

Et s'il ne l'avait pas découvert ? A en juger par la façon

dont Mark s'était conduit dans la voiture, il ne l'avait pas ramassé, ou du moins ne l'avait pas encore lu.

Si quelqu'un d'autre l'avait pris ?

Un frisson lui passa dans le dos.

Le feu semblait bas. Il n'y avait pas encore l'électricité au cottage, et Ally eut soudain l'impression que les lampes à huile jetaient des ombres menaçantes dans la petite pièce.

Non, c'était ridicule ! se morigéna-t-elle. C'était sûrement son imagination qui faisait paraître étranges les événements normaux de la soirée.

Malgré tout, elle posa son bol, en proie à un sentiment de malaise.

Elle se leva, nerveuse, et alla d'abord à la porte d'entrée. Elle était bien verrouillée. Elle traversa ensuite rapidement la maison, le salon, la salle à manger, toutes les chambres, afin de s'assurer que les fenêtres étaient fermées.

Elle était idiote. Elle avait vécu ici toute sa vie. La moitié du temps, elles négligeaient de fermer les portes à clé. Il n'y avait aucune raison qu'elle ne soit pas en sécurité au cottage.

Alors qu'elle suivait le couloir pour aller vérifier la cuisine et la porte de derrière, elle entendit soudain un choc sourd contre le mur de devant. Elle se figea, son sang se glaçant dans ses veines.

Le silence régnait de nouveau.

Au bout d'un moment, elle se força à se hâter dans le couloir et à entrer dans la cuisine. Tandis qu'elle l'atteignait et se dirigeait vers la porte de derrière, elle vit la poignée se mettre à bouger.

Un instant, elle en perdit le souffle. Puis elle se rua en avant et vit que le verrou était mis. Mais la poignée en laiton tournait toujours, activée par une main invisible.

Les yeux rivés dessus, Ally resta immobile, comme paralysée.

Puis le mouvement s'arrêta et la peur la gagna, suivie par la fureur. Quiconque était dehors avait décidé qu'il n'entrerait pas par là et était parti chercher un autre moyen d'accès.

Elle prit sans bruit une chaise de la table, la soulevant pour qu'elle ne racle pas et n'indique pas sa position à des oreilles aux aguets, puis elle la cala contre la porte, sous la poignée. Ensuite, elle chercha frénétiquement une arme. Il n'y avait absolument aucun pistolet dans la maison. En revanche, il y avait plein de ciseaux de couture.

Mais, alors qu'elle commençait à courir vers la pièce de couture, son regard se posa sur le pique-feu en fer. Elle le prit et le soupesa dans ses mains ; c'était une arme assez efficace. Elle jeta un coup d'œil à travers le salon.

Il n'y avait peut-être pas l'électricité au cottage, mais lord Stirling avait insisté pour leur faire installer le téléphone. Les tantes avaient commencé par rechigner, avant de comprendre l'utilité d'un tel appareil. Elles n'étaient d'ailleurs pas les seules à avoir fini par l'adopter : depuis que la reine avait décidé qu'elle aimait cette invention, beaucoup de gens s'en équipaient. Toutefois, il n'y avait encore que très peu d'endroits joignables.

Ally hésita, pensant au bruit que cela ferait lorsqu'elle tournerait la manivelle pour avoir la ligne, mais elle alla néanmoins dans cette direction. Elle pourrait appeler le shérif, sir Angus Cunningham, ainsi que Brian. Toutefois le château était loin du village, et Brian ne pourrait pas arriver rapidement. Mais tant que l'opératrice prévenait quelqu'un…

Décidée, Ally courut comme une folle au téléphone. Elle tourna vigoureusement la manivelle…

Et il ne se passa rien. Aucun bruit. L'intrus, dehors, avait certainement coupé les fils.

Elle s'immobilisa de nouveau, l'oreille aux aguets. Son cœur tambourinait si fort qu'elle avait l'impression que l'homme pourrait l'entendre de l'extérieur. Au bout d'un moment, elle parvint à se calmer et crut distinguer quelque chose… Un grattement. Le bruit semblait venir de la chambre de Merry. Serrant le pique-feu dans ses mains, Ally longea prudemment le couloir. Quand elle se glissa dans la chambre, elle entendit quelqu'un qui remuait le loquet de la fenêtre.

Puis, de nouveau, plus rien.

Elle osait à peine respirer.

A distance, il y eut un déclic.

Maintenant, l'inconnu essayait d'ouvrir la fenêtre de la pièce de couture.

Ally sortit rapidement de la chambre de Merry, suivit le couloir et entra dans la pièce sur la pointe des pieds. Elle avança sans bruit, le dos collé au mur, et attendit. Elle souhaita oser tirer le rideau et voir qui cherchait à entrer avec autant d'insistance. Elle voulait connaître le visage de son ennemi.

Mais elle ne put le faire. Elle n'osa pas avertir l'intrus qu'elle savait qu'il était là. Elle craignait qu'il ne soit armé. Même s'il ne l'était pas, il pourrait se couler bien trop vite dans la nuit et elle serait exposée, alors qu'il resterait caché. Elle ne pouvait perdre son seul avantage : l'effet de surprise.

Soudain, il y eut un claquement. Elle comprit que l'individu avait réussi à faire glisser le loquet.

Elle vit un mouvement derrière le rideau, un corps apparemment massif qui écartait le tissu et essayait de passer par la fenêtre.

Ally n'osa pas attendre. Elle se jeta sur l'inconnu, balançant le pique-feu de toutes ses forces.

Tandis qu'elle bougeait, elle entendit son nom.

— Ally !

L'appel venait de devant le cottage. Puis il parut devenir plus proche.

— Ally !

La personne qu'elle avait attaquée poussa un grognement de douleur. Elle hurla quand des mains poussèrent sur le tissu et réussirent à attraper son poignet.

— Ally !

Elle entendit de nouveau appeler son nom. Puis des

pas approchèrent de la fenêtre et la silhouette prise dans le rideau grommela un juron avant de disparaître, comme happée par l'obscurité.

Le rideau voleta dans la brise nocturne. Puis, de nouveau, une silhouette se dessina à la fenêtre.

Elle leva le pique-feu, prête à frapper.

10

— Ally ! appela Mark.

— Oh, Ciel ! dit-elle dans un souffle.

Il la dévisagea. Malgré ce qui venait de se passer, elle n'avait pas l'air paniquée. Elle se tint là, ses cheveux tombant autour de son visage, pâle et tendue, mais prête à se battre, le pique-feu brandi pour se défendre, les paupières plissées.

Il fut heureux qu'elle ait décidé de ne pas frapper. Après tout, il était masqué, et il s'introduisait chez elle par une fenêtre.

Elle laissa tomber le pique-feu quand elle le reconnut et il prit un instant pour constater, irrité, qu'elle semblait parfaitement prête à confier sa sécurité à un bandit de grand chemin.

— Vous allez bien ? demanda-t-il vivement.

— Oui.

— Restez sur vos gardes. Je vais poursuivre cet individu.

Il maudit la situation. Arrivant enfin devant le cottage, il avait à peine démonté dans la petite cour quand il avait vu la silhouette sombre qui se glissait à l'arrière de la maison. Il ignorait si on l'avait vu, et ignorait si Ally avait été alertée. Alors il l'avait appelée frénétiquement, laissant une chance à l'intrus de s'échapper. Toutefois, il n'était peut-être pas trop tard pour le retrouver.

Jurant à mi-voix, il partit en courant dans les bois, dans la direction où il pensait avoir vu s'enfuir la silhouette. Il y avait quelques branches cassées, au début ; une piste qu'il pensait pouvoir suivre. Mais, dans la forêt, l'obscurité se fit complète, assez épaisse pour engloutir un homme. Il y avait un million de cachettes possibles.

Un million d'endroits d'où attaquer, aussi.

Néanmoins, Mark ne pensait pas que l'homme qui avait essayé d'entrer dans le cottage soit encore là. Voyant qu'il avait échoué, le coupable était certainement parti en courant.

Dégoûté, furieux contre lui-même, Mark retourna à la maison.

Il s'approcha d'abord de la fenêtre, certain qu'Ally monterait encore la garde.

— C'est moi, lança-t-il.

Elle écarta le rideau. Il saisit le cadre de la fenêtre et sauta à l'intérieur.

Elle tenait toujours le pique-feu. Ses yeux étaient affolés, mais sa respiration semblait plus calme.

— Avez-vous…, commença-t-elle à dire.

— Non.

Il tendit la main vers le pique-feu.

— C'est bon. Vous pouvez poser ceci, maintenant.

Ils étaient presque dans le noir, à peine éclairés par la faible lumière des lampes du couloir. Il caressa la joue d'Ally et lui prit le pique-feu.

— Il est parti.

Ils étaient dans l'atelier des tantes, constata-t-il. Des mannequins se dressaient dans un silence inquiétant, drapés de bouts d'étoffe. Il lui prit le bras et la conduisit dans le couloir puis dans le salon, où il la fit asseoir dans le canapé.

Elle se leva aussitôt.

— La fenêtre…, lâcha-t-elle.

— Je vais m'en occuper. Je ne voudrais pas que des criminels entrent.

Elle le fixa, puis se mit à rire.

— Vous êtes un bandit de grand chemin, lui rappela-t-elle.

— Mais je ne m'introduis pas dans les maisons.

Il la laissa et retourna en hâte dans la pièce de couture. L'intrus avait tordu le loquet. Il pouvait le réparer en se servant de son couteau et en pressant fortement dessus, mais il avait été affaibli. Pis encore ! aucune des fenêtres du cottage n'était invulnérable. Il trouva un solide morceau de bois, le pied d'un mannequin, pensa-t-il, et l'utilisa pour coincer la fenêtre. Personne ne rentrerait de nouveau par là, à moins de casser la vitre.

Toutefois, le cottage n'était pas sûr.

De retour dans le salon, il remarqua le téléphone.

— Pourquoi n'avez-vous pas appelé à l'aide ?

— La ligne a été coupée.

— Restez ici, dit-il.

Elle leva les mains en souriant.

— Je n'ai nulle part où aller.

Mais elle le suivit alors qu'il partait vers la porte d'entrée.

— Où allez-vous ? demanda-t-il en fronçant les sourcils.

— Avec vous.

— Ally, cet individu était après vous, pas après moi. Je vais juste vérifier la ligne du téléphone. Je reviens tout de suite. De grâce, restez à l'intérieur. Et fermez la porte à clé quand je serai sorti.

Il ne fallut pas longtemps à Mark pour découvrir que la ligne avait bien été coupée. Lorsque Ally lui ouvrit la porte pour le laisser rentrer, il éprouva une bouffée d'anxiété qu'il n'aurait pas crue possible. Il se mit à arpenter le salon.

— Vous ne pouvez pas rester ici. Je vais… Vous allez venir à cheval avec moi. Lord Farrow se trouve dans son relais de chasse, ce soir. Vous serez en sécurité avec lui.

— Non, dit-elle fermement.

— Non ? Ally, êtes-vous folle ? Quelqu'un a essayé de s'introduire ici, probablement pour vous tuer.

— Il s'agissait peut-être juste de quelqu'un de désespéré, dit-elle. Quelqu'un qui a vu partir les tantes, peut-être, et pensait que le cottage était vide.

Elle rougit sous le regard intense qu'il posait sur elle.

— Pourquoi serais-je brusquement en danger ?

— Pourquoi, en effet… murmura-t-il. Peu importe la raison, maintenant. Vous ne pouvez pas rester ici.

— Je dois rester ici. Vous ne comprenez pas ? Les tantes ne vont pas tarder à revenir. Il faut que je les prévienne du danger.

Il la dévisagea, les dents serrées. Mais elle avait raison. Quelqu'un, là-dehors, était impitoyable. Cela ne faisait aucun doute. Il fallait absolument mettre ses tantes en garde. Toutefois, il était presque convaincu que l'intrus en avait après Ally. Si, comme il le soupçonnait, Ally était Olivia Cottage, *alias* A. Anonyme, l'auteur des meurtres ne manquerait pas de l'apprendre… et comme trois hommes adultes et capables de se défendre avaient eu la gorge tranchée…

Il s'assit.

— Nous allons attendre.

— *Nous* allons attendre ?

— Voulez-vous vraiment que je parte maintenant ? demanda-t-il.

— Comment vais-je expliquer votre présence aux tantes ?

— Où sont-elles allées ?

— Chez les Morton, pour aider. Ils sont malades.

— Alors nous devons attendre qu'elles reviennent, et partir ensuite. Aucune de vous ne peut revenir dans cette maison cette nuit.

— Et où passerons-nous la nuit ?

— Chez lord Farrow.

Elle soupira.

— Cette histoire est… bizarre. C'est probablement à cause de Mark Farrow.

— Quoi ?

— Eh bien, je ne suis personne et je n'ai rien. J'ai passé ma vie dans ces bois sans qu'il ne m'arrive jamais rien. Mais voilà que je suis soudain fiancée à Mark Farrow, et vous voyez ce qui se passe.

Elle lui avait rarement paru plus belle qu'en cet instant, assise sur le canapé dans une simple jupe et un corsage blanc, les cheveux défaits, ses yeux sérieux à la lueur du feu.

— Je pense que ceci va au-delà de vos fiançailles avec Mark Farrow, dit-il, essayant de ne pas paraître irrité.

Pouvait-elle suspecter sa véritable identité ?

— Et pourquoi quelqu'un chercherait-il à me faire du mal dans ce cas ? demanda-t-elle.

— Je l'ignore. Peut-être devriez-vous me le dire.

— Vous êtes un hors-la-loi, lui rappela-t-elle.

Non, elle ignorait qui il était. Il lâcha un soupir frustré, se demandant s'il devrait lui dire la vérité. Finalement, il décida que non. Après tout, elle-même n'était pas complètement honnête avec lui.

— Rien de cela n'importe. Vous ne pouvez plus rester ici.

— Comme je l'ai dit, je ne partirai pas avant le retour de mes tantes.

— Peut-être devriez-vous préparer quelques affaires et être prête à partir lorsqu'elles reviendront.

— Vous comptez vraiment attendre ici ? Que ferez-vous lorsqu'elles arriveront, vous les saluerez ? Si mes pauvres tantes vous voient, elles vont avoir des palpitations.

Il se mit à faire les cent pas, l'ignorant comme si elle n'avait pas parlé.

— Etes-vous obligé de faire cela ? demanda-t-elle.

— Faire quoi ?

— Arpenter la pièce de cette façon.

Il fut surpris lorsqu'elle tapota la place à côté d'elle.

— Asseyez-vous, de grâce. Vous me rendez nerveuse.

Il fronça les sourcils et s'assit. Il fut stupéfait quand elle s'appuya contre son épaule.

— Je suis si fatiguée, murmura-t-elle.

Il ne put résister, malgré le danger de la nuit et l'inquiétude très réelle qu'il éprouvait pour sa sécurité. Il s'adossa au canapé, plaqua une main sur ses cheveux et l'incita à poser sa tête sur ses genoux.

— Reposez-vous, alors… Reposez-vous pour l'instant. Dans combien de temps les tantes rentreront-elles, d'après vous ?

— Leur billet disait qu'elles rentreraient tard, murmura-t-elle, se pelotonnant pratiquement sur ses genoux.

Ses cheveux s'étalèrent sur lui. Elle était chaude contre ses jambes. Il dut se forcer à se concentrer sur autre chose que la réaction instantanée de son corps à la proximité de cette femme.

Il posa de nouveau une main sur ses cheveux, les repoussant en arrière. Comment avait-il pu tomber amoureux d'une femme comme elle ? Et surtout, aussi rapidement ? Comme elle le lui avait dit elle-même, ils se connaissaient à peine. Mais il en savait suffisamment. Elle lui était promise. En cet instant, elle était allongée contre lui d'une manière si confiante, si intime. Pourquoi se comportait-elle ainsi, alors qu'elle était censée être fiancée à un autre homme ?

Il n'avait jamais autant désiré une femme de sa vie. Pourtant, il osait à peine bouger tant il était gêné par son contact.

Elle bougea légèrement et le corps de Mark réagit aussitôt. Se rendait-elle compte de l'effet qu'elle avait sur lui ?

Il déglutit fortement.

— A quelle heure pensez-vous qu'elles reviendront ?

— Je ne sais même pas l'heure qu'il est.

— Presque 22 heures.

— Probablement dans une heure ou deux.

Il pourrait fort bien se consumer, d'ici là, songea Mark. Il s'obligea à se concentrer.

— Savez-vous où vous avez frappé l'intrus avec votre pique-feu ?

— Non, je ne voyais rien. Le rideau masquait son visage, répondit-elle à regret.

— L'avez-vous touché à la tête ?

— Je ne crois pas. Il ne semblait pas sonné. Il avait

encore de la force dans les bras, assez pour m'attraper le poignet. Je pense que j'ai dû le frapper à la poitrine.

— Dommage que vous ne l'ayez pas touché aux jambes.

— J'en suis terriblement désolée, dit-elle d'un ton sec.

Il fut obligé de rire.

— Non, vous avez été formidable, en fait. Vous ne vous êtes pas terrée dans un coin et vous ne vous êtes pas mise en danger en appelant frénétiquement à l'aide. Vous l'avez attaqué avant qu'il n'ait une chance de vous attaquer. Mais… il serait possible de remarquer quelqu'un qui boite, vous voyez ?

— Oh ? Y a-t-il une taverne où tous les criminels vont prendre un dernier verre ? Où vous pourriez boire et guetter un intrus qui boite ?

— Je doute que cet homme soit un criminel ordinaire, Ally.

— Plus j'y pense, plus je suis certaine que c'était juste un pauvre individu qui a vu ce qu'il a cru être un cottage vide dans les bois, et qui cherchait simplement à manger et à voler des babioles.

— Ce n'est pas vrai et vous le savez.

Les doigts d'Ally bougèrent sur ses genoux tandis qu'elle s'ajustait pour le regarder. Son corps se crispa de désir, mais il se força à croiser calmement ses yeux. Soudain, elle sourit.

— Quoi ? demanda-t-il.

— C'est insensé. Vous êtes un hors-la-loi, dit-elle doucement. Et pourtant je suis là, si confiante, quasiment dans vos bras. Vous avez attaqué ma voiture, vous vous êtes comporté abominablement, et cependant… je vous fais confiance, chuchota-t-elle avec de grands yeux, d'une voix sourde et sensuelle.

Ses mâchoires se crispèrent un moment.

— Vous êtes fiancée.

— C'est ce qu'on dit.

— Vous avez une bague au doigt.

— Oui, une assez jolie bague. Mais, avec un effort, je peux sûrement l'enlever.

— Il faut que vous épousiez Mark Farrow.

— Oh ? Etes-vous soudain devenu mon tuteur ?

— Votre vie est en danger. Vous n'avez pas les idées claires.

Elle leva la main et caressa légèrement son menton.

— Au moins, vous êtes un hors-la-loi noble, dit-elle.

Ses doigts sur sa peau. Ses yeux…

Il la remit brusquement d'aplomb. Il y avait toujours la possibilité que l'intrus revienne, peut-être avec des renforts.

— Ally…

— Je ne sais pas ce que vous avez, dit-elle en le regardant se lever pour se placer devant la cheminée.

— Même si je dois épouser Mark Farrow, je ne suis pas encore mariée, n'est-ce pas ?

— Que dites-vous ? demanda-t-il, craignant que son ton ne soit bien trop farouche.

Elle sourit. C'était un beau sourire, triste et mélancolique.

— Je dis que je peux fort bien avoir à épouser cet homme, mais je suis une femme moderne. Ma vie m'appartient. Et je ne suis pas encore mariée.

— Me faites-vous une proposition, miss Grayson ? demanda-t-il.

Il sentit que son humeur commençait à s'échauffer. Si elle ne savait pas qui il était…

— Jamais, dit-elle.

Il poussa un soupir de soulagement.

— Je ne le présenterais jamais ainsi, murmura-t-elle. J'ai simplement découvert que… Eh bien, je vais entrer dans une vie que je n'ai pas cherchée, dans un mariage que je n'ai pas souhaité. J'aimerais profiter des derniers instants de liberté qui me restent.

Maudite soit-elle ! Elle devait savoir qui il était, à coup sûr. Elle ne faisait cela que pour le torturer. Il devait dire quelque chose.

Mais il n'eut pas l'occasion de répondre. Il entendit un bruit de roues qui approchait, les sabots d'un cheval.

— Elles sont là, dit-il.

Ally bondit.

— Vous devez partir.

Il resta immobile.

— Non.

— Quoi ? Au nom du Ciel, comment vais-je expliquer votre présence ? demanda-t-elle, paraissant de nouveau frénétique. Bonté divine, elles avaient dit qu'elles rentreraient tard !

— Trouvez quelque chose !

— Partez ! Vous devez vous en aller.

— Non. Qui les ramène chez elles ?

— Personne. Violet conduit toujours le cabriolet.

Il hocha la tête et se dirigea vers la porte. Elle se jeta presque sur lui.

— Non !

— On ne peut pas l'éviter.

Il sortit dehors en lançant :

— De grâce, n'ayez pas peur.

Malgré ses paroles, Violet hurla. Merry émit un son étranglé tandis qu'Edith, à l'arrière, semblait sur le point de défaillir.

— Mes chéries, tout va bien ! cria Ally.

Elle se précipita pour aider Edith à rester sur ses pieds. Mark s'avança vers Violet d'un pas déterminé, pensant qu'elle était la plus résistante des trois.

— Madame, je suis désolé de vous bouleverser.

— C'est lui. C'est le bandit de grand chemin, dit Merry dans un souffle.

— En effet, mesdames, mais vous ne craignez rien en ma compagnie, je vous le jure. Toutefois, un dangereux individu a essayé de s'introduire ici ce soir, dit vivement Mark.

— Quoi ? s'exclama Merry.

Edith se serait effondrée si Ally ne l'avait pas soutenue.

— Ecoutez, s'il vous plaît… Le bandit de grand chemin m'a aidée, expliqua-t-elle. Il a fait fuir l'intrus alors qu'il était presque dans le cottage.

— Le fait est que vous ne pouvez pas rester ici, dit Mark.

A sa grande surprise, ces quelques mots déclenchèrent une réaction bien plus vive que sa présence au cottage.

— On ne peut pas rester ici ? répéta Violet.

— Mais où allons-nous aller ? demanda Merry.

— Nous ne pouvons pas tout laisser, dit Edith dans un murmure.

— Il le faut, déclara Merry.

— Bien sûr, qu'il le faut, renchérit Violet. Nous ne pouvons permettre qu'Ally soit en danger.

— Non, évidemment, admit Merry.

— C'est un *bandit de grand chemin,* gémit Edith.

— Il a sauvé Ally, dit Violet. C'est tout ce qui compte. Donc nous ne vous dénoncerons pas, jeune homme !

— En fait, dit Mark, vous prendrez quelques affaires et ensuite je vous accompagnerai jusqu'au relais de chasse de lord Farrow.

— Le relais de chasse de lord Farrow ? répéta Violet.

— Vous ne serez pas obligées d'y rester indéfiniment. Mais ce n'est pas loin et vous y serez en sécurité.

Violet le dévisagea un bon moment. Puis elle agita un doigt devant lui.

— Vous devez changer vos vilaines façons, jeune homme.

— Lord Farrow pourrait demander votre arrestation ! dit Ally.

— Je m'en irai avant qu'il ne me voie, lui assura Mark.

— Allons, allons, ne traînons pas, mes sœurs, dit Violet. Ally, as-tu empaqueté quelque chose ?

— Pas encore.

— Alors nous devons toutes nous dépêcher. Allez ! ordonna Violet.

Ally leva un sourcil et regarda Mark d'un air sévère. Il

haussa les épaules. Il n'aurait pas pu faire autre chose. Il ne les laisserait jamais traverser la forêt seules. Pas avec Ally, et certainement pas cette nuit. Jamais.

— Vous n'avez même pas un chien, marmonna-t-il tandis que Violet passait devant lui.

Elle haussa le menton.

— Nous avons eu des chiens de garde par le passé, dit-elle d'un ton sec. Mais, lorsqu'on perd un bon compagnon, on ne le remplace pas aisément.

Là-dessus, elle entra dans la maison. Ally suivit avec un haussement d'épaules, donnant toujours la main à Edith, qui semblait sur le point de défaillir rien qu'en regardant dans la direction de Mark.

Les sœurs étaient efficaces. Il ne leur fallut pas une demi-heure pour empaqueter ce dont elles avaient besoin pour la nuit. Mark chargea le cabriolet, puis se mit en selle. Violet reprit les rênes et Ally s'assit à côté d'Edith.

La lanterne accrochée au-dessus du banc du cocher jetait de la lumière devant eux. Leur cheval allait lentement mais sûrement dans la nuit. Bien sûr, le bref trajet leur parut sans fin.

Ils ne rencontrèrent personne.

Quand ils approchèrent enfin du relais de chasse, ils purent voir de la lumière briller à l'intérieur. Bertram, l'homme à tout faire de son père, sortit de la maison en les entendant arriver. Jeeter suivit, et le comte se montra derrière lui.

— Je dois vous laisser, maintenant, murmura Mark.

Il éperonna son cheval et fit demi-tour pour remonter l'allée, sachant que son père ne permettrait pas qu'on leur fasse du mal.

Ally expliqua les événements de la soirée à lord Farrow, qui demanda immédiatement à Jeeter et Bertram de prendre leurs affaires avant de les conduire à l'intérieur.

— Qu'est-il arrivé à l'intrus ? demanda-t-il. Comment l'avez-vous mis en fuite ?

— Oh ! mon Dieu, vous ne pouvez pas imaginer,

commença à dire Merry, mais Ally lui donna un coup de coude et parla à sa place.

— Un… ami est passé par là, dit-elle.

Lord Farrow pouvait-il être au courant de la double vie de son fils ?

Le bandit de grand chemin s'était éloigné dès qu'il avait été sûr qu'on les avait vues arriver.

— Un ami, répéta-t-elle. Il nous a escortées jusqu'ici et s'est assuré que nous étions en sécurité, mais il avait… des affaires urgentes et n'a pas pu attendre.

— Nous nous excusons d'arriver ainsi, dit Violet.

Mais lord Farrow était trop courtois pour les laisser s'excuser.

— Mes chères amies, miss Grayson va être ma belle-fille. Vous êtes comme mes sœurs. Vous êtes plus que les bienvenues ici. Je suis simplement soucieux de ce qui s'est passé et de trouver un moyen pour empêcher que cela se reproduise.

Il fronça les sourcils.

— Le mariage aura lieu dès que les arrangements pourront être faits.

Ally alait protester lorsqu'elle prit conscience que ce mariage ne la révoltait plus autant qu'avant. Elle allait épouser Mark Farrow… Elle était en train de tomber amoureuse de lui, ou l'était peut-être même déjà, même si elle se sentait incapable d'être complètement honnête avec lui. Mais, après tout, il n'était pas vraiment honnête avec elle, lui non plus.

Cependant, il s'était arrangé pour être là ce soir au moment voulu. Certes, elle s'était défendue, mais si Mark n'avait pas été là, que lui serait-il arrivé ?

La peur commença à l'envahir à cette pensée. L'intrus avait-il pour intention de la tuer ? Et si c'était le cas, pour quelles raisons ? Est-ce que quelqu'un d'autre suspectait qu'elle était A. Anonyme ?

— Il nous faut le temps de le préparer, dit-elle finalement.

— La sécurité doit passer avant les broutilles, déclara le comte. Mais tout ceci peut être discuté demain. Nous avons des chambres d'hôtes dans le couloir, très spacieuses. De fait, vous pouvez avoir chacune votre chambre…

— Non, je vous en prie. Nous serons mieux ensemble cette nuit, dit Ally.

— Toutes dans un lit ? Vous n'avez pas besoin de vous serrer autant.

— Je dormirai avec Edith, et Merry et Violet dormiront ensemble. Nous pensons toutes, je crois, qu'il nous faut une compagnie affectueuse cette nuit.

Lord Farrow lui sourit. Elle éprouva une bouffée d'affection pour lui. C'était peut-être parce qu'elle savait qu'il l'aimait sincèrement.

Comme c'était réconfortant de penser qu'il était désormais son beau-père !

D'un autre côté, comme c'était troublant de penser qu'elle avait désormais un époux !

— Je sortirai à cheval à l'aube, dit Bertram.

Lord Farrow opina.

— Lâchez les garçons et les dames, aussi.

— Les garçons et les dames ? releva Violet, perplexe.

— Des chiens-loups, répondit le comte. De merveilleuses créatures. Aussi grands que des tigres, loyaux jusqu'à la moelle et d'exceptionnels chiens de garde.

— Oh ! oui, nous avons eu un merveilleux chien-loup, autrefois. Tu t'en souviens, Ally ? demanda Merry.

— Oui, mais j'étais jeune.

— Nous devrions peut-être avoir de nouveau un chien de ce genre, murmura Violet.

— Je m'en occuperai, dit lord Farrow. Et maintenant, au lit. C'est une chance que j'aie été ici ce soir. Angus se serait occupé de vous au village, mais le relais est tout de même plus près. En plus, il y a de la place ici, et nous sommes presque de la famille. Aimeriez-vous prendre quelque chose ? Du thé ?

— Une rasade de whisky, répondit Edith.

Ils la fixèrent tous dans un silence étonné. Puis le comte haussa les épaules et sourit.

— Va pour une rasade de whisky. Et si vous pensez que vous pouvez rester éveillées un moment, je vais faire venir sir Angus Cunningham ici aussi vite que possible. Il est le shérif et doit être mis au courant de ce qui s'est passé au plus vite.

— Je suppose que nous devons lui parler, oui, dit Violet.

— En effet, reconnut Merry.

Elle regarda Edith.

— Alors tu ferais mieux d'y aller doucement avec ce whisky.

Mark s'éveilla en entendant souffler et en sentant des naseaux doux et humides sur sa joue. Il ouvrit les yeux, regarda en l'air et grogna. Galloway, l'un de ses plus beaux chevaux arabes, se tenait au-dessus de lui, curieux et avide de le réveiller.

Il s'assit sur son séant, ôta de la paille de ses cheveux, et pensa ironiquement qu'il avait plutôt bien dormi pour quelqu'un qui avait passé la nuit dans les écuries.

Puis, avant qu'il ne puisse se lever, il entendit des jappements. Une seconde plus tard, les chiens furent sur lui.

— Poussez-vous ! protesta-t-il en se servant du dos du plus grand, Malcolm, pour se mettre debout.

Il tapota la tête des quatre chiens-loups qui agitaient frénétiquement la queue. Encouragée par cette marque d'affection, Cara se jeta sur lui, manquant de le faire tomber. Après avoir retrouvé son équilibre, il regarda autour de lui.

— Père, où êtes-vous ? Je suis sûr que vous trouvez ceci très amusant.

En tenue de chasse, des jodhpurs fauves, une veste et de hautes bottes noires, lord Farrow apparut.

— Ah ! tu es là. Je savais que tu ne serais pas loin.

Mark s'épousseta.

— Qu'aurais-je pu faire d'autre ? demanda-t-il sombrement.

Joseph devint grave.

— Rien. Ces nouvelles étaient très troublantes. Il est possible qu'un énergumène égaré ait décidé que le cottage des sœurs pourrait faire un bon refuge, mais tu ne le crois pas, n'est-ce pas ?

Mark secoua la tête.

— Je veux qu'Ally reste ici. Et les tantes doivent rester aussi.

— Elles refuseront. Tu le sais. J'ai fait venir sir Angus, hier soir. Il est allé inspecter le cottage. Il a envoyé des hommes renforcer les fenêtres avec des étais. Dorénavant, même si quelqu'un brise les vitres, il ne pourra pas entrer. J'enverrai deux chiens avec elles. Renseigne-toi auprès de tes amis pour qu'ils montent la garde de nuit.

— Oui, nous pouvons nous partager la tâche, murmura Mark.

— Puis-je faire une suggestion ?

— Je vous en prie.

— Ce mariage a été prévu depuis de nombreuses années. A moins que tu n'aies décidé que tu ne peux pas l'accepter — et, en vérité, tu n'es pas tenu de respecter ma parole —, je suggère vivement qu'il ait lieu ce samedi.

— Cela laisse peu de temps pour les préparatifs. Je pensais que les Stirling et vous souhaitiez une magnifique cérémonie.

— Ce n'est pas nécessaire, dit Joseph avec un geste de la main.

— Non, pas à mon avis. Mais miss Grayson pourrait avoir des objections.

— Eh bien, nous verrons. As-tu l'intention de te joindre à nous ? demanda le comte.

Mark secoua la tête.

— Bertram me prêtera sa chambre des écuries pour me laver et m'habiller. Je dois aller en ville.

— Es-tu sur une piste ?

— Non, mais j'ai pu éliminer quelques possibilités. Je suis sûr que certaines personnes soupçonnées ne sont pas impliquées. Alors…

— Je comprends. Mais si tu comptes te marier samedi, je suggère que tu passes du temps avec Ally.

— Bien sûr. C'est juste que, ce matin, je dois me pencher sur des informations que Ian a obtenues.

— Comme tu voudras.

— Père ?

— Oui ?

— Lionel Wittburg était dans un triste état, hier.

— Ah ! C'est pour cela que le détective Douglas était à l'église ?

— Oui.

— Comment va-t-il maintenant ?

— Bien mieux, je crois.

— Bon.

— Mais il a dit quelque chose d'étrange. Je me soumettrai au mariage, père, comme vous avez promis voilà longtemps que je le ferais. Mais si je dois m'y résoudre, vous devez me dire la vérité.

— La vérité ? J'ai fait une promesse à lord Stirling.

— Père, ce n'est pas la seule raison. Vous devez me dire pourquoi il est si important qu'Ally Grayson se marie avec *moi*.

Joseph resta immobile.

— Il y a des secrets que certains hommes ont emportés dans leur tombe, mon fils, dit-il doucement au bout d'un moment.

— Mais il y a des hommes en vie qui connaissent ces secrets. Lionel Wittburg sait quelque chose.

— Qu'a dit ce vieux sot ?

— Rien. Mais je *vous* le demande, père. J'ai besoin de savoir la vérité.

Joseph garda le silence.

— Nous parlerons plus tard, dit-il enfin. Quand le devoir ne t'appellera pas en ville.

Sur ces mots, Joseph Farrow partit à grands pas vers la maison. Mark le regarda s'éloigner. Au moins, il semblait que son père ait l'intention de lui parler. Il regretta soudain d'être obligé de retourner en ville.

— Oh ! mon Dieu, nous ne pouvons pas rester ici indéfiniment, se plaignit Violet.

— Je suis sûre que nous serons en sécurité au cottage, déclara Edith.

Elles étaient assises à la table du petit déjeuner. Ally était impressionnée par la beauté de ce lieu qui était considéré comme un simple relais de chasse. Il y avait un superbe salon, la petite salle à manger du matin — dont les fenêtres donnaient sur la pelouse de derrière et la forêt —, une énorme cuisine, une salle à manger solennelle, un grand parloir, une bibliothèque et de nombreuses chambres. Du temps du père et du grand-père de lord Farrow, et même avant, avait-il dit, les comtes de Warren venaient souvent ici avec d'importants groupes d'amis pour chasser. Cela expliquait la taille impressionnante du relais. Joseph Farrow aimait séjourner ici pour la tranquillité et la beauté du paysage, mais hélas ses affaires le retenaient à Londres la plupart du temps.

— Si vous devez retourner au cottage, dit-il, je vous prêterai deux chiens. Mais, Ally, je crains que vous ne deviez rester ici comme mon invitée.

— Mais si nous avons les chiens…

— Je ne pense pas que vos tantes soient en danger. En revanche, je crois que vous l'êtes.

— Alors tu dois rester ici, dit fermement Violet.

— Je ne peux pas vous laisser partir seules, déclara Ally, tout aussi ferme.

Lord Farrow s'éclaircit la gorge.

— Nous avons décidé que le mariage aurait lieu ce samedi.

Ally étouffa une exclamation.

— Si tôt ?

— Cela semble prudent.

— Je… je…, balbutia-t-elle.

— Oui, il doit avoir lieu ce samedi, déclara Merry d'un ton enjoué. Oh ! Ally, ce sera merveilleux. Tu n'auras plus rien à craindre, jamais.

— Je ne suis pas effrayée. Je suis en colère, et je m'inquiète que vous trois restiez seules.

— Ally, dit Violet en tressaillant. Je suis désolée de dire ceci, mais… je crois que nous serons très bien toutes seules, surtout avec les magnifiques chiens que lord Farrow nous prête si gracieusement. Il est plus que probable que tu sois devenue la cible d'une personne folle et jalouse. Tu seras plus en sûreté ici, et nous serons en sécurité dans notre petit domaine.

— Mais…

— Ally, pour l'instant, s'il te plaît, dit doucement Edith.

Ally leva les mains en signe de reddition. Il y avait une pointe de vérité dans ce que ses tantes disaient. D'ailleurs, Ally avait écarté l'hypothèse selon laquelle ses fiançailles avec Mark Farrow étaient à l'origine de l'attaque de la veille. Non, en fait, il lui semblait plus probable que quelqu'un l'ait suivi lorsqu'elle s'était rendue au bureau de poste, à Londres.

Peut-être que quelqu'un — quelqu'un de mortellement dangereux — avait découvert qu'elle était A. Anonyme.

— De grâce, n'aie pas l'air si affligé, ma chérie, implora Edith.

— Tu seras avec nous toute la journée de vendredi, assura Merry. Nous ferons les dernières retouches à ta robe de mariée. Oh ! tu seras tellement magnifique !

Ally s'efforça de sourire en dépit de la peine qu'elle ressentait à l'idée d'être séparée de ses tantes. Elle les aimait si tendrement ! Elle avait adoré grandir dans les bois. Brusquement, elle prenait conscience que non seulement elle était censée épouser un homme qui était quasiment un étranger pour elle, mais qu'elle laisserait également derrière elle son enfance, tout ce qu'elle avait tant aimé pendant si longtemps.

— J'ai une superbe bibliothèque, lui dit lord Farrow.

— Tu vois, Ally. Une superbe bibliothèque, renchérit Violet.

Elle hocha la tête. Pour rien au monde elle ne leur causerait de la peur, des soucis ou ne les mettrait en danger.

— Comme vous voudrez, mes chéries, dit-elle.

Néanmoins, quand leur voiture fut chargée et que Bertram sortit pour les escorter à travers la forêt, les plus jeunes chiens, Cally et Oz, gambadant autour d'eux, Ally éprouva de nouveau un sentiment poignant de nostalgie. Elle les étreignit fortement une par une.

Merry était au bord des larmes.

— A vendredi, ma douce, dit Violet en essayant de paraître enjouée.

— A vendredi, lâcha Ally.

— Venez, je vais vous montrer la bibliothèque, lui dit lord Farrow. Ne vous inquiétez pas, si quelqu'un tente d'approcher de la maison, nous le saurons. Les chiens-loups sont de remarquables gardiens. Vous pouvez lire tout votre content. J'ai des volumes récents et une collection qui remonte à des siècles. Il y a aussi une machine à écrire sur le bureau de la bibliothèque, si vous souhaitez vous en servir. Je serai dans mon bureau, à côté de ma chambre. Si vous avez besoin de moi, n'hésitez pas.

Ally hocha la tête avant d'étudier les étagères de livres. Malgré son désarroi, elle ne put s'empêcher d'admirer la bibliothèque. La pièce était stupéfiante par sa taille et son étendue.

— Ces volumes, là, indiqua lord Farrow, maniez-les avec précaution. Ce sont des missives écrites durant les Croisades. Il y a une édition originale de Chaucer, aussi.

— Je serai très soigneuse.

— Je n'en doute pas.

Sur ces mots, il la laissa seule. Pendant un moment,

elle examina les livres, captivée. Puis ses yeux tombèrent sur la machine à écrire.

Elles n'en avaient pas au cottage. Attirée malgré elle, elle ignora les volumes historiques et se dirigea vers le bureau.

Il y avait du papier à côté de la machine. Elle glissa vivement une feuille dans le chariot, puis fixa les touches. En un instant, elle se mit à taper, son âme semblant s'envoler tandis que ses doigts couraient sur le clavier.

11

Au poste de police, Mark se pencha sur les diverses listes que Ian s'étaient procurées et les compara à celles qu'il avait établies. Ces documents répertoriaient toutes les voitures et personnes arrêtées par le bandit de grand chemin.

— Alors, pensez-vous que Lionel Wittburg pourrait être impliqué d'une manière ou d'une autre ? demanda Ian, assis sur le coin de son bureau.

— Lord Wittburg a certainement des difficultés avec la situation, mais…

— Et l'homme qui a cherché à s'introduire dans le cottage ? demanda Ian. Ces événements sont-ils liés, à votre avis ?

Mark lui avait rapporté ce qui s'était passé au cottage dès qu'il était arrivé mais, grâce aux moyens de communication modernes, Ian était déjà au courant : le shérif l'avait appelé.

Mark désigna une liste devant lui.

— C'est la liste des visiteurs s'étant rendus à la maison de ville de Giles Brandon ? Eleanor et de la gouvernante vous l'ont fournie ?

— Oui.

— Wittburg lui a rendu visite. Et sir Andrew Harrington aussi. Ce dernier a accompagné sa cousine Elizabeth Prine, dont le mari a été assassiné. Elle était venue voir Eleanor.

Ian haussa les épaules.

— Les deux femmes sont amies.

— C'est vrai. Et ici... Lionel a assisté à l'une des réunions chez Brandon.

— J'en ai été très surpris. C'était après la mort de Hudson Porter. La liste de ses visiteurs est ici — je l'ai obtenue de la gouvernante vendredi. Mais chacune des femmes qui a répondu à mes questions m'a bien averti qu'elle craignait de ne pas se rappeler les noms de tous ceux qui étaient venus.

— Mmm, fit Mark en comparant les deux listes.

Il leva les yeux.

— Mais, même si elles ont oublié quelqu'un, je vois plusieurs noms en commun.

— Bien sûr. Ils étaient tous enrôlés dans le même mouvement.

Mark secoua la tête.

— Mais... lord Lionel Wittburg ?

— Est-ce qu'un tel homme, titré et proche de la reine, chercherait vraiment à abattre la monarchie ? demanda Ian.

— Peut-être s'il devenait fou, ou poursuivait une vendetta, dit Mark.

— Le journaliste Thane Grier. Il est venu à des réunions dans les trois maisons.

— Il est reporter. Il couvre ce genre de choses.

— Le bandit de grand chemin n'a encore arrêté aucun de ces hommes.

— Un journaliste n'aurait pas une belle voiture.

— Lionel Wittburg en a une. Comme sir Andrew Harrington.

— Mais cela seul...

— Non. Seul, cela ne signifie rien, admit Ian.

— Je pense qu'il est possible que plus d'un homme soit responsable de ces meurtres.

— Oui, je suis d'accord, dit Ian.

— Aucune des maisons n'a montré de traces d'effraction. Les épouses et gouvernantes étaient absentes. Soit le meurtrier avait une clé, soit la victime l'a laissé entrer.

— Nous interrogeons tout le monde, dit Ian. Mais les gens mentent à la police.

— Dès que possible, le bandit de grand chemin arrêtera lord Wittburg et sir Andrew, dit Mark en se levant.

Ian paraissait soucieux et déprimé. Mark posa une main sur son épaule.

— N'ayez pas l'air si abattu, mon ami. Nous trouverons les réponses.

Sur ces mots, il quitta le détective et se hâta d'aller chez O'Flannery. C'était lundi après-midi, le moment où le bandit de grand chemin et sa bande se retrouvaient régulièrement pour une tourte à la viande et une bière. Quand il arriva, Patrick, Thomas et Geoff étaient déjà là. Flo les avait servis ; sa pinte était sur la table.

Il fit un signe de main à la serveuse en s'asseyant et elle hocha la tête, prête à faire préparer leurs plats.

— Eh bien ? demanda Patrick à voix basse.

— J'ai besoin d'aide — en tant que Mark Farrow, répondit Mark en les regardant tour à tour.

— Oh ? fit Geoff.

— Quelqu'un a cherché à s'introduire dans le cottage où Ally Grayson vit avec ses tantes.

— A cherché ?

— Je suis arrivé à temps pour le faire fuir, mais j'ai honte de dire que je ne l'ai pas arrêté.

— Alors de quelle aide avez-vous besoin ? demanda Patrick.

— J'aimerais que nous surveillions le cottage à tour de rôle, la nuit.

Patrick grogna.

— Nous devrons garder les yeux fixés sur un cottage dans les bois toute la nuit ?

— Eh bien, si Alexandra s'y trouve…, murmura Thomas avec un grand sourire.

Mark secoua la tête.

— Elle reste avec mon père au relais de chasse.

— Oh ? fit de nouveau Geoff.

— Alors nous devons surveiller trois dames d'un certain âge dans les bois, dit Patrick.

— Pourquoi quelqu'un attaquerait-il votre future épouse ? demanda Geoff.

Mark secoua de nouveau la tête. Il pensait savoir pourquoi, mais il ne comptait pas le dire. Pas même à ses plus proches amis.

— Et quand nous retrouvons-nous pour faire une sortie à cheval ? demanda Patrick.

— J'ai besoin d'en apprendre un peu plus sur le programme de certains hommes, répondit Marc.

Il se tut. Flo arrivait avec leur repas.

— Très chaud, je m'en suis occupée, annonça-t-elle avec entrain.

Elle baissa la voix.

— Il y a une drôle d'atmosphère, ici. C'est comme si les gens attendaient d'apprendre un nouveau meurtre. La semaine a été calme, Dieu merci. Même le bandit de grand chemin et sa bande n'ont pas frappé dernièrement.

— Quelle est l'humeur politique ? demanda Mark.

— Comme c'est curieux. Ce jeune journaliste, Thane Grier, était là voilà une heure et il a posé la même question.

— Vient-il souvent ici ?

— Il aime observer les gens, répondit Flo.

— Il est journaliste, dit Patrick.

— Oui, acquiesça Mark, en notant mentalement l'information.

Il remercia Flo. Quand elle fut partie, il dit :

— Patrick, voulez-vous surveiller le cottage ce soir ? Geoff mardi, Thomas mercredi et je prendrai le relais jeudi soir. Nous verrons où nous en sommes à ce moment-là. Et puis…

— Et puis ? releva Patrick.

— Je me marie samedi à Carlyle Castle. J'espère que vous viendrez tous.

*
* *

Cet après-midi-là, Ally avait l'intention d'inspecter les écuries pour trouver des indices au sujet de la vie secrète de Mark. Hélas, elle venait à peine d'entrer dans le bâtiment quand Mark arriva sur son propre étalon.

— Vous alliez monter ? demanda-t-il.

— Oui, j'y songeais, répondit-elle en mentant.

— Seule ?

— Je… Oui.

— Dangereux, décréta-t-il. Mais si vous avez envie de chevaucher, je vous accompagnerai volontiers.

— Vous venez juste de rentrer. Vous devez être fatigué de… ce que vous faites dans la journée, quoi que ce soit.

— Il n'est pas si tard. Je serai heureux de monter à cheval avec vous. Bien que… vous ne soyez pas vraiment habillée pour cela, indiqua-t-il.

Elle portait une simple robe de jour. Elle était montée assez souvent sur le vieux poney de ses tantes, mais… Elle rougit et décida que l'honnêteté ne lui coûterait rien.

— Je suis habituée à monter à cru.

— En bloomers ?

— J'en ai peur.

— Ce sont des chevaux au sang chaud, miss Grayson. Ils ne sont pas lents et lourds.

— Je suis tout à fait capable de les monter.

— J'en suis sûr, mais… voudriez-vous monter avec moi ?

Elle hésita. Puis il tendit une main, elle croisa son regard et l'accepta. Il la souleva aisément pour l'asseoir devant lui sur la selle. Ses bras autour d'elle, il serra les genoux et ils galopèrent bientôt sur la pelouse qui menait à la route.

Ally aurait pu se sentir mal assurée mais, avec ses bras autour d'elle, elle était sûre de ne pas tomber. Etrangement, elle lui faisait confiance. Il se mouvait comme s'il ne faisait qu'un avec son cheval.

Pas étonnant pour un bandit, songea-t-elle.

Elle dut admettre que la chevauchée était exaltante. Le vent soufflait dans ses cheveux et lui picotait les joues. L'air sentait bon. L'après-midi tirait à sa fin, mais il restait une belle lumière rose. Elle se sentait étrangement à l'aise avec Mark, serrée contre son torse, assise entre ses cuisses. Pendant un long moment, elle laissa ces sensations excitantes la traverser au rythme du galop régulier de son cheval.

Il s'arrêta enfin près d'un ruisseau. Après avoir sauté de la selle, il tendit les bras vers elle. Il la posa par terre, puis flatta le cheval.

— C'est Galloway. C'est un très bon cheval.

— Un très bon cheval, en effet, reconnut-elle.

Tandis que l'animal baissait la tête pour brouter, Mark croisa les yeux d'Ally.

— Le mariage doit avoir lieu samedi.

— C'est ce que j'ai compris.

— Vous êtes consentante ?

— Et vous ?

— J'ai toujours été consentant.

Elle marqua une pause et sourit en baissant la tête.

— J'ai décidé que je ne peux guère faire autre chose que d'en passer par là. Toutefois, vous devez être prévenu.

— Oh ?

— Je n'ai pas l'intention d'obéir à des ordres.

— Qu'est-ce qui vous fait penser que j'ai l'intention d'en donner ?

Elle agita une main.

— Certains aspects de ma vie doivent rester… mon domaine privé.

— C'est normal.

Elle hésita, ressentant une bouffée d'espièglerie.

— Je vous ai menti, l'autre jour.

— Déjà ? Nous ne sommes pas encore mariés.

— Vous m'avez demandé s'il y avait quelqu'un dans ma vie.

— Oui ?
— Eh bien…
— Qui est-ce ?
— Peu importe. Juste quelqu'un qui m'a intriguée.
— Vraiment ? Je serais grandement affecté, si je n'avais pas échangé un baiser avec vous.
Elle agita de nouveau la main.
— Un baiser ? fit-elle avec dédain.
Il s'approcha d'elle. Aussitôt, elle sentit sa volonté faiblir. Non. Elle ne flancherait pas.
— Etes-vous si expérimentée ? demanda-t-il.
— Est-ce que cela empêcherait le mariage ?
— Non.
— Vous avez… l'esprit moderne.
— Ce qui compte, c'est après le mariage, dit-il.
Sa voix était un peu sèche, même s'il parlait plaisamment.
— Alors tout va bien.
— Pour ma part, je ne voudrais pas vous ennuyer avec mon passé.
Elle fut surprise par la bouffée de jalousie que ses mots firent naître dans son cœur.
— Dieu merci, parvint-elle à murmurer. Je crains que cela ne vous prenne des jours et des nuits.
— Alors… qui est ce rival ? demanda-t-il en se tenant presque contre elle.
— Quelqu'un de complètement inconvenant, assura-t-elle.
— C'est triste, déplora-t-il. Mais vous ferez ce qui est honorable et obéirez à vos tuteurs.
— Comme vous obéissez à votre père.
— Vous vous trompez, dit-il.
— Vraiment ?
S'il s'approchait encore, pensa-t-elle, il allait lui marcher sur les pieds.
— J'attends ce mariage avec impatience. Cela n'a peut-être été qu'un baiser, mais un baiser peut tant promettre.

— Croyez-vous ? Pardonnez-moi, mais je n'ai pas été aussi impressionnée.

— Alors je dois essayer de nouveau.

— Je… je…

Elle ne put en dire plus. Soudain, il lâcha la bride du cheval et l'enlaça. Ce baiser n'était pas une simple formalité. Il était empli de feu et de passion, et la consuma tout entière. Pressée contre le corps ferme de Mark, Ally était tout à fait consciente de la promesse dont il parlait.

Elle sentait la pression de sa bouche, la chaleur de sa langue sur la sienne, qui enflammait son corps… Elle avait l'impression de se fondre en lui, sous ses caresses. Les doigts de Mark effleurèrent son visage, puis s'enfoncèrent dans ses cheveux avant de courir sur sa poitrine, sa taille, ses hanches…

Elle avait envie de le sentir davantage, de ne pas se contenter seulement de son toucher. Elle avait envie de tendre les mains, de sentir le pouvoir de ses muscles, de frôler sa chair nue de ses doigts…

Il la relâcha brusquement. Elle chancela et faillit tomber. Il s'était déjà détourné, cherchant la bride du cheval.

— Je pense que ce ne sera pas si mal, dit-il d'un ton détaché.

Elle combattit la colère qui menaçait de l'envahir.

— Pouvons-nous rentrer ?

— Vos désirs sont des ordres, Alexandra.

Il la hissa sur le cheval et sauta derrière elle. Ils retournèrent aux écuries à la même allure frénétique qu'à l'aller. Il passa devant les écuries et la déposa devant la maison.

— Merci pour cette charmante chevauchée, dit-elle d'un ton bref.

— Non, dit-il d'une voix altérée. C'est moi qui vous remercie de ce moment délicieux.

Il se moquait d'elle, elle en était sûre. Pourtant elle allait l'épouser. Et sa décision n'avait rien à voir avec une question d'honneur.

Plutôt… Elle ne pouvait penser à rien d'autre qu'à la

façon dont il l'avait touchée. Est-ce que ce sentiment, cette espèce de quête désespérée, était de l'amour ? L'amour était-il une simple faim de l'autre, un besoin de s'unir à lui ?

Elle haussa le menton. Elle allait l'épouser. Elle pouvait aussi bien tomber amoureuse.

Mais elle n'allait pas lui faciliter les choses.

— Ho !

Le cocher arrêta l'élégante voiture qui transportait lord Lionel Wittburg. Patrick se porta à la hauteur du cocher, s'assurant qu'il soit désarmé alors même qu'il essayait de tirer son pistolet. Thomas était à côté de lui pour l'aider. Geoff s'arrêta près de Mark.

Mark démonta, ouvrant brusquement la portière. Lord Wittburg cherchait lui aussi son arme.

La dernière chose qu'il voulait était de blesser le gentleman âgé, mais il n'avait pas envie d'être blessé lui-même.

— Arrêtez, milord. Je ne veux pas vous blesser, dit-il.

En voyant l'expression de Wittburg, Mark comprit que l'homme ne souhaitait pas se battre non plus, mais que sa fierté était en jeu.

— Milord, si vous voulez avoir la bonté de descendre de voiture…

Avec raideur et dignité, Wittburg obéit. Dès qu'il fut hors de la voiture, Mark fit un signe de tête à Geoff et monta à l'intérieur.

C'était une belle voiture vieillissante, et il ne fallut pas longtemps à Mark pour la fouiller. Il trouva une cape, mais le vêtement noir ne portait pas de traces de sang. Il y avait des bottes, aussi, mais elles n'étaient couvertes que de terre.

— Est-ce qu'il transporte un tel trésor ? demanda Geoff de dehors.

Mark savait que ses amis étaient moins à l'aise de tenir

un pistolet braqué sur lord Wittburg que sur toute autre personne qu'ils avaient arrêtée.

— Il ne transporte rien de valeur, répondit-il, feignant d'être dégoûté.

Mais il repassa l'habitacle en revue, examina la cape pouce par pouce, étudia de nouveau les bottes.

Enfin, il ressortit.

— Il ne transporte rien, se plaignit-il en sautant sur son cheval.

— Sa montre et sa chaîne de gousset sont assez belles, fit remarquer Thomas.

— Cela ne vaut pas la peine, dit Mark en secouant la tête.

Wittburg ne perdit pas un instant sa dignité.

— Vous serez pendu, assura-t-il à Mark.

Il avait entendu ces mots-là assez souvent. Néanmoins, de la bouche de Wittburg…

— Peut-être, dit-il. Vous pouvez reprendre votre voyage, Votre Seigneurie.

Wittburg fronça les sourcils et le fixa.

— Vous ne volez rien ?

— Ne me faites pas changer d'avis.

Enfin, Lionel Wittburg remonta dans sa voiture. Il faillit glisser sur la marche. Mark bondit à temps pour lui éviter une mauvaise chute.

Wittburg libéra brusquement son bras.

— Je ne peux pas vous remercier. Je ne remercie pas un criminel, dit-il.

Puis il rentra dans la voiture et claqua la portière.

— En route ! cria Patrick au cocher.

— Vers l'est et vers l'ouest, dit Mark quand la voiture eut démarré.

Ils se séparèrent, disparaissant dans les bois juste à temps pour éviter les coups de feu que lord Wittburg tirait de sa fenêtre.

*
* *

Etre l'invitée de lord Joseph Farrow n'avait rien de difficile. Il était charmant et discret, et accordait la même discrétion à Ally.

Lorsqu'il annonça qu'il devait se rendre à Londres pour ses affaires, et qu'elle lui demanda si elle pouvait venir avec lui, il parut heureux d'accepter sa compagnie.

Dans la voiture, cependant, il sembla perturbé.

— Je n'aurais pas dû vous emmener. Je dois m'occuper de mes affaires et je suis inquiet pour votre sécurité.

— Vous n'avez pas besoin de vous inquiéter. J'ai l'intention de faire des emplettes et de rester dans les grandes rues, où il y aura beaucoup de monde, assura-t-elle.

Lord Farrow descendit près de Big Ben, après avoir ordonné à Bertram de s'occuper d'elle. Le grand homme hocha la tête, patient et prêt à faire tout ce qu'on lui demanderait. Ally le pria de la laisser près du musée et suggéra qu'ils se retrouvent au même endroit dans deux heures.

Elle entra dans le musée par une porte… et ressortit par une autre. De nouveau, elle était déterminée à atteindre le bureau de poste. Ce jour-là, cependant, elle ne put s'empêcher de se demander si elle avait été suivie la première fois, alors elle fut prudente. Elle entra dans plusieurs boutiques, achetant de la dentelle pour les tantes, quelques sachets et un petit réticule.

Si elle n'avait pas perdu son chèque, elle aurait pu acheter le charmant petit manchon qu'elle vit dans une boutique. Mais elle l'avait perdu, et il n'y avait pas de moyen sûr de le récupérer.

Lorsqu'elle atteignit enfin le bureau de poste pour poster son dernier article, elle découvrit que le chèque lui avait été renvoyé. Elle pensa que Mark avait dû le rapporter au journal. Elle s'inquiéta qu'il la suive et regarda vivement autour d'elle. Elle ne vit personne de suspect. Une fois dehors, elle suivit la rue et se rendit compte qu'elle se dirigeait vers les bureaux du journal. Elle était souvent allée regarder le bâtiment, rêvant de pouvoir un jour écrire pour le quotidien, même si elle aspirait surtout à devenir romancière, à tramer des histoires comme Arthur Conan Doyle ou les sœurs Brontë, ou même Poe. Elle avait été surprise de constater sa propre passion et ses capacités quand elle s'était mise à écrire des essais.

Elle se tenait sur le trottoir quand elle entendit appeler son nom.

— Miss Grayson !

En se tournant, elle vit Thane Grier. Il paraissait beau et enjoué dans une veste rayée, un pantalon noir et un gilet fauve. Il semblait plus heureux que la dernière fois où elle l'avait vu.

— Comment allez-vous ? demanda-t-il.

— Bien, merci. Et vous ?

— Cela ne pourrait pas aller mieux.

Il baissa la voix et rit doucement.

— A. Anonyme n'écrit pas tous les jours.

— Ah, alors vous avez de nouveau la première page.

— Oui. Voudriez-vous monter ? Ce n'est pas du tout luxueux, mais peut-être…

— J'en serais enchantée !

— Alors venez.

Il lui montra l'endroit où les journaux étaient empilés pour les vendeurs, celui où étaient les presses, et des dizaines de bureaux. On utilisait en permanence le téléphone, des vendeurs essayaient de gagner leur vie en vendant des espaces publicitaires et plein de gens étaient assis à des bureaux alignés, tapant à la machine ou feuilletant d'énormes volumes pour vérifier des faits. Elle fut troublée mais heureuse de rencontrer le rédacteur en chef, surtout quand il dit qu'ils étaient toujours avides de recevoir des articles de l'extérieur, comme ceux qu'écrivait A. Anonyme.

Ally ne voulait pas s'attarder trop longtemps et elle

essaya de s'en aller mais, lorsqu'elle atteignit la porte, le rédacteur la rappela.

— Votre mariage sera traité en première page, vous savez !

Elle sourit, ne souhaitant pas lui dire qu'il était prévu pour samedi. Elle ignorait s'il fallait garder le secret.

Après tout, elle n'était que la mariée.

Thane la raccompagna dans la rue.

— Puis-je vous offrir un thé ? demanda-t-il.

Elle était échauffée et excitée, et prête à accepter, mais elle s'aperçut qu'elle avait utilisé tout le temps qu'elle avait demandé à Bertram de lui accorder.

— Je suis désolée. J'aimerais vraiment prendre le thé avec vous, mais je suis ici avec lord Farrow et je dois rentrer.

Il lui sourit, d'un sourire étrange.

— Nous devrions vraiment parler, dit-il.

Elle inclina la tête.

— Nous avons parlé, non ?

— Je dois parler et vous devez écouter. Vous devez être prudente, vous savez ?

— Pourquoi dites-vous cela ?

— Saviez-vous que votre fiancé était dans ces bureaux hier ?

— Vraiment ?

Elle essaya de rester détachée.

— Que faisait-il ?

— Je l'ignore. Je n'ai pas pu entendre. Mais il parlait au rédacteur en chef. Et il lui a donné une enveloppe.

— Peut-être s'est-il mis à écrire, dit-elle.

Il l'examina avec gravité.

— Merci. Sincèrement. J'ai toujours rêvé de visiter les locaux d'un journal, ajouta-t-elle quand il ne répondit pas à sa supposition.

— Je vois. Donc *vous* écrivez.

— Juste Ciel, quelle imagination vous avez !

— Mark Farrow ne remettait pas une enveloppe pour votre compte ?

— Absolument pas, assura-t-elle. Mais merci encore. J'ai passé un moment merveilleux.

— Etrange, mais délicieux.

— Que signifie cette remarque ?

— Que vous trouviez les bureaux du journal aussi fascinants — que vous ayez rêvé d'y entrer.

— J'adore lire.

— Je vois.

Il ne voyait pas. Il était soupçonneux. Et elle ne savait pas que dire.

— Merci encore, mais maintenant je dois me hâter.

Elle lui serra la main, tourna les talons et s'enfuit.

Elle suivit vivement plusieurs rues, tourna à un coin et entra dans le musée par la porte de derrière, pour ressortir par-devant. Comme elle savait qu'il le ferait, Bertram attendait.

Lord Farrow avait apparemment fini ses affaires de bonne heure et avait su où trouver son homme de confiance. Il était déjà dans la voiture.

— Je commençais à craindre de vous avoir réellement mise en danger, dit-il.

— Suis-je en retard ? Je suis désolée.

— Pas plus de quelques minutes. Je deviens juste… Enfin, des événements récents conduisent à s'inquiéter pour rien. Vous étiez à l'heure, ma chère. Avez-vous trouvé ce que vous vouliez ?

Oui. Elle avait son chèque.

Et un autre essai serait bientôt livré.

En outre, elle était presque certaine de ne pas avoir été suivie jusqu'au bureau de poste.

La journée continua plaisamment, même si Mark Farrow l'énerva en s'arrangeant pour rentrer pour le dîner. Il parut un peu distrait, toutefois, bien qu'il se montrât poli durant tout le repas. Lorsqu'ils eurent fini de dîner, elle feignit d'être épuisée, ce qui sembla convenir aux deux hommes. Elle se rendit compte qu'ils étaient impatients de parler seul à seul, ce qu'ils comptaient faire en se retirant pour prendre un cognac et fumer un cigare.

Voyant qu'ils se dirigeaient vers les appartements de lord Farrow, suivis de Bertram avec un plateau, Ally renonça à sa première idée et se glissa dehors pour se rendre aux écuries.

Mais par où commencer ?

Elle jeta un coup d'œil à la sellerie et, au-delà, au domaine privé de Bertram. C'était peut-être bien le meilleur endroit où regarder.

La porte était ouverte. Elle se coula à l'intérieur. Bertram semblait être un homme frugal. Il y avait des étagères avec des livres, un cabinet avec de l'alcool et une cheminée dans la première des deux pièces. Un placard. Ally le fouilla rapidement, mais ne découvrit que des vêtements qui appartenaient au cocher. Sa chambre était sobrement meublée, offrant un lit, une commode et une table de nuit. Elle s'empressa de fouiller les tiroirs, avec l'impression d'être la pire fouine du monde. Il y avait un petit cabinet de toilette comportant seulement du savon et des serviettes.

Elle se hâta de sortir, fermant la porte derrière elle. Les chiens-loups se retrouvèrent alors sur ses talons, agitant leur grande queue.

— Bonne fille, bon garçon, murmura-t-elle en leur tapotant la tête.

Elle se sentit réconfortée, sachant qu'elle était à l'abri avec les chiens à son côté.

Mais ce qui l'inquiétait, en réalité, c'était que quelqu'un de la maison ne la découvre en train d'espionner, et là les chiens ne l'aideraient pas.

Elle jeta un coup d'œil vers l'habitation, ne vit personne et s'empressa d'aller à la sellerie. Elle y trouva des rangées de brides, de selles, de boîtes de cirage et autres accessoires bien rangés. Elle quitta l'endroit et leva les yeux vers le fenil. Il y avait une échelle. Elle regarda une fois derrière elle, puis monta.

Elle ne trouva que du foin.

Frustrée, elle s'assit sur une balle. Elle était dure sous elle. Etonnée, elle se leva vivement. Le foin n'était qu'une couverture. Elle l'empoigna et en souleva une partie. Il masquait une malle. Dans la malle se trouvaient des capes et des bottes noires.

Et des masques de soie noire.

Frénétique, elle chercha encore.

Son carnet de croquis n'était pas là.

Alors elle se figea en entendant des voix. Son cœur tambourina. Elle rampa jusqu'au bord du grenier et regarda en bas.

— Il y a de nombreux hommes qui travaillent sur l'affaire et c'est à double sens, père, disait Mark. Ian retient les suggestions que je fais et envoie des officiers sur le terrain pour les vérifier. C'est quelqu'un de très intelligent. Vous savez aussi bien que moi que lord Wittburg aurait été horrifié à l'arrivée d'un officier de police. Il n'aurait jamais laissé entrer Ian dans sa chambre.

— Tu joues à un jeu dangereux, voilà ce que je sais, répondit lord Farrow. Ce qui m'effraie, c'est qu'en dépit de tout ce qui est fait — et je ne doute pas que Ian ait des hommes qui couvrent les rues, suivant chaque piste — il semble que personne ne soit plus près de la vérité qu'avant.

Que faisaient-ils dans les écuries ? se demanda Ally. Pourquoi n'étaient-ils pas restés à la maison avec leur cognac et leurs cigares ?

Et comment diable allait-elle rentrer ?

— Que faites-vous à rôder par ici ? demanda soudain Mark.

Ally faillit lâcher une exclamation, puis elle comprit qu'il parlait aux chiens.

Un moment après, elle poussa un soupir de soulagement.

— Je vais me coucher, fils. Je dois partir très tôt pour Londres demain matin. J'irai à cheval. Bertram restera ici. Nous ne laisserons pas miss Grayson seule, à aucun moment.

— Merci, père.

Ils continuèrent à parler, mais elle n'entendit plus ce qu'ils disaient. Elle supposa qu'ils retournaient à la maison. Par précaution, cependant, elle attendit.

Finalement, elle décida qu'assez de temps était passé. Regardant par-dessus le bord du fenil, elle ne vit personne. Aussi rapidement qu'elle le put, elle descendit l'échelle.

Les chiens attendaient.

— Traîtres ! leur lança-t-elle.

Ils jappèrent avec bonne humeur, la poussant de leur truffe pour quêter un geste d'affection.

— C'est bon, c'est bon, murmura-t-elle en les caressant et en regardant autour d'elle pour voir si les Farrow ou Bertram pouvaient être à proximité.

Ne voyant personne, elle se précipita vers la maison et se glissa à l'intérieur.

Tout était tranquille. Elle commença à traverser le parloir.

— Ma chère miss Grayson.

Elle se figea. Mark Farrow sortit de l'ombre, où il était assis jusque-là dans le canapé.

Elle ne pouvait distinguer son visage dans la pénombre.

— Mark…, murmura-t-elle.

— Ally, je pensais que vous étiez allée vous coucher.

— J'avais besoin de prendre l'air.

— Je vois.

— C'est une belle nuit.

— En effet.

— Eh bien… bonne nuit.

— Bonne nuit. Oh ! dit-il soudain.

— Oui ?

— Mon père et moi serons absents la majeure partie de la journée, demain. Mais Bertram sera ici. De grâce, n'allez pas vous promener seule, à pied ou à cheval. Vous serez en sécurité à la maison.

— Bien sûr, dit-elle, avant de se tourner et de se hâter vers le vestibule.

— Ally ?

Elle s'immobilisa, puis pivota lentement. Il se tenait toujours dans l'ombre.

— Il y a quelque chose dans vos cheveux.

— Dans mes cheveux ?

Elle les toucha et tressaillit.

Du foin.

— Une brindille, murmura-t-elle. Merci. Bonne nuit, répéta-t-elle fermement.

Elle se tourna. S'il l'appelait encore, que ferait-elle ? Que dirait-elle ?

Mais il ne la rappela pas, même si elle sentait sa présence… ses yeux… tandis qu'elle s'éloignait.

Il l'observa jusqu'à ce qu'elle disparaisse.

12

Ally devait admettre qu'elle aimait beaucoup le relais de chasse. Elle adorerait toujours le cottage dans les bois, qui serait toujours sa maison, mais le relais de chasse avait quelque chose de spécial. D'une part, il y avait l'électricité, ce qui signifiait qu'il y avait toujours de la lumière pour lire. D'autre part, sa chambre comportait une salle de bains élaborée, avec une baignoire encastrée, et il y avait toujours de l'eau merveilleusement chaude pour prendre un bain.

Lorsqu'elle s'éveilla, seule, elle fut contente de penser qu'elle avait la maison tout à elle pour la journée. Elle aurait le temps de prendre un bon repas, d'explorer de nouveau le fenil et de chercher son carnet de croquis. Puis elle s'attarderait dans la bibliothèque — sans courir le risque que des yeux curieux veuillent voir ce qu'elle tapait à la machine.

Même si les tantes lui manquaient, elle ne pouvait s'empêcher de savourer cette nouvelle solitude. D'ailleurs, elle était déjà partie plus longtemps lorsqu'elle séjournait au château…

Mais cette fois…

Cette fois, elle allait épouser Mark Farrow. Plus jamais elle ne vivrait au cottage…

Refusant de se morfondre, elle termina son repas de fruits, d'œufs et de muffins, et s'empressa de sortir. Elle devait savoir où se trouvait Bertram avant de pouvoir commencer ses recherches. Elle n'eut aucune difficulté à le trouver : il était en train de tailler une haie devant la maison.

Elle partit vers les écuries, puis hésita, décidant de retourner à la maison prendre un foulard pour couvrir ses cheveux fraîchement lavés, et éviter de récolter des brins de foin comme ceux qui l'avaient presque vendue la veille au soir.

Elle entra au parloir, longea le couloir et se glissa dans la chambre qui était si vite devenue la sienne. Elle alla à la commode, ouvrit le tiroir du haut, puis aperçut un mouvement dans le miroir.

Elle faillit crier.

Le bandit de grand chemin était là, confortablement assis sur son lit, ses jambes bottées allongées sur la courtepointe.

Elle pivota.

— Au nom du Ciel, que faites-vous ici ? Etes-vous fou ? demanda-t-elle, sachant très bien qu'il vivait là, mais déterminée à ne pas lui dire qu'elle avait découvert son identité secrète.

— Chut, fit-il vivement, en se levant pour venir vers elle. Vous ne me trahiriez pas, n'est-ce pas ?

Oh ! ceci était délicieux.

— Jamais, affirma-t-elle solennellement.

— Ils sont partis pour la journée ? demanda-t-il.

— Qui ?

— Lord Farrow et son fils.

Elle hocha la tête.

— Oui, oui, ils sont partis, répondit-elle en paraissant désemparée. Mais c'est de la folie. Vous ne devriez pas être ici. Bertram garde la maison. Et les chiens... comment êtes-vous passé devant eux ?

— J'ai réussi à les amadouer. Même le meilleur chien de garde peut être facilement apprivoisé si on lui offre ce qu'il faut. Je suis passé par ici plus d'une fois, et j'en ai profité. Les Farrow ne sont pas souvent en résidence ici, vous savez ?

— Néanmoins, vous êtes en danger.
— Pourquoi ?
— Bertram est juste dehors.
— Mais il n'entrerait jamais dans votre chambre alors que vous êtes à l'intérieur, Ally. Il frapperait. Il arriverait seulement en trombe si vous criiez ou appeliez à l'aide. Avez-vous l'intention de crier ?
Elle secoua la tête.
Il portait des bottes, des culottes de cheval noires et une chemise de poète écrue, ouverte au col. Elle remarqua qu'il avait jeté sa cape dans un fauteuil près du feu. Sa cravache et son pistolet étaient là également. Il s'était certainement montré méticuleux pour donner le change.
— Je vous l'ai dit, déclara-t-elle doucement. Je ne vous trahirai jamais.
Il sourit au-dessous de son masque.
— Pourtant, vous allez vous marier samedi.
— Comment le savez-vous ?
— C'est dans le journal. Lord Stirling a fait l'annonce, apparemment.
— Je vois.
— Vous avez l'intention d'aller jusqu'au bout ? demanda-t-il.
— C'est une question d'honneur.
— Et connaissez-vous votre futur époux ? Pensez-vous que vous pourrez passer une vie avec lui ? A quoi ressemble-t-il ?
Oh ! elle allait savourer ceci, se dit-elle.
— Il est extrêmement arrogant.
— Cela ne semble guère être un bon parti.
— Abrasif.
— Vraiment ?
— Un homme contrôlé par son propre ego.
— Consternant.
Elle sourit, posant la main sur son torse. Elle fut satisfaite de le voir se crisper légèrement. Elle fit glisser

ses doigts jusqu'à la peau nue de sa gorge, puis les fit descendre, ouvrant un des boutons de sa chemise.

— Je dois épouser cet homme samedi…

— Oui ?

— Même si je crains pour votre vie, je ne peux pas dire que je ne suis pas contente que vous soyez ici. Avec moi. Nous sommes seuls.

De nouveau, la respiration de Mark s'accéléra.

Elle se haussa sur la pointe des pieds, faisant remonter ses doigts jusqu'à son visage. Puis elle posa lentement sa bouche sur la sienne, passant sa langue sur ses lèvres, l'insinuant entre elles.

Ainsi qu'elle s'y attendait, elle se retrouva vite dans ses bras. Elle sentit la ferme pression de ses doigts au creux de ses reins, la serrant contre lui.

Elle se demanda brièvement quelle revanche elle était en train de prendre. Elle était là où elle voulait être. Et cependant…

Il s'écarta soudain, rompant leur contact.

— Vous allez vous marier, lui rappela-t-il.

— Je ne suis pas encore mariée.

— Et donc ?

— Puisque ce moment délicieux nous a été donné, je voudrais le passer avec vous, chuchota-t-elle.

Elle ne savait pas exactement jusqu'où elle voulait pousser sa comédie avant de lui dire la vérité. Mais elle avait découvert sa fascination pour cet homme, en premier lieu, quand il était déguisé en bandit de grand chemin, et elle ne résisterait pas à l'occasion d'aller plus loin avec lui.

La bouche de Mark trouva de nouveau la sienne. La pression de ses lèvres était exigeante et pleine d'énergie. Ally était affamée de ce contact, de la caresse de sa langue, de ses mains sur elle et des siennes sur lui. Elle fit descendre ses doigts sur sa peau et glissa la main dans sa chemise, défaisant les boutons en même temps qu'elle caressait son torse. Elle eut à peine conscience qu'il la soulevait, qu'il s'allongeait avec elle sur la douceur de la courtepointe, son poids à moitié sur elle. Son corps était si ferme, si musclé… Elle avait l'impression que sa peau était en feu tant elle le désirait. Ses yeux, qui brillaient d'un éclat bleu-gris à travers les fentes de son masque, étaient posés sur elle.

Il passa un doigt sur le renflement doux et humide de sa lèvre inférieure. Puis sa main descendit sur les boutons de son corsage et elle retint son souffle, le fixant tandis qu'il procédait lentement, bouton par bouton. Il posa sa paume sur un sein, par-dessus la fine étoffe de sa camisole de soie, et de vives sensations la traversèrent. Elle ferma les yeux. Il prit de nouveau sa bouche, avec une passion encore plus grande. Puis il bougea contre elle avec une ardeur à la fois sauvage et suave, à peine contenue, ses mains glissant sur ses seins, son ventre, ses hanches. Ses lèvres et sa langue lui mirent la gorge en feu avant de taquiner sa chair à travers la soie, caressant un téton durci avec une frénésie érotique. Il la mordilla légèrement et une nouvelle vague brûlante submergea ses sens. Elle n'aurait su dire quand ou comment il avait défait la ceinture de sa jupe, ni comment il avait fait glisser l'étoffe plus bas pour l'écarter. Elle n'avait conscience que du contact de ses mains, brûlantes, douces, fermes, qui caressaient ses hanches, ses fesses. Elle ne s'était pas rendu compte qu'elle lui arrachait pratiquement sa chemise, elle constata simplement qu'elle n'était plus là et que son torse nu était contre elle, contre la soie de sa camisole, et que même cette fine barrière était de trop.

Il se leva, lui enlevant à la fois sa jupe et son jupon. Il lui saisit les pieds, lui ôtant ses délicats souliers, et ses doigts remontèrent le long de ses jambes, de ses cuisses, trouvant ses jarretières, roulant lentement ses bas et les laissant tomber sur le sol où ils atterrirent mollement.

Ally ferma les yeux, mesurant vaguement qu'elle était allée trop loin. Peu importait ! Dans l'euphorie qui l'emportait, elle ne se souciait plus des apparences. Quand

Mark fut de nouveau à côté d'elle, elle s'aperçut qu'il était complètement nu, tendu par le désir, et qu'il posait les mains sur l'ourlet de sa camisole qui était destinée à disparaître, elle aussi.

Elle ouvrit la bouche, enfin, pour former un son, pour parler, protester… pour s'écrier qu'il s'agissait juste d'une vengeance, que cela ne devait pas aller aussi loin.

Mais elle n'émit pas une parole, car il l'embrassa de nouveau. Puis il quitta sa bouche, et ses lèvres furent partout sur sa chair. Elle ne rêvait pas, c'était bien réel. Elle frémissait et tremblait. Elle avait l'impression d'être de l'or fondu et elle brûlait. Elle sentit le contact intime de sa bouche sur son ventre, y dessinant des cercles taquins, allant jusqu'à sa hanche, revenant, et descendant plus bas. Elle glissa une main sur son dos. Sous sa peau, ses muscles se contractaient et se détendaient. Il fit glisser ses doigts le long de sa hanche, les coula entre ses cuisses. Il effleura alors son sexe et elle réprima une exclamation alors que ses lèvres étaient de nouveau prises d'assaut par la passion toute-puissante de son baiser.

Elle gémit, lui glissant ses doigts dans les cheveux, se cramponnant à son dos. La bouche de Mark dessina une ligne de feu de sa gorge à sa poitrine, puis son ventre, ses cuisses… et s'insinua entre elles. Cette intimité la stupéfia et la choqua. La suavité brûlante qu'il faisait naître en elle semblait bouillir et bouillonner au fin fond de son être, se répandre dans ses membres, se contracter et se relâcher, puis monter de plus en plus haut, aveugler son esprit et ses yeux, l'emplir à un point proche de la folie… et exploser en un plaisir sublime et violent qui était l'extase, la déraison.

Elle était encore la proie de spasmes de volupté quand elle sentit la pression de son corps. Il la tenait dans ses bras, ses lèvres trouvant les siennes, farouches et dures, et puis… il fut sur elle. Ses cuisses puissantes étaient logées entre les siennes, il était pressé de tout son long contre elle. Elle sentit d'abord la pointe de son érection contre son sexe puis il la pénétra. Une brève douleur la crispa avant qu'elle ne s'abandonne complètement au rythme sensuel que Mark lui imposait. C'était comme s'il avait deviné ce qu'elle attendait de lui.

Il la détendit par ses caresses. Elle voulut crier son plaisir mais, de nouveau, il la fit taire par un baiser, la douceur de sa langue compensant les secondes de douleur qu'elle avait éprouvées… Rapidement, une sensation douloureusement exquise s'empara d'elle. Le temps semblait figé et elle n'avait plus conscience que de leurs deux corps liés dans un plaisir insondable. Bientôt, le besoin de connaître l'assouvissement se renforça tandis que chaque assaut était plus fort et l'emplissait encore plus. Cette aspiration, cette envie désespérée, ce besoin paraissaient impossibles à supporter. La respiration d'Ally était bruyante et saccadée, son pouls grondait comme une avalanche. Son cœur dérapait, hors de contrôle.

Et, soudain, le monde s'envola. Plus rien n'était réel, à part ce qu'ils vivaient tous les deux.

De nouveau l'explosion de l'orgasme l'ébranla tandis qu'il s'abandonnait, lui aussi.

Tout semblait tourner autour d'elle lorsqu'il s'allongea à ses côtés. Elle était abasourdie. Une fois remise de ses émotions, elle fut effrayée de ce qu'elle avait fait. S'il ne la croyait pas…

Elle n'osa pas ouvrir les yeux. Longtemps, elle se cacha dans ses bras tandis qu'il lui caressait les cheveux tendrement.

Il bougea légèrement. Avec réticence, elle ouvrit les paupières.

Il ôtait son masque.

— Non… attendez…

Mais il était démasqué et la dévisageait.

— Je savais qui vous étiez, murmura-t-elle.

— Je sais.

Surprise, elle s'assit.

— Vous ne le saviez pas !

— Si.

Il sourit.

— Vous mentez.

Prenant soudain conscience de sa nudité, elle attrapa la courtepointe froissée et la ramena sur sa poitrine.

— Vous êtes un menteur. Votre ego ne peut supporter le fait que j'aurais pu désirer quelqu'un d'autre.

— Alors tout cela, c'était pour me donner une leçon ?

— Pas exactement, même si vous en méritiez certainement une.

— Vous vouliez me tourmenter. Eh bien, je suis désolé, mais je le savais. Après tout, cela peut sembler un détail, mais vous étiez dans le fenil des écuries, hier soir.

— Vous ne m'avez pas vue.

— Non, mais les chiens vous ont trahie. Et puis vous êtes rentrée à la maison avec du foin dans les cheveux. Vous avez écouté en douce ma conversation avec mon père.

— Je n'ai pas écouté en douce ! protesta-t-elle, indignée. J'étais coincée.

— Vous auriez pu faire savoir que vous étiez là.

— Ainsi, votre père est au courant de votre vie secrète. Est-il un criminel, lui aussi ? demanda-t-elle, ignorant sa remarque.

— Mon père ? Un criminel ?

Il la regarda fixement. Il n'avait jamais eu davantage l'air d'un fils de comte. Puis il sourit, se mit à rire et tendit la main vers elle. Elle s'écarta, soudain furieuse. Il avait réussi une fois de plus à retourner la situation. Elle avait eu l'intention de se jouer de lui, mais il semblait que c'était lui qui s'était joué d'elle.

— Qu'y a-t-il ? Vous êtes prise d'une timidité subite ?

— J'ai découvert que je vous préférais en hors-la-loi !

— Pourquoi êtes-vous en colère ? Vous vouliez me rendre furieux, me faire croire que vous coucheriez volontiers avec un bandit de grand chemin avant moi.

— Vous *faire croire* ? C'était la vérité.

Il se leva, naturel et à l'aise dans sa nudité. Tout en

muscles de la tête aux pieds, et complètement inconscient de l'effet qu'il avait sur son corps et son esprit.

— Ally…

— Je préférerais être seule.

— Ally, voyons. La plaisanterie était partagée.

— Tout cela est une plaisanterie ?

Il soupira.

— Pardonnez-moi. Vous sentiriez-vous mieux si je vous disais qu'au début je n'étais pas certain que vous m'ayez découvert ? En fait, vous m'avez bel et bien torturé tandis que je me demandais si vous saviez ou non.

Un soudain tintement de cloche la fit sursauter et il fronça les sourcils.

— C'est le téléphone, indiqua-t-il.

Il tendit la main vers la courtepointe.

— Puis-je ?

— Non !

Mais la couverture était partie alors même que son refus franchissait ses lèvres. Il s'en enveloppa et quitta la pièce.

Se sentant soudain glacée et profondément décontenancée, Ally courut dans la salle de bains et ferma la porte à clé. Elle emplit la baignoire d'eau chaude et se plongea dedans avec gratitude, en tremblant. Comme elle le détestait !

Comme elle l'aimait…

On frappa à la porte.

— Ally ?

— Allez-vous-en !

A son étonnement, il le fit. Elle attendit, courbée dans l'eau, certaine qu'il allait revenir. Elle était en colère et voulait le rester.

Elle voulait qu'il lui parle. Elle voulait tout comprendre.

Elle voulait l'aimer pour l'homme qu'il était, comme elle en était venue à aimer l'étrange noblesse d'esprit d'un hors-la-loi.

Mais il ne revint pas. Elle était meurtrie, s'avisa-t-elle,

et elle laissa l'eau détendre ses muscles. Ses pensées se bousculèrent frénétiquement dans sa tête tandis que l'eau refroidissait lentement. Enfin, elle se leva. Elle hésita avant de retourner dans la chambre, mais il n'était pas là. Elle s'habilla rapidement, les doigts gourds.

Lorsqu'elle s'aventura dans le parloir, il attendait.

Il était le fils de comte, cette fois, vêtu d'un beau gilet de brocart et d'une belle jaquette en tweed, de culottes et de bottes d'équitation. Il se tenait devant le feu, son carnet de croquis dans les mains.

Et il lisait.

— Donnez-moi ça ! s'écria-t-elle en marchant vers lui.

Il referma le calepin d'un geste sec. Quand il la regarda, elle eut le sentiment de faire face à un étranger.

— Vous êtes une idiote, dit-il.

Elle se figea, rigide, la fureur bouillonnant en elle.

— Je vous demande pardon ? fit-elle d'un ton glacé.

— Vous êtes retournée au bureau de poste.

— Retournée ?

— Vous portez un masque bien plus dangereux que moi, Ally Grayson, lui lança-t-il. Pourquoi, à votre avis, avez-vous presque été attaquée au cottage ? Pensez-vous que ces gens s'amusent ? Je devrais peut-être vous emmener à la morgue. Voir un homme égorgé vous mettrait sans doute un peu de plomb dans la tête.

— De quoi parlez-vous ?

— A. Anonyme. J'ai été un sot de vous croire quand vous avez nié que l'enveloppe était à vous. Et maintenant... Juste Ciel, vous avez écrit un autre essai.

— J'écris d'excellents essais, lui assura-t-elle avec majesté.

— Vous allez vous faire tuer.

Elle plissa les paupières.

— Je vois. Comme si un bandit de grand chemin ne pouvait être tué un jour.

— C'est complètement différent.

— Ah, oui ? Comment ? Apparemment, vous avez vos

raisons pour vous déguiser et risquer votre vie en arrêtant des voitures. J'ai peut-être moi aussi mes raisons pour risquer ma vie en écrivant mes opinions.

— A. Anonyme appelle un meurtrier contre elle !

— A. Anonyme écrit afin que les gens *réfléchissent.*

— Vous réclamez quasiment d'avoir la gorge tranchée.

— J'écris ce que je vois, ce que d'autres devraient voir, dit-elle avec dignité.

— Vous êtes retournée au bureau de poste. Après l'attaque contre le cottage.

— Je n'ai pas été suivie.

— Ah, oui ? Le coup de téléphone d'il y a un instant était de Scotland Yard. Vous avez été vue.

— Vous m'avez fait suivre ? Comment osez-vous ?

Il secoua la tête.

— Je ne vous ai pas fait suivre. J'ai demandé à Ian d'envoyer un homme pour surveiller le bureau de poste. Vous avez été vue.

— Eh bien, évidemment, si vous avez prévenu la police...

— On vous a suivie depuis le musée. Il se peut que l'on vous ait suivie de nouveau. Mais qu'importe ? On vous a vue une fois, vous pourriez être vue une autre fois.

— Voudriez-vous cesser de vous comporter comme si ce que j'ai fait était un crime ? C'est ce que vous faites, *vous,* qui est illégal.

Il se tint immobile, la fixant.

— Cette conversation est close. Vous n'écrirez plus d'article pour le journal.

Elle secoua farouchement la tête.

— Pas question !

— Vous allez devenir ma femme.

— Je ne cesserai pas d'écrire.

— Je n'ai pas l'intention d'épouser un cadavre.

Ally fut surprise par le frisson qui la parcourut. Elle ne l'avait jamais vu aussi froid et intraitable.

— Je ne vous connais pas, dit-elle doucement. Je ne

vous connais pas du tout. Mais, comme je l'ai dit depuis le début, vous n'êtes pas obligé d'accepter ce mariage.

Elle tourna les talons et se dirigea vers sa chambre, verrouillant la porte derrière elle. Mais une telle précaution était inutile car Mark n'essaya même pas d'entrer.

Quelques minutes après, elle entendit claquer la porte d'entrée. Il était parti.

Pendant un moment encore, elle resta où elle était. Finalement, elle se leva. Elle n'avait plus besoin de fouiller le grenier à foin. Elle était seule dans le superbe relais de chasse. Elle pouvait disposer de la bibliothèque. Elle pouvait lire les magnifiques livres. Elle pouvait écrire…

Oui, elle pouvait écrire. Elle avait le droit de s'exprimer. Elle ne se laisserait pas arrêter par le diktat d'un homme, pas même celui qui devait être son époux.

Elle sortit de sa chambre et se rendit à la bibliothèque. Les chiens étaient à l'intérieur, constata-t-elle. Quand elle s'assit au bureau, Malcolm vint à elle et gémit, puis s'installa à ses pieds. Cara entra en trottinant derrière lui et se pelotonna sur le tapis persan, au milieu de la pièce.

Ally glissa une feuille dans la machine à écrire.

Aucun mot ne vint.

Elle fut stupéfaite et appuya les bras sur la machine, courbant la tête dessus…

Puis elle pleura.

Au bout de quelques minutes, elle se redressa, repoussa ses cheveux en arrière, fixa la machine et commença à taper sur les touches :

« Le monde change. Chaque jour, nous voyons apparaître de nouvelles techniques. L'homme lui-même aspire à rester le même, et cependant, dans ce monde qui change, nous devons opérer des changements. Des hommes vont à la guerre comme soldats — il y a toujours une nouvelle guerre qui guette alors que nous luttons pour maintenir notre Empire — mais les femmes qui veulent se battre sont obligées de défier ce qui est considéré comme la norme en trouvant un déguisement sous lequel approcher du champ de bataille.

» Que nous affrontions une guerre en Asie, en Afrique, en Europe ou plus loin, une chose est certaine : chaque homme et chaque femme doit à un moment donné livrer une bataille intérieure. Bien trop souvent, nous portons des déguisements dans la vie. En fait, il est nécessaire que nous nous déguisions, car c'est souvent cette façade qui nous permet d'accomplir ce que nous cherchons.

» Aimer, c'est voir ce qu'il y a sous le masque sans changer de sentiments. »

Elle s'adossa à sa chaise. Ce n'était pas le genre d'article qu'elle pouvait envoyer à un journal !

Elle considéra fixement ce qu'elle avait écrit et commença à retirer la feuille de la machine, avec l'intention de la froisser.

Puis elle hésita, frappée par une idée.

Les antimonarchistes étaient certains que les monarchistes étaient responsables des meurtres. Les monarchistes étaient certains que les antimonarchistes étaient coupables, une idée qu'elle avait aidé à répandre.

Mais…

C'était l'émotion, pas la logique, qui tendait à gouverner le monde. Les passions à grande échelle avaient de l'emprise sur la politique.

S'ils s'étaient tous trompés ?

Si des meurtres avaient été commis non pas à cause de la politique, mais à cause d'une passion bien plus personnelle ? Jamais elle n'avait connu d'émotions aussi intenses que celles que Mark lui faisait éprouver. Dorénavant, elle connaissait la force de ce sentiment, et ce qu'il pouvait pousser à faire…

Elle comprenait soudain comme il était facile de mêler la haine, la colère à l'amour et au désir. L'efficacité d'une telle arme lui apparaissait désormais dans toute sa splendeur…

Elle hésita, puis ses doigts volèrent sur le clavier.

Elle pouvait se tromper, ou elle avait pu se tromper la première fois. Peu importait. Elle donnait ses opinions, elle ne les présentait pas comme un fait. Elle offrait ses pensées à la discussion, afin que d'autres puissent creuser son hypothèse dans leur propre esprit.

A tort ou à raison, son intention était de faire réfléchir les gens.

Ce soir-là, lord Farrow rentra avant son fils. Ally en fut contente. Elle le salua chaleureusement, mais lui dit qu'elle devait rentrer chez elle.

— Ce n'est pas sûr, protesta-t-il.

Elle sourit.

— Je suis certaine que Mark a un ami ou un policier qui surveille le cottage la nuit, dit-elle, et l'expression du comte lui indiqua qu'elle avait raison. De plus, vous nous avez prêté vos chiens. Ils sont d'excellents gardiens. Je serai en sécurité, comme mes tantes. Je dois rentrer chez moi.

— Mais... dans quelques jours, vous serez *ici* chez vous.

Il s'arrêta, les sourcils froncés.

— Avez-vous décidé de ne pas épouser mon fils ?

— S'il veut de moi *telle que je suis,* je l'épouserai volontiers. Mais ce soir, de grâce, j'ai besoin de rentrer chez moi.

Lord Farrow n'en fut pas heureux, et elle savait qu'il ne comprenait pas sa position.

— Nous irons rendre visite à vos tantes demain.

— Je ne peux pas rester ici, insista-t-elle.

— Nous en parlerons demain matin.

Dans son lit, cette nuit-là, Ally se tourna et se retourna. Elle savait que lord Farrow voulait avant tout la protéger. Il ne la laisserait jamais rester au cottage.

Quand elle s'éveilla au matin, Mark était encore absent.

*
* *

La maison où Hudson Porter, cher vieux camarade de l'armée et bon ami de lord Lionel Wittburg, avait vécu était à un kilomètre environ du village, sur la route de Londres. Ainsi que Ian l'avait assuré à Mark, la gouvernante y travaillait encore tous les jours, attendant l'arrivée des seuls parents de Porter, qui habitaient Boston.

Mark arriva de bonne heure.

— Madame Barker, dit-il en la saluant à la porte.

Elle hocha la tête. Elle savait qu'il devait venir et fit une petite courbette, comme si elle ne savait pas très bien que faire en sa présence.

— Du thé, sir ? Milord... euh, Votre Grâce.

— Non, merci. Asseyons-nous et parlons, voulez-vous ?

Mark s'installa tout en pensant qu'il aurait peut-être dû accepter le thé qu'elle lui offrait, pour détendre l'atmosphère. La femme, aussi maigre et osseuse que Hattie, la gouvernante des Brandon, semblait paniquée, prête à prendre la fuite à tout instant.

— Vous vivez dans la maison ? demanda-t-il.

Elle fit signe que oui, regardant vers la fenêtre.

— Pourquoi n'étiez-vous pas ici la nuit où Hudson Porter a été tué ?

— La police est déjà venue, murmura-t-elle.

— Oui, je sais.

Elle leva les mains.

— Il m'avait donné congé pour la nuit.

— Pourquoi ?

— Il... il voulait travailler. Sans être dérangé.

— Et qu'avez-vous fait cette nuit-là ?

— Je... je suis restée chez une amie.

— Qui est-ce ?

— Linda Good.

— Et où vit-elle ?

— Près du village.

Elle croisa son regard un instant, puis détourna de nouveau les yeux.

— Je… Sir… Votre Grâce… Milord… J'ai déjà répondu tant de fois à ces questions. Quand je suis rentrée, j'ai trouvé M. Porter en haut, la gorge tranchée. C'était horrible. Je… je ne pense plus pouvoir en parler. Il est enterré, maintenant. Il faut le laisser reposer en paix.

Pourquoi cette femme était-elle si nerveuse ? Ian Douglas avait certainement fait vérifier son alibi. Toutefois…

— Où gardez-vous vos clés ?

Elle pointa le doigt. Comme chez les Brandon, il y avait un crochet près de la porte.

— Voulez-vous me montrer, s'il vous plaît, où a eu lieu le meurtre ?

Elle hocha la tête, comme si elle était contente d'avoir enfin quelque chose à faire. Elle le conduisit dans l'escalier.

La pièce ressemblait de manière frappante à celle dans laquelle Giles Brandon était mort. Des étagères garnissaient les murs ; le bureau était au centre. Une porte. Un seul moyen d'entrer, un seul moyen de sortir.

— Merci. Vous pouvez me laisser, dit Mark.

Elle hésita.

— C'est bon, insista-t-il en la fixant.

Finalement, à contrecœur, elle sortit.

Il commença par inspecter le bureau. Il savait que la police l'avait déjà fait et d'ailleurs, au début, il ne trouva rien. Puis, en regardant l'agenda de Porter à la nuit où il avait été tué, il découvrit une note qui lui parut étrange.

« Donner congé à Mme Barker ? »

Pourquoi ce point d'interrogation s'il avait décidé de libérer la gouvernante pour la nuit ?

Il fixa l'agenda, pensant que cela devait avoir un sens quelconque. Puis son esprit dériva. Il était fatigué, ayant passé la majeure partie de la nuit à chevaucher sans but, le ventre noué par la tension.

Ally l'avait captivé dès le premier instant. Son sourire, son esprit vif, le son de son rire, son parfum, tout l'avait ensorcelé. Découvrir qu'une telle femme, belle de toutes les façons, était destinée à être son épouse avait été la chose la plus incroyable au monde. Même le jeu auquel ils avaient joué — savoir, ne pas savoir, les taquineries et les provocations… Ils étaient tous les deux volontaires, enclins à s'échauffer, et l'éclat de défi dans ses yeux était quelque chose qu'il en était venu à aimer…

Mais comment pouvait-elle continuer à provoquer un meurtrier contre toute raison ? Elle avait été prise, et non seulement elle ne montrait pas le moindre remords, mais elle le défiait. Elle était capable de renoncer à une existence sûre, un titre, une position, et également à *lui* pour poursuivre un rêve fuyant. C'était là que les choses coinçaient. Il était tombé amoureux et avait pensé qu'elle était amoureuse aussi, qu'elle finirait par comprendre que l'homme dont elle était tombée sous le charme en habits de bandit était le même que celui qui se cachait derrière le fils du comte de Warren. Il avait même pensé qu'avec le temps ils finiraient par rire de leur première rencontre. Jamais il n'avait ressenti de telles émotions avec une autre femme. Lorsqu'il lui avait fait l'amour, il avait compris qu'avec elle rien ne serait pareil.

Il se retourna vivement, sentant une présence dans la pièce. La gouvernante était revenue, elle se tenait sur le seuil. Il lui sourit.

— Sir… Vous avez l'agenda de M. Porter, murmura-t-elle.

— Oui. Je l'emporte à Scotland Yard. Il sera rendu aux parents de M. Porter quand ils arriveront.

Sur ces mots, il sortit du bureau et la salua, notant au passage qu'elle était beaucoup plus nerveuse qu'elle ne l'aurait dû. Furieux contre lui-même, il se promit d'arrêter de penser à Ally afin de se concentrer sur les meurtres à élucider.

Maudite soit-elle ! Elle avait tort… Elle ne pouvait risquer sa vie d'une manière aussi insouciante, parce que…

Parce qu'elle était devenue une part de lui.

Il décida de retourner à cheval au relais de chasse. Il n'était pas certain de pouvoir se forcer à s'excuser, mais il devait la voir. Lui parler.

La toucher.

Dehors, sur la route en terre battue, en prenant la bride de Galloway, il éprouva un subit sentiment d'urgence.

Par Dieu, oui. Il fallait qu'il aille la retrouver.

13

Lord Farrow ne fléchit pas un instant. Bien que son fils soit absent sans explication, il fit de son mieux pour rester poli et attentif, faisant comme s'il était naturel que Mark disparaisse de temps à autre.

Bien sûr, comme Mark était le bandit de grand chemin, *c'était* naturel.

Alors qu'elle mangeait ses œufs, Ally lui demanda :

— Vous savez que votre fils est le bandit de grand chemin ?

Il la fixa, puis hocha la tête.

— Et vous le savez parce que vous êtes allée dans le fenil.

Elle rougit.

— Lord Farrow, pourquoi ?

Il lâcha un soupir.

— Ce n'est pas à moi de vous le dire. Mark doit le faire. Mais, soyez-en assurée, c'est un secret qui doit être gardé. Même Brian Stirling n'est pas au courant. Croyez-moi, Mark ne ferait de mal à aucun homme ou à aucune femme.

Ally se tut, sachant qu'il ne lui en dirait pas plus.

— Allez-vous en ville aujourd'hui ? demanda-t-elle.

— Il le faut, oui. Mais je vous ai promis de vous emmener voir vos tantes, d'abord.

— En fait, j'aimerais retourner au musée et passer un peu de temps avec lady Camille.

— Savez-vous si elle travaille ? demanda-t-il, surpris.

— Oui, elle sera là. Comme l'exposition vient d'ouvrir, elle sera présente pendant plusieurs jours pour s'assurer que tout est en ordre.

— Je m'inquiète…

— Vous ne devez pas tant vous inquiéter. A Londres, les rues sont animées. Le musée est gardé et j'y connais tout le monde. Je serai tout à fait en sécurité. Je ne peux pas passer ma vie à me cacher.

— J'aimerais que Mark soit ici, murmura Joseph.

— Tout ira bien, affirma Ally.

Lorsqu'ils arrivèrent à Londres, elle lui souhaita une bonne journée et entra dans le musée. Camille travaillait, et elle fut surprise et contente de la voir.

— Que faites-vous ici, alors que vous devez vous marier dans quelques jours ? demanda-t-elle.

Ally sourit.

— Camille, que *devrais-je* faire ? Le mariage a lieu chez vous, je suis certaine que mes tantes travaillent dur à la robe, et… en fait, tout m'échappe.

— J'espérais que…

— Que je pourrais apprendre à connaître Mark ? Eh bien, il n'est pas disponible. Mais je ne veux pas vous déranger. Vous avez votre travail.

— Ally, j'ai entendu parler de ce qui s'est passé au cottage l'autre soir. De grâce, soyez prudente.

— Je le serai.

Elle sourit, quitta le bureau de Camille, traversa en hâte les expositions et sortit dans la rue. Alors qu'elle se serait normalement dirigée vers le bureau de poste, elle changea de direction et alla droit aux bureaux du journal.

Grâce à Thane Grier, elle avait pu repérer les différents bureaux et se rendit donc directement dans les bureaux de la rédaction, espérant qu'il serait là. A son soulagement, il y était.

Il faillit renverser son thé en se mettant maladroitement debout, stupéfait de la voir.

— Miss Grayson.

— Bonjour.

— Soy… soyez la bienvenue.

— Merci.

— Que faites-vous ici ?

— Je voulais lire quelques vieux articles. Serait-ce possible ?

Il haussa les sourcils.

— Oui… si vous avez la patience d'une sainte. Il faut consulter de nombreux journaux pour trouver quoi que ce soit de précis.

— Je ne veux pas remonter très loin. Je veux lire tout ce que je peux sur les meurtres de Hudson Porter, de Jack Prine et de Giles Brandon.

Les sourcils de Grier se haussèrent de nouveau.

— Faites-moi plaisir, dit-elle doucement.

Il leva les bras.

— Je vais vous aider.

— Je ne veux pas vous arracher à votre travail.

— Il y a un bon moment que je fixe les deux mêmes mots, dit-il. Une pause me fera du bien.

Thane la conduisit aux archives du journal et la présenta à l'employée du service, une dame enjouée d'une soixantaine d'années qui fut heureuse de les orienter dans la bonne direction. La salle paraissait immense ; il y avait des boîtes de dossiers partout. Mais la femme savait où tout se trouvait, au moins par dates, et comme ils cherchaient des articles relativement récents, la tâche fut assez facile. A eux trois, ils eurent bientôt empilé une série de journaux sur un bureau et Mme Easton, l'employée, vaqua à ses affaires.

— Que cherchez-vous exactement ? demanda Thane. Je pourrais vous être plus utile si vous m'éclairiez.

— Je l'ignore. J'essaie de lire entre les lignes.

— Ne me dites pas que vous tentez de découvrir qui pourrait être le meurtrier !

Elle haussa les épaules.

— Il n'y a pas de preuve dans les dossiers, dit-il.

Ally hésita.

— Vous rappelez-vous l'affaire de l'Eventreur ?

— J'étais jeune, mais qui peut l'oublier ?

— On a avancé toutes sortes de théories.

— C'est toujours le cas, fit observer Thane.

— C'est vrai. Mais, d'après tout ce que j'ai lu, il est très probable que ces meurtres aient été commis par un individu dérangé, sans aucun rapport avec les hypothèses avancées à l'époque.

Le journaliste fronça les sourcils et secoua la tête.

— Vous m'avez déjà semé.

— Si les meurtres n'avaient rien à voir avec la situation présente ?

— Vous voulez dire le tumulte à propos de la monarchie ?

— Oui. Si les meurtres étaient une couverture ?

— Une couverture ? Pour cacher quoi ?

— Je ne sais pas. C'est pour cela que j'aimerais lire tous les articles.

— Très bien, lisons.

Le temps passa. Au bout d'un long moment, Thane leva les yeux pour regarder Ally.

— J'ai cru un moment que je tenais quelque chose.

— Ah, oui ?

— Des gouvernantes folles, dit-il avec un soupir.

— Mais ?...

— Puis je me suis rappelé Hattie, la gouvernante de Giles Brandon. Elle n'a que la peau sur les os. Je ne pense pas qu'elle aurait pu manier une arme contre lui et le tuer.

— Peut-être n'a-t-elle pas agi seule, suggéra Ally.

— Comment une gouvernante folle force-t-elle quelqu'un à travailler avec elle ?

Elle leva les mains.

— Je ne sais pas.

Il hésita, la fixant.

— J'aimerais que vous travailliez ici, dit-il doucement.

Elle rougit.

— Merci.

La bouche de Thane se releva légèrement.

— Ce que nous devrions faire, c'est découvrir la vérité à votre sujet.

Elle rit.

— Oh ! Thane ! Il n'y a pas de vérité à découvrir sur moi.

Il s'adossa à sa chaise et s'étira.

— Ally — si je peux me permettre —, vous êtes une femme incroyable. Je ne peux pas croire qu'un homme, titré ou non, renoncerait à la chance de passer sa vie avec vous, une fois qu'il vous connaît.

— C'est très gentil.

— Non, non, écoutez. La clé est que l'homme vous connaisse. Mais vos fiançailles avec Farrow ont été décidées il y a des années. Lord Farrow ne pouvait pas savoir que vous deviendriez une telle beauté, une femme aimable et intelligente…

— Thane, de grâce, croyez-moi…

— Si vous étiez le comte de Warren, lieriez-vous votre fils à une orpheline, simplement parce qu'un bon ami a décidé de devenir parrain de l'enfant ? Peut-être que si vous étiez la fille de Brian, issue d'une liaison…

— Je ne suis pas la fille de Brian.

— Comment le savez-vous ?

— A cause de Camille. Si j'étais l'enfant de Brian, s'il avait eu une liaison avant son mariage, ni l'un ni l'autre ne m'aurait rejetée. Ils ont un sens farouche du bien et du mal, et Camille, même en étant son épouse légitime, aurait exigé que tous les enfants du comte soient élevés sous son toit.

— Peut-être que Camille l'ignore.

Thane eut l'air perplexe.

— Néanmoins… il y a quelque chose, insista-t-il.

— Je ne sais pas. Mes souvenirs commencent dans les bois, c'est tout ce que je peux dire. Remettons-nous au travail.

— Etudier l'affaire, oui, murmura-t-il.

Au bout d'un moment, il la regarda de nouveau.
— Vous vous mariez toujours samedi ?
— C'est ce qui est prévu.
— Je n'ai pas été invité.
Elle leva les yeux vers lui.
— Eh bien, c'est mon mariage, alors vous êtes invité.
— Merci.
Soudain, Ally s'aperçut que le temps passait. En fait, elle était restée bien trop longtemps. Elle devait rentrer. Elle se leva et Thane l'imita aussitôt.
— Thane, je dois partir, mais merci beaucoup.
— Reviendrez-vous ? demanda-t-il.
— Je l'espère. Je suis sûre que vous pensez que je ne peux pas être utile, que je ne fais que m'amuser, mais… merci. Merci beaucoup.
— Je vous en prie. Je serai heureux de vous faire plaisir, à toute heure.
En souriant, Ally s'empressa de sortir, se demandant si l'essai qu'elle avait laissé sur le bureau de l'employée était déjà remonté jusqu'au rédacteur en chef, et si son dernier article serait imprimé dans le journal du matin.
Thane la regarda partir.
Et la suivit.

Le temps qu'il atteigne le musée, Mark craignait de perdre la raison.
Quand il était arrivé au relais de chasse, il n'avait trouvé personne. Comme Bertram n'était pas là, et que seuls les chiens montaient la garde, il s'était obligé à se montrer raisonnable. Son père avait dû partir à Londres, où il avait beaucoup à faire. En fait, si Joseph Farrow était resté si longtemps au relais, au lieu de regagner sa maison de ville, c'était uniquement pour s'assurer qu'Ally était en sécurité.
Si son père s'était laissé conduire en voiture par

Bertram, au lieu de partir à cheval, cela devait vouloir dire qu'Ally était avec lui.

Lorsqu'il arriva en ville, la journée touchait à sa fin. Sachant que son père serait certainement au Parlement, il s'y rendit, dans l'espoir de trouver Bertram l'attendant dans la voiture. En effet, il trouva rapidement le cocher, qui l'orienta vers le musée.

Là, il connut un moment de soulagement quand il rencontra Camille.

— Oui, Ally est ici, je l'ai vue. Elle doit être quelque part dans le musée.

Le musée était vaste. Mais personne n'avait vu Ally depuis des heures.

Finalement, alors que le soir commençait à tomber et que l'on approchait de l'heure de fermeture, Mark comprit qu'elle s'était simplement servie du musée comme prétexte pour parcourir la ville, une chose à laquelle, commençant à si bien la connaître, il aurait dû penser plus tôt. Ce n'était pas qu'elle mentait intentionnellement. Elle croyait seulement si fort en elle-même qu'elle essayait de contenter les autres afin qu'ils croient aussi qu'elle était en sécurité, car elle était convaincue qu'elle n'était pas en danger.

Il retourna au bureau de Camille.

— Camille, si elle revient, retenez-la. Sous clé si nécessaire, dit-il.

Puis il quitta le musée. Il commencerait à la chercher au bureau de poste. Visiblement, Ally n'était pas consciente du danger qu'elle courait. Pourtant, si quelqu'un apprenait qu'elle était A. Anonyme…

Ally adorait Londres, l'animation qui régnait dans les rues. A ses yeux, cette ambiance était merveilleuse. Cependant, lorsqu'elle tourna au coin de la rue du musée, l'endroit lui sembla étrangement vide.

Un air de musique lui parvenait des pubs et des

restaurants environnants, on percevait le bruit des sabots dans des rues éloignées, mais la nuit était tombée et une obscurité menaçante régnait dans la ruelle.

Un réverbère brilla un instant… et s'éteignit. Les ombres semblaient devenir plus noires… plus profondes à chaque seconde qui passait.

Elle pressa le pas tout en essayant de se rassurer. Des boutiques étaient encore ouvertes. Des ouvriers buvaient leur bière derrière les portes des pubs. Il ne pouvait rien lui arriver.

Puis elle entendit le bruit d'une voiture qui approchait. Instinctivement, elle se tourna pour regarder. C'était une belle voiture qui longeait lentement la rue. Du fait de la pénombre, elle ne pouvait distinguer le visage du cocher.

Etrange que la voiture avance si lentement. Peu rassurée, Ally accéléra encore le pas.

Bientôt, la voiture arriva à sa hauteur et s'arrêta.

— Alexandra !

Le son de son nom, prononcé d'un ton rauque, lui fit passer des frissons dans le dos. Elle se mit à courir.

La voiture redémarra, la dépassa et s'arrêta.

La portière s'ouvrit. Un homme en descendit. Grand et fort.

— Alexandra !

La voix était grave, enrouée. Tout ce qu'elle vit fut la haute silhouette, avec une cape noire qui flottait autour d'elle. Elle se remit à courir, consciente d'un bruit de pas derrière elle. Elle cria quand elle sentit une main lourde s'abattre sur son épaule.

— Arrêtez-vous !

On la fit pivoter — et elle se retrouva face à lord Lionel Wittburg.

— Lord Wittburg !

Il était échauffé, les yeux fous. Elle se débattit contre son emprise. Il était âgé, mais il avait encore de la force. Elle se rappela qu'il avait été militaire. Il n'avait jamais perdu le physique ni la puissance d'un soldat aguerri.

— Venez avec moi. Il le faut. *Maintenant.*

— Lord Wittburg, vous devez me laisser partir — on m'attend au musée.

— Non, vous devez venir avec moi.

Elle retint une exclamation quand il tendit les bras vers elle, la soulevant. Elle frappa son torse de ses poings, mais il était comme un mur de pierre, la portant et la traînant à moitié vers la voiture.

Soudain, elle fut arrachée à l'emprise de Wittburg et tomba sur la chaussée tandis qu'il lâchait un grondement farouche. Elle prit conscience qu'un deuxième homme était arrivé. Wittburg agitait les poings, comme fou. Mais l'autre homme se courba, se releva et expédia un direct.

Lord Lionel Wittburg s'affala, un bruit doux s'échappant de ses poumons.

— Ally !

C'était Mark. Impossible… mais vrai.

Il vint à elle et l'aida à se remettre sur pied. Il y eut le vacarme d'autres pas, des gens qui sortaient du musée et des pubs voisins, et un homme sauta de la voiture dans la rue.

Mark la tenait serrée contre lui. Elle pouvait entendre battre son cœur. Elle le regarda, mais il fixait lord Wittburg. Son cocher était à son côté, maintenant. Mark la lâcha et s'accroupit près de Wittburg. Il regarda le cocher.

— Que lui a-t-il pris ?

Wittburg grogna et ouvrit les yeux. Il attrapa Mark par les revers de sa jaquette.

— La vérité… il faut qu'elle sache la vérité. Dites-lui la vérité.

— Lord Wittburg, pour l'amour du Ciel, quelle vérité ? demanda Mark d'un ton pressant.

Le vieil homme referma les yeux.

Mark leva la tête vers la foule qui commençait à les entourer.

— Que quelqu'un appelle une ambulance !

*
* *

Lord Lionel Wittburg vivrait ; Mark l'avait simplement assommé de son direct à la mâchoire.

Immédiatement après la bagarre, ce fut le chaos. Les rues étaient emplies de gens. Une ambulance emmena lord Wittburg à l'hôpital, avec son cocher. La police s'entretint avec Mark et Ally. Camille arriva sur les lieux, puis Brian et lord Farrow.

La voiture de lord Wittburg fut saisie par la police, qui la garderait jusqu'à ce que la situation soit éclaircie. Ally insista sur le fait que le vieux gentleman avait simplement voulu lui parler, pas lui faire du mal, mais il n'avait pas semblé être lui-même et, oui, il l'avait effrayée.

Finalement, ils retournèrent dans le bureau de Camille. Hunter, dont le bureau était voisin, les rejoignit.

Tout le monde était gentiment inquiet pour Ally, qui ne cessait d'assurer qu'elle allait bien.

— Je pensais que vous étiez restée au musée, dit Camille.

Il y eut un silence pendant lequel tout le monde la dévisagea.

— Où étiez-vous ? demanda calmement Mark.

Elle craignit de répondre.

— Ally ? insista-t-il.

— Je regardais les vitrines, dit-elle.

Ce n'était pas vraiment un mensonge. Elle en avait regardé plusieurs.

— Il est évident que vous êtes en danger, reprit Mark. Pourquoi êtes-vous si déterminée à le provoquer ? Et les boutiques sont fermées depuis longtemps.

— Je… me suis attardée.

Elle était assise, buvant du thé mêlé de whisky. Camille était à côté d'elle. Les hommes étaient debout et l'observaient avec un air désapprobateur.

— Ally, dit Brian, cela ne vous ressemble pas de causer autant d'inquiétude à ceux qui vous aiment.

Ces paroles la bouleversèrent.

— Pardonnez-moi, dit-elle simplement. Je suis vraiment désolée.

— Si vous êtes aussi désolée, vous pourriez peut-être considérer de dire la vérité, suggéra Mark.

Elle le regarda fixement. Le silence régnait de nouveau.

— J'étais dans les bureaux du journal, dit-elle platement.

— Pourquoi ? demanda Hunter.

— Je parcourais de vieux articles.

Sa réponse parut étonner tout le monde sauf Mark, qui continua à la dévisager. Elle décida de changer de sujet.

— Ce qui s'est passé ce soir est triste, pas tragique, leur dit-elle. Vous devez vous soucier de lord Wittburg, pas de moi. Je pense que le pauvre homme perd l'esprit.

— Bon. Nous ne réglerons rien ici, dit Brian. Nous avons tous besoin de rentrer chez nous, de dîner et de nous reposer.

Le regard que Mark jetait à Ally était glacial.

— Je pense… je pense que je devrais retourner chez mes tantes.

— Le cottage dans les bois ? Non. Voudriez-vous risquer leur vie ? demanda Camille.

— Vous allez revenir au relais de chasse, déclara Mark.

Elle commença à secouer la tête. Les autres, elle le savait, seraient d'accord avec Mark — elle allait devenir sa femme, après tout. Ils ne savaient pas tout ce qu'elle savait, ils ignoraient ce qui s'était passé entre eux.

Elle fut surprise quand Mark vint à elle et la mit debout.

— Ce n'est pas un ordre, Ally. Je vous demande simplement de venir avec moi. Si vous vous souciez un minimum de moi, acceptez, je vous en prie.

Elle fut stupéfaite par la chaleur et l'émotion de ses paroles, et par la passion qui embrumait ses yeux.

Elle constata qu'elle ne pouvait pas parler, alors elle hocha simplement la tête.

— Demain, j'espère, nous trouverons une explication sensée à tout cela, conclut Brian, pragmatique.

Comme il était très tard, lord Farrow suggéra qu'ils passent la nuit à Londres. Ally protesta qu'elle n'avait aucune affaire avec elle, mais comme Kat et Hunter vivaient en ville, Hunter promit de lui faire envoyer des vêtements et des objets de toilette.

Mark attacha son cheval à l'arrière de la voiture avant de s'installer près d'Ally. A la maison, elle rencontra un autre domestique de lord Farrow, un homme charmant nommé Jeeter, qui les accueillit à la porte. Il ne papillonna pas autour d'elle comme une mère poule mais se montra efficace, mettant un repas en route, faisant couler un bain et servant du cognac tout à la fois, sembla-t-il. Bientôt, Ally se retrouva dans une autre chambre élégamment décorée, et tandis qu'elle se lavait de la poussière et de la saleté de la ville, un messager arriva avec des habits propres.

Alors qu'elle se prélassait dans la baignoire, elle perçut un faible bruit de voix à l'étage en dessous : Mark et son père. Elle ferma les yeux.

Mark n'avait rien dit au sujet des paroles de lord Wittburg quand il l'avait accostée. Elle était restée silencieuse aussi, pensant qu'il avait probablement décidé de parler seul à seul avec son père. Il avait été si furieux contre elle parce qu'elle était allée au journal…

Et cependant…

Il avait été là pour la défendre, apparaissant miraculeusement quand elle avait eu des ennuis. Puis il était venu à elle, lui demandant de rester avec lui…

Elle était amoureuse de lui. Quels que soient son nom ou son personnage. Si elle pouvait seulement… apprendre à le comprendre.

Non. Si seulement elle pouvait, d'une manière ou d'une autre, le convaincre qu'il devait l'aimer comme elle était.

— Cette situation ne peut pas continuer, s'emporta Mark lorsqu'il fut seul avec son père. Lionel Wittburg était absolument convaincu qu'il devait parler à Ally. Et quand il m'a regardé, il m'a dit que je devais lui dire la vérité. Quelle vérité, père ? Je dois savoir ce qui se passe. Pourquoi, au nom du Ciel, ne me feriez-vous pas confiance ?

Il posa cette dernière question avec une certaine crispation.

Puis il le regretta lorsqu'il vit combien Joseph Farrow semblait fatigué quand il se laissa choir dans le fauteuil en cuir près du feu, en secouant la tête.

— J'ai juré le secret.

— Père…

— Oui, je sais. Et je te fais confiance. Je t'ai toujours fait confiance, tu le sais. Mais certains secrets doivent être emportés dans la tombe.

— Pas quand ils mettent d'autres personnes en péril.

Joseph resta silencieux un moment.

— Brian Stirling et moi avons accepté qu'Alexandra et toi soyez promis l'un à l'autre parce que… la reine l'a demandé.

— La reine ?

Joseph s'adossa à son fauteuil. Mark s'installa en face de lui, attendant qu'il parle. Finalement, son père le regarda.

— Dans beaucoup d'histoires, il y a un grain de vérité. Tout cela est arrivé quand tu étais jeune et qu'Ally n'était qu'une enfant. Cela remonte à l'Eventreur.

— L'Eventreur ? répéta Mark, ahuri.

— Je te le jure, l'homme que la police croyait être Jack l'Eventreur est mort. Ne t'es-tu jamais demandé pourquoi l'enquête s'est arrêtée peu après la mort de Mary Kelly ?

— Elle ne s'est pas exactement arrêtée, dit Mark.

Mais son père avait raison. Il était jeune, à l'époque. Néanmoins, beaucoup de ceux qui étaient impliqués avaient allégué le fait que le meurtrier jamais identifié était mort.

Son père relâcha son souffle.

— Beaucoup ont essayé de créer un lien entre les meurtres et la Couronne.

— Vous n'allez pas me dire que la Couronne était impliquée ? demanda Mark. Et comment savez-vous tout cela ?

— Parce que lady Maggie a presque été tuée par l'assassin. Dieu merci, le meurtrier a perdu la vie à la place. Je ne connais pas tous les détails de cette horrible époque. Je n'ai jamais demandé à Maggie ou à James de tout expliquer. Il n'y a pas de preuve absolue, aucun moyen de clore vraiment le chapitre. Mais l'homme est mort près du cottage où Ally a grandi. En dépit des rumeurs, il n'y avait pas de conspiration impliquant la Couronne, mais la théorie est née du fait que le prince Eddie a bien contracté une forme de mariage avec une catholique appelée Annie. Comme tu le sais, le prince est finalement mort de la syphilis. Et Annie… n'allait pas bien. En plus, un mariage catholique n'était pas légal.

Mark dévisagea son père.

— Vous me dites que l'enfant de cette liaison, dont parlaient les rumeurs, est… Ally ?

Joseph hocha la tête.

— Elle devait être protégée, vois-tu ? dit-il doucement. Comme on me l'a confiée, je te confie maintenant cette information. Mais la vérité ne pourra jamais être connue.

Il soupira.

— N'as-tu pas vu combien les gens deviennent fanatiques parfois ? Comment des hommes peuvent laisser leur idée d'un bien supérieur les conduire à des meurtres haineux ? Il y a ceux qui craignent — comme ils l'ont fait à travers les siècles — qu'une connexion catholique avec la lignée royale soit dangereuse. Il n'y a aucune raison que nous laissions la vérité sur le lignage d'Ally être rendue publique. Elle devrait mener une vie libre du fardeau des craintes et des péchés du passé. Personne ne doit le savoir. Mais elle est la petite-fille de la reine. Une jeune femme brillante, et une beauté. Elle ne doit jamais être mise en danger par sa position ou blessée par son illégitimité. Nul ne doit savoir. C'était la requête de la reine.

— Il y a manifestement d'autres personnes qui connaissent la vérité. Lionel Wittburg, pour commencer. Et j'aurais été en bien meilleure situation de comprendre et de protéger Ally si j'avais connu la vérité, aussi.

— Je suis désolé. J'avais donné ma parole, et je ne la donne pas à la légère.

Mark baissa la tête. L'histoire racontée par son père était fantastique. Il trouvait toute cette situation presque impossible à croire. Il secoua la tête.

— Alors lord Wittburg… Aucune de ses… divagations n'a à voir avec des événements actuels ? Dans son esprit, il a vu l'état des choses maintenant et l'a confondu avec quelque chose qui est arrivé dans le passé ? Il mélange les deux — suspectant que la monarchie a pu être impliquée autrefois et donc qu'elle peut être impliquée à présent ?

— Je ne sais pas, répondit Joseph. Je ne sais tout simplement pas.

Mark se leva et alla à la cheminée, contemplant les flammes.

— Nous l'avons arrêté l'autre jour, vous savez ? Il n'a pas dû rapporter l'incident à la police, car je ne l'ai ni vu ni entendu mentionner. J'ai fouillé sa voiture. Pas une trace de sang. Ian reste convaincu que le meurtrier a quitté chaque scène de crime en voiture. Je crois qu'il a raison. Mais… je suis allé voir la gouvernante de Hudson Porter, aujourd'hui, et elle s'est comportée très étrangement.

— Alors nous ne sommes pas plus près de la vérité ?

Mark haussa les épaules.

— Je sens que nous sommes plus près, mais quelque chose nous échappe. Quand j'ai parlé à cette femme aujourd'hui, je me suis surpris à penser qu'il pouvait s'agir d'une conspiration de gouvernantes. Mais ces hommes ont été tués par quelqu'un de fort. Et puis il y a Ally. Le cottage dans les bois a-t-il été attaqué parce qu'elle a soudain été considérée comme un danger à cause des événements actuels, ou parce que quelqu'un a eu connaissance de sa naissance ? Ou les deux sont-ils reliés d'une certaine façon ? Certains ont-ils été trop prompts à supposer que, puisque les victimes étaient antimonarchistes, la Couronne était impliquée ? D'autres ont-ils été trop enclins à penser que des martyrs d'une cause lui donneraient plus de portée ? Attirer l'attention sur le passé oblige à voir que ce qui paraît évident n'est pas toujours la vérité.

Joseph le regardait en fronçant les sourcils.

— Quoi ? demanda Mark.

— Tu ne sembles pas concerné… par l'identité d'Ally.

— Seulement si elle la met en danger.

Mark secoua la tête.

— Peu m'importent qui étaient ses parents. C'est elle qui compte pour moi.

Joseph sourit lentement.

— Vous devriez vous marier et quitter le pays. Aller sur une lointaine colline en Amérique, trouver un endroit en Australie. Vous éloigner de tout cela. Laisser les autres régler les choses.

— Nous ne pouvons pas le faire, dit Mark. Nous ne pouvons pas passer le reste de notre vie à regarder par-dessus notre épaule, en nous posant des questions.

Il se tut, voyant Ally apparaître au sommet de l'escalier. Joseph suivit le regard de son fils, l'aperçut et se leva.

— Ally, vous semblez rafraîchie et vous êtes charmante, dit-il d'un ton enjoué.

Mark pouvait voir son visage, et il sut qu'elle avait conscience d'avoir été le sujet de leur conversation. Mais il lut dans ses yeux la détermination de s'en tenir à la légèreté de ton de son père.

— C'est une maison magnifique, dit-elle en descendant les marches. Et ma chambre est ravissante. Vous êtes toujours un hôte délicieux, lord Farrow.

— Voyons si Jeeter nous a concocté un repas, voulez-vous ? demanda le comte en lui offrant son bras pour l'escorter dans la salle à manger.

Au milieu du dîner, Joseph demanda à Ally si elle était affligée que l'organisation de son mariage ne soit pas entre ses mains.

Elle rit.

— Carlyle Castle est un endroit magique pour célébrer un mariage. Les tantes auraient le cœur brisé si elles ne pouvaient pas mettre tout leur talent dans une robe. Je ne suis pas du tout affligée. Ce sont les vœux que les mariés partagent. Le reste est pour les autres, et si cela les rend heureux d'organiser, cela me rend heureuse aussi.

Le repas terminé, Joseph annonça qu'il se retirait. Ally souhaita une bonne nuit aux deux hommes et le précéda dans l'escalier.

Mark suivit plus lentement, un verre de cognac à la main. Il savait qu'il ne dormirait pas. Connaître le passé d'Ally ne le tourmentait pas le moins du monde. Il n'était pas contrarié par sa naissance illégitime, ni impressionné qu'elle soit apparentée à la royauté. La vérité n'était pas toujours aussi importante qu'elle aurait dû l'être, même s'il savait que la découverte de la vérité pouvait être accablante.

La journée avait été longue. Il fit couler un bain, sirota son cognac et essaya d'empêcher sa tête de tourner.

Monarchistes.

Antimonarchistes.

Gouvernantes.

Jack l'Eventreur.

Théories sur des conspirations.

La véritable identité de Jack l'Eventreur restait inconnue. Même ceux qui étaient convaincus de connaître la vérité n'étaient pas *absolument* certains de ce qu'ils avançaient. Mais la plupart de ceux qui avaient accès aux faits tendaient à agréer que le tueur implacable n'avait pas été un prince devenu fou, ni même un tuteur de ce prince. Il avait été un individu dérangé, probablement un homme inconnu hors de son petit monde.

Où cela le conduisait-il ?

Peut-être que les meurtres actuels n'étaient pas à grande échelle. Peut-être…

Peut-être que l'angle politique n'était qu'une façade pour cacher quelque chose de bien plus banal.

Il se leva et se sécha.

Ally.

Il avait peur pour elle.

Il hésita, puis enfila des culottes et sortit dans le couloir. Il parcourut les quelques pas jusqu'à sa porte. Elle n'était pas fermée à clé. Il entra.

Elle portait une simple chemise de coton blanc envoyée par lady Kat, ses cheveux propres étaient étalés sur les oreillers. Elle était l'image même de la provocation, bien qu'elle en soit inconsciente. Mark s'avança jusqu'au lit et la regarda. Elle avait les yeux ouverts et l'observait.

Au bout d'un moment, elle lui adressa un sourire contraint.

— Votre père n'est pas loin, lui rappela-t-elle doucement.

— Je n'ai pas à m'excuser de prendre ce qui est à moi — ce que j'aime, dit-il à voix basse.

Il s'étendit à côté d'elle. Elle se tourna vers lui, ses lèvres se relevant sensuellement en un petit sourire.

— C'est vrai ? murmura-t-elle.

— Que je vous aime ? Oui. Certains pourraient dire que c'est absurde. L'amour ne peut pas être aussi facile, aussi rapide. Mais moi, je leur dirais d'aller au diable. Est-ce que je vous aime ? Oui. Est-ce que vous me contrariez ? Absolument.

Elle leva la main, ses doigts élégants se posant légèrement sur son visage, dessinant sa chair d'un toucher si délicat et provocateur qu'il se crispa.

— Je vous aime aussi, dit-elle. Et, en fait, c'est tout à fait agaçant, parce que vous avez cette noble arrogance, ou peut-être est-ce simplement une *mâle* arrogance…

— Peut-être pourrions-nous en décider au cours des quarante ou cinquante prochaines années ? demanda-t-il en lui posant ses doigts sur les lèvres pour la faire taire.

Il fut surpris lorsqu'elle s'assit, tirant la chemise blanche par-dessus sa tête et la jetant de côté. Dans l'ombre et le clair de lune, son corps luisait — sa gorge, ses épaules, ses seins pareils à une sculpture parfaite. Ses cheveux brillaient d'un étrange éclat, telle une cape qui ne la recouvrait pas mais qui était faite pour aguicher.

Elle s'appuya contre lui et prit l'initiative, ses seins nus pressés sur son torse, des mèches dorées taquinant sa chair nue tandis que son visage restait un moment au-dessus du sien. Puis elle abaissa ses lèvres et effleura les siennes d'une caresse.

L'essence même de l'être de Mark parut trembler et se contracter. Il lutta pour rester immobile, pour la laisser le taquiner… le toucher… le goûter. Elle se glissa contre lui, bougea son corps d'une façon sinueuse le long du sien. Ses actions étaient instinctives. Il pria que ceci soit plus que de la simple passion physique, qu'elle se fie à lui, que leurs batailles soient tempérées par les émotions sous-jacentes.

Il cessa de penser, ses idées tombant dans l'oubli tandis que de pures sensations l'emportaient. Elle lui caressait le torse de ses lèvres ; ses dents mordillaient légèrement sa nudité. Ses doigts descendirent le long de son corps, s'arrêtèrent sur la ceinture de ses culottes enfilées à la hâte, l'ouvrirent, glissèrent plus bas…

Il la prit dans ses bras, se débarrassant de la détestable barrière des vêtements qui séparait leurs peaux nues. Il aperçut son visage au clair de lune et la serra contre lui, ses lèvres cessant d'être tendres pour être avides et tourmentées. Il la toucha à son tour, ses mains moulant chacune de ses courbes. Les doigts d'Ally se refermèrent sur ses fesses et elle le pressa contre elle, son autre main glissant d'abord le long de son érection, tentatrice, puis devenant plus téméraire pour le saisir et le caresser.

Il la mit sur le dos et la pressa dans le matelas, avide de goûter sa chair. Elle lui retourna son assaut et glissa de nouveau le long de lui, plus bas, toujours plus bas… suivant de ses lèvres une ligne imaginaire.

Leur étreinte était farouche, désespérée… et tendre. Le monde ne devint rien d'autre que le besoin d'atteindre les sommets de la volupté, puis de redescendre en douceur. Et le désir renaissait aussitôt. Mark ne pouvait cesser de la toucher, d'aspirer à ses lèvres…

Encore et encore, les ombres de la chambre abritèrent avec bienveillance les orgasmes les plus explosifs… pour les ramener ensuite en un lieu moins frénétique où la plus légère caresse était un trésor. Même lorsqu'ils furent épuisés, ils restèrent allongés ensemble, merveilleusement unis et, en silence, ils savourèrent le contact de leur chair.

Ils ne parlèrent plus cette nuit-là, tous deux tacitement d'accord sur le fait que certains moments devaient être chéris et non remis en question, jamais.

14

Ils prenaient leur petit déjeuner quand le téléphone sonna.

Lord Farrow sursauta, puis leva les yeux au ciel.

— Je ne m'habituerai jamais à ce tintamarre, déclara-t-il.

Quelques secondes plus tard, Jeeter entra dans la petite salle à manger.

— C'est le détective Douglas, dit-il à Mark.

Ce dernier marmonna quelques mots d'excuse et disparut. Quand il revint, il paraissait troublé.

— Eh bien ? demanda son père.

— Je ne peux pas le croire… Ils ont fouillé la voiture de lord Wittburg. Ils ont trouvé une cape noire tachée de ce qu'ils pensent être du sang. Et des taches de sang autour de la voiture.

Joseph fixa son fils dans un silence stupéfait.

— *Lionel* ?

Ally secoua la tête.

— Non, c'est impossible.

— J'ai du mal à le croire moi-même. Il n'a pas pu devenir aussi fou. Il n'est pas agile — et son cocher nie l'avoir jamais pris près d'un des lieux des crimes.

— Lord Wittburg n'était pas dans son état normal, Mark. Ce qu'il disait n'avait pas de sens. Mais je ne crois pas qu'il me voulait du mal, insista Ally.

— Il est à l'hôpital, dit Mark.

Il se rassit mais ignora son petit déjeuner, paraissant distrait.

— Je dois y aller. Père…

— Je n'ai rien d'urgent aujourd'hui. Je pense que je vais emmener Ally voir les tantes.

Elle acquiesça, bien qu'elle eût largement préféré accompagner Mark. Quelque chose clochait. Malgré les apparences, Ally ne pouvait croire que lord Wittburg était le coupable.

— Mark, est-ce que… La police aurait-elle pu… Pensez-vous que…

— Que la police a falsifié des preuves ? Je ne le crois pas non plus, répondit-il. Pardonnez-moi. Je dois y aller.

Son père hocha la tête. Mark se levait pour partir quand Jeeter entra avec le journal. Mark prit le quotidien, certainement pour s'assurer que la nouvelle de l'arrestation imminente de Lionel Wittburg n'avait pas encore paru.

Mais, lorsque Mark leva sur elle un regard glacial, elle comprit que son propre article avait été publié. Troublée par la colère qu'elle lisait dans les yeux de son fiancé, elle baissa la tête.

— Il semble qu'A. Anonyme ait écrit de nouveau, déclara-t-il d'un ton acéré. Nous en parlerons plus tard, Ally.

Sur ces mots, il jeta le journal sur la table et sortit à grands pas. Ally brûlait de le prendre, mais lord Farrow avait déjà tendu la main.

— Les essais de cet individu sont très bons. Qu'est-ce qui a déclenché la colère de Mark ? murmura-t-il. Il n'y a rien sur lord Wittburg, Dieu soit loué, ajouta-t-il avec soulagement. Cet article d'opinion est cependant très intéressant. L'auteur suggère que le meurtrier pourrait avoir un mobile complètement différent de celui qu'on imagine.

Il se plongea dans la lecture de l'article, tandis qu'Ally sentait son estomac se nouer. Elle repoussa son assiette.

— Excusez-moi, lord Farrow, je vais me préparer, dit-elle avant de quitter précipitamment la table.

Comme elle aurait souhaité être seule en cet instant !

Hélas, elle savait qu'aujourd'hui lord Farrow ne la quitterait pas des yeux.

A l'étage, elle se mit à faire les cent pas dans sa chambre. Mark était de nouveau furieux contre elle. Il était douloureux de penser combien ils étaient devenus proches... comment il pouvait chuchoter qu'il l'aimait... et puis de le voir exploser ainsi, d'un seul coup. Elle n'avait rien fait de mal, se dit-elle. En fait, s'il n'avait pas été là, elle n'aurait même pas écrit un tel essai.

Soudain, on frappa à la porte. C'était lord Farrow.

— Ally ? Etes-vous prête ?

Elle avait dû rester à ruminer dans sa chambre plus longtemps qu'elle ne le pensait.

— Oui, oui, bien sûr.

Durant le trajet jusqu'au cottage, Ally se donna du mal pour trouver des sujets de conversation anodins. Mais ses efforts s'avérèrent inutiles. Lord Farrow semblait s'être plongé dans une profonde réflexion. Après la première demi-heure, elle fut contente de pouvoir garder le silence pour se plonger elle aussi dans ses pensées.

Lorsqu'ils arrivèrent à destination, Ally retint un cri de surprise. Un homme était assis sous le porche du cottage, taillant un bâton.

Il parut également étonné de voir la voiture et se leva lorsqu'ils approchèrent.

— Patrick, dit lord Farrow. C'est bon de vous voir.

Ally dévisagea le grand rouquin. Il se tourna vers elle, rougit puis lui offrit un sourire contraint en tendant la main vers elle.

— Patrick MacIver, miss Grayson.

— Patrick est un bon ami de Mark, ma chère.

A cet instant, Ally rit, comprenant qu'ils s'étaient déjà rencontrés.

— Un bandit de grand chemin, je crois ?

Patrick pâlit et regarda lord Farrow.

— C’est bon, Patrick.

Le rouquin haussa les épaules.

— Nous nous sommes déjà rencontrés, murmura-t-il.

Elle lui sourit. Cet homme ne méritait pas d’être blâmé.

— Je suppose que vous êtes ici pour garder mes tantes. Merci.

Il se détendit et ses joues reprirent une teinte normale, tandis que son sourire se faisait chaleureux et sincère.

— J’ai cet honneur. Nous sommes trois à être chargés de cette tâche, et ce que nous prenions pour un simple devoir est devenu un pur plaisir. Elles paraissent si délicieuses, pourtant elles sont malignes. Elles nous ont immédiatement repérés. Je suis prêt à parier que nous avons tous pris dix livres, et nous aurons de beaux gilets neufs pour le mariage.

Ally n’eut pas l’occasion de répondre. Les sœurs avaient entendu arriver la voiture. Violet sortit la première, faisant de grands gestes avant d’enlacer Ally. Merry était derrière elle, et Edith fermait la marche. Les deux chiens-loups bondissaient après elles, aboyant et agitant leur grosse queue avec une frénésie qui aurait bien pu renverser quelqu’un.

Quand Ally entra avec les tantes, lord Farrow resta dehors avec Patrick, et elle sut que son futur beau-père parlait des derniers événements avec l’homme. Elle dut se retenir pour ne rien dire aux trois sœurs. Elle ne tenait pas à leur gâcher leur plaisir. Elle les laissa donc bavarder au sujet de sa robe, de la beauté des tissus, et insister pour qu’elle ne la voie pas avant de s’habiller le samedi matin.

— Ce mariage ne va pas être aussi grandiose que ce qui avait été prévu, dit Merry, en secouant la tête un peu tristement.

— Mais ce sera néanmoins magnifique, dit Edith.

— Une très belle cérémonie, déclara sagement Violet.

Ally rit et les étreignit toutes les trois.

— Le principal est que vous soyez là, mes chéries !

— Oh ! mais lord Stirling devra être là aussi — pour te remettre au marié, dit Merry, ouvrant de grands yeux.

— Bien sûr, je veux que mes tuteurs soient là, aussi. Mais très sérieusement, mes douces… vous êtes ma vie.

— Oh ! fit Merry en se mettant à renifler.

— Ne commence pas à pleurer, l'avertit sévèrement Violet, avant de tirer son propre mouchoir.

Edith lâcha un sanglot.

— Oh ! s'il vous plaît, s'il vous plaît, dit Ally en les enlaçant maladroitement toutes les trois.

— Mais… nous perdons notre bébé.

— Vous ne me perdrez jamais.

La bouilloire se mit à siffler, leur permettant ainsi de se ressaisir.

— Le thé ! s'exclama Violet avec un peu trop d'enthousiasme.

— Les scones sont dans la boîte à pain, chérie, dit Merry à Ally, qui s'était levée pour aider. Juste Ciel, nous allons être si occupées les deux prochains jours. Demain, nous avons la vente de charité de lady Maggie. Ensuite, je suppose qu'il vaudrait mieux que nous allions directement au château quand nous aurons fini. J'espère que cela conviendra à lord Farrow. Mais comment pourrons-nous tout faire tenir en deux jours ?

— Je devrais avoir honte, dit Ally. J'avais complètement oublié la vente de charité.

— Grands dieux, mon enfant, dit gravement Violet. Ne sois pas ridicule. Il se passe tellement de choses dans ta vie. En fait, tu ne devrais pas venir du tout.

— Je dois y aller. J'y suis allée chaque année depuis… aussi longtemps que je m'en souvienne.

— Nous demanderons à Mark, dit Edith.

— Non. Nous ne demanderons à personne. C'est l'événement de lady Maggie et j'y serai.

— Mais ton mariage a lieu le lendemain ! protesta Edith.

— Et qu'ai-je d'autre à faire que d'y assister ? répliqua Ally en riant. On s'est occupé de tout pour moi.

Les tantes échangèrent des regards sceptiques.

— Eh bien…, fit Violet, et les deux autres l'imitèrent.

— C'est décidé, déclara fermement Ally.

— Alors peut-être que lord Farrow ne verra pas d'inconvénient à transporter la nourriture que nous avons préparée, murmura Merry.

— Lord Stirling enverra sa voiture dans la matinée, comme toujours, lui rappela Edith.

Ally remarqua soudain toutes les boîtes et tous les récipients dans la cuisine. Il ne faisait aucun doute que les tantes s'étaient activées. Les pauvres de l'East End ne recevraient pas seulement à manger ; ils recevraient des délices. Brusquement, elle rit et les étreignit encore, une par une.

— Vous ne me perdrez jamais, leur promit-elle. Je suis la plus heureuse du monde, et la plus chanceuse de vous avoir eues.

Elle s'écarta quand elle entendit Merry renifler de nouveau.

— Le thé. Et nous devons faire entrer Bertram, aussi. Si nous n'allons pas le chercher, il va lire sur son banc et oublier qu'il a besoin de se nourrir, dit-elle.

Violet mit les mains sur ses hanches.

— Je vais m'assurer qu'il entre.

Ally sourit. Bertram ne pourrait échapper à la détermination de sa tante.

Assis dans le bureau de Ian, Mark fulminait toujours. Le détective était penché sur le journal, plongé dans la lecture de l'article d'A. Anonyme.

Que devait-il faire pour faire comprendre à Ally qu'elle courait un grave danger ?

— Excellent article, signala Ian en levant les yeux. Sauf, bien sûr, que nous savons maintenant que lord Lionel est coupable de meurtre, aussi triste que ce soit. Pauvre homme. Il a perdu l'esprit.

Mark dévisagea son ami en silence. Au bout du compte, n'était-il pas furieux parce que Ally était parvenue à la même conclusion que lui ? Et si, tous, ils avaient pris des arbres pour la forêt ?

— Vous êtes allé parler à lord Wittburg, j'imagine ? demanda-t-il.

— Bien sûr. Il nie tout.

— Je pense qu'il dit la vérité.

— Mark, nous avons trouvé la preuve.

Mark secoua fermement la tête.

— J'ai arrêté sa voiture l'autre jour. Il y avait une cape, mais pas de sang. La preuve a été placée dans la voiture plus tard.

Ian se raidit.

— Mark, nous ne résolvons peut-être pas tous les crimes, mais je me porte garant de tous mes officiers !

— Je ne suggère pas que vos officiers ont fait quoi que ce soit.

— Eh bien, alors ?

— Il a régné un certain chaos dans la rue. Une foule s'est formée à la suite de l'incident.

— Très bien. Comment celui qui détenait cette preuve, qui qu'il soit, savait-il que la voiture de lord Wittburg serait là ? demanda Ian.

Mark se leva.

— Il faut que je voie Lionel.

Ian secoua la tête.

— Mark, vous ne voulez pas que ce soit lui, c'est tout.

— Non. Je ne peux pas croire que ce soit lui. J'ai besoin de lui parler.

— Bien sûr, lâcha Ian dans un soupir. Voulez-vous que je vienne avec vous ?

— Oui. Je veux que vous entendiez ce que j'entendrai. Mais je veux aussi que vous mettiez vos hommes sur des relevés de banque.

— Des relevés de banque ?

Mark tapota le journal.

— Vous avez bien dit que c'était un excellent article, n'est-ce pas ? Or, l'auteur suggère que nous cherchons des mobiles élevés quand il s'agit peut-être de quelque chose de plus personnel. Trouvez qui a bénéficié de la mort de chaque homme. Nous savons par la gouvernante qu'Eleanor Brandon *semblait* adorer son mari. Mais il était grossier avec elle. Je ne sais rien de la relation de Jack et Elizabeth Prine.

— Hudson Porter n'était pas marié, précisa Ian. A quoi pensez-vous ? Vous n'imaginez tout de même pas que ces femmes ont conspiré ensemble pour tuer leur mari ?

— Quelqu'un d'autre était impliqué, quelqu'un qui voulait peut-être faire avancer la cause des antimonarchistes. Mais je pense qu'il serait bon de découvrir qui a bénéficié financièrement de ces morts.

— L'argent de Giles Brandon lui venait de sa femme.

— Et peut-être qu'elle voulait le reprendre… ou peut-être que je m'égare mais, avant que nous pendions lord Wittburg, je voudrais être certain que nous connaissons la vérité.

L'après-midi était délicieux et, en dépit de son état d'agitation, Ally savoura la compagnie de ses tantes.

Une fois qu'elles eurent bu le thé en compagnie des hommes, Ally s'apprêtait à débarrasser quand le plus grand des chiens, Sylvester, bondit vers la porte.

— Qu'y a-t-il, mon beau ? demanda-t-elle. Un besoin naturel ?

Elle lui ouvrit la porte et sortit. Il se mit à aboyer, puis détala vers l'un des sentiers. Ally le suivit et s'arrêta, certaine d'avoir entendu bruire des feuilles dans la forêt.

— Sylvester ! appela-t-elle.

Le chien ne revint pas.

— Sylvester !

Bientôt, la femelle passa en courant devant elle tandis que lord Farrow la rejoignait, l'air inquiet.

— Patrick ! appela-t-il d'une voix tendue.

Patrick apparut aussitôt.

— Vous êtes armé ? demanda le comte.

Patrick hocha la tête, écartant le pan de sa veste pour montrer son pistolet. Lord Farrow opina et tous deux partirent sur le sentier, suivant la chienne Millicent. Ally commença à suivre aussi.

— Retournez au cottage, lui ordonna lord Farrow.

— Mais…

— Je vous en prie. Bertram ne vous quittera pas, ni les tantes, assura-t-il.

Elle obéit, les observant s'éloigner dans la forêt. Soudain, elle sentit une présence derrière elle et se retourna vivement. C'était Bertram.

— Miss… Il vaudrait mieux que vous soyez à l'intérieur. Ce n'est peut-être rien, mais…

Elle soupira et retourna au cottage. Les tantes rangeaient encore, n'ayant pas conscience que quelque chose n'allait pas.

— Veux-tu prendre ce pot de confiture, chérie ? demanda Merry.

— Bien sûr, répondit-elle.

Elle aida dans la cuisine, tout en tendant l'oreille.

Quelques minutes plus tard, la porte du cottage s'ouvrit et les chiens entrèrent en bondissant. Lord Farrow et Patrick suivaient, se parlant sur le ton de la conversation.

Ally fixa le comte.

— Je pense que j'apprécierais une autre tasse de thé, si c'est possible, dit-il. Violet ?

Frustrée, Ally le dévisagea, ainsi que Patrick, qui haussa les épaules. Elle soupira, irritée de ne pas être mise dans la confidence.

Assis au chevet de lord Wittburg, Mark esquissa un sourire. L'homme semblait avoir terriblement décliné. C'était facilement compréhensible quand on prenait en compte le fait qu'il était soigné dans un service où l'on gardait les criminels fous.

L'odeur était horrible. Et même s'il avait été installé dans une chambre privée — avec des barreaux — les cris et les hurlements des déments ne s'entendaient que trop.

Lord Wittburg ouvrit des yeux fatigués et le regarda.

— Mark, murmura-t-il.

— Lord Wittburg.

Finalement, il n'avait peut-être pas perdu la raison.

— Que j'en sois arrivé là.

— Lord Wittburg…

— Je n'ai assassiné personne, Mark.

— Je le sais, milord.

Lord Lionel lui prit la main et la serra.

— Je vous crois, murmura-t-il d'une voix faible. J'aurai besoin d'une excellente défense.

— Lord Wittburg…

— Ces choses ont été placées dans ma voiture, reprit-il faiblement en dépit de la colère qui brillait dans ses yeux.

— Par qui ? ne put s'empêcher de demander Ian, de la porte.

Mark se pencha.

— Milord, quelqu'un savait-il que vous chercheriez Ally à proximité du musée ?

Lord Wittburg ne répondit pas. Il avait fermé les yeux. Mark pensa qu'il somnolait.

— J'ai vu le type du journal. Il était dans la rue, dit brusquement Lionel.

— Quel type ? demanda Mark.

— Grier. Thane Grier.

— Quelqu'un d'autre ?

Wittburg relâcha son souffle.

— J'étais allé au club.

— Oui ?

— J'ai parlé à Doyle. L'auteur. Arthur Conan Doyle. Un homme triste. Sa femme est très malade.

— Qui d'autre était là ? demanda Mark.

— Oh… les gens habituels. Sir Angus Cunningham est passé, ce qui est moins courant. Mais sir Andrew Harrington l'avait invité à prendre le thé… Il se passe tant de choses, ces temps-ci.

— Quelqu'un d'autre ?

— Les habitués.

Lord Wittburg referma les yeux et sourit.

— Pas de femmes, cependant. Les hommes parlent du monde qui change, mais leur club est toujours un sanctuaire interdit aux femmes !

— Lord Wittburg, pouvez-vous penser à autre chose ? Pourquoi étiez-vous si déterminé à parler à Ally ?

Il rouvrit brusquement les yeux.

— Elle a besoin de savoir… pour se protéger.

— Je la protégerai, promit Mark.

Lionel referma de nouveau les paupières.

— Lord Wittburg ?

Pas de réponse. Les yeux du vieil homme restèrent fermés.

Le garçon de salle qui les avait introduits tapa doucement sur l'épaule de Mark.

— Sir, il a pris des sédatifs. Je ne pense pas qu'il se réveille avant des heures.

Mark hocha la tête et se leva. Il sortit avec Ian.

— Et maintenant… quoi ? Arthur Conan Doyle a décidé de faire des expériences avant d'écrire, alors il s'est mis à commettre des meurtres et à semer des preuves ? demanda Ian d'un ton las.

— Amusant, mon ami, amusant.

— Qu'est-ce que cela a à voir avec votre précédente théorie — celle des gouvernantes devenues folles ?

— Pas de femmes, a-t-il dit. Je trouve intéressant que ce fait ait été un sujet de conversation, dit Mark.

— Thane Grier a tendance à être là chaque fois que quelque chose se passe, fit remarquer Ian.

— Il est journaliste. C'est son travail de laisser traîner

ses oreilles partout et d'apparaître chaque fois qu'un incident est digne d'être rapporté.

— Je suis au regret de dire que nous n'avons rien, pour l'instant, déclara Ian. Rien qui aidera lord Wittburg en tout cas.

— Trouvez-moi ces relevés de banque. Et les testaments des victimes.

Dans la rue, Mark s'arrêta.

— Ian, je pense que nous devrions de nouveau rendre visite à Eleanor Brandon.

— Elle était dévastée par la mort de son mari, Mark.

— Voyons voir si elle est toujours aussi dévastée.

Ian poussa un profond soupir.

— D'accord.

Ni Eleanor Brandon ni sa gouvernante, Hattie, ne furent heureuses de cette nouvelle visite.

On ne leur offrit pas de thé. En fait, Hattie répugna à les faire entrer et Ian dut insister.

Eleanor les rejoignit dans le salon. Elle était en noir, ce qui lui allait bien. Elle était beaucoup plus calme qu'auparavant.

— Pourquoi ce nouvel entretien ? demanda-t-elle d'un ton hostile. Ne devriez-vous pas être en train de chercher l'assassin de mon mari ?

Ian regarda Mark, l'air gêné.

— Eleanor, nous étions inquiets. Nous sommes venus voir comment vous alliez. Avez-vous des difficultés, financières ou autres ?

— Non. Si vous êtes venus m'aider… allez-vous-en. Ce qu'il me faut maintenant, c'est du calme dans ma propre maison.

— Bien sûr, bien sûr, concéda Mark. Bon, eh bien, nous allons partir.

Ian le dévisagea avec surprise. Mark haussa les épaules.

Une fois dehors, Ian le fixa comme s'il avait perdu l'esprit.

— Vous nous avez fait venir ici pour ça ?

— Je pense que la comédie d'Eleanor était très bien jouée. Elle a feint d'être devenue hystérique quand elle a surgi dans la soirée de lord Stirling pour s'en prendre à Ally, alors qu'elle m'a semblé tout à fait remise aujourd'hui.

— Comment pouvez-vous le savoir ?

— Je n'affirme rien, je suppose… Il faut que nous parlions à sa sœur.

Ian soupira de nouveau.

— J'ai vérifié l'alibi, Mark.

— Je veux davantage.

— C'est loin.

— Eh bien nous irons loin.

Alors qu'ils étaient sur le point de partir, lord Farrow prit Patrick à l'écart. Ally entendit ce dernier dire qu'un certain Thomas allait venir et que Geoff prendrait la suite. Le rouquin affirma que Mark n'avait pas à s'inquiéter pour le cottage, car celui-ci ne resterait pas un instant sans surveillance.

Ally supposa que Geoff et Thomas étaient les deux autres bandits de grand chemin qu'elle avait croisés lorsque Mark avait arrêté sa voiture.

Elle étreignit ses tantes puis se dirigea vers Patrick pour le remercier sincèrement. Il lui assura galamment qu'il était très heureux de rendre service.

Quand elle fut dans la voiture avec lord Farrow, elle demanda :

— Eh bien ? Qu'avez-vous trouvé dans la forêt ?

— Rien… et quelque chose.

— Lord Farrow !

— Il y avait quelqu'un. J'en suis presque sûr. Mais ils ont atteint la route et disparu. Je suis désolé que nous soyons arrivés trop tard, mais je suis content de voir que mes chiens font leur travail. A partir de maintenant, il y aura deux hommes pour garder vos tantes en permanence.

— J'en suis très reconnaissante, murmura Ally.

Il secoua la tête et sourit.

— Je sais qu'à l'heure actuelle il est difficile d'y croire, mais certaines personnes sont prêtes à rendre service pour le geste, sans attendre votre gratitude.

— Néanmoins, je *suis* reconnaissante.

Lorsqu'ils arrivèrent au relais de chasse, lord Farrow déclara qu'il allait faire la cuisine. Surprise d'apprendre qu'il avait ce talent, Ally lui offrit son aide et il sembla heureux de l'accepter. Pendant ce temps, Bertram pourrait s'occuper des écuries et des chevaux, déclara lord Farrow, car ils repartiraient de bonne heure le lendemain matin.

Elle dîna seule avec lui, et il suggéra qu'ils se couchent tôt. Elle était épuisée et fut heureuse d'obéir. Mais, lorsqu'elle fut dans son lit, elle fut incapable de trouver le sommeil…

Il faisait presque nuit lorsque Mark et Ian atteignirent la maison de Marianne York, sœur d'Eleanor Brandon. Miss York, une vieille fille menue et au visage ridé, avait une attitude acerbe et souffla en constatant qu'un autre détective de Londres était venu la voir.

— J'aimerais pouvoir vous dire autre chose, dit-elle en reniflant de nouveau. Eleanor était ici. Pas parce qu'elle était invitée, mais elle est ma sœur, et elle est arrivée. Je l'avais avertie au sujet de son mariage avec Giles Brandon. Il la jetait hors de sa propre maison, comme cela, juste parce qu'il écrivait.

— Cela me rend curieux. Votre relation n'est pas… chaleureuse, dit Mark d'un ton aimable. Il y a à Londres de bons hôtels où elle aurait pu passer une nuit.

— Avec quoi ? persifla Marianne. Elle n'avait pas un sou !

Ian se racla la gorge. Il désigna le salon, qui était bien meublé.

— Je ne voudrais pas me montrer indélicat, mais… j'ai cru comprendre que votre père vous avait laissées toutes les deux bien munies.

Marianne souffla fortement.

— J'ai mon argent, en effet. Eleanor, cette sotte, a tout mis au nom de Giles Brandon quand elle l'a épousé. Je lui ai dit qu'elle était stupide. Elle m'a répondu que j'étais une vieille fille desséchée. Mais je vis bien toute seule, alors qu'elle vivait dans le tourment. Oh ! ne me dites pas qu'elle était toute disposée à se laisser intimider par son *génie*. Elle bouillait. Elle était malheureuse, et supportait à peine de me demander l'hospitalité quand elle y était forcée par les circonstances. Néanmoins, elle savait que je serais obligée de la recevoir.

— Eh bien, merci. Merci de nous avoir parlé, dit Mark.

Lorsqu'ils quittèrent la demeure de Marianne York, il était déjà tard. Mark enfourcha son cheval avant de se tourner vers Ian.

— Je pense qu'il faut vraiment regarder les choses d'un peu plus près, vous n'êtes pas d'accord ? Peut-être rendre visite à Elizabeth Harrington Prine demain ?

Ian poussa un énième soupir.

— Ce pauvre sir Andrew va être très affligé de découvrir que sa sœur est interrogée, dit-il en secouant la tête.

— Ce pauvre lord Lionel pourrait bien être pendu, lui rappela Mark.

Ian hocha la tête.

— Je devrais avoir les relevés que vous m'avez demandés demain. Et, oui, nous rendrons visite à Elizabeth.

Satisfait, Mark fit un signe à son ami avant de prendre la direction du relais de chasse, où il était sûr de trouver son père et Ally.

Lorsqu'il arriva, Malcolm et Cara sortirent en bondissant à sa rencontre. Mark abandonna son cheval à Bertram avant de se diriger vers la demeure d'un pas fatigué.

Il était tard et la maison était silencieuse quand il entra. Son père et Ally devaient être couchés depuis un moment.

Il commença à se diriger vers sa chambre, puis hésita et se glissa dans le couloir jusqu'à celle d'Ally. Cette fois, elle dormait. Il resta quelques secondes près du lit, puis s'allongea à côté d'elle. Sa respiration était profonde et régulière.

Il la prit dans ses bras et la tint contre lui.

Lorsque Ally se réveilla le lendemain, elle était seule. Pourtant, elle avait la nette impression que Mark était venu se coucher auprès d'elle. Elle examina les draps, le creux dans l'oreiller à côté d'elle. Elle sourit. Puis elle se souvint de la façon dont il l'avait regardée avant de partir et son sourire disparut.

Comment osait-il se mettre dans une telle fureur à propos de son article ? Lui-même cachait des choses. Il avait une foule d'explications à lui donner. Pour commencer, elle était sûre qu'il avait découvert le sens des paroles de Lionel Wittburg, ce soir-là, mais il n'avait pas jugé bon de la mettre au courant.

Elle se leva pour se préparer tout en se disant qu'elle profiterait du petit déjeuner pour interroger son fiancé. Mais, quand elle descendit, elle trouva lord Farrow seul avec son café.

— Mark est déjà parti, j'en ai peur, dit le comte.

— Je vois, marmonna-t-elle avec un air déçu.

Il posa une main sur la sienne.

— Il avait une urgence à traiter. Il ne vous laisserait pas s'il avait le choix.

— Bien sûr, répondit-elle en espérant qu'il ne percevrait pas le sarcasme dans sa voix.

— Quoi qu'il en soit, je suis prêt. Nous pourrons y aller dès que vous le voudrez.

— Je bois mon café, milord, et je vous suis.

Malgré la distance qui séparait le relais de chasse et

l'East End, le comte et Ally arrivèrent en avance. La vente de charité se déroulait dans le terrain de l'église du quartier. Il y avait des stands dressés pour offrir de la nourriture et des chaises disposées pour assister aux événements prévus dans la journée. D'ailleurs, Maggie avait essuyé de vives critiques au sujet de quelques-unes de ses activités peu orthodoxes.

Entre autres, elle parlait de maladies aux prostituées et distribuait des préservatifs. C'était une oratrice divertissante et Ally avait apprécié chacun de ses discours. Une fois, elle avait expliqué à son public que, des milliers d'années plus tôt, les Egyptiens avaient découvert que des préservatifs faits de toile ou d'organes d'animaux prévenaient les maladies. Ally observait toujours avec amusement sa marraine, qui s'irritait des convenances quand elles entravaient la santé. Elle avait beau être une grande dame, elle parlait si aisément de ces sujets délicats.

Maggie ignorait les lettres outragées qu'elle recevait. Elle s'exprimait avec passion, assurant à ceux qui la condamnaient qu'il n'était pas bon d'avoir un plus grand nombre de bouches affamées dans l'East End. Et comme elle était lady Maggie, elle l'emportait.

Ally se trouva affectée au coin des enfants. L'élite londonienne avait donné toute sorte d'article, et de pauvres femmes chargées de famille, comme des prostituées élevant la progéniture de pères inconnus, venaient à elle. Des couches, des chaussures, des couvertures et des habits — y compris des chapeaux et des souliers de la dernière saison, passés de mode — étaient mis à la disposition des gens dans le besoin. Ally avait également du savon, des serviettes et une baignoire qu'un jeune garçon ne cessait d'emplir et de vider, afin qu'elle donne le bain aux enfants qui en avaient besoin.

Après quatre heures passées debout, elle fut heureuse de voir Merry arriver et l'inviter à faire une pause.

— Et vous ?

— Oh ! je me suis déjà reposée, chérie. Je viens juste

de prendre le thé avec lady Maggie et le révérend, et c'était délicieux. Ces deux-là s'entendent à merveille ! Il aime beaucoup ta marraine et l'admire énormément ! Tourne au coin, là, et tu trouveras un petit jardin abrité. Quelqu'un t'apportera ton thé.

Heureuse de pouvoir s'asseoir, Ally se lava les mains et partit pour le jardin. Elle s'arrêta à l'entrée, voyant que Thane Grier était là et interrogeait Maggie. Tous deux s'interrompirent en l'apercevant et lui firent un signe de main. Elle leur rendit leur salut et alla à une table.

Elle était à peine assise quand Thane la rejoignit.

— Bonjour. Une sacrée journée.

— C'est toujours comme cela, dit-elle.

— C'était votre essai dans le journal d'hier, n'est-ce pas ? demanda-t-il à brûle-pourpoint.

Elle retint une exclamation, prise de court.

Il leva une main.

— Vous n'avez pas à répondre — vous m'avez donné la réponse sans le vouloir. Mais ne vous inquiétez pas. Votre secret est en sûreté avec moi.

— Je ne sais pas quoi dire.

Il sourit largement.

— Je suis venu vous remercier.

— A quel sujet ?

— Je pense que vous m'avez mis sur quelque chose.

— Oh ?

— J'ai commencé à faire une enquête discrète.

C'était un bel homme, plus jeune qu'elle l'avait pensé au début, et il semblait sincèrement reconnaissant. Ally sourit et fit un signe de tête, l'incitant à continuer.

— Eh bien, dit-il en regardant autour de lui et en baissant la voix, Giles et Eleanor Brandon ne s'entendaient pas du tout. En public, elle le vénérait. Elle lui permettait de tenir toutes sortes de réunions chez eux. Elle y était obligée. Quand ils se sont mariés, elle a mis tous ses biens à son nom. Maintenant qu'il est mort, elle récupère tout.

— Qu'est-ce que cela prouve ? demanda Ally.

— Cela ne *prouve* rien. Mais la cupidité compte parmi les principaux mobiles de meurtre, et l'a été tout au long de l'Histoire. Elizabeth Prine n'avait pas d'argent — jusqu'à ce qu'elle épouse Jack Prine.

— Et elle a hérité de ce qu'il avait ?

Il hocha la tête.

— Exactement.

— Mais Hudson Porter n'était pas marié, fit remarquer Ally.

Thane eut de nouveau un grand sourire.

— Ah, ah ! C'est là que réside ma grande découverte.

— Il était marié ?

Il fit signe que non.

— Non, mais devinez quoi ?

— Dites-moi !

— La gouvernante a hérité d'une belle somme.

Il s'adossa à sa chaise, la regardant d'un air satisfait.

— Cela ne prouve toujours rien.

Son sourire faiblit légèrement.

— Non, mais le fait que ces trois femmes ont hérité de sommes importantes est très suspect, vous ne trouvez pas ?

Ally acquiesça.

— Mais…

— Ces femmes se connaissent toutes. Deux d'entre elles se reçoivent. Et elles avaient toutes une raison de se débarrasser d'un homme.

— Néanmoins, je ne crois pas qu'aucune d'entre elles avait la force de tuer un homme comme Giles Brandon. Et vous n'avez pas de preuve d'une conspiration. Bien des gens se connaissent sans pour autant conspirer pour commettre un meurtre.

— Nous devons trouver la preuve que ces trois-là l'ont fait.

— Nous ?

— Vous m'avez lancé là-dessus.

— Oui, mais je n'ai guère la liberté de mouvement

nécessaire pour être un reporter d'investigation, l'informa Ally.

Il lui décocha un grand sourire.

— Je me suis permis d'envoyer un certain nombre d'anciens articles à lady Stirling, pour qu'elle vous les remette. Vous voyez, je ne crois pas une minute que lord Wittburg soit coupable de meurtre, même si vous noterez, quand vous en aurez l'occasion, que j'ai fait un excellent papier sur l'étrange façon dont il s'en est pris à vous, son arrestation et la découverte de preuves accablantes dans sa voiture.

— Je ne crois pas qu'il soit coupable, non plus. Je pense qu'il voulait juste me parler. Je suis d'avis que nous — ou quelqu'un d'autre — devons trouver la vérité. S'il est convaincu de meurtre, *je* serai responsable.

— Jamais. Les gens mauvais sont responsables, déclara-t-il gravement.

Elle sourit.

— Je n'ai pas entendu parler de manifestations de rue dernièrement — comme celle que nous avons vue au village.

— La fureur semble s'apaiser. Enfin, jusqu'à la prochaine fois. S'il y a une prochaine fois.

Ally le regarda.

— C'est incroyable. Une nation entière pourrait être mise à genoux parce que quelques femmes voulaient leur mari mort.

— Une idée à faire froid dans le dos, reconnut Thane.

Il changea de sujet.

— Alors demain, c'est le grand jour.

— Oui.

Il secoua la tête avec admiration.

— Et cependant ici, aujourd'hui, la future mariée s'occupe d'enfants sales et dépenaillés, et la dame du château aide son amie à éduquer des prostituées.

— Que devrais-je faire ? demanda Ally en haussant les épaules.

— Doit-il y avoir une lune de miel ?

— Suis-je interrogée, maintenant ?

— Oui. Si cela ne vous dérange pas.

— Je ne crois pas que nous partions en lune de miel maintenant. Peut-être plus tard.

— Où est le futur marié ? demanda Thane. Question stupide. Même moi, je sais où il est.

Ally fronça les sourcils.

— Vous le savez ?

— Bien sûr. Il travaille souvent avec le détective Douglas.

Il la dévisagea.

— Il a joué un rôle capital dans l'arrestation du tueur de Sheffield, il y a quelques mois. Vous ne le saviez pas ?

— Cela a dû me sortir de l'esprit, murmura Ally, sèchement.

— Eh bien, soyez préparée, ne vous attendez pas à vivre une vie ordinaire avec votre futur époux.

— Et il ne devrait pas s'attendre à une vie ordinaire avec moi. Hélas, il est temps que je retourne à mes devoirs. Thane, cela a été très agréable de vous rencontrer. Et je vous verrai demain.

— Bien sûr. N'oubliez pas les articles que j'ai envoyés chez le comte de Carlyle. Vous allez certainement être bien occupée, mais si vous en avez l'occasion…

— Je trouverai le temps de me pencher dessus. Promis, assura-t-elle.

Elle avait largement dépassé son temps de pause, elle en était certaine. Pensive, elle retourna à son poste.

Elizabeth Prine, majestueuse dans ses vêtements de veuve, salua Mark poliment et dans les formes, mais avec le front plissé.

— Comment allez-vous ? Etes-vous venu de nouveau au sujet de mon mari ? Bien sûr que oui. Vous n'auriez pas le mauvais goût de faire une visite mondaine à une femme récemment endeuillée.

— Elizabeth, nous avons besoin d'aide, dit Mark. Puis-je entrer ?

Elle hésita légèrement.

— Bien sûr.

— Elizabeth, je crois honnêtement que quelqu'un du mouvement politique auquel Jack et vous adhériez est responsable de ces meurtres.

— Mark, dit-elle doucement, oubliant l'étiquette. C'est ce que vous voulez croire.

— Comment quelqu'un d'autre aurait-il pu se procurer les clés ?

— Ma gouvernante a dû être négligente.

— La gouvernante d'Eleanor Brandon n'est pas du tout du genre négligent.

— J'en suis heureuse pour elle.

— Voici le point : les meurtres ont une relation. Les victimes ont été tuées de la même manière.

— C'étaient des antimonarchistes. Alors pourquoi tuer un autre antimonarchiste !

— Elizabeth, l'assassin connaissait votre mari.

Elle soupira.

— Mark, j'aimerais pouvoir vous aider.

— Est-ce que Jack et vous… Je suis désolé de le demander, mais aviez-vous des difficultés conjugales ?

— Mark Farrow !

— Je dois le demander, Elizabeth.

— D'après ce que j'ai cru comprendre, dit-elle d'un ton vif, on a trouvé le tueur en la personne de lord Lionel Wittburg. Oh ! oui, un partisan de la Couronne ! ajouta-t-elle avec colère. Vous êtes ici, à me tourmenter, quand il semble que quelque grand homme qu'il ait été, lord Wittburg a craqué. Mark, je vous en prie, je suis si lasse.

Il hésita.

— Vraiment, Elizabeth ? demanda-t-il très doucement. On a suggéré que… vous voyiez quelqu'un.

Elle réprima une exclamation, puis se leva, indignée. Mais pas assez vite, pensa-t-il.

— Comment osez-vous ?

— J'ose parce que je cherche un meurtrier.

— Sortez de chez moi, Mark. Et ne revenez pas. Je me moque de l'importance de votre position.

— Merci de votre hospitalité, Elizabeth.

Il alla à la porte, conscient qu'elle le suivait.

— A propos, où est votre gouvernante, aujourd'hui ?

— Partie. Si vous tenez à le savoir, je l'ai congédiée après la mort de Jack. Maintenant, sortez !

— Une dernière chose, Elizabeth. Des témoins vous ont vue avec un homme.

C'était un mensonge. Mais il fit mouche, et rudement. Malgré les efforts désespérés qu'elle faisait pour rester digne, la veuve était soudain devenue très pâle.

Elle claqua la porte derrière lui.

Il ignorait si son amant était à l'intérieur avec elle ou non.

Mais il savait à présent que la gouvernante avait probablement été renvoyée tout de suite après le meurtre — et qu'Elizabeth Prine cachait son amant chez elle la première fois qu'il était venu avec Ian.

Il avait porté un coup à l'aveuglette, suivi une intuition et ç'avait marché.

Il devait admettre que son intuition lui avait été largement dictée par l'article d'Ally.

Certains époux pouvaient chercher à se débarrasser d'un conjoint pour de l'argent, l'un des plus vieux mobiles de meurtre.

D'autres pouvaient tuer par amour, par haine. Tuer pour avoir la liberté d'être avec quelqu'un d'autre.

Il s'éloigna de la maison. Il devait convaincre Ian de poster des hommes pour surveiller la maison d'Elizabeth le plus vite possible.

Quelque chose d'autre lui avait sauté aux yeux lors de cette visite : Elizabeth Prine avait commencé à faire ses bagages. Les petits bibelots qui ornaient le salon lorsqu'il était venu la dernière fois avaient disparu.

Elle projetait de s'enfuir.

15

Après une longue journée de travail, très productive, Ally rejoignit Camille et les trois sœurs dans la voiture des Stirling. Brian, perché sur son étalon, vint se placer à l'arrière pour les escorter jusqu'au château.

En route, les bavardages furent exubérants. Les tantes trouvaient absolument merveilleux que lord et lady Stirling, sir Hunter et lady Kat MacDonald aient mis leurs ressources en commun pour organiser une si belle journée de bienfaisance. Camille, amusée, leur rappela que, fut un temps, les enfants de la famille royale devaient laver les pieds des pauvres et des malades à l'église. Merry déclara qu'il valait peut-être mieux laisser un tel rite dans le passé.

En dépit de l'excitation, Merry et Edith somnolaient le temps qu'ils approchent du château, leur tête ballottant sur chaque épaule de Violet tandis qu'ils roulaient. Ally, assise à côté de Camille, était prête à s'endormir elle-même. Arrivée au château, elle sortit avec lassitude de la voiture et aida les tantes à descendre. Camille descendit la dernière et lui tendit une grande enveloppe.

— Thane Grier m'a demandé de vous remettre ceci, dit-elle.

— Qu'est-ce que c'est, chérie ? demanda Violet.

— Oh ! juste de vieux articles. C'est un homme aimable, et nous avons parlé de mon amour pour la lecture.

— C'est très gentil de sa part, dit Edith en étouffant un bâillement.

Camille regarda Ally en haussant un sourcil d'un air interrogateur, mais elle se contenta de sourire et se dirigea vers l'entrée.

— Juste Ciel, nous avons toutes besoin de prendre un bain, murmura Violet en la suivant.

— Oui, laissez-moi vous montrer vos chambres, dit Camille. Il est tard, alors je vais vous faire apporter du thé pour que vous puissiez vous mettre au lit dès que vous aurez pris votre bain.

— Vous êtes si aimable, dit Violet.

— Toujours attentionnée, ajouta Edith.

— Une femme étonnante, assura Merry.

Ally ne put s'empêcher de sourire à Camille.

— Je suis d'accord pour ces trois adjectifs, dit-elle doucement.

Camille secoua la tête en souriant.

— Demain sera une journée bien occupée, déclara-t-elle. Les traiteurs arriveront de bonne heure, il y aura des musiciens qui courront partout... et une jeune mariée à habiller.

— Elle sera ravissante ! dit Violet.

— Tellement ravissante, reconnut Edith.

— Absolument ravissante, renchérit Merry en reniflant fortement.

— De grâce, mes chéries, ne vous mettez pas à pleurer !

Ally les embrassa chacune. Brian, qui venait d'entrer dans la maison, eut une moue amusée face à ce spectacle et fit signe à Ally qu'il s'occupait des tantes.

Elle en profita pour s'échapper vers l'escalier, impatiente de trouver la solitude et la paix dans sa chambre. Une fois la porte refermée derrière elle, elle s'adossa un instant contre le panneau, laissant ses yeux errer sur les œuvres d'art égyptiennes qui décoraient la pièce. Une vague de nostalgie s'empara bientôt d'elle. Bien sûr, elle reviendrait au château, tout comme elle continuerait à rendre visite à ses tantes au cottage. Mais elle avait beau se raisonner, elle se sentait prête à fondre en larmes à l'idée que rien ne serait plus comme avant désormais.

Elle s'écarta de la porte. Violet avait raison. Elles avaient toutes travaillé dur, elles étaient sales et avaient besoin d'un bain.

Elle fit couler de l'eau très chaude et se glissa dans la baignoire avec un soupir de plaisir.

Puis une nouvelle bouffée de panique la submergea. Demain, c'était son mariage !

Elle était tombée amoureuse de Mark, se rappela-t-elle. Et la pensée de dormir près de lui nuit après nuit était pleine d'émerveillement, d'excitation, mais… Mais elle aurait aimé pouvoir parler avec lui avant de prononcer ses vœux. Il fallait absolument qu'il comprenne qu'elle ne changerait pas pour lui… qu'elle n'arrêterait pas d'écrire.

Elle sortit d'un bond de la baignoire, se demandant si elle avait tous ses esprits. Puis elle se rappela l'enveloppe.

Ruisselante, elle courut dans la chambre et la trouva. En frissonnant, elle revint dans la salle de bains et se coula de nouveau dans l'eau, tenant les papiers au-dessus de la surface pour ne pas les mouiller. Elle se plongea dans sa lecture tandis que la chaleur détendait ses muscles endoloris.

Elle se concentra sur les illustrations des articles. Certains remontaient à plusieurs années. La plupart concernaient diverses réunions de sociétés antimonarchistes. Un autre traitait de lord Wittburg payant pour faire sortir de prison Hudson Porter, arrêté pour trouble de l'ordre public. Un autre encore relatait le mariage de Jack Prine avec Elizabeth Harrington et mentionnait une réunion de clans opposés. Andrew Harrington figurait sur la photographie qui accompagnait l'article. Le mariage avait eu lieu au village et sir Angus Cunningham était là aussi, se tenant fièrement à côté du marié. En regardant de plus près, elle vit que Thane Grier était présent aussi.

Au bout d'un moment, Ally rangea les articles dans

l'enveloppe, prenant soin de ne pas les abîmer, et la mit de côté. Puis elle s'adossa à la baignoire.

Et si des meurtres commis par commodité pouvaient commodément servir une autre cause ?

Qui aurait parlé à qui en premier lieu ? Et dans l'esprit de qui le plan d'origine avait-il germé ? Avait-il émergé d'une rencontre de hasard ?

Elle l'ignorait. Elle s'enfonça sous l'eau tandis que les idées se bousculaient dans sa tête. Elle était bien trop fatiguée pour y trouver un sens, aussi y renonça-t-elle. Elle finit de se laver puis sortit de la baignoire, se sécha et enfila une chemise de nuit avant de s'effondrer sur son lit.

Un buste de Néfertiti la fixait de ses yeux peints, en ébène. Elle éteignit la lampe de sa table de chevet, ignorant l'impératrice égyptienne.

Le lendemain, à la même heure, elle serait mariée…

Quand Mark avait expliqué sa théorie à Ian Douglas, le détective avait dû s'efforcer de contenir son excitation. Immédiatement, il avait compris où voulait en venir son ami. Il avait donc accepté de poster des officiers devant la maison d'Elizabeth Prine. C'était hors de sa juridiction, mais il pourrait trouver des hommes qui n'étaient pas en service. Il parlerait également au shérif Cunningham.

— Je pense qu'il est temps d'employer uniquement des hommes en qui vous avez totalement confiance, dit Mark.

Ian grogna.

— Je crois que vous avez raison, admit-il cependant. Au fait, j'ai regardé ces relevés financiers, comme vous l'avez suggéré.

— Et ?

— A la mort de Jack Prine, Elizabeth a hérité de tout. A la mort de Giles Brandon, ses biens sont revenus à sa femme. Et la gouvernante de Hudson Porter a reçu un héritage important par testament. Toutefois, c'est si…

Bon, nous verrons. Si Elizabeth a bien pris un amant… Un tel acte est peut-être immoral, mais il n'est pas illégal.

— Tout dépend de l'identité de cet amant, fit remarquer Mark.

— Vous devriez rentrer chez vous. Vous devez penser à demain.

— Demain ?

— Votre mariage.

— Bonté divine, oui !

Mark souhaita bonne nuit à Ian et rentra chez lui à cheval. Le trajet lui parut très long. Lorsqu'il arriva à la maison, il confia son cheval à Bertram avant de se précipiter vers la demeure. Aussitôt, il monta l'escalier et se dirigea vers la chambre d'Ally.

Elle était vide.

Un moment, la panique le saisit. Puis il fit une grimace. Bien sûr, elle n'était pas là. Elle était à Carlyle Castle.

Son cœur battait très fort, encore sous le coup de la surprise qu'il avait eue en découvrant la chambre d'Ally vide. Il retourna dans la pièce principale et se servit un cognac. C'était ridicule ! Quelques semaines plus tôt, ce mariage ne signifiait rien d'autre qu'une vague promesse qu'il avait faite à son père. Mais maintenant…

Il était tombé amoureux fou de sa fiancée. Il sentait sa gorge se nouer à l'idée qu'il puisse lui arriver quelque chose… Il ne pouvait plus imaginer sa vie sans elle.

Comment l'empêcher de se mettre en danger comme elle le faisait ?

— Je l'épouse, murmura-t-il au feu qu'il contemplait. C'est le mieux que je puisse faire.

Quelqu'un surveillait la maison. Il aurait dû savoir que c'était inévitable après avoir vu Mark Farrow revenir ce jour-là. Maudit soit-il. Sa vie avait été toute tracée avant sa naissance : il hériterait de terres, d'une fortune, d'un titre. De tout. Pourquoi fallait-il qu'il se mêle des affaires des autres, qu'il se prenne pour un grand détective, qu'il se mesure avec les masses criminelles ?

Farrow devait mourir !

Il secoua la tête avec irritation, sachant qu'il aimerait mieux ne pas affronter Mark Farrow. Il avait tué des hommes qui ne s'y attendaient pas, alors qu'il était armé et eux pas. Farrow devait avoir une arme sur lui en permanence...

Peu importait, il aurait le temps de s'en soucier plus tard.

Il observa l'homme en poste ; il était vêtu simplement et faisait les cent pas dans l'allée.

L'entrée de derrière.

Il ne surveillait pas l'entrée de derrière.

Il fit le tour de la maison et escalada le mur d'enceinte. Cela n'améliora pas son humeur.

Il avait gardé le jeu de clés complet, alors il n'eut pas de difficulté à entrer. La maison était silencieuse. Elle était en haut.

Tandis qu'il traversait le parloir, il vit qu'elle était en train d'emballer ses affaires. Toutes les étagères, tous les dessus de tables et les cabinets avaient été vidés.

Il se figea brusquement. Mark Farrow était venu ce jour-là. Il avait dû se rendre compte de tout cela. Il avait dû deviner qu'Elizabeth prévoyait de partir.

Il inspira à fond. Comment avait-elle pu être aussi stupide ?

Il leva les yeux vers le haut de l'escalier puis commença à monter, tâtant le fourreau attaché à sa cheville. Lorsqu'il atteignit la chambre, il la trouva qui l'attendait sur le lit. Ses cheveux étaient défaits et elle était adossée à un oreiller. Une lampe brûlait à côté d'elle.

— Mark Farrow est revenu aujourd'hui, dit-il.

— Oui, je m'en suis occupée, répondit-elle.

— Ah, oui ? Comment ?

— J'ai été absolument brillante. Je me suis montrée indignée, j'ai été royale !

— Il soupçonne que vous avez une liaison.

Elle hésita.

— Il ne peut rien prouver.

Il alla vers elle en souriant. Quand il atteignit le lit, il éteignit la lampe. Elle ronronna. Il s'allongea à côté d'elle.

— Mettez-vous sur le côté, chuchota-t-il d'une voix rauque.

— Comme vous voudrez, murmura-t-elle, et elle obéit.

Il tira la lame du fourreau.

Il aurait souhaité oser le faire autrement. Il aurait aimé voir son visage. Elle pensait qu'il avait fait tout cela pour elle. Qu'il avait été incapable de supporter de vivre sans elle.

Mais il ne pouvait permettre qu'elle hurle.

Il porta délicatement le couteau à sa gorge, afin de pouvoir frapper avant qu'elle ne sache ce qui se passait.

Puis il utilisa la force. Et trancha.

Le seul bruit qui lui échappa fut un gargouillement tandis que le sang trempait les draps et l'oreiller.

Il n'attendit pas qu'elle meure. Il essuya soigneusement le couteau sur les draps, puis descendit l'escalier sans se presser. Il n'appréciait pas l'idée de s'échapper par l'arrière, de ramper dans l'herbe, de sauter la barrière.

Mais certaines choses étaient nécessaires.

Et sa voiture attendait.

La nuit allait être bien occupée.

— Oh ! s'écria Violet.

— Doux Jésus ! s'exclama Merry.

— Oh ! fit Edith.

Ally leur était tellement reconnaissante. Elle avait l'impression de se mouvoir dans un brouillard. Le château était en ébullition, mais Camille était venue dans sa chambre de bonne heure, d'excellente humeur, pour lui assurer que tout lui serait apporté et qu'on ne devait pas la voir.

Peu après, des croissants arrivèrent, accompagnés de café fumant.

Puis les tantes entrèrent, suivies de Kat, de Maggie et de Camille. La pièce était grande, mais…

D'abord, ses cheveux. Violet était une magicienne avec le fer à friser. On lui lima et vernit les ongles des mains et des pieds. L'excitation grandissait en bas et, finalement, on eut besoin de Camille, puis de Maggie, puis de Kat. Ally se retrouva donc seule avec les tantes quand vint le moment d'enfiler la robe, qui attendait dans une chambre vide un peu plus loin dans le couloir.

De délicats dessous d'abord. Le corset. La robe — exquise, brodée de milliers de perles fines. Une dernière touche de maquillage, un peu de parfum, les chaussures, la traîne, et enfin le diadème avec le voile.

A ce moment-là, Camille, Maggie et Kat revinrent, vêtues de leurs propres atours pour l'occasion, aussi belles que toujours. Les tantes étaient charmantes aussi. Les six femmes l'entourèrent, trois de chaque côté, et Camille réclama le miroir en pied.

Ally ne se reconnut pas. Sa coiffure la faisait paraître plus âgée et plus sage. La robe lui donnait une silhouette de sablier. Elle semblait plus grande — les talons de ses chaussures, sans doute. Elle avait un peu de rouge sur les joues, ses yeux brillants ne montraient aucune trace de la peur qui la parcourut brusquement…

— Je vous avais bien dit que le blanc cassé serait parfait, dit Violet.

— Ma chère sœur, c'est un léger beige, protesta Merry.

— Blanc cassé, soutint Violet.

— Vous vous trompez toutes les deux, annonça Edith. C'est couleur perle.

— C'est magnifique, quoi que vous l'appeliez, leur assura Ally en les étreignant.

— Attention, tu vas la froisser, se récria Violet, puis elle l'enlaça. Oh, tant pis ! qu'elle se froisse !

— Comme nous sommes six, fit observer Maggie

avec ironie, elle va être très froissée. Des baisers sur la joue, pas des étreintes à écraser la mariée.

La série de baisers commença. Mais même les tantes avaient du rouge à lèvres, et bientôt les joues d'Ally furent rouge vif. Violet soupira, mais ce fut Kat qui rit et refit le maquillage. Puis Camille consulta sa montre et réprima une exclamation :

— C'est l'heure !

— Pensez-vous que j'ai un futur époux, en fait ? demanda Ally.

Elles se turent toutes, la fixant d'un air horrifié.

— C'est juste que Mark Farrow a tendance à être en retard, ou carrément absent.

— Il est ici. Je l'ai vu arriver, dit Kat.

On frappa à la porte. Le cœur d'Ally bondit. Pendant une horrible seconde, elle pensa qu'elle allait être malade. Camille ouvrit. Brian Stirling, très beau, attendait pour l'escorter dans l'escalier.

— Ally ? demanda-t-il.

Elle hocha la tête, s'avançant pour prendre son bras. Puis elle paniqua. Elle n'avait plus repensé à la ridicule malédiction qu'Eleanor Brandon lui avait jetée des jours auparavant, mais elle lui sembla soudain planer au-dessus d'elle comme un linceul.

— Le scarabée ! dit-elle dans un souffle.

— Pardon ? fit Camille.

— Le scarabée.

— Ah ! fit Kat en comprenant. Il est dans le coffret à bijoux, Ally. Où allons-nous l'accrocher ?

— Il ne va pas exactement avec la robe, non ? signala Camille.

— Mais c'est une si belle pièce, argua Maggie.

— Je dois le porter, implora Ally.

— Dans le corselet, glissez-le dans le corselet, suggéra Kat, en joignant le geste à la parole.

Peu après, les six femmes disparurent dans l'escalier et Ally se retrouva au bras de Brian.

La marche nuptiale résonnait déjà.

— Je vais trébucher dans l'escalier, murmura-t-elle.

— Non, lui assura Brian. Je vous guiderai, ne vous inquiétez pas.

La musique continuait. Ally constata que le château était orné d'élégantes bannières blanc et argent. Il y avait des gens partout, magnifiquement vêtus. Tandis qu'ils avançaient, des ampoules de flashes lançaient des éclairs, dégageant parfois de la fumée.

D'un pas glissant, elle traversa la massive entrée médiévale au bras de Brian, puis entra dans la salle de bal. Son cœur manqua un battement. Oui, Mark était bien venu à son mariage, et dans les temps. Elle pouvait le voir à travers son voile : l'homme qu'elle avait admiré sur les marches du poste de police, calmant la foule ; l'homme dont elle était tombée amoureuse quand il avait arrêté sa voiture ; l'homme avec qui elle avait dansé au bord du ruisseau dans les bois… L'homme qu'elle aimait dans l'obscurité, sans rien savoir sur lui.

Là, il était vêtu avec élégance. Il portait un gilet de brocart et une redingote stylée qui rappelait une époque passée. Il était grand, ses cheveux sombres brillaient, son visage était beau et fort. Et ses yeux…

Elle trembla tandis qu'ils avançaient pour le rejoindre. Patrick se tenait à son côté comme témoin et d'autres étaient rangés derrière lui. Maggie, sa première « marraine », se plaça près d'elle et lui prit son bouquet des mains. Brian la remit à Mark quand le pasteur demanda :

— Qui donne cette femme en mariage ?

Ceux qui l'aimaient étaient tout près, elle le savait. Les tantes étaient au premier rang, comme trois mères de la mariée.

C'était un rêve ; tout était flou. Ally avait l'impression de se mouvoir dans un conte de fées. Elle avait vaguement conscience que les tantes reniflaient. Merry, pensa-t-elle, était celle qui pleurait le plus fort. Edith la consolait, elle pouvait entendre ses murmures.

— Là, là. Ils forment un beau couple.

Quelqu'un les fit taire.

Le pasteur continuait à parler d'une voix monotone.

Amour, honneur et obéissance. Comment pouvait-elle jurer une telle chose devant Dieu ? Comprendrait-Il un pieux mensonge ?

Après tout, elle *aimait* Mark.

Durant les vœux, elle soutint le regard argenté de Mark, répétant les paroles du pasteur comme un automate.

Elle sentit le contact de sa main sur la sienne.

Et soupira lorsqu'il l'embrassa.

Le tonnerre d'applaudissements lui rappela le grondement des vagues. Le goût de Mark, son odeur et son toucher firent soudain disparaître sa panique. La musique reprit et ils traversèrent la grande pièce. Ally n'avait aucune idée d'où ils allaient, surtout lorsqu'ils sortirent de la maison. Là, elle découvrit que tout le monde avait été invité, pas seulement la noblesse, mais les soubrettes et les forgerons, les cuisiniers… tous ceux qui servaient dans les deux maisons ou qui vivaient assez près pour assister à la noce. Les souhaits qu'on lui cria étaient sincères et pleins d'enthousiasme.

Elle sentit le scarabée contre sa poitrine et sourit en retour.

Elle avait été folle d'éprouver une telle appréhension. Tout s'était passé normalement. C'était un rêve. Elle avait rencontré Mark ; elle l'aimait ; elle l'avait épousé.

Encouragée, elle lança son bouquet. Il fut attrapé par la fille d'un fermier qui cria de joie.

Des tables étaient dressées dans la vaste cour intérieure, d'autres étaient installées dans le château. Des musiciens jouaient dehors et dedans.

— Champagne ? demanda Mark en lui tendant une flûte.

— A l'union des âmes ! lança Patrick. Et je porte un toast à Ally, une vraie dame pour un homme tel que Mark.

Elle rit quand elle l'entendit murmurer à un de ses amis :

— Je vous avais dit que je serais correct.

Ces instants étaient magiques. Mark n'aurait pas pu être plus beau ni plus charmant. Son père n'aurait pas pu être plus accueillant.

Sa première danse avec son époux se déroula pieds nus sur la pelouse et ils sourirent tous les deux, se rappelant une autre danse dans la forêt.

Elle passa en glissant près des tantes, qui sanglotaient.

— Elle est si belle en blanc cassé.

— En beige.

— En *perle*.

La musique emplissait l'air, ainsi que son âme. Elle fut réticente à se séparer de Mark, même pour danser avec lord Farrow. Mark, bien sûr, dansa avec chacune des tantes ainsi qu'avec Maggie, Camille et Kat, et elle dansa avec Brian, Jamie et Hunter… et ce qui lui sembla être un million d'autres hommes, sir Angus, sir Andrew, lord Ceci et lord Cela, qu'elle ne connaissait pas. Theodore, le cuisinier, sur son trente et un pour l'occasion. Thane Grier, qui n'avait pas osé l'inviter, mais qu'elle avait fait sortir de la foule.

Patrick, Thomas et Geoff…

Le pasteur !

Puis le détective Ian Douglas l'avait invitée.

— Vous n'êtes pas ici pour enquêter, n'est-ce pas ? lui demanda-t-elle, l'air taquin.

Face à sa mine déconfite, elle s'inquiéta :

— Que s'est-il passé ?

Il secoua la tête.

— J'insiste pour que vous me le disiez.

— Je ne veux pas que cela se répande tout de suite.

— Vous pouvez me faire confiance, détective Douglas.

— Elizabeth Prine a été trouvée morte dans son lit voilà quelques heures.

Ally manqua un pas et faillit trébucher.

— Elizabeth Prine. La veuve de Jack Prine ?

— Oui.

Elle sentit le scarabée contre sa chair.

— Il y a autre chose, n'est-ce pas ? demanda-t-elle.

Il fit signe que oui.

— Dites-moi. Vous allez emmener Mark avec vous, le jour de notre mariage, je pense que j'ai quand même le droit de savoir ce qui s'est passé.

— Je… Nous… nous ne voulons pas que cela se sache tout de suite.

— Je le comprends, dit Ally en s'efforçant d'être patiente.

— Eleanor Brandon…

— Elle est morte ?

— Elle va mourir. Elle est inconsciente. La perte de sang a été terrible.

Ils tournoyaient sur une valse.

Le rêve était devenu un cauchemar.

— Et la gouvernante ? demanda-t-elle vivement.

Il la regarda en plissant les paupières.

— Ne soyez pas ridicule. Mark ne trahit jamais une confidence, dit-elle d'un ton amer. Je sais ce que je sais par les journaux.

— La gouvernante…

Il s'arrêta en frissonnant.

— Elle a dû être très facile à tuer, ajouta-t-il doucement.

— Hudson Porter n'était pas marié. Sa gouvernante ?…

— Oui.

— Elles sont toutes mortes ?

Mark arriva derrière Ian et lui tapa sur l'épaule. Son expression était sinistre.

— Sapristi, Ian, que dites-vous à ma femme ?

Ally se força à sourire à Ian et se coula dans les bras de Mark, l'obligeant à faire le tour de la piste avec elle, la tête inclinée en arrière.

— Il me dit la vérité — quelque chose que vous semblez répugner à faire.

— Ce n'est pas votre affaire, Ally.

Elle réprima une exclamation. Il secoua farouchement la tête.

— Vous êtes intelligente, Ally. Vous écrivez d'une plume acérée. Mais vous ne voyez pas ? Il s'agit d'un fou. Il a massacré quatre femmes en une nuit. Enfin, Eleanor Brandon est encore en vie, mais elle mourra probablement avant de pouvoir articuler le nom de son meurtrier. Vous devez rester en dehors de tout cela et vous devez cesser d'écrire. Comprenez-vous ?

— Vous allez quitter votre propre mariage avec désinvolture dans quelques minutes, n'est-ce pas ? demanda-t-elle d'un ton plaisant.

— Ally, je *reviendrai.*

— J'en suis sûre — à un moment donné. Mais si je dois être exclue de cette façon, vous ne devez pas compter sur le fait que j'attende.

— Ally…

— Pourquoi Lionel Wittburg a-t-il dit ce qu'il a dit quand il était allongé dans la rue ? demanda-t-elle d'un ton farouche.

— Cela n'a pas d'importance.

— Si, cela en a. Et pourquoi vous et les autres vous déguisiez-vous en bandits de grand chemin ?

— Cela devrait être évident, répondit-il froidement. Pour quelqu'un qui a votre talent pour faire des déductions.

— Le tueur s'échappe en voiture, alors vous arrêtez des voitures pour chercher des preuves pendant que le pauvre lord Wittburg est dans un hôpital, son seul crime étant d'essayer de me dire ce que vous ne me dites pas.

— Je ne le savais pas, alors.

— Brian sait-il que vous allez bientôt partir ? demanda-t-elle.

Il ne répondit pas mais, à son regard, elle devina que Brian savait. Elle se sentit mal. Le monde entier, semblait-il, avait accepté le fait qu'il partirait, qu'il partirait toujours. Et elle le comprenait. Ce qu'elle ne pouvait supporter, c'était d'être traitée comme une figurine en cristal que l'on ne pouvait bouger parce qu'elle risquait de se briser. Il reconnaissait son talent, mais il ne voulait pas qu'elle l'exerce.

— Nous allons nous diriger vers la voiture, comme si nous nous échappions pour notre nuit de noces, dit-il.

— Une chance que nous en ayons déjà eu une, murmura-t-elle d'un ton glacial.

— Ally, grands dieux, vous ne pouvez nier l'énormité de cette affaire. Cet homme ne s'arrêtera devant rien pour cacher la vérité.

— Je vois l'énormité.

— Alors pardonnez-moi, demanda-t-il.

A cet instant, des cris s'élevèrent dans la cour. La voiture des Farrow, gaiement festonnée, les deux chevaux noirs portant des panaches blancs, apparut.

— C'est notre signal, dit-il doucement.

Ses yeux étaient posés sur ceux d'Ally. Elle eut la nostalgie de l'homme qu'elle avait connu si récemment, celui qui demandait au lieu d'exiger.

Elle se tourna, faisant un signe de main à la foule et courant légèrement vers la voiture, sa main dans celle de Mark. Bertram avait descendu le marchepied et Mark l'aida à monter, ramassant sa traîne.

Elle regarda en arrière, se força à sourire et agita de nouveau la main. Edith et Merry s'accrochaient l'une à l'autre en sanglotant, Violet entre elles.

— Je vous aime, mes chéries ! lança-t-elle d'un ton enjoué, puis elle s'affaissa sur la banquette et arracha son diadème, faisant voler les épingles dans sa fureur.

— Ai-je joué la comédie comme vous le vouliez ? demanda-t-elle tandis que la voiture s'ébranlait dans l'allée vers les grilles du château.

— Ally..., dit-il d'une voix peinée.

— Où est-ce que je vais ? s'enquit-elle froidement, s'imposant de ne pas montrer d'émotion. Tout cela n'est qu'une comédie, n'est-ce pas ? Votre vie entière est une comédie. Epouser une étrangère fait partie de la scène 5.

— Ally, déclara-t-il d'un ton égal, quatre personnes

ont été assassinées en une seule nuit et le meurtrier s'est échappé. Nous avons découvert ses crimes plusieurs heures après qu'il les eut commis. Devrions-nous nous soucier aussi terriblement que nos existences privilégiées soient brièvement perturbées ?

Elle fut encore plus courroucée. Il ne comprenait pas du tout qu'elle voulait simplement être respectée et incluse dans ce qu'il accomplissait.

— Je ne veux pas d'une existence privilégiée, dit-elle. Je veux seulement que ma vie soit à moi. Autrefois, j'étais libre, maintenant je ne le suis plus.

— Ally, on ne peut pas dire que vous soyez en prison.

— Ah, non ?

— Si vous l'êtes, ce n'est pas ma faute.

Elle le fixa, ne voulant pas croire qu'il dise une chose pareille.

— Votre prison a été créée par votre naissance.

Elle secoua la tête, luttant contre les larmes.

— Elle a été créée quand vous êtes entré dans ma vie.

Lorsqu'il voulut parler, elle agita la main avec colère.

— Je vous en prie, si vous devez parler, répondez à mes questions. Où est-ce que je vais ? Tous vos amis sont au château, dit-elle d'un ton glacial.

Il détourna les yeux, comme s'il ne s'en souciait plus.

— Ils n'y resteront pas, assura-t-il.

— Bonté divine, ne pouvez-vous répondre à une seule question ? Où est-ce que je vais ?

Le silence fut sa seule réponse. Ils avaient à peine franchi les grilles quand la voiture s'arrêta dans une secousse. Elle entendit un bruit de sabots sur la route à côté d'eux.

— Je reviendrai dès que possible, lança-t-il, et il sortit de l'habitacle.

Ally se pencha et vit que Patrick, Thomas, Geoff et Ian étaient là, à cheval, et tenant la bride de la monture de Mark. D'un mouvement rapide, il se mit en selle.

La voiture redémarra.

Elle ne savait toujours pas où elle allait.
Elle fondit en larmes.

Ils se rendirent sur les lieux des crimes par ordre de proximité, ce qui les conduisit d'abord chez Elizabeth Prine. Le coroner était sur place et des officiers de police gardaient la maison, mais elle n'était pas entourée d'un cordon et les policiers qui se trouvaient devant étaient en civil. Ils essayaient de rester discrets sur les événements jusqu'à ce qu'ils puissent au moins comprendre eux-mêmes ce qui s'était passé, en espérant prendre le meurtrier de court.

Il ne fallut pas longtemps pour constater que le tueur avait une clé et était entré par-derrière.

Le corps d'Elizabeth Prine leur en dit beaucoup, beaucoup plus. Elle ne connaissait pas seulement son assassin ; elle l'attendait. Mark fut affligé de se rendre compte qu'il avait eu raison à propos de la liaison.

De ce fait, sa découverte avait fort bien pu provoquer la série de meurtres. Il examina en détail la chambre, la maison et le terrain. Il était certain d'une chose : l'amant d'Elizabeth était son meurtrier. Et, dès le début, Ian avait eu raison sur la façon dont l'homme s'échappait : une voiture l'attendait à proximité du lieu du crime afin que personne ne repère ses vêtements tachés de sang.

En questionnant l'officier qui avait surveillé la maison, Mark se rendit compte que cette théorie était la seule possible — le policier avait surveillé la porte d'entrée toute la nuit. Personne n'était passé par là. Il était péremptoire sur ce point.

Il n'y avait rien de différent chez Hudson Porter, à part que la gouvernante, tuée dans son lit, n'attendait probablement pas de compagnie. On pouvait douter, cependant, qu'elle ait entendu le tueur. Si elle avait eu de la chance, elle avait été morte avant de s'apercevoir qu'il était là.

Leur dernière visite fut pour la maison des Brandon. Là aussi, la gouvernante avait été surprise dans son sommeil. Là aussi, l'assassin était entré avec une clé. Mark suivit chaque pas du meurtrier. La gouvernante avait été tuée en premier. L'homme était entré sans bruit, dans l'intention de tuer. Une fois que la gouvernante avait été assassinée dans sa chambre du rez-de-chaussée, il avait monté l'escalier. Il vint à l'esprit de Mark qu'ils devaient parler à la soubrette qu'Elizabeth avait renvoyée. Elle pouvait avoir des informations et risquait d'être en danger.

Apparemment, Eleanor Brandon avait été avertie. Il y avait des signes de lutte dans la chambre. Elle avait été laissée sur le lit, lui avait dit Ian, et il était sûr que le tueur avait supposé qu'elle était mourante, s'étouffant sur son propre sang, quand il était parti. C'était le policier de garde — habitué à surveiller la maison depuis le meurtre de Giles Brandon — qui avait remarqué que les lumières ne s'allumaient pas le matin. Eleanor était encore en vie parce qu'il avait enfoncé la porte d'entrée, donné l'alarme, et l'avait emmenée à l'hôpital.

Ils se rendirent enfin à l'hôpital. Eleanor Brandon était allongée dans un lit, blanche comme un linge à part la plaie rouge de sa gorge. Elle avait sur les bras des blessures qui indiquaient qu'elle s'était défendue.

— Comme son mari, dit Ian.

Mark hocha la tête.

— Quelles sont les chances qu'elle se réveille ? demanda-t-il au médecin.

L'homme secoua la tête.

— Une sur cent, mais nous ferons de notre mieux.

Le temps qu'ils quittent l'hôpital, il était tard. Patrick, Thomas et Geoff, qui avaient attendu dehors appuyés à un mur, se redressèrent lorsqu'ils apparurent.

— Nous ne pouvons rien faire maintenant, dit Mark. Il est tard. Mais, demain, je pense que nous ferons bien de sortir de nouveau à cheval.

— Comme bandits de grand chemin ?

— Les femmes étaient impliquées. Elles ont pris part aux meurtres. Elles n'ont pas manié le couteau, mais elles ont laissé arriver les assassinats. Peut-être qu'une partie des bénéfices financiers a été promise au tueur. Lui, de son côté, avait ses propres objectifs. Une fois de plus, nous savons qu'il s'est enfui avec une voiture qui attendait dans une rue de derrière, donc deux hommes au moins sont intervenus : un cocher qui montait la garde et l'assassin. La cape trouvée dans la voiture de lord Wittburg était authentique, mais elle a été placée là pour l'accuser. Si le tueur n'avait pas craint qu'Elizabeth Prine ne l'ait trahi… En tout cas, le soir où lord Wittburg a accosté Ally, il était allé à son club. Il a vu Arthur Conan Doyle, sir Andrew Harrington et le shérif, sir Angus Cunningham. Il a également vu le journaliste Thane Grier dans la rue. Nous pouvons éliminer Doyle, car il n'a été impliqué dans aucune des affaires qui ont eu lieu dans les maisons ou dans les rangs des antimonarchistes.

Mark décocha un sourire lugubre à ses amis.

— Nous pouvons aussi l'éliminer parce que je sais qu'il est incapable de ce genre de boucherie. Lisez son œuvre et vous serez d'accord. Mais Harrington et Cunningham sont apparus sur toutes les listes, encore et encore. Et le journaliste s'est très souvent montré au bon endroit.

— Sir Angus est le shérif, dit Ian, presque en colère.

— Oui, mais à ce stade je ne pense pas que son statut puisse nous détourner d'envisager la possibilité qu'il soit impliqué.

— Sir Angus impliqué… dans quelque chose d'aussi atroce !

Ian était incrédule.

— Je n'ai pas dit que c'était sir Angus, mais je préfère envisager toutes les possibilités. A votre avis, combien de temps pouvez-vous cacher la nouvelle des meurtres, éviter qu'ils ne paraissent dans les journaux ?

Ian secoua la tête.

— Plus longtemps nous cacherons la vérité, plus il semblera que nous soutenons une conspiration.

— Alors je suggère que vous informiez les journaux vous-même. Bientôt. Laissez vos hommes inspecter encore une fois les scènes des crimes, pour chercher des preuves. Puis laissez filtrer l'information.

Ian hocha sombrement la tête.

— Je peux imaginer les sermons dans les églises à travers tout le pays, demain.

Ally fut surprise mais contente de voir qu'elle était conduite en ville. La voiture arriva enfin à la résidence londonienne de lord Farrow.

Bertram, l'air penaud, l'aida à descendre.

— Jeeter est à l'intérieur pour vous procurer tout ce qu'il pourra vous falloir, lady Farrow, murmura-t-il sans la regarder dans les yeux. Et vous n'avez pas à avoir peur. Je monterai la garde.

— Merci, Bertram. Je n'ai pas peur, mais je suis reconnaissante de votre protection.

— Lord Joseph prévoit de rester à son club ce soir, et laisse la maison à votre disposition.

Ah, oui, elle était jeune mariée, après tout.

— Personne à part vos tuteurs ne connaît votre destination.

— Merci.

Personne ne savait ? N'importe qui pouvait reconnaître la voiture. Mais, à présent, elle était en sûreté à l'écart de la rue, sous la porte cochère.

A l'intérieur, Ally salua Jeeter, mais elle était impatiente d'échapper à tout le monde. Elle se hâta de monter dans la chambre qui avait été la sienne auparavant et découvrit qu'elle avait été préparée. Elle se tint un moment devant le miroir de la coiffeuse. Ses cheveux tombaient sur ses épaules et sa toilette était en désordre. Elle avait commencé la journée si différemment, ce matin-là.

Elle entreprit de défaire les minuscules boutons de son corselet puis hésita, fronçant les sourcils. Il y avait une étrange marque sur la manche délicate.

Une marque rouge…

Elle arracha presque l'élégante robe dans sa hâte de s'en débarrasser. Oui, il y avait une tache qui ressemblait à du sang sur la manche. Et il y en avait une autre sur le dos de la robe, là où un homme aurait posé la main pour la guider dans une valse.

Son sang se glaça dans ses veines.

Quelqu'un avait pu se couper. En se rasant, par exemple, en cuisinant, en jardinant… ou en commettant un meurtre ?

16

Mark ne savait absolument pas à quoi s'attendre quand il arriva à la maison ce soir-là. Lorsqu'il avait vu Ally pour la dernière fois, elle était furieuse, mais quelle jeune mariée ne le serait pas à sa place ? Il se demanda, en fixant l'entrée, s'il n'avait pas trop présumé de sa position. Etre le fils de l'éminent lord Joseph Farrow ne l'avait jamais poussé à se croire important. Il avait passé le plus clair de sa jeunesse à se battre contre cette image, accomplissant son devoir pour l'Empire, n'évitant jamais la responsabilité de se placer en première ligne. Deux choses l'avaient incité à choisir la vie qu'il menait maintenant : une véritable empathie pour la reine Victoria vieillissante et une vraie amitié pour Arthur Conan Doyle. Les lecteurs s'étaient entichés de son détective Sherlock Holmes, à la grande surprise de l'auteur. Arthur avait été déconcerté que le public déplore la mort fictive de Holmes, dont il avait dû interrompre les aventures pour prendre soin de sa femme malade. Mais, dans les cercles privés, il ne se lassait jamais de parler de l'importance de l'observation, de ses années d'études avec le Dr Joseph Bell et de la façon dont ses méthodes pouvaient servir la police.

Il était vrai, cependant, qu'être le fils et l'héritier de lord Joseph Farrow avait aidé Mark dans ses investigations, lui ouvrant des portes qui ne se seraient peut-être pas ouvertes à d'autres.

S'était-il, depuis, fait des idées erronées sur sa propre importance ? Le fait qu'il se soit absenté de son propre mariage prouvait-il qu'il se croyait irremplaçable ? Vivait-il avec l'illusion qu'il était le seul homme assez intelligent pour résoudre ces derniers crimes ? Et avait-il laissé son ego s'interposer entre lui-même et sa nouvelle épouse ?

Il grimaça. Non, ce n'était pas ça. En fait, il était tellement impliqué dans cette affaire qu'il avait à cœur de résoudre ces crimes avant de s'abandonner au plaisir du mariage.

Il avait eu plusieurs liaisons dans sa vie, aucune préjudiciable pour l'une ou l'autre partie. La plus longue avait été avec une actrice renommée qui appréciait d'être le centre des commérages, mais n'avait jamais recherché le mariage. Il avait tenu à elle, mais il ne l'avait pas aimée. Sachant qu'il avait accepté d'honorer la promesse de son père, il avait imaginé qu'il serait un époux assez convenable. En toute honnêteté, il ne pouvait dire qu'il s'était attendu à être un mari fidèle. Il avait consenti à un mariage arrangé, mais il n'avait jamais pensé qu'il pourrait tomber amoureux de sa fiancée.

De sa femme.

Il n'avait jamais imaginé que son épouse puisse chercher à lui échapper le soir de leur nuit de noces. Or, Ally était furieuse lorsqu'il l'avait laissée... Se serait-elle calmée ? Il pénétra dans la maison avec cette idée en tête. Lorsque Jeeter lui annonça que sa femme s'était retirée depuis longtemps, il monta l'escalier le cœur battant.

Toutefois, lorsqu'il ouvrit la porte, elle était là. Miraculeusement.

Du feu brûlait dans la cheminée, prodiguant la seule lumière de la chambre. Il éclairait suffisamment la pièce pour qu'il puisse voir la forme couchée dans le lit, bien plus attrayante qu'il n'avait osé l'espérer. Les couvertures étaient rabattues et elle portait une chemise de soie blanche qui moulait ses courbes comme une seconde peau, ce qui lui embrasa le sang et fit réagir son corps.

Il relâcha son souffle, soulagé, en entrant sans bruit et en fermant la porte. La gorge serrée, il commença à ôter ses habits de noce qu'il portait toujours, boutons de manchettes, redingote, gilet et chemise.

Il ferma les yeux un moment alors qu'il était debout devant le miroir, se remémorant tout le sang qu'il avait vu ce jour-là. Il eut soudain l'impression que ce sang le recouvrait, corps et âme, et il se sentit incapable de se coucher près d'Ally dans cet état. Il ressortit de la chambre, décidé à prendre un bain ailleurs.

Dans sa propre chambre, il se surprit à se presser, tant il était impatient de rejoindre sa femme. Il se débarrassa du reste de sa tenue de marié et se coula dans la baignoire pendant qu'elle se remplissait encore. Pendant un moment il en savoura la chaleur, mais seulement un moment. Il prit du savon et un linge, se moquant de lui-même tandis qu'il se frottait, car il était tout à coup aussi affairé que lady Macbeth, avide de se débarrasser de l'odeur de la mort et du Mal qui fleurissait trop souvent dans le cœur des hommes.

Il était tellement plongé dans ses pensées qu'il n'entendit pas s'ouvrir la porte extérieure de sa chambre, ni celle de la salle de bains quelques secondes plus tard. Il se frottait furieusement les mains quand il leva enfin les yeux.

Et elle était là, vêtue de sa vaporeuse chemise de soie blanche, ses superbes cheveux dorés tombant sur ses épaules et dans son dos. Elle était aussi ravissante qu'un ange, mais son sourire insinuait quelque chose de bien plus charnel et érotique.

Mark s'arrêta, surpris, captivé. Elle sembla glisser pour prendre un siège à côté de la massive baignoire à pattes de lion. Il resta silencieux, incapable de prononcer le moindre mot.

— Ainsi, vous êtes rentré, dit-elle très doucement.

Il déglutit, conscient que l'eau ne cacherait guère la réaction que le seul son de sa voix pouvait provoquer.

— Vous saviez que je reviendrais le plus tôt possible.

— Bien sûr, murmura-t-elle en se penchant vers lui.

Il était stupéfait que la femme furieuse qu'il avait laissée soit devenue cette déesse de la séduction à son retour. Alors qu'elle s'approchait de lui, l'enveloppant d'une odeur de savon, de parfum et des enivrants effluves de sa personne, il se tendit avec avidité pour cueillir son baiser…

Il fut saisi lorsqu'il sentit la pointe d'une lame sur son artère jugulaire.

Elle se redressa, les yeux aussi acérés que des dagues dorées, la main ferme sur la poignée du couteau. Il serra les dents, furieux contre elle et contre lui-même.

— Qu'est-ce que cet accueil ? demanda-t-il d'un ton glacial.

— Une leçon, répondit-elle.

— Vraiment ? Et que voulez-vous que j'apprenne ? Que j'ai accueilli un serpent venimeux sous mon toit ?

Elle haussa un sourcil.

— La première leçon, sir, est que vous êtes aussi vulnérable que n'importe quel homme, ou femme. Je ne peux pas passer ma vie sous bonne garde, en permanence. « Surveillez-la. Assurez-vous qu'elle n'aille nulle part. »

Il plissa les paupières.

— Comme vous le voyez, nous sommes tous sous la menace, tout le temps. Deuxièmement, vous n'avez pas épousé une idiote.

— Ah, non ? Curieux que vous abordiez ce sujet maintenant.

— Prenez garde à ce que vous dites pendant que je tiens ce couteau.

Malgré ses paroles et la dague posée sur sa gorge, il avait du mal à se concentrer. La vapeur avait humecté la soie. Elle moulait ses seins d'une façon provocante, si près de lui, faisant ressortir toutes les courbes de sa silhouette.

— Que voulez-vous, mon amour ? demanda-t-il d'un ton lisse.

— Je ne suis pas un bien qui vous appartient. Je ne

veux pas être transportée ici ou là sans avoir droit à une pensée ou une question — sans *opinion*. Croyez-le ou non, sir, je n'étais pas affligée que vous soyez appelé ailleurs le jour de notre mariage. Toutefois, je pourrais mentionner que bien des jeunes mariées le seraient. J'étais en colère… non, c'est un mot bien trop doux. J'étais *furieuse* que vous ne jugiez pas approprié de m'expliquer vous-même les circonstances, que vous ne demandiez pas ce que je pensais, pas même concernant l'endroit où je devais être emmenée pendant que vous vous rengorgeriez à jouer le grand Mark Farrow.

— Continuez.

— C'est le moment où vous devriez vous excuser, lui indiqua-t-elle.

Il sourit.

— Je ne m'excuserai pas de considérer votre sécurité comme le facteur le plus important dans mes décisions.

— Ma sécurité ? Ce n'est pas moi qui ai été prise par surprise. Ce n'est pas moi qui ai un couteau sous la gorge.

— Il y a une chose que j'ai apprise au sujet d'une telle situation et que vous, apparemment, ne connaissez pas.

— Laquelle ?

— Sachez toujours quand un adversaire n'a pas l'intention d'utiliser une arme.

En un éclair, il lui saisit le poignet, ses doigts le serrant dans un étau. Le couteau vola à travers la salle de bains et heurta le mur. Mark tira et Ally perdit l'équilibre. Avec un petit cri, elle atterrit sur lui dans la baignoire.

Elle avait été l'incarnation d'un ange ; à présent, elle luttait comme une harpie. Maugréant des jurons, elle se débattait contre son emprise. Il la tenait serrée contre lui, un bras fermement passé autour de sa taille. De l'eau coulait toujours du robinet et se déversait sur le plancher tandis qu'elle bataillait. Mark se redressa, la plaquant contre lui assez longtemps pour fermer le robinet. Elle était aussi forte qu'une diablesse, mais il réussit enfin à immobiliser ses bras qu'elle agitait. Il percevait sa fureur :

elle émanait d'elle avec une chaleur brûlante, bien plus intense que celle de l'eau. Elle était rigide, trempée et à sa merci, et elle le savait.

— Je suis enchanté de vous voir, mon amour, chuchota-t-il contre son oreille humide.

Des mèches de cheveux taquinaient son visage. Elle était sans aucun doute consciente de son excitation, serrée ainsi contre son corps. Elle n'osait pas bouger.

Il fut surpris lorsqu'elle ignora sa plaisanterie et dit :

— Si vous n'apprenez pas que vous pouvez me parler, si vous ne me faites pas confiance, si vous… ne me dites pas la vérité, je ne pourrai pas le supporter.

— Quelle vérité voulez-vous que je vous dise ? demanda-t-il.

— Pour commencer, que voulait dire lord Wittburg à mon sujet ?

Il hésita, puis soupira. Il avait envie de la tenir plus fort et plus tendrement que jamais, mais elle restait raide et hostile dans ses bras.

— C'est compliqué, murmura-t-il.

— Apparemment, nous avons le temps.

Il inspira profondément, desserrant son emprise. « Nul ne doit savoir », avait dit son père. Mais Ally avait le droit de savoir. Et comme il ne pouvait s'empêcher de craindre que les circonstances actuelles puissent d'une manière ou d'une autre concerner son passé, il sentit fortement qu'elle devait être prévenue.

— Vous avez entendu parler des théories d'une conspiration à propos de Jack l'Eventreur ? demanda-t-il doucement.

— Bien sûr.

Elle se tordit dans ses bras, parvenant à le regarder en face, un pli creusant son front, ses yeux plus intrigués qu'hostiles.

— Je ne peux pas croire que la monarchie ait été impliquée.

Il secoua la tête.

— Non. Mais, souvent, des grains de vérité sont à la racine d'histoires fantastiques.

— En quoi cela peut-il me concerner ? Je ne crois certainement pas en des théories de conspiration impliquant le gouvernement. Et de telles rumeurs ne peuvent avoir d'importance maintenant, tant d'années après.

— Les rumeurs concernant le prince Albert Victor, duc de Clarence, connu sous le surnom d'Eddie, contenaient un grain de vérité.

— Je ne crois pas…

— Il n'était pas un meurtrier, Ally. Mais il est bien tombé amoureux, apparemment, et il s'est marié illégalement. Avec une femme nommée Annie. Et ils ont eu un enfant. Eddie était très malade, et les circonstances ont pu rendre folle la pauvre Annie. En tout cas, elle était malade elle aussi, et finalement elle est morte. La Couronne était en danger, alors, et Eddie n'était pas entouré des meilleurs conseillers — ou même amis, j'imagine.

— Et alors ?

Mark se rendit compte qu'il devait inspirer de nouveau.

— Vous êtes l'enfant, dit-il doucement.

Elle secoua la tête.

— L'enfant ?

— La fille du prince Eddie et de sa bien-aimée Annie.

Elle secoua de nouveau la tête ; il savait qu'elle nierait ses paroles.

— C'est… absurde !

Il ne répondit pas. Elle lutta une fois de plus contre son emprise.

— C'était une rumeur. Juste une histoire, rien de plus. Si c'est le levier qui a été utilisé pour vous forcer à épouser une orpheline, je suis vraiment désolée.

Mark n'essaya pas de discuter.

— S'il vous plaît… laissez-moi me lever, pria-t-elle.

Il la relâcha enfin, puis l'aida à reprendre pied sur le sol mouillé, sa chemise de soie complètement trempée et très suggestive. Il se leva derrière elle, cherchant des serviettes. Elle prit en frissonnant celle qu'il lui tendait et s'enfuit.

Drapant sa propre serviette autour de sa taille, Mark la suivit.

Elle était retournée dans « sa » chambre, son espace privé. Elle n'essaya même pas de l'empêcher d'entrer. Lorsqu'il pénétra dans la pièce, elle se tenait simplement devant le feu, frémissante.

Il alla à elle, la tourna face à lui, lui ôta sa chemise mouillée et l'enveloppa dans la serviette.

— Ce n'est pas vrai, insista-t-elle.

— J'ignore si c'est vrai ou faux, dit-il. C'est l'histoire que l'on a confiée à mon père, sous le sceau du secret. Je sais seulement que je m'en moque.

Ses yeux cherchèrent les siens. Ils étaient pleins de supplication et d'une émotion à nu qui le toucha. Toutes ses pensées étant des pensées de tendresse et d'amour, il la prit dans ses bras, la souleva, la tint contre lui et s'assit avec elle dans le fauteuil rembourré devant le feu. Elle continua à trembler, perdue quelque part dans son propre esprit, et il reprit :

— Je sais seulement que je vous aime.

Elle ne répondit pas, mais bougea dans ses bras et l'enlaça. Ses lèvres, entrouvertes et humides, se levèrent vers les siennes. Il se joignit à elle dans ce baiser salé par les larmes, et tandis qu'il essayait désespérément de la rassurer, leur baiser devint passionné. Pris dans son étreinte farouche, il s'efforça d'être tout ce qu'il lui fallait, de lui montrer la vérité de son amour. Elle lui rendit chacune de ces émotions et il oublia où ils avaient commencé, et même pourquoi. C'était sa nuit de noces et il était profondément, désespérément amoureux de sa femme.

Il se leva et la porta au lit, les serviettes tombant sans qu'ils s'en rendent compte. Il baisa sa gorge et ses épaules avec une tendresse et un désir infinis, vénérant ses courbes et la douceur soyeuse de sa peau. Les doigts d'Ally jouaient sur son torse, pétrissaient son dos, dansaient le long de son échine. Ses lèvres trouvèrent sa gorge, l'endroit où battait son pouls, où si récemment elle avait tenu le couteau, et il redouta qu'elle cesse de le toucher bien plus qu'il ne redoutait n'importe quelle lame.

Il prit son sein rond dans sa paume, sentant son érection se dresser de nouveau, sentant pulser en elle son sang et sa faim, son propre désir étant augmenté par le délicat contact de ses doigts, érotique et tentateur, puis par une caresse plus ferme... qui le rendit fou. Il enfouit son visage contre sa gorge, inhala le parfum humide et propre de ses cheveux, eut l'impression de mourir de plaisir. Saisi d'une fièvre érotique, il l'écarta et s'occupa avec ardeur de ses seins, de son ventre. Ses doigts caressèrent ses genoux, dessinèrent des motifs le long de son dos. Il se glissa entre ses longues jambes fuselées, la taquina et la savoura, sentant qu'elle le poussait à une plus grande folie encore par chacun de ses mouvements, par chaque exclamation qui s'échappait de ses lèvres lorsqu'elle s'arquait contre lui.

Puis il se trouva repoussé en arrière tandis qu'elle faisait courir le feu liquide de sa langue sur lui, sur son torse, ses cheveux taquinant sa chair lorsqu'elle posa une caresse brûlante sur son sexe palpitant.

Il cessa de respirer.

Il se servit de la force de ses mains pour la faire remonter. Il s'enfonça profondément en elle, la regarda s'arquer, savoura la beauté lisse de ses seins, sa chevelure volant autour d'elle telle une cascade d'or brûlé. Alors il roula sur lui-même en la tenant contre lui et la prit d'assaut avec frénésie jusqu'à ce qu'il entende son cri étouffé et sente la tension qui s'emparait d'elle. A ce moment-là seulement, il se laissa aller au comble de la volupté.

Lorsqu'il retomba à côté d'elle, il la prit aussitôt contre lui et la tint serrée en lui assurant :

— Je vous aime, Ally. Vous. La fille que j'ai rencontrée dans la forêt, qui défiait toutes les conventions. Je vous aime.

— Je vous aime, Mark. Je vous aime aussi, murmura-t-elle, les doigts repliés sur son torse.

Toute la nuit, il éprouva le besoin de lui faire savoir à quel point il l'aimait.

Elle ne parut pas s'en offusquer.

En fait, elle sembla éprouver le besoin de le lui faire savoir aussi.

Il était très tard le dimanche matin lorsqu'ils s'éveillèrent. Au début, quand Ally ouvrit les yeux, elle fut certaine qu'il serait de nouveau parti.

Mais non. Il était près d'elle, appuyé sur un coude, ne faisant rien d'autre que l'observer. Elle sourit lentement. Elle adorait le voir nu.

— Je crois qu'il y a un plateau avec du thé et de quoi manger juste derrière la porte, dit-il. Dois-je aller le chercher ?

— Oui, s'il vous plaît.

Il se leva, ramassa une serviette par terre et la drapa autour de lui avant d'ouvrir la porte. Il apporta le plateau, qu'il posa au pied du lit. Ally n'avait pas mesuré à quel point elle était affamée.

— Jeeter, toujours le parfait valet, murmura Mark. Pas de toasts qui peuvent refroidir, juste des petits pains, du beurre, de la confiture et des œufs durs.

Ally s'assit avec précaution pour ne pas renverser le plateau. Elle versa délicatement le thé dans les deux tasses pendant que Mark préparait des assiettes avec des petits pains.

Lorsqu'ils furent installés de façon un peu précaire avec des assiettes, des tasses et des soucoupes devant eux, Ally prit un air sérieux.

— Mark… est-ce qu'une telle chose pourrait être vraie ?

— Ally, comme je l'ai dit, je ne sais pas, et je ne m'en soucie vraiment pas.

— Mais…

— Est-ce que cela importe pour vous ? Vous avez été élevée par les tantes. Personne ne pourrait vous aimer davantage. Quant à tous vos tuteurs…

— Mais est-ce qu'ils m'ont aimée simplement par loyauté envers la Couronne ? demanda-t-elle.

— Ally, je ne crois pas que l'on ait demandé à quiconque de vous donner son amour. Peut-être, au début, ont-ils éprouvé un besoin farouche de vous protéger. Mais regardez en arrière. Vous déshonorez des gens de grande qualité en doutant qu'ils vous aiment de tout leur cœur.

Elle baissa la tête, puis sourit.

— Merci.

— Pardon ?

— Merci de me les rendre, dit-elle doucement.

Après quoi elle secoua ses cheveux défaits, déterminée à effacer l'étrange sentiment qu'une telle révélation lui inspirait. Etait-ce vrai ? Elle l'ignorait. Et elle essayait désespérément de ressentir la même indifférence que Mark à ce sujet.

— Parlez-moi d'hier, demanda-t-elle.

Il la regarda et sourit, ses cils voilant un instant ses yeux.

— J'ai épousé une créature très dévergondée, dit-il.

— Peut-être, murmura-t-elle d'un ton guindé. Mark, s'il vous plaît. Qu'est-il arrivé quand vous êtes parti ?

Il se raidit et secoua la tête.

— C'était horrible.

— Je n'ai pas peur de l'horrible.

— Ally, je n'ai jamais rien vu de pareil… Ce n'est pas simplement la brutalité des crimes, le sang…

— Le tueur est si calculateur et plein de sang-froid, lâcha-t-elle.

Il la regarda et hocha la tête.

— A. Anonyme a commencé à suspecter qu'il pouvait y avoir un aspect plus personnel à ces meurtres. Quelque chose qui se cacherait derrière la tentative d'ébranler le gouvernement anglais.

Elle acquiesça.

— Mais… si ces femmes étaient impliquées, elles sont mortes, à présent.

— Eleanor Brandon se raccroche de peu à la vie. Ou se raccrochait. J'ignore ce qui s'est passé ce matin. Le journal est très visiblement absent de ce plateau, aussi je suppose que Jeeter a décidé que nous prendrions au moins notre petit déjeuner en paix.

— Si elle survit, elle sera probablement jugée. Et pendue pour conspiration dans le meurtre de son mari.

— Dieu sait ce qu'un jury décidera. Son médecin ne pense pas qu'elle ait beaucoup de chances. Mais il y a des gardes à son chevet. Si elle reprend conscience, elle nous donnera certainement le nom du tueur. J'ai peine à croire qu'elle veuille être pendue pour un homme qui a essayé de la tuer aussi.

— Pensez-vous que le meurtrier aurait pu être sir Angus Cunningham ? demanda Ally.

Il la regarda, stupéfait, et en cet instant ses yeux le trahirent.

— Qu'est-ce qui vous fait suggérer sir Angus ? demanda-t-il.

Elle haussa les épaules.

— Je lis, rappelez-vous.

Elle hésita avant d'ajouter :

— J'ai passé en revue un certain nombre de vieux articles.

— Oh ? Et comment les avez-vous obtenus ?

Quand elle ne répondit pas, son visage se durcit.

— Thane Grier ?

Elle ne dit toujours rien.

— Ally, il est soupçonné aussi, déclara Mark.

— Je crois qu'il est passionné et décidé à se faire un nom, mais ce n'est pas un meurtrier.

— Comment pouvez-vous en être aussi certaine ?

— Je n'en suis pas certaine, bien sûr, murmura-t-elle en baissant les yeux.

— Tenez-vous à l'écart de lui, dit-il fermement.

Elle ne répondit pas.

— Ally…

— Mark…

— Tenez-vous loin de lui !

Elle le regarda, haussant un sourcil.

— Le tueur est intrépide. Et le devient encore plus, manifestement. Si son intention était de faire passer la monarchie pour implacable, il a trahi son propre but en tuant ces femmes. Le monde saura qu'il devait y avoir d'autres mobiles.

— Les conspirateurs se retournent les uns contre les autres tout le temps, lui rappela Mark.

— Historiquement parlant, oui.

— Ce qui est évident n'est pas toujours la vérité.

— Vous pensez que faire paraître la monarchie froide et implacable n'était qu'un bonus qui s'ajoutait au vrai mobile de ces femmes, qui était de se débarrasser d'hommes qu'elles méprisaient afin d'avoir leur argent.

— Le meurtrier avait une liaison avec Elizabeth Prine. J'imagine que le plan a éclos pendant qu'ils se prélassaient dans les bras l'un de l'autre. C'était un complot dangereux, pour commencer, à savoir impliquer autant de monde. Craignant qu'Elizabeth ne puisse le trahir, il a décidé qu'elle devait mourir. Mais si elle mourait, l'une des autres femmes aurait pu être terrifiée et prête à dire la vérité. Alors…

— Un bain de sang, murmura-t-elle.

— Donc, dans toutes vos lectures, qu'avez-vous déterminé d'autre ? demanda-t-il.

— Je crois que vous devriez surveiller sir Andrew Harrington.

Mark sursauta de nouveau et secoua la tête.

— Au lieu d'être en colère, pourquoi ne me parlez-vous pas ? demanda-t-elle.

— Ally…

Il soupira.

— Nous devrions peut-être surveiller Andrew

Harrington. Il y a bien sûr plus d'une personne dans les environs qui devrait être observée. Et je crains toujours que vous ne soyez en danger.

— A cause de l'attaque du cottage ?

— Cela et… bien d'autres raisons. Peut-être que quelqu'un d'autre, en plus de Lionel Wittburg, sait qui vous êtes. Et si quelqu'un ignore que vous pouvez être un membre caché de la famille royale, mais *sait* que vous êtes A. Anonyme ? Je ne vous demande pas de passer votre vie à obéir à mes diktats — même si vous avez promis de m'aimer, de m'honorer et *de m'obéir* —, je vous demande d'être prudente jusqu'à ce que ce meurtrier soit arrêté.

Elle tendit la main, renversant presque le plateau du thé, pour toucher son visage.

— Je *suis* prudente, Mark. Comme vous.

Il prit sa main.

— Ally, vous avez vécu abritée dans un cottage perdu au milieu des bois. Vous alliez où vous vouliez quand vous vouliez. Vous ne pouvez pas revenir à cet état de choses. Pas maintenant.

Elle n'eut pas envie de répondre.

— Vous avez fini ? demanda-t-elle doucement.

Quand il hocha la tête, elle ôta le plateau et lui sauta littéralement dessus. Plus tard, beaucoup plus tard, elle se leva et prit un bain pendant qu'il allait faire la même chose dans sa propre chambre.

Elle savait, bien sûr, qu'il repartirait, et elle ignorait quand il reviendrait.

Toutefois, elle n'avait fait aucune promesse sur ce qu'*elle* ferait.

Une fois habillée, elle s'assit à la coiffeuse pour brosser ses cheveux. Quand il revint, elle lui dit :

— C'est étrange.

— Quoi ?

— Vous étiez parti avec Ian. J'étais en route pour venir ici.

Elle posa la brosse et se tourna pour le regarder.

— Et pendant ce temps, le meurtrier profitait de notre fête de mariage.

Comme elle s'y attendait, il fronça les sourcils.

— De quoi parlez-vous ?

— J'ai dansé avec lui.

— Ally…

Elle se leva, alla prendre sa robe de mariée dans un coin de la pièce et la lui apporta.

— Il peut y avoir d'autres explications, bien sûr. Mais cet homme est sorti tuer quatre personnes. Il a réussi dans trois cas, et Eleanor est à peine en vie. Peut-être que quelqu'un s'est débattu à un moment donné et qu'il a été légèrement blessé.

Elle étala la robe sur le lit, indiquant les taches.

— Ou peut-être que quelqu'un s'est coupé en pelant une pomme. Comme je le disais, il pourrait y avoir des dizaines d'explications. Mais quelqu'un avait une blessure assez fraîche pour se rouvrir quand il a dansé avec moi à notre mariage.

Mark la fixa, puis fixa la robe. Elle fut surprise quand il l'attira soudain à lui d'un geste violent, presque douloureux. Il glissa les doigts dans ses cheveux et la regarda dans les yeux.

— Sapristi, Ally…

— Mark…

Il secoua la tête, et elle vit de la fureur dans son regard argenté.

— Cet homme est pire que méprisable. Il est fou… mais il se promène comme s'il était complètement normal ! Il a osé venir à notre mariage, danser avec vous, vous tenir, vous toucher… Doux Jésus. Si je le trouve, il ne vivra pas pour être pendu. Je le jure !

— Mark ! s'écria-t-elle, affolée. Vous ne pouvez faire justice par vous-même ! Bien sûr, ajouta-t-elle vivement, vous devez vous défendre à tout prix, mais vous ne devez pas être l'agresseur. Je regrette de vous avoir montré ça.

Il déglutit ; elle comprit qu'il luttait pour contrôler ses émotions.

— Il est effrayant de se rendre compte que nous devons consulter la liste de vos cavaliers.

— Je crois que nous pouvons exclure les gens de l'endroit, murmura-t-elle avant de le regarder. Et la liste comporterait aussi les personnes les plus proches de nous, au-dessus de tout soupçon, vos meilleurs amis, mes tuteurs. Mais cela nous laisse une longue liste incluant sir Andrew, sir Angus…

— Et Thane Grier.

— Et Thane Grier, admit-elle.

Il baissa la tête.

— Cela ne nous conduit nulle part. Je regrette d'avoir parlé, dit-elle.

— Ne regrettez jamais les vérités que vous me confiez, Ally. Et, je vous le jure, j'essaierai vraiment de vous dire ce que j'ai à l'esprit et de vous expliquer mes actions. C'est juste que… Tant de choses sont si laides que je ne veux pas…

Elle appuya la tête sur son épaule.

— Cela ne me fait pas peur, dit-elle doucement.

— Parfois, cela me fait peur, à moi.

— Je dois être une vraie part de votre vie, Mark. Pas quelqu'un qui vous rend malheureux, comme je l'ai fait hier, mais une véritable compagne.

Il lui releva le menton.

— Je vous aime, Ally.

— Je sais.

Elle recula.

— Je suppose que le bandit de grand chemin va de nouveau sortir…, s'enquit-elle.

— Oh ? Et pourquoi ?

— Eh bien, lord Wittburg a pratiquement été condamné pour la cape ensanglantée qu'on a trouvée dans sa voiture. Donc je présume que le tueur ne s'échappe pas des scènes de crime sans laisser quelques preuves. S'il en savait assez pour mettre la cape dans la voiture de lord Wittburg, il était conscient que quelqu'un suspectait — ou savait — qu'une voiture était le seul moyen de fuir les lieux sans être vu. Par conséquent, étant donné ce qui s'est passé dans la nuit de vendredi, il y a sûrement une nouvelle cape tachée de sang à trouver.

Mark l'observa et soupira.

— Ainsi, le bandit de grand chemin *va* sortir, dit-elle doucement.

— Oui.

— Je comprends.

— Mais pas aujourd'hui, dit-il.

— Ah, non ? Et quelles sont vos intentions pour aujourd'hui ?

— Aimer ma femme, dit-il à voix basse, en l'attirant à lui.

17

Ce dimanche n'était rien qu'à eux ! C'était un véritable conte de fées, un rêve devenu réalité.

La maison de ville de lord Farrow comportait une pièce avec un billard et des fléchettes, et Ally découvrit qu'elle était douée aux deux. Mark et elle jouèrent, rirent et se retrouvèrent dans les bras l'un de l'autre.

Jeeter prépara discrètement un délicieux dîner aux chandelles, avec un vin français spécialement choisi, une délicate entrée aux crevettes et des steaks très tendres qui fondaient dans la bouche.

Puis vint la nuit. Ally n'avait jamais imaginé, même de loin, qu'elle pourrait aimer quelqu'un si farouchement, si désespérément, si passionnément. A chaque moment passé avec Mark, elle était plus profondément amoureuse. Et chaque moment lui confirmait que ses paroles étaient vraies : miraculeusement, merveilleusement, il l'aimait aussi. Rien d'autre ne semblait importer.

Elle savait cependant qu'il serait parti quand elle s'éveillerait le lundi.

Et ce fut le cas.

Elle fut contente de se rappeler sa pensée de la veille, à savoir qu'elle ne lui avait fait aucune promesse concernant sa propre conduite.

Lorsqu'elle se fut baignée et habillée, elle descendit trouver Jeeter et lui demanda le journal. Il parut répugner à le lui donner, mais finalement il l'apporta à la salle à manger avec son café.

La nouvelle des meurtres était étalée à la une. L'article, même s'il ne mettait pas l'accent sur la violence et l'horreur, n'essayait pas de les cacher.

Elle fut heureuse de voir qu'il avait été écrit par Thane Grier.

Quand elle eut fini de manger, elle explora l'étage. Elle se sentait une intruse, à ouvrir tant de portes, mais elle était certaine que lord Farrow aurait une machine à écrire dans sa résidence londonienne. Après tout, il en avait bien une au relais de chasse.

Elle ne se trompaït pas. Elle la trouva dans son bureau.

Elle passa une heure à travailler comme A. Anonyme, puis se mit à réfléchir à la façon de quitter la maison.

Elle descendit sans bruit au rez-de-chaussée, certaine que Jeeter avait deviné ce qu'elle faisait et espérant qu'il la croirait toujours au travail. Bertram, elle le savait, surveillerait la maison, s'assurant que personne n'entre sans sa permission.

Elle douta qu'il craigne qu'elle essaie de *sortir*.

La maison était entourée de grilles et d'un portail, mais une évaluation discrète du petit terrain à l'arrière révéla un chêne avec un tronc qui pouvait être escaladé et quelques branches basses permettant de passer par-dessus le mur dans le terrain voisin.

Elle ne connaissait pas les voisins, mais personne ne semblait surveiller leur jardin, aussi fut-il assez facile de traverser rapidement et de sortir par la porte cochère ouverte. Dans la rue, elle regarda en arrière pour s'assurer que Bertram surveillait toujours la maison de lord Farrow et ne l'avait pas remarquée. Puis elle se hâta sur le trottoir, ravie de voir un tramway qui arrivait dans sa direction.

Elle partit pour les bureaux du journal, espérant trouver Thane.

Elle mesura qu'elle l'utilisait de nouveau pour ses propres buts, mais il y avait gagné aussi. Elle refusait de croire qu'il pouvait être coupable de meurtre, et comptait sur le fait qu'il était si anxieux de signer ses propres articles qu'il ne révélerait jamais les suggestions et les informations qu'elle pourrait lui donner.

Elle le vit en entrant dans les bureaux qu'elle commençait à bien connaître. Il la vit aussi et se leva aussitôt. Elle laissa discrètement tomber l'enveloppe qu'elle avait apportée, adressée au rédacteur en chef, sur l'un des bureaux devant lesquels elle passa avant qu'il ne la rejoigne.

Il lui prit les mains et sourit.

— Ally ! Je ne m'attendais pas à vous voir aujourd'hui. Avez-vous lu le journal de dimanche ? Je reconnais que c'était la page mondaine, mais j'ai fait un excellent travail pour couvrir votre mariage.

— Il faut bien que de temps en temps les nouvelles soient agréables, dit-elle.

Puis, comme elle n'avait pas lu ce reportage, elle ajouta vivement :

— Votre article de ce matin était très bon.

Le sourire de Thane s'évanouit.

— Sinistre, j'en ai peur.

— Très bien fait. Pas de sensationnalisme.

— Merci.

Il fronça les sourcils.

— Que faites-vous ici ? Vous êtes une jeune mariée. Vous avez sûrement des occupations plus plaisantes.

— Mark avait des affaires à régler, dit-elle. Le mariage a été précipité, vous savez ? Nous avons certainement l'intention de passer notre lune de miel bientôt mais, pour l'instant, pouvez-vous consacrer un peu de temps à me parler ?

Il regarda autour de lui et rit doucement.

— Aujourd'hui, je peux faire n'importe quoi. Les articles de ce matin ont fait vendre plus de journaux en un jour que… jamais auparavant. Nous avons même dépassé la première couverture des meurtres, quand tout le monde hurlait contre la monarchie. Allons prendre un café. Je connais un endroit parfait.

Il la conduisit à un charmant petit café avec des alcôves

où ils commandèrent de petites tasses de café au lait, la nouvelle mode importée de France. Il croisa les mains sur la table.

— Alors, Ally, que voulez-vous de moi ?

Elle haussa un sourcil. Il sourit et poursuivit :

— Vous savez, j'aurais pu tomber follement amoureux de vous. Non seulement vous êtes absolument magnifique, mais vous avez l'esprit acéré, un splendide atout pour l'épouse d'un journaliste qui monte.

Lorsqu'elle parut embarrassée, il leva une main.

— Ne craignez rien. Mes sentiments ont viré à la simple admiration et au respect. Néanmoins, vous venez juste d'épouser Mark Farrow. Que faites-vous ici avec moi ?

— Ces meurtres doivent être éclaircis, dit-elle.

Il but son café.

— Ally, il y a des dizaines de policiers sur cette affaire. Sans oublier votre mari. Je rapporte des informations, je ne les crée pas.

— Avez-vous une voiture, Thane ?

Il fronça les sourcils en l'observant. Il répondit lentement.

— Non, je regrette. Pourquoi, il vous en faut une ?

Elle secoua la tête.

— Non, non, pas vraiment, répondit-elle en hâte. J'étais juste curieuse.

— Je suis désolé.

— J'ai lu les articles que vous m'avez donnés.

Il rit.

— Vous avez dû être une jeune mariée très divertissante !

Elle rougit.

— Oh ! Ciel, pardonnez-moi encore. C'était très inconvenant.

— J'ai eu un peu de temps à moi depuis vendredi, dit-elle. Je crois que nous en sommes réduits à deux hommes, ajouta-t-elle gravement. C'est difficile à croire pour moi mais, d'après tout ce que j'ai lu sur les antimonarchistes et leurs réunions — et les relations entre les gens et les endroits —, soit sir Andrew Harrington, soit sir Angus Cunningham est un meurtrier.

Thane inspira fortement, en la fixant.

— C'est vous qui m'avez donné les articles, lui rappela-t-elle.

— Sir Andrew est adoré dans tous les salons de Londres, dit-il. Et sir Angus… est un shérif et un héros de guerre.

Elle hocha la tête.

— Tous deux se sont battus pour notre grand Empire dans des guerres à l'étranger. Ils peuvent très bien avoir trouvé des raisons d'en vouloir à la reine et à la monarchie, bien que les meurtres ne soient pas exclusivement politiques.

Il acquiesça.

— Continuez.

— Bien. Sir Angus était présent à de nombreuses réunions publiques, peut-être pour maintenir le calme. C'est une excuse, en tout cas. En tant que shérif, il peut facilement se rendre à de nombreux endroits avec de bonnes raisons.

— C'est juste.

— Et sir Andrew est charmant et lisse. Il est le bienvenu partout. Il était aussi le cousin d'Elizabeth Prine.

Elle haussa les épaules.

— Cousin germain, je crois, ce qui pousserait à suspecter…

— Sir Angus, coupa Thane. Mais pas obligatoirement. William III et la reine Mary étaient cousins germains. Et considérez sir Angus et sir Andrew. Avec quel homme auriez-vous une liaison ?

— Ni l'un ni l'autre ne m'intéresse, dit-elle.

Et elle sourit, pensant au seul homme qui l'intéressait. Puis, comme elle appréciait Thane, elle ajouta :

— Sincèrement, si je n'avais pas été fiancée et amoureuse… je vous aurais choisi avant eux.

— Vraiment ? Vous avez complètement restauré ma confiance en moi, dit-il avec un grand sourire. Mais…

Il secoua la tête.

— Il est possible qu'aucun des deux ne soit notre meurtrier. Nous pourrions parler d'un homme qui a servi dans l'armée et est devenu habitué à tuer. Après tout, à la guerre, on tue l'ennemi et ce n'est pas considéré comme un meurtre.

— Ce qui soulève un autre point. Qui qu'il soit, il va se sentir le conquérant du monde. Il a esquivé toutes les tentatives pour l'arrêter. Il était probablement à mon mariage, l'événement mondain de la saison.

Elle se retint de mentionner les taches de sang sur sa robe.

— Il va devenir très content de lui, trop sûr de lui. Et c'est là qu'il commettra des erreurs.

— S'il commet des erreurs, il pourra être enfin pris, dit Thane.

Elle se pencha en avant.

— Nous pouvons peut-être trouver un moyen de nous assurer qu'il commette une erreur.

Ce fut une journée stérile.

Bien que Mark et ses amis se soient postés sur des routes très empruntées, ni sir Angus Cunningham ni Andrew Harrington ne croisèrent leur chemin.

Tandis que l'après-midi tirait à sa fin, ils rejoignirent les écuries du relais de chasse de lord Farrow. Mark laissa Thomas, Geoff et Patrick rejoindre le comte pour dîner, pendant qu'il se rendait au village. Là, il trouva sir Angus dans son bureau, où ils discutèrent gravement des meurtres.

Si sir Angus était coupable, il était très bon comédien.

Durant la conversation, Mark apprit que sir Andrew et plusieurs autres discutaient d'une partie de tennis quand on les avait vus déjeuner à leur club de Londres.

Finalement, il réussit à se libérer, alléguant à sir Angus qu'il était impatient de rejoindre sa femme.

De retour au relais de chasse, il démonta et conduisit

Galloway aux écuries, où il se rappela qu'il avait toujours le carnet de croquis d'Ally, dans sa sacoche de selle, et qu'il ne l'avait pas encore regardé.

Assis sur une balle de foin, il batailla un moment avec sa conscience. En toute bonne foi, il devrait le lui rendre sans l'ouvrir.

En fait, c'est ce qu'il décida en le mettant de côté.

Mais il ne put pas résister.

Il retourna à la balle de foin, prit le carnet et l'ouvrit.

Il fut surpris d'y découvrir un croquis de lui. Masqué. La capacité d'Ally à saisir l'essence de son sujet l'étonna. Il comprit pourquoi elle l'avait reconnu si rapidement. Elle avait exactement capturé ses yeux.

Il sourit, éprouvant une bouffée de chaleur.

Il tourna la page, s'attendant à d'autres croquis.

A la place, il trouva des mots.

En lisant, il découvrit que cela n'avait rien à voir avec les essais qu'elle envoyait au journal. Elle avait écrit une histoire. Une histoire captivante, qui entraînait le lecteur sur une sombre piste d'aventure et de danger. Le récit se passait dans un temple d'Egypte, et l'ambiance inquiétante de tombes et de trésors cachés en ressortait. Ce n'était que naturel, se dit-il. Elle avait passé beaucoup de temps à Carlyle Castle, entourée par des objets égyptiens. Et combien de fois avait-elle dû écouter des histoires racontées par sir Hunter et lady Kat ?

Elle n'était jamais allée en Egypte, il en était certain. Et cependant, en lisant, il avait l'impression d'être transporté à des milliers de kilomètres de l'Angleterre.

Il fut surpris de sa déception lorsqu'il tourna la page suivante et la trouva seulement écrite à moitié.

En se levant, il remit le carnet dans sa sacoche et alla à la maison retrouver son père et les autres. Il trouverait quelque chose à manger, écouterait les conseils de sagesse que son père pourrait avoir pour la journée et se hâterait de rentrer à Londres. Demain serait une autre longue journée, comme la suivante et celle qui suivrait…

Jusqu'à ce que le meurtrier soit arrêté.

S'il se trompait ? S'il cherchait la solution dans la petite noblesse alors que le tueur était un roturier ordinaire, un ouvrier ?

Non, il ne se trompait pas. Il avait soigneusement soupesé les faits et les preuves. Plus précisément, il ne pouvait se permettre de se tromper.

Thane la regarda fixement en secouant la tête.

— Vous êtes folle, dit-il.

Au moins, pensa Ally, il n'avait pas dit qu'elle était idiote.

— Non.

— Vous êtes une risque-tout, pour le moins. Pas moi.

— Je vous le dis, ça peut marcher.

— Et votre mari ?

— J'admets qu'il puisse avoir quelque difficulté avec le plan au début. Et il aura pas mal de difficulté avec le fait que je sois venue vous voir le premier. Mais... j'espère qu'il verra que ça peut fonctionner, également.

— Et s'il ne le voit pas ? Je ne suis pas beau à voir avec deux yeux au beurre noir, déclara Thane.

— Mark est un homme raisonnable, lui affirma-t-elle pour le rassurer, en espérant dire vrai.

Il la regarda d'un air sceptique, mais elle savait qu'elle l'avait harponné.

— Je dois rentrer, dit-elle en s'efforçant de ne pas paraître nerveuse.

— Mon Dieu, je dois rentrer aussi. Et convaincre mon rédacteur en chef que j'étais à la poursuite de l'histoire de l'année.

— C'est le cas, assura-t-elle.

Ils retournèrent ensemble aux bureaux du journal, puis Ally se hâta de continuer, anxieuse d'attraper le tramway. Elle s'impatienta très vite. Elle avait eu le tramway si facilement ce matin-là ! La journée tirait à sa fin, l'obscurité tombait déjà. Elle tenta de se dire que Mark ne rentrerait probablement que très tard. Et cependant, parce qu'elle pourrait fort bien être surprise à rentrer en douce — ce qui le mettrait sûrement en rage et détruirait toute chance de parler rationnellement —, elle eut l'impression que les minutes d'attente étaient interminables.

Enfin, le tramway arriva. Elle se rendit compte qu'il n'était pas aussi bondé qu'elle s'y attendait, qu'il était vraiment tard et que les banquiers affairés et autres travailleurs du centre de Londres étaient déjà rentrés chez eux.

Elle descendit le long du pâté de maisons qui menait à la résidence de Kensington et se mit à marcher d'un pas vif. Elle jeta un coup d'œil aux élégantes maisons de marchands, de petite et de grande noblesse. Les rideaux étaient tirés. Une lumière douce émanait des fenêtres, éclairant la vie des gens à l'intérieur.

Un homme la croisa dans la rue, et leva son chapeau pour la saluer. Elle sourit en retour. Le pâté de maisons paraissait incroyablement long.

Soudain elle s'arrêta, certaine qu'elle était suivie.

Elle pivota vivement, puis se sentit ridicule quand un couple la salua poliment et la dépassa.

Son cœur tambourinait. Elle regarda le couple entrer dans une maison.

Elle inspira, éprouvant un vif soulagement.

De nouveau, elle entendit des pas.

Elle s'arrêta et regarda derrière elle.

Rien.

Elle se fustigea, tout en se rappelant qu'il ne serait pas facile de rentrer chez elle. Soit elle décidait de passer devant Bertram alors qu'il ne l'avait pas vue sortir, soit elle prenait le même chemin qu'à l'aller : le jardin du voisin.

Si Bertram la voyait, il ne pourrait s'empêcher de dire à Mark qu'elle était sortie. Et elle ne voulait pas qu'il le sache — pas avant de le lui dire elle-même. Ce serait donc le jardin.

Une fois de plus, elle crut entendre des pas derrière elle. Elle tournoya.

Il n'y avait rien, juste des ombres qui tombaient sur le trottoir entre les réverbères.

Un chien aboya et elle sursauta.

Elle frissonna. La rue était pleine de verdure. De beaux buissons ornaient les petits espaces devant de nombreuses maisons.

N'importe qui pouvait se cacher là.

Elle se retourna, déterminée à se hâter.

C'est alors qu'elle s'avisa qu'une voiture avait tourné le coin derrière elle. Elle entendit le claquement des sabots et pivota pour regarder. Une belle paire de chevaux noirs parfaitement assortis tiraient le véhicule. Le cocher portait un chapeau noir enfoncé sur son front et une cape.

La voiture ralentit.

Ally se remit à marcher, sachant qu'elle approchait, ralentissant à une allure qui la ferait s'arrêter lorsqu'elle arriverait à sa hauteur.

Elle se mit à courir.

Mark avait appelé la maison de ville depuis le relais de chasse.

Après plusieurs essais — l'opérateur l'avait d'abord connecté à un tailleur, puis à une boutique de modiste —, il avait joint Jeeter, qui lui assura que lady Alexandra était en haut et qu'elle avait semblé profiter d'une journée de repos.

Il avait décidé de ne pas la déranger. Ensuite, il avait dit à son père tout ce qu'il savait et tout ce qu'il supposait. Il fut heureux que Joseph l'écoute sombrement, puis concède avec tristesse qu'ils pourraient fort bien chercher un homme qu'ils avaient accepté jusqu'ici comme un ami. Un monstre.

— Un homme ordinaire n'aurait pas les ressources auxquelles ce tueur semble pouvoir faire appel facilement, avait dit Joseph. Eleanor Brandon est gardée, dans son lit d'hôpital ?

— Bien sûr.

— Et lord Lionel Wittburg est innocent.

— Oui, mais il est toujours surveillé. Son esprit reste un peu dérangé.

— Peut-être qu'Ally et toi devriez aller le voir ensemble.

— Peut-être, admit Mark. Nous allons emménager dans ma maison de ville cette semaine, père, et vous rendre la vôtre.

Joseph sourit largement.

— Je me plais au relais de chasse. Prenez votre temps. Je n'aime pas l'idée de m'imposer à de jeunes mariés, mais si le devoir me rappelle en ville, je vous demanderai simplement de me pardonner et je rentrerai chez moi.

Puis Mark avait repris le chemin de Londres, impatient de retrouver Ally.

Lorsqu'il atteint la rue de la maison de son père, il aperçut une voiture devant lui. Une grande et belle voiture, qu'il ne pensait pas avoir vue auparavant.

Et il y avait une femme qui marchait — non, qui courait — sur le trottoir.

Tout à coup, un homme sauta de la voiture, quelque chose à la main.

Quelque chose qui brillait au clair de lune.

Un couteau !

Ally regarda en arrière tandis qu'elle courait.

Un homme était sorti de la voiture. Dans l'ombre, elle ne distinguait rien de lui.

Sauf qu'il avait quelque chose à la main.

Quelque chose qui brillait à la lumière des réverbères.

Des images terribles lui traversèrent l'esprit.

Eleanor Brandon divaguant et fulminant dans ses habits noirs. Eleanor Brandon jouant le rôle de la veuve éplorée et la maudissant.

Eleanor Brandon telle qu'elle devait être maintenant, allongée sur le dos dans son lit d'hôpital, une large plaie sur sa gorge…

Elle courut de toutes ses forces.

— Arrêtez !

Ally entendit tonner l'ordre, et comprit qu'il y avait quelqu'un d'autre dans la rue. Mark ! Elle avait reconnu sa voix. Elle se tourna à moitié, essayant d'y voir.

Alors qu'elle pivotait, la silhouette qui était descendue de la voiture lui rentra dedans. Ils tombèrent ensemble, l'homme affalé sur elle.

Elle se tordit, hurlant de panique.

Elle put voir le visage de l'homme juste comme Mark l'arrachait d'elle.

— Thane ! s'exclama-t-elle.

— Lâchez-moi ! cria-t-il à Mark. Qu'est-ce qui vous prend, tous les deux ?

Il avait les yeux exorbités de peur, mais comme Mark lui serrait la gorge dans une prise, c'était compréhensible.

— Où est le couteau ? demanda Mark d'un ton dur.

— Quel couteau ? s'enquit Thane quand il relâcha sa pression sur sa trachée.

— Il a brillé à la lumière. Je l'ai vu.

Mais, alors que Mark parlait, Ally vit ce que le journaliste portait. C'était une enveloppe de bureau, et ce qui avait brillé était le petit fermoir en métal qui la scellait. Elle la ramassa par terre et la tendit à Mark en guise d'explication.

Le cocher était descendu, à présent, mais il gardait ses distances.

— Monsieur Grier ? appela-t-il nerveusement. Tout va bien ?

— Oui, répondit Thane. Je *vais* bien, non ? demanda-t-il à Mark d'un ton hésitant.

Alors que ce dernier ne le relâcha pas, il implora :

— S'il vous plaît, je ne suis pas armé.

Mark lui permit lentement de se redresser.

— Expliquez-vous.

Thane s'efforça d'arranger ses vêtements froissés.

— Je voulais simplement apporter des coupures de presse supplémentaires à Ally, dit-il d'un ton indigné.

Il lui jeta un regard noir.

Ce regard disait : « Aidez-moi ! »

— Merci, Thane, murmura-t-elle en regardant Mark, qui n'était pas moins suspicieux.

Le regard qu'il lui jeta lançait des dagues. Elle porta de nouveau les yeux sur le journaliste.

— Vous m'avez dit que vous n'aviez pas de voiture, déclara-t-elle.

— Je n'en ai pas.

— Alors…

— C'est celle de mon rédacteur en chef, dit-il, toujours aussi indigné. Il me la prête, parce qu'il croit que je suis sur l'histoire du siècle.

— Et c'est le cas ? demanda Mark.

— Eh bien…, fit Thane en regardant Ally.

— Nous… devons avoir une discussion, murmura-t-elle.

Mark la fixa, puis ouvrit la veste de Thane, palpa ses côtes et descendit jusqu'à ses mollets.

— Ne bougez pas, l'avertit-il.

Il se tourna vers la voiture. Le cocher, nerveux, s'écarta. Mark disparut dans la voiture.

— Il a perdu l'esprit ? chuchota Thane à Ally.

Elle secoua la tête. Peu après, Mark reparut.

— Peut-être devrions-nous rentrer à l'intérieur ? suggéra-t-elle.

Elle pouvait voir qu'on avait écarté un rideau à la fenêtre de la maison la plus proche.

— D'accord, dit Mark.

Il leva une main, les yeux toujours soupçonneux tandis qu'il dévisageait Thane Grier.

Le journaliste hocha la tête.

— Arrêtez-vous un peu plus loin, s'il vous plaît. Devant la maison de lord Farrow, dit-il au cocher.

Ally n'avait pas compris jusqu'alors comment Mark était arrivé. Il siffla et Galloway arriva au petit trot. Elle se demanda pourquoi elle éprouvait de la rancœur en voyant que même son cheval lui obéissait au doigt et à l'œil.

Mark partit vers la maison. Bertram s'était rendu compte entre-temps que quelque chose se passait dans la rue. Il apparut sur le trottoir, et ses yeux s'élargirent lorsqu'il vit Ally.

— Par…

Il s'arrêta, les yeux sur Mark.

— Je vous le jure, sir, j'ai surveillé la maison tout le temps.

— Ne vous inquiétez pas, Bertram. Je ne vous ai pas demandé de vous assurer que ma femme n'escalade pas le mur de derrière.

Il se tourna vers Ally.

— C'est comme cela que vous êtes sortie, n'est-ce pas, mon amour ?

— Vous avez escaladé un mur pour sortir ? demanda Thane, et elle sut qu'il était à la fois amusé et admiratif.

Puis Mark le regarda et son petit sourire disparut aussitôt.

Enfin, Mark fusilla Ally du regard.

— Je suis désolée, Bertram, murmura-t-elle, et elle se hâta de passer devant lui pour entrer.

Thane et Mark la suivirent.

Jeeter apparut quand il entendit la porte s'ouvrir. Lui aussi dévisagea fixement Ally, stupéfait.

— Je…

— Aucune importance, Jeeter, dit Mark. Allons-nous dans la bibliothèque ?

Il indiqua la porte de la belle pièce aux étagères emplies de livres et aux énormes fauteuils en cuir brun.

Ally les précéda. Elle entendit Jeeter demander :

— Dois-je apporter du thé ?

— Avez-vous du whisky ? demanda Thane.

— Bien sûr, répondit le valet.

— Je pense que j'en ai besoin, dit le journaliste. Si cela ne dérange pas ?

— Oui, moi aussi, dit Ally.

Mark eut un regard noir, mais ne dit rien. Jeeter sortit préparer les boissons.

Mark se percha sur le coin du grand bureau. Ally prit nerveusement un des fauteuils qui lui faisait face, tandis que Thane s'asseyait dans l'autre.

— Eh bien ? demanda Mark.

— Je suis allée aux bureaux du journal, dit Ally.

— Je crois avoir suggéré expressément que vous restiez à la maison et évitiez M. Grier.

— Je n'ai jamais dit que je ne sortirais pas, lui rappela-t-elle.

Elle se racla la gorge, mal à l'aise.

— Vous avez tenu à me dire que je n'étais pas prisonnière.

— Votre comparse sait-il que quelqu'un a essayé de s'introduire dans le cottage où vous viviez encore avec vos tantes ? demanda Mark.

Thane la regarda fixement.

— Non ! dit-il. Pourquoi ?

— Je l'ignore, murmura Ally avant de se lever. Mark, cela est ridicule.

Un coup frappé à la porte les informa que Jeeter revenait avec les boissons. Ally détestait le whisky, mais elle vida son verre d'un trait. Elle savait que Mark l'observait avec attention.

— En voulez-vous un autre, milady ? demanda Jeeter.

— Oui, répondit-elle.

— Non, dit fermement Mark.

Elle le fixa en fronçant les sourcils. Jeeter était peut-être prêt à se mettre en quatre pour lui faire plaisir, mais pas quand cela signifiait s'opposer à Mark. Le visage impassible, le majordome sortit et ferma la porte derrière lui.

Mark croisa les bras sur sa poitrine.

Thane Grier le dévisageait.

— Vous avez pensé que j'étais le tueur ! lança-t-il.
— Vous poursuiviez ma femme dans une rue sombre.
Thane secoua la tête.
— Vous avez pensé que je pouvais être capable de…
— Quelqu'un en a été capable.
— Pourquoi moi ?
— Vous en aviez l'occasion. Vous connaissiez toutes les personnes en jeu. Vous avez écrit sur plusieurs manifestations antimonarchistes.
— C'est mon *travail,* dit Thane.
Il fixa Mark, complètement abattu.
— Je vous jure… Je ne pourrais jamais… jamais…
— Ally ? dit Mark.
Elle soupira en baissant les yeux.
— Mark… Oui, d'accord : j'ai écrit un nouvel essai.
Elle s'arrêta et le regarda.
— Et je suis fière de mes essais, ajouta-t-elle doucement. Mais… je n'ai jamais cherché à déclencher toute cette violence. J'ai l'intention de continuer à écrire, mais mon rêve est d'écrire de la fiction, dit-elle en essayant de garder une voix assurée. Nous allons laisser croire qu'A. Anonyme est Thane Grier.
Mark fronça les sourcils. Son regard se riva sur le journaliste.
Thane déglutit.
— C'était l'idée d'Ally.
— C'est probablement une sentence de mort, lui signala Mark.
— Pas si vous le surveillez pour voir ce qui se passe quand l'information sera connue, dit Ally.
— Je suis décidé à le faire, déclara calmement Thane.
— Même en sachant que le tueur s'en prendra probablement à vous ?
— C'est ce que nous espérons.
Mark dévisagea Ally.
— Nous pouvons mettre quelque chose en place pour le capturer, dit-elle.

— Je sais comment arranger un piège, dit Mark d'un ton irrité.

— Tant mieux, parce que je n'y connais rien en la matière, murmura-t-elle.

— Dites-moi, que va suggérer l'essai de demain ? demanda Mark, ignorant son ironie.

— Il commence par la façon dont les gens ne sont que trop enclins à sauter sur des conclusions et à voir ce qu'ils veulent voir dans une situation donnée, répondit-elle.

Elle inspira et regarda Thane.

— Puis il passe au fait que, bien trop souvent, nos vies sont des mascarades. Que nous portons tous des masques. Il se penche ensuite sur la vie de Jack et Elizabeth Prine et expose que c'était la simple cupidité, jointe au désir d'Elizabeth d'être avec son amant, qui a conduit à une telle tragédie.

Elle hésita.

— Puis il suggère que l'auteur en sait plus que ce qui est écrit, et que la position de quelqu'un dans la société ne devrait jamais empêcher d'y regarder de près quand cette personne est suspecte d'actions infâmes.

Mark dévisagea Ally, puis se tourna vers Thane.

— Vous voulez vraiment être l'agneau du sacrifice, dans cette histoire ? Tout homme qui a été fait chevalier, tout noble dans le pays sera prêt à vous faire pendre pour avoir dit qu'on peut les suspecter du pire.

Thane pâlit, mais hocha la tête.

— Et comment cela fait-il avancer votre carrière ?

— Quand tout sera fini, Thane aura l'histoire. Et on révélera que l'essai avait été écrit pour faire sortir le meurtrier, répondit Ally.

— Très bien. Cela explique qu'il soit assez stupide pour suivre un tel plan. Mais qu'est-ce qui vous fait penser que vous pouvez pousser le tueur à frapper à un moment et à un endroit où il pourra être pris — avant que la gorge de Grier ne soit tranchée ? demanda Mark d'un ton plaisant.

De nouveau, Thane pâlit.

— Il reste un problème, à mon avis, dit Ally. Laisser filtrer la suggestion que Thane est A. Anonyme.

— C'est assez facile, murmura Mark.

Surprise, Ally se réjouit que Mark soit si enclin à suivre son plan.

— Je vais déjeuner à mon club. Peut-être disputer une partie de tennis. Peut-être même me confier à Angus et à Andrew. Séparément, bien sûr.

Elle hésita.

— Pendant que vous distillez cette information, vous pouvez aussi dire que Thane a l'intention de m'interroger. Au cottage. Cela fera une belle histoire, le fait que j'aie grandi avec les tantes, puis épousé un futur comte. Vous espériez attraper le tueur sur la route, n'est-ce pas ?

Mark la dévisageait.

— Vous ne serez pas au cottage, dit-il calmement.

— Il faudra que j'y sois. Cela devra être comme c'est censé être. Je ne crois pas que Thane sera attaqué en se rendant au cottage, parce qu'il sera attendu. Son absence serait trop vite remarquée.

— Cela pourrait marcher, dit Mark. Je pourrais m'y rendre avec vous deux, puis vous laisser parler.

— Une excellente solution, reconnut Thane. Et, je suis heureux de le dire, une solution sûre.

— Mais nous n'allons pas le faire, dit Mark.

— D'accord. Mauvaise idée, déclara Thane.

— Pourquoi ? demanda Ally.

— Parce que je ne veux pas que vous soyez impliquée là-dedans.

— Quoi ?

— Ally, il y avait peu de chances que cela réussisse, après tout, dit Thane.

Mais elle ne parut pas l'entendre. Les lèvres pincées, tendue, elle fixait Mark.

— Pardon ?

— Vous comptez que j'arrive avec vous deux, puis que je reparte. Quand Thane s'en ira, je devrai le suivre à distance, ce qui vous laisserait seule au cottage.

Elle plissa les paupières.

— Je peux me rendre dans les bureaux du journal demain et annoncer fièrement que *je* suis A. Anonyme.

Mark se laissa glisser du bureau.

— Pas si vous êtes attachée dans votre chambre, assura-t-il.

— Je pense que je devrais m'en aller, dit Thane. Je dois rendre la voiture dans l'heure.

Ally se tint devant Mark, les bras croisés sur sa poitrine, dans la même posture rigide qu'il avait prise à quelques pouces d'elle.

— Cette histoire sortira demain, dit-elle doucement.

— Apparemment, vous serez attachée toute la journée.

— Allez-vous m'enchaîner éternellement ?

— Si je le dois.

— Mark, *s'il vous plaît*.

— Le temps passe, murmura Thane.

— Et les tantes ? demanda Mark. Avez-vous cessé de vous soucier d'elles ?

— Ne soyez pas ridicule. Nous nous assurerons qu'elles soient en sûreté à Carlyle Castle.

Mark secoua la tête en soupirant.

— Vous oubliez une chose.

— Laquelle ? demanda Ally.

— Sir Angus Cunningham est le shérif.

— Et alors ? fit-elle en fronçant les sourcils.

— S'il le choisissait, il pourrait se rendre au cottage, pistolets au clair, et une fois que vous seriez tous les deux morts, il pourrait prétendre que Thane était le tueur et que vous avez été la victime tragique d'un échange de coups de feu.

— Je n'ai même pas de pistolet ! protesta Thane.

— Cela n'aurait pas d'importance. On vous trouverait avec une arme, signala Mark.

— Il a raison, déclara Thane à Ally.

— Ecoutez, dit-elle, il faut faire quelque chose. Nous ne pouvons laisser ce tueur impuni. Mark, vous pensez que le cottage a été attaqué à cause…

Elle jeta un coup d'œil à Thane, puis continua.

— A cause de qui je suis, ou peut-être parce que le tueur pensait que j'étais A. Anonyme, du fait qu'il m'avait suivie au bureau de poste. Peut-être que la meilleure chose à faire est de tenir Thane en dehors de cela. Vous pouvez dire à vos amis, sous le sceau de la confidence, que vous craignez que votre femme ne soit l'essayiste.

Il mit les mains sur ses hanches et s'approcha d'un pas, la regardant avec colère.

— Avez-vous complètement perdu l'esprit ?

— Je dois vraiment y aller, dit Thane.

Ally posa une main sur la poitrine de son mari.

— Mark, cet article paraîtra demain, d'une manière ou d'une autre. Et vous suspectez que quelqu'un peut savoir que je suis l'auteur, de toute façon. Si vous voulez réellement me protéger, il faut que vous m'utilisiez comme appât.

Il saisit sa main et l'écarta.

— Vous ne ferez rien de plus, dit-il d'un ton échauffé. Je suis sérieux, Ally. Rien.

— L'article va paraître…

— Et j'aurai un plan ! lança-t-il d'un ton sec en sortant de la bibliothèque.

Elle entendit claquer la porte d'entrée.

Thane souffla longuement.

— Cela s'est… euh… bien passé.

Elle lui jeta un regard noir.

— Eh bien, il ne m'a pas tuée.

Il se leva.

— Ally… quand vous serez prête, quand il sera prêt… n'importe quand, dites-moi juste ce que vous voulez que je fasse.

— Merci, Thane.

Elle resta dans la bibliothèque et le regarda partir. Puis elle se mordit la lèvre inférieure, pensant qu'elle avait vraiment besoin d'un deuxième whisky.

18

Quand Thane Grier quitta la maison, impatient de rejoindre sa voiture d'emprunt et de la ramener aux bureaux du journal, il trouva Mark Farrow debout dans l'allée, contemplant la lune.

Mark le regarda.

— Elle nous a manipulés tous les deux, vous savez ?

— Mais… elle ignorait que j'allais venir, protesta Thane.

— Oui, cela a été pratique pour elle, murmura sèchement Mark.

— Mais…

— Si vous n'étiez pas arrivé, elle se serait quand même servi de votre nom. Elle m'aurait amené à croire que oui, par Dieu, cela marcherait, si vous étiez d'accord. Et elle aurait fait tout cela juste pour pouvoir retourner les choses et me faire prendre conscience qu'elle pourrait bien être déjà en danger elle-même.

— Vous pensez que c'est vrai ?

— Je sais que quelqu'un a essayé de s'introduire dans le cottage alors qu'elle y était seule. Quelqu'un qui pouvait savoir que les tantes étaient sorties. A ce moment-là, le tueur semblait vouloir être discret. Maintenant… je pense qu'il n'hésiterait pas à les tuer toutes les quatre. Je crois que c'est devenu bien trop facile pour lui.

— Comment un tel homme vaque-t-il à ses affaires quotidiennes sans se trahir ? demanda Thane.

Mark secoua la tête.

— Je l'ignore. Je suppose qu'il finira par se trahir.

Il regarda le journaliste.

— Mais qu'arrivera-t-il d'ici là ?

— Avez-vous un plan ? demanda Thane.

Mark eut un sourire lugubre.

— Il se forme, répondit-il.

— Comme je l'ai dit à Ally, je suis prêt à faire tout ce que vous voudrez, déclara Thane en essayant de ne pas frissonner.

Mark posa une main sur son épaule.

— Je vous le ferai savoir.

Thane hocha la tête et rejoignit enfin sa voiture.

Ally était toujours assise dans la bibliothèque quand Mark rentra à la maison. Elle s'était servi un deuxième verre de whisky.

Elle but en le regardant entrer dans la pièce.

— C'est troublant, dit-il.

— Quoi ?

— Vous, buvant pour vous donner du courage.

— C'est mauvais.

— Vous êtes prête à servir d'appât pour arrêter l'un des plus horribles meurtriers que le pays a connu — mais vous avez besoin de whisky quand vous projetez de m'enrouler autour de votre doigt.

Elle rougit.

— Je… Non ! Je ne ferais jamais… Enfin, je craignais que vous ne soyez pas content.

Il alla à elle, s'agenouilla près de son fauteuil et lui prit le verre de whisky des mains.

— Avez-vous vraiment l'intention d'écrire de la fiction plutôt que des essais si controversés qu'ils peuvent vous faire tuer ?

— C'est ce que j'ai toujours voulu faire, dit-elle.

— Venez.

Il se leva, lui prit les mains et l'entraîna avec lui. Elle le regarda dans les yeux d'un air sceptique.

— Où ? murmura-t-elle.

— Dîner et au lit, annonça-t-il.

— Vous n'allez pas réellement…

— Vous attacher ?

— Vous l'avez mentionné.

— Non, mon amour. A table, puis nous irons nous coucher.

Ils avaient mangé et à peine atteint le haut de l'escalier quand ils entendirent sonner le téléphone. Mark s'arrêta et laissa Ally à la porte de leur chambre. Il s'excusa, mais il ne voulait pas laisser Jeeter avec le dilemme de savoir s'il devait ou non le déranger pour un appel téléphonique.

Ally pénétra dans la chambre et se changea, passant une simple chemise de nuit en coton. En attendant Mark, elle brossa ses cheveux. Mais il ne revenait toujours pas. Assise à sa coiffeuse, elle prit le scarabée que Kat lui avait donné et qu'elle avait été si déterminée à porter à son mariage.

Le scarabée qui annihilait les malédictions. Quel bel objet ! Et comme les craintes qu'elle avait pu avoir étaient tristes et sottes… La scène jouée par Eleanor Brandon avait été une imposture, cette femme était une excellente actrice. Hélas, elle avait payé cher pour vouloir conspirer à la mort de son mari.

En tout cas, Ally adorait le scarabée. Peut-être lui avait-il vraiment porté chance.

Enfin, on frappa à la porte de la chambre. Elle sursauta, puis se moqua d'elle-même et, sur un caprice, épingla le scarabée à sa chemise de nuit.

— Milady ? appela doucement Jeeter.

Elle ouvrit la porte sans se soucier de sa tenue, qui était certainement assez décente.

— Qu'y a-t-il ? demanda-t-elle.

— Je ne savais pas si vous étiez couchée, dit le majordome avec un sourire penaud.

— Je ne dormais pas. Qu'y a-t-il ?

— M. Farrow… a été appelé à l'extérieur.

Elle soupira.

— Par qui et pour quelle raison ?

Jeeter parut très mal à l'aise, comme s'il ne voulait pas répondre.

— Jeeter ?

— La voiture qui emmenait M. Grier n'est jamais arrivée au journal. Il l'avait empruntée juste pour venir ici, alors bien sûr ils ont appelé.

Ally inspira vivement, se sentant glacée. Si quelque chose était arrivé à Thane Grier, ce serait sa faute.

Pis. Si quelque chose arrivait à Mark…

— Bertram est allé avec lui, dit gentiment Jeeter, et elle se demanda s'il pouvait lire dans son esprit ou si son expression avait été aussi éloquente.

— Merci, dit-elle.

— Ne vous inquiétez pas, milady. Je ne partirai pas.

— Merci, répéta-t-elle avec un sourire. Je ne m'inquiéterai pas avec vous ici.

Il s'en alla. Elle ferma la porte et se mit à arpenter la chambre.

Elle ne dormirait pas tant que Mark ne reviendrait pas. Finalement, elle se rappela l'enveloppe que Thane avait apportée avec lui plus tôt.

Elle se leva, se glissa pieds nus hors de sa chambre et descendit vivement l'escalier. Elle ne vit pas Jeeter dans le salon et alla à la bibliothèque. Elle défit le clapet métallique et vida le contenu de l'enveloppe sur le bureau. Ces articles étaient similaires à ceux qu'elle avait déjà vus. Des événements, des soirées. Des réunions, des déclarations faites par différentes sociétés antimonarchistes. Elle les feuilleta un par un, essayant de trouver les noms de sir Angus ou de sir Andrew quelque part. Les deux hommes avaient été faits chevaliers, aussi ne pouvaient-ils être devenus antimonarchistes parce que la reine ne les avait pas distingués.

Parfois il y avait des illustrations — des photographies ou des croquis —, parfois non.

Elle s'arrêta sur un article illustré par un dessin. En fronçant les sourcils, elle l'examina, puis retint une exclamation. C'était un article anonyme au sujet de l'injustice des lois sur la propriété et les titres. Il s'étirait en longueur, mais c'était le croquis qui était intéressant. Il remontait peut-être à deux ans.

Et la femme non identifiée qui était représentée pouvait bien être Elizabeth Prine.

Un homme se tenait à son côté, la consolant.

Sir Andrew ?

Ou sir Angus, sans ses favoris et sa moustache ?

Elle poussa un soupir frustré, n'en étant pas sûre, et repoussa les articles. Puis elle les reprit et se remit à les consulter. L'un d'entre eux n'avait rien à voir avec les antimonarchistes. Il concernait une vente de charité qui avait lieu à l'église. Un croquis l'illustrait également. Il y avait des fleurs partout et les femmes portaient leurs plus jolis chapeaux. L'ancien pasteur de l'église, le père Mason, était montré parlant à la foule. Et sur le devant… une femme qui semblait être Elizabeth Prine.

Il y avait un homme de chaque côté d'elle. Ally étudia le croquis avec soin, frustrée que ce ne soit qu'un dessin. L'un des hommes était-il son mari ? Non, de nouveau, il semblait que cela puisse être sir Angus Cunningham au visage rasé. Et l'autre… le cousin d'Elizabeth. Sir Andrew Harrington.

Elle soupira et murmura pour elle-même :

— Ainsi… auriez-vous une liaison avec votre cousin, séduisant mais trop proche parent ? Ou avec un homme plus âgé s'étant illustré par ses hauts faits ?

Tandis qu'elle soupesait la question, elle entendit un bruit sourd juste devant la porte d'entrée.

Elle se figea.

Complètement immobile, elle écouta.

Elle pensa entendre bouger en haut. En silence, elle se leva. Au bout de quelques secondes, elle alla à la porte de la bibliothèque. Elle fut sur le point d'appeler Jeeter, mais quelque chose l'avertit de se taire.

Elle traversa vivement le salon, la salle à manger, jeta un coup d'œil dans la cuisine, la pièce du petit déjeuner et au-delà. Le majordome n'était pas en bas.

Etait-il en haut ?

Qu'est-ce qui avait fait ce bruit ?

Elle retourna dans le salon pour prendre le téléphone. Mais elle ne pouvait l'utiliser, se rappela-t-elle au dernier moment. L'appareil faisait tant de bruit qu'un éventuel intrus saurait immédiatement où la trouver.

D'autres bruits résonnèrent à l'étage. Et ils semblaient venir de la chambre à coucher où elle aurait dû dormir.

Soudain, elle entendit un autre bruit devant la porte d'entrée.

Terriblement angoissée, elle hésita, le regard fixé sur le téléphone. La ligne avait sans doute été coupée.

Elle alla à la porte d'entrée et se rendit compte qu'elle était entrebâillée.

Elle n'avait pas été ouverte avec une clé, mais forcée.

Avec un couteau ?

Du mouvement en haut, de nouveau…

Un faible gémissement venant de devant la maison.

Au nom du Ciel, où était Jeeter ?

Elle fut terrifiée par la réponse qui lui vint à l'esprit.

Les bruits provenant d'en haut lui donnèrent la chair de poule. Des coups étouffés, encore et encore.

Elle referma la main sur la poignée de la porte, priant que les gonds soient bien huilés, et sortit.

Pour découvrir la source des gémissements.

L'appel de Mark à Ian Douglas avait mis en branle d'importantes recherches.

Bertram et lui s'étaient occupés des rues de son quartier, pendant que des officiers de police passaient tout Londres au peigne fin.

Ils étaient à proximité de la gare de King's Cross quand un officier en uniforme vint vers eux à cheval.

— Milord ! lança-t-il à Mark. La voiture a été trouvée ! Près de Hyde Park. Suivez-moi.

Une course rapide dans la nuit les amena à Hyde Park et à la voiture. Ian Douglas était arrivé le premier, et se tenait près de la portière ouverte.

— Vide, dit-il à Mark.

— Et Grier ? demanda Mark.

— Aucun signe de lui.

Frustré, Mark fixa la voiture. Il l'avait fouillée à fond quelques heures plus tôt. Il secoua la tête, irrité.

— Vous avez regardé à l'intérieur ?

Ian fit signe que oui.

— Je n'ai rien trouvé.

Mark alla à la portière ouverte et monta à l'intérieur. L'habitacle était vide. Pas de cocher. Pas de trace de Thane Grier. Pas de preuve accablante. Il se tourna pour redescendre, puis s'arrêta.

Il y avait du sang sur le siège. Pas la quantité qui aurait résulté d'une gorge tranchée. Plutôt une tache qui aurait pu venir d'une blessure.

Des cris résonnèrent dehors. Mark sauta de la voiture et vit l'un des officiers qui faisait des signes à Ian du côté de la route où des buissons épais débordaient sur le trottoir.

— Il y a un corps, sir ! cria un autre officier.

Ian et Mark se mirent à courir. Un homme gisait par terre, sur le ventre. Ian chercha un pouls. Il secoua la tête.

Une flaque de sang encore chaud se trouvait sous le corps. Les yeux de l'homme étaient grands ouverts, fixant dans la mort l'horreur qui l'avait assailli.

Ian se leva.

— Fouillez le parc, dit-il.

— C'est déjà en route.

— Vous déjà avez vu cet homme ? demanda Ian.

— C'est le cocher que j'ai vu aujourd'hui, répondit Mark.

Le cocher mort, Thane Grier disparu. Une tache de sang sur le siège de la voiture.

Mark se tourna, prenant rapidement la direction de sa maison. Bertram le suivit.

— Où allez-vous ? cria Ian.

— Chez moi ! Envoyez tous les officiers dont vous pouvez vous passer.

Il bondit sur Galloway et talonna l'animal, le pressant de se mettre au galop.

— Thane ! s'écria Ally en se laissant tomber à côté de l'homme allongé à plat ventre, un bras tendu comme s'il avait essayé d'atteindre la poignée. Thane ?

Elle le toucha ; il n'était pas mort. Il était chaud et elle voyait qu'il respirait, le souffle creux. Elle le fit rouler sur le dos et lui souleva la tête.

Ses paupières papillonnèrent, puis se refermèrent.

Il avait une énorme plaie au front. Elle savait qu'elle devait se procurer de l'aide. Elle reposa sa tête. Quand elle le fit, ses yeux s'ouvrirent, puis s'élargirent.

Ally s'aperçut soudain que la lumière qui venait de la maison était plus brillante, tandis que la porte s'ouvrait plus largement. Elle voulut se retourner.

Tout à coup, des bras robustes l'enlacèrent et un chiffon fut pressé sur son visage. Elle lutta pour l'éviter, sentant la drogue sur le tissu.

Elle agrippa les bras de son assaillant, puis se rappela le scarabée fixé à sa chemise de nuit. Avec des doigts tremblants et désespérés, elle chercha à le saisir, combattant les vagues alternées de nausée et de noirceur qui menaçaient de l'engloutir.

Elle saisit l'épingle.

Tombant presque, elle visa du mieux qu'elle put,

dirigeant la pointe vers ce qu'elle espérait être l'œil de son attaquant.

L'homme poussa un hurlement. Un instant, son emprise se relâcha. Luttant désespérément pour rester consciente, Ally lança son pied en arrière de toutes ses forces.

L'homme tomba à la renverse et elle se mit à courir, voulant atteindre la rue.

Mais, alors même qu'elle courait, elle vit une autre silhouette qui se tenait là, masquée par les ombres de la nuit.

Elle portait une cape noire.

Ally fit volte-face et s'enfuit vers l'arrière de la maison. Elle atteignit l'arbre, mais elle entendait ses poursuivants qui approchaient. Elle inspira de l'air frais et grimpa aussi vite qu'elle put.

Elle se laissa tomber dans le terrain du voisin et se rua vers la porte d'entrée où elle frappa sur le bois en essayant de crier.

Il y eut un bruit sourd et un juron tandis que son assaillant suivait.

Elle frappa encore plus fort.

— Au secours !

Elle avait pratiquement perdu la voix, mais quiconque se trouvait à l'intérieur avait dû entendre les coups.

— *A l'aide* !

L'homme était presque sur elle. Il ne restait rien d'autre à faire que de courir vers la rue et prier d'éviter l'individu à la cape.

Elle s'enfuit en hurlant, mais sa prière ne fut pas exaucée.

L'homme était là. Elle se débattit farouchement lorsqu'il l'attrapa et elle reconnut les yeux qu'elle avait vus si souvent auparavant, pleins de charme et de rire.

Elle ouvrit la bouche pour hurler de nouveau.

Cette fois, elle ne put échapper au chiffon imprégné de drogue.

Elle ne put combattre la noirceur qui l'engloutissait.

*
* *

Mark alla à cheval jusque devant la maison et démonta aussitôt. Son cœur sombra : la porte d'entrée était grande ouverte.

Il se rua vers elle, remarquant que les buissons avaient été aplatis. Se penchant vers la marche, il trouva une goutte de sang.

Bertram était derrière lui.

— Quelqu'un était ici, dit-il.

— Il n'y a plus personne, dit Bertram.

Un homme en pantoufles, chemise et bonnet de nuit se trouvait dans la rue. Mark le reconnut vaguement comme un voisin.

— J'ai entendu hurler et taper à la porte ! Je suis descendu aussi vite que possible, mais… Il y avait une voiture… elle est partie.

— De quel côté ? demanda Mark.

L'homme indiqua la direction, mais Mark fut soudain certain de savoir où la voiture se rendait.

— Monsieur, dit-il à l'homme perturbé, le valet de mon père est dans la maison. Vivant ou mort, je ne sais pas. De grâce, trouvez-le et aidez-le. Bertram, appelez le relais de chasse. Que mon père se mette en route avec toute l'aide qu'il peut trouver. Dites aux officiers de Ian de suivre aussi vite qu'ils peuvent.

Là-dessus, il sauta en selle et se mit en chasse.

Ally fut surprise de se réveiller et de se découvrir en vie, même si elle se sentait si malade qu'elle souhaitait presque être restée inconsciente. Elle endurait les terribles secousses et balancements de la voiture, qui allait beaucoup trop vite dans la nuit. Elle ignorait complètement combien de temps elle avait été inconsciente et pourquoi elle était toujours vivante. Elle se rendait compte qu'elle était à moitié sur un siège et à moitié par terre, et elle tapait contre des jambes d'un côté et un corps de l'autre. Elle entrouvrit les yeux avec précaution.

D'un côté, c'était le corps de Thane.

Et de l'autre…

— La garce ! Elle m'a aveuglée, entendit-elle.

C'était la voix grave d'un homme qu'elle connaissait depuis des années.

Le shérif, sir Angus Cunningham.

Elle comprit soudain ce qu'elle aurait découvert si elle avait étudié plus longtemps les articles — et les illustrations.

Il y avait deux meurtriers.

Pour une raison quelconque ils avaient tous supposé que le cocher était un domestique du tueur, pas son vrai partenaire dans le crime. Ils s'étaient trompés.

Elle cria quand des doigts lui empoignèrent les cheveux, lui relevant brutalement la tête.

Elle s'attendit au coup de couteau, là et maintenant, mais il voulait juste voir son visage.

Elle fut contente de voir qu'elle l'avait éborgné. Son œil gauche était presque fermé et enflé. Il portait des égratignures et des meurtrissures.

— Quel effet ça fait, hein ? Je devrais vous arracher un œil !

Elle fit de son mieux pour le regarder avec du mépris et non de la peur, mais en réalité elle était emplie d'une complète terreur.

Toutefois, il ne l'avait pas encore tuée. Il prenait son temps. Cela devait faire partie de son plan. Il devait penser qu'il pouvait encore cacher ce qu'il faisait.

— Qu'avez-vous fait à Thane ? Où nous emmenez-vous, et pourquoi ? demanda-t-elle pour gagner du temps.

Plus longtemps elle le ferait parler, plus longtemps elle resterait en vie. Si elle parvenait à gagner de précieuses minutes, Mark aurait peut-être le temps de venir à son secours, pour la sauver.

— Au cottage dans les bois, bien sûr.

La panique s'insinua en elle, plus violente que jamais… Les tantes !

— Qui eût cru, murmura-t-il, que la charmante enfant qui a grandi dans les bois pourrait devenir un ennemi aussi mortel et aussi pervers ? *A. Anonyme.*

Il cracha presque le nom.

— Vous m'avez suivie, dit-elle.

— Depuis le musée, le jour de l'inauguration. Vous étiez indifférente à tout autour de vous. J'ai même vu à qui était adressée l'enveloppe. Je parie que même votre si intelligent époux n'a pas compris la signification cachée du nom Olivia Cottage.

Il ricana.

— « Celle qui vit dans un cottage ».

— Je suppose que c'est bien trouvé, si cela vous amuse autant. Je n'ai pas pu penser à autre chose.

— Vous vous croyez plus intelligente que tout le monde, mais ça n'a plus d'importance à présent.

— Eh bien, *vous êtes* extrêmement intelligent. Il m'a fallu du temps pour comprendre que vous étiez tous les deux responsables des crimes.

— Mais, ma chère, vous vous trompez. Andrew et moi sommes innocents.

Il eut un sourire grotesque.

— C'est le beau et jeune journaliste qui va vous trancher la gorge au cottage. Il est amoureux de vous, vous voyez, mais vous êtes mariée et ne pourrez jamais lui appartenir, alors vous devez mourir. Toutefois, comme le pathétique jeune homme vous aimait, votre mort va le faire basculer. Il va se tuer d'un coup de pistolet, de remords. Puis votre mari arrivera, bien sûr. Il s'en voudra à mort d'avoir fait confiance au reporter. Qui sait ? Il pourrait compléter la soirée en se tuant à son tour.

Il la tenait toujours fortement par les cheveux, et elle n'avait d'autre choix que de continuer à le regarder en face.

— Mark Farrow ne se tuera jamais. Et vous êtes un idiot. Il sait que c'est vous — et sir Andrew.

Sir Angus secoua la tête.

— S'il le savait, dit-il doucement, je serais arrêté, à cette heure.

— Vous le serez d'ici demain, assura-t-elle.

Il secoua de nouveau la tête, l'examinant. Enfin, il desserra un peu les doigts, puis il la lâcha et se rassit calmement. A la façon dont il se conduisait, on aurait dit qu'ils tenaient une conversation ordinaire.

— Vous savez, Ally, malgré ce que vous m'avez fait, je suis désolé. Vous avez toujours été l'enfant la plus belle, la plus curieuse, la plus fascinante.

Il eut un rire sec.

— Toujours destinée à ce qu'il y a de mieux. Chérie par lord Stirling. Secrètement fiancée à Mark Farrow. Pensiez-vous que je pourrais être si proche et ne pas apprendre la vérité sur vous ?

Elle sentit un autre frisson de peur passer sur son échine.

— De quelle vérité parlez-vous ?

— Même avant que vous ne deveniez un tel embarras, je craignais de devoir… m'occuper de vous, ma chère.

— Vous occuper de moi ?

— Je n'ai jamais eu de preuve, bien entendu, mais j'ai étudié la situation sous toutes les coutures. Je savais tout du travail de Maggie dans l'East End et combien elle a été près d'être une victime de l'homme qu'ils croient avoir été l'Eventreur. Votre pauvre père malade était donc innocent. Et vous avez dû être cachée. Mieux valait que vous mouriez avant que la vérité sur vous ne puisse être révélée.

Ally se sentait malade, mais elle se força à hausser les épaules.

— Si c'est la vérité, votre logique pèche quelque part. Si j'étais cachée *de* la monarchie, cela n'aurait guère de sens de me mettre sous la protection de lord Stirling.

Il secoua la tête, paraissant dérouté, sur la défensive. Elle se demanda s'il commençait à sentir le début d'un piège se refermer sur lui et s'il ne se battait maintenant que pour se sauver.

— Sauvez ma vie et vous ne serez peut-être pas pendu, dit-elle.

— Je suis désolé, vraiment — ou je le serais si vous ne m'aviez pas éborgné —, mais j'ai peur que vous ne deviez tout simplement mourir, répliqua-t-il.

— Si Andrew et vous n'aviez pas tué les femmes, vous auriez peut-être pu vous en sortir. Ce pauvre lord Wittburg aurait été jugé.

— Oui, je sais. Vous auriez même pu être épargnée, puisque, très franchement, vous étiez une carte maîtresse. C'est tombé à pic, que lord Wittburg perde la tête comme il l'a fait. Que voulait-il si désespérément vous faire savoir ? Etait-il au courant pour votre naissance, lui aussi ? Je n'étais pas là pour l'entendre. Andrew est celui qui a pensé à ce trait de génie, mettre la cape ensanglantée dans la voiture du vieil homme. Il a dû se mouvoir comme l'éclair, pour le faire sans être remarqué.

— Qu'est-ce que c'était ? demanda Ally.

— Quoi ?

Il regarda frénétiquement autour de lui. Elle vit le flacon d'éther à côté de lui sur le siège. Il fallait qu'elle le distraie pour pouvoir le prendre. Bien que, même si elle parvenait à le rendre inconscient, elle devrait encore se débarrasser du cocher.

Andrew.

— Ecoutez, dit-elle.

— Je n'entends rien, dit-il, mais il tendait l'oreille.

— Un bruit de sabots.

A sa stupeur, elle se rendit compte que des sabots approchaient vraiment. Au début, elle avait menti, mais à présent… oui !

Quelqu'un arrivait.

*
**

Mark n'avait jamais fait galoper son cheval aussi vite de sa vie. Mais il se moquait de ce qu'il faisait subir à Galloway, tout comme il ne faisait pas attention aux branches basses qui lui cinglaient le visage. Il ne pensait qu'à une chose : pourvu que les meurtriers croient pouvoir atteindre leur destination avant d'être pris. Son cœur tambourinait dans sa poitrine. Les tueurs pensaient-ils vraiment qu'il se laisserait duper par leur ruse ?

Il chevauchait à une telle vitesse qu'il était stupéfiant que le temps passe si lentement…

Et puis, enfin, il vit la voiture.

Elle était encore à bonne distance devant lui. Il éperonna Galloway, le faisant galoper encore plus vite. Etonnamment, le cheval semblait avoir comme lui des réserves d'énergie. L'énergie du désespoir.

Alors qu'ils approchaient de leur but, sir Andrew, qui conduisait dans sa cape noire et son chapeau à bord rabattu, regarda en arrière. Lorsqu'il l'aperçut, il abattit violemment les rênes sur les flancs des chevaux, puis prit son arme de côté.

Mark fut obligé de ralentir une minute ; l'homme était un tireur d'élite.

Mais il avait presque rattrapé la voiture.

Un coup de feu explosa. La balle le manqua de justesse. Il sentit le déplacement d'air près de sa joue.

Il fit passer Galloway de l'autre côté de la voiture qui roulait à fond de train. Cette fois, il était prêt. A la vitesse où ils allaient, même lui pouvait manquer sa cible avec un pistolet.

En revanche, il y avait une plus faible marge d'erreur avec un fouet.

Il le déploya d'un geste expert. La lanière s'enroula autour du cou de sir Andrew. Il poussa un cri étranglé quand Mark donna une secousse et le tira à bas du siège de cocher, l'expédiant par terre.

Mark ne pouvait prendre le temps de voir si l'homme était mort ou vivant. Les chevaux galopaient encore à vive allure. Il poussa Galloway plus près et attrapa enfin l'une des rênes qui flottaient. Déterminé à ne pas se trahir, il se garda de crier « Ho ! » aux bêtes emballées.

Il fallait qu'il entre dans la voiture.

Enfin, elle commença à ralentir et il vit qu'il avait une chance.

Il se jeta de Galloway sur la voiture, réussissant à attraper le bord supérieur du toit.

Pendant un moment, ses jambes pendirent dans le vide de façon précaire, et il pensa que ses bras allaient craquer sous son poids.

Puis il parvint à poser les pieds.

— Par tous les diables, qu'est-ce que ?… tonna soudain sir Angus.

Quelque chose tapait contre la voiture.

Il tira son pistolet et tira au hasard. Puis il visa de nouveau.

Désespérément, Ally attrapa le flacon d'éther.

Il cria et essaya de l'empoigner.

Les doigts d'Ally se refermèrent de justesse sur la bouteille. Sir Angus tira brutalement sur ses cheveux. Elle combattit la douleur, parvenant à ôter le bouchon.

L'odeur de chloroforme lui fit aussitôt tourner la tête. Elle n'avait que quelques secondes, elle le savait…

Elle lança le liquide au visage du shérif.

Son pistolet partit, tirant de nouveau au hasard. Ally put seulement prier qu'il n'ait pas touché Mark.

Si c'était Mark…

Elle savait que c'était lui.

Elle le savait…

Même quand la drogue lui éclaboussa le visage et que tout devint noir.

Un coup de feu retentit, si près que la balle déchira la manche de Mark. Un autre tir traversa le toit de la voiture.

Les chevaux avaient encore ralenti, et il put ouvrir la portière. Son cœur bondit.

Ils étaient trois.

Thane Grier.

Sir Angus, son corps massif bloquant la porte.

Et Ally, affalée par terre à côté de lui.

Il sentit l'odeur douçâtre de l'éther. Il retint son souffle quand la première vague d'étourdissement l'atteignit. La voiture roulait toujours. Il jeta le corps de sir Angus dehors, s'efforçant toujours de ne pas respirer tandis qu'il tendait les mains vers Ally. Il la souleva dans ses bras et sauta hors de la voiture, qui roula encore sur une dizaine de mètres. Un des chevaux terrifiés hennit quand l'attelage s'arrêta enfin.

Il déposa Ally avec soin sur le côté de la route. Ce faisant, il se rendit compte qu'il entendait d'autres bruits de sabots, qui approchaient par-devant.

Le premier cavalier à l'atteindre fut son père, suivi de près par Brian Stirling.

— La voiture ! s'écria-t-il. Sortez Thane Grier. L'habitacle est plein d'éther.

Brian démonta et courut faire ce qu'il demandait. Son père s'agenouilla à côté de lui.

— Fils… ?

— Elle respire, dit Mark. Je sens son pouls.

Brian Stirling revint, portant le corps flasque du journaliste.

— Le château est l'endroit le plus proche où les emmener, dit-il.

Entre-temps, Bertram et plusieurs officiers à cheval les avaient rejoints. Brian remit Grier à l'un d'eux et donna l'ordre d'aller au château. Oubliant tout le reste, Mark serra tendrement Ally dans ses bras et retourna à Galloway, qui écumait et haletait.

— Une chevauchée de plus, mon bon. Une rapide chevauchée de plus.

Lorsqu'ils atteignirent enfin le château, Shelby tenait les grilles ouvertes. Camille attendait sur le perron. Les tantes étaient derrière elle, anxieuses mais calmes quand les hommes firent irruption dans le grand vestibule en portant chacun leur fardeau.

— Portez Ally dans sa chambre et… M. Grier, c'est ça ? dans la chambre voisine. Savez-vous ce qui a causé leur évanouissement ? demanda Shelby.

— De l'éther, répondit Mark d'un ton bref.

— Alors ils devraient se réveiller, dit Camille.

Mark entendit un petit sanglot. Merry. Il se força à ignorer les tantes tandis qu'il se dirigeait vers l'escalier, impatient d'allonger Ally et d'évaluer les dommages lui-même.

— Elle *va* se réveiller, affirma Camille.

Elle appela la soubrette Molly, la priant de s'occuper de M. Grier pendant qu'ils attendaient le docteur, qui avait déjà été prévenu.

Mark entra dans la chambre d'Ally et la déposa sur le lit. Il vérifia de nouveau son pouls, qui était fort. Il posa son oreille sur sa poitrine et la sentit se soulever et s'abaisser au rythme de son souffle. Puis il leva anxieusement les yeux vers Camille, la gorge serrée. Elle sourit.

Il s'aperçut que les trois tantes avaient suivi, silencieuses, cramponnées les unes aux autres.

Ce fut Merry qui s'avança.

— Elle vivra. Notre Ally est une précieuse princesse, et elle vivra.

Mark tremblait de peur. Sa chemise de nuit était déchirée et salie de boue. Il y avait des brindilles et des feuilles dans ses cheveux. Elle ne lui avait jamais paru plus belle, allongée sur le lit, si pâle et si silencieuse. En tremblant, il lui effleura les lèvres des siennes.

Ses paupières frémirent. Elles s'ouvrirent. Elle sourit presque.

Ses yeux se refermèrent.

Il tomba à genoux près du lit, remerciant le Ciel.

Oui, elle vivrait.

Ally ouvrit les yeux. Au début, elle ne put y voir clair. Puis elle comprit où elle était, et qu'elle était vivante. Elle relâcha son souffle en souriant. Elle était dans sa chambre du château.

Une seconde plus tard, elle vit son visage, son visage aux traits marqués, terriblement beau.

— Pendant un instant, j'ai cru que j'étais allée rejoindre les pharaons disparus depuis longtemps, murmura-t-elle.

— Non. Vous êtes au château. Pas le nôtre, j'en ai peur, même si nous en avons un, vous savez ?

Il lui prit la main et la baisa.

— Elle est réveillée ! lança quelqu'un.

Ally regarda autour d'elle. C'était encore un peu douloureux, et elle découvrit vite que le moindre mouvement lui donnait le tournis. Elles étaient là : Violet, Merry et Edith. Puis elle vit Maggie, Camille et Kat.

Elle sourit et se tourna d'abord vers les tantes. Ses marraines comprendraient.

— J'ai rêvé de vous tout le temps, chuchota-t-elle. Vous étiez de délicieuses fées, voletant autour de moi, veillant sur moi.

— Des fées ? Juste Ciel ! Nous sommes de solides Anglaises, affirma Violet d'un ton indigné.

— Ally a toujours eu une imagination extraordinaire, déclara Merry.

— Elle nous taquine, dit Edith.

Et, passant devant Mark, elle étreignit farouchement Ally.

— Venez ici, toutes, dit Ally, et même Violet gloussa quand elle réussit à peu près à les enlacer et à les embrasser toutes à la fois, avant de faire la même chose avec Maggie, Kat et Camille.

Avec des soupirs de soulagement, les six femmes quittèrent la chambre une par une, Camille assurant à Mark que le thé arriverait bientôt, maintenant qu'Ally était réveillée.

Soudain, elle agrippa Mark.

— Vous… vous n'êtes pas blessé ? Avez-vous été touché par une balle ?

Il secoua la tête.

— Vous m'avez sauvé.

Elle parvint à sourire.

— Et vous m'avez sauvée.

Puis elle fronça les sourcils.

— Comment ? Qu'est-il arrivé à sir Andrew ? Et Angus ? Et Thane !

— Thane est conscient et savoure toutes sortes d'attentions dans la chambre d'à côté. Sir Andrew est mort.

— Comment ?

— Il s'est brisé le cou. Une chute du banc de cocher alors que la voiture roulait très vite.

Ally hocha la tête et relâcha son souffle, avant de l'agripper de nouveau.

— Et Jeeter ?

— Ils l'ont seulement assommé. Par commodité, je suppose. Il ira bien. En vérité, je ne l'ai pas vu. Notre voisin — l'ambassadeur de Suède, ai-je appris — s'est réveillé et est allé s'occuper de lui. Il a eu la présence d'esprit d'informer la police qu'il l'avait trouvé et l'emmenait à l'hôpital. Il a appelé pour dire que Jeeter va se remettre. Bien sûr, il va être affligé, certain d'avoir failli dans ses devoirs envers nous. Ce ne sera pas une tâche facile pour nous de le convaincre que sir Angus et sir Andrew formaient un couple mortel.

— Et sir Angus ? demanda-t-elle.

— Il sera pendu — s'il survit.

— Que s'est-il passé ?

— Je n'ai pas cherché à me venger comme un forcené, mais…

Il s'éclaircit la gorge.

— Quand il a commencé à revenir à lui, il a apparemment attaqué un des officiers de Ian. Ian a été forcé de l'écarter. Il s'en est pris à Ian, et un officier lui a tiré dessus.

— Où est-il, maintenant ?

— Dans la prison de l'hôpital. Il est peu probable qu'il s'en sorte.

Elle hocha la tête. Elle ne pouvait éprouver de chagrin. Angus était un shérif, il avait juré de faire appliquer la loi. A la place, il l'avait enfreinte et avait tué des gens.

— Tout va s'arranger, dit doucement Mark.

Elle acquiesça de nouveau. Puis elle se rendit compte qu'elle ne portait plus sa chemise blanche déchirée, mais une douce chemise dorée. Etait-elle à elle ? Elle ne s'en souvenait pas.

— Lady Maggie, dit Mark en remarquant son regard intrigué.

— Ah…, fit-elle.

Elle secoua la tête.

— Ainsi, elles veillaient bien sur moi. Dans mon sommeil, j'imaginais des fées qui voletaient autour de moi.

Elle fronça les sourcils.

— Mark, c'est tellement horrible, si je comprends bien tout ce qui s'est passé.

Il inspira.

— D'après ce que nous avons reconstitué, il semble que quelque chose de désagréable soit arrivé à sir Andrew quand il était dans l'armée.

— Et Angus ?

— Lors de la création de notre Empire, de nombreux soldats ont pensé que la Couronne les avait trahis, en les envoyant se battre sans assez d'hommes et d'armes. Bien qu'il ait été fait chevalier, Andrew souffrait d'une haine latente, qui couvait. Alors il s'est servi de son charme, est devenu l'ami de nombreux nobles et s'est installé de plain-pied dans la société. Là, il a continué à nourrir sa haine contre la monarchie, une haine que d'autres partageaient, du fait de l'époque où nous vivons. Bien des gens pensent que le gouvernement a besoin d'être grandement réformé, et se demandent si Victoria et sa famille ne sont pas un luxe coûteux au lieu d'être un atout diplomatique.

Il s'interrompit un instant.

— Apparemment, sir Andrew convoitait depuis longtemps sa cousine Elizabeth, alors il s'est commodément lié d'amitié avec son mari, qui partageait sa haine de la monarchie. En outre, Jack avait de l'argent, et comme Andrew avait tendance à avoir besoin de plus que ce qu'il avait — pour jouer au tennis, déjeuner et boire au club, compléter sa garde-robe — cette idée a commencé à germer dans son esprit. Quant à sir Angus, il semble qu'Andrew a joué un rôle pour lui faire avoir sa place et, percevant un esprit malléable, l'a converti au point de vue antimonarchiste. Je pense qu'Angus est le genre d'homme qui aspire à avoir plus de pouvoir, et il était prêt à croire que le pouvoir serait à lui s'il pouvait mettre en place un nouvel ordre du monde.

Mark marqua une autre pause.

— Ils ont commis des meurtres pour deux raisons : un profit financier et l'accomplissement de leurs buts politiques. Quand il a craint qu'Elizabeth puisse le trahir, Andrew a laissé l'opportunisme prendre le pas sur les sentiments qu'il pouvait avoir pour elle. S'ils tuaient les femmes, ils tuaient leurs complices, qui auraient pu témoigner contre eux ou les trahir sans le vouloir.

— Le pauvre lord Wittburg aurait pu mourir pour leurs crimes.

Ally le regarda intensément.

— Je ne comprends pas ce qui s'est passé aujourd'hui. Notre plan semblait si sûr.

— Apparemment, sir Angus n'était pas au village, aujourd'hui. Il est allé aux bureaux du journal au prétexte de faire annoncer une fête au village. Il vous avait suivie au bureau de poste auparavant et connaissait votre identité secrète. Aujourd'hui, pour lui, a été un coup de chance. Il a pu joindre sir Andrew au club et ils se sont mis à concocter leur plan.

— Je vois, murmura-t-elle.

— Je peux seulement être heureux qu'il ne vous ait pas tuée à Londres.

Ally fut surprise par le tremblement de sa voix.

— Ils pensaient que s'ils nous tuaient au cottage, Thane et moi, vous croiriez que Thane m'avait tuée par jalousie, puis s'était donné la mort par remords.

Elle hésita.

— Et il savait, sir Angus savait… à mon propos. Je pense qu'il m'aurait tuée, même si je n'avais pas été A. Anonyme. Vous étiez censé mourir, aussi. Je suppose que Thane, dans son ardent désir de protéger la reine, était censé avoir tué tous les autres, aussi.

Elle déglutit, tremblante.

Il prit sa main et la serra.

— Ils n'auraient jamais réussi. J'ai su exactement ce qui s'était passé à la minute où nous avons trouvé le cocher du rédacteur en chef, qui, j'ai le regret de le dire, est mort dans cette tragédie.

Et cependant… juste quelques minutes de plus auraient suffi. Ils étaient proches, si proches du cottage.

— J'ai gagné du temps.

— Pardon ?

Elle sourit en lui tenant la main et s'appuya aux oreillers.

— Le soir où Eleanor a joué la folie et m'a jeté une malédiction, Kat m'a fait un cadeau. Une broche en forme de scarabée, pour me protéger. Je l'avais sur moi et j'ai planté l'épingle dans l'œil d'Angus.

— Nous nous demandions ce qui lui était arrivé. Quelle ruse !

Elle sourit.

— Je vous remercie.

Elle tendit la main vers lui.

— Vous êtes plutôt rusé, vous aussi, plaisanta-t-elle.

Il se pencha en avant et l'embrassa de nouveau. Il voulait être doux après l'agression dont elle avait été victime. Mais Ally ne l'entendait pas ainsi et, lui enroulant ses bras autour du cou, elle le força à s'allonger près d'elle.

La reine voulait rencontrer Ally et Thane Grier, le journaliste dont le dernier article sur les meurtres avait tout mis en perspective et apaisé l'humeur de la nation entière !

Mark les accompagna à leur audience dans l'antichambre des appartements personnels de Victoria.

Il était évident que la reine avait de l'affection pour Mark. Et il se montra absolument charmant avec elle.

Victoria étudia Ally avec attention et affection, pensa-t-elle, mais aussi avec une terrible tristesse.

Thane était aux anges. En particulier quand Victoria annonça qu'ils devaient prendre le thé.

— Et maintenant, Mark ? demanda la reine d'un ton impérieux. Serez-vous capable de vous ranger et d'être un heureux jeune marié ?

— Oui, répondit-il, et Ally pensa qu'il y avait beaucoup plus que ce que disaient les mots dans ce simple échange. Je le crois. Ma femme semble avoir du goût pour les aventures égyptiennes. Je pense que nous allons participer à l'expédition de la saison prochaine avec nos chers amis les Stirling et les Macdonald. Lord Jamie et lady Maggie pourraient bien être persuadés de venir, aussi.

— Charmant, dit la reine, manifestement satisfaite.

Elle poussa un gros soupir.

— Je penserai à vous. Et ensuite, Mark ?

— Ensuite, Votre Majesté, je rentrerai et servirai la Couronne du mieux que je pourrai.

— Vous êtes marié, à présent, lui rappela-t-elle.

— Oui, mais à une femme vraiment remarquable.

Une femme avec qui je crois fermement pouvoir partager toutes mes pensées, mes rêves, mes désirs — et mes aventures.

Il sourit à Ally. Elle prit sa main et la pressa.

— Une grande chance, dit la reine. Et vous, monsieur Grier, vous allez continuer une remarquable carrière de journaliste, j'en suis certaine.

Thane acquiesça en rougissant.

Peu après, le thé se termina et l'audience fut levée. Tous trois se levèrent et une des dames d'honneur de la reine les raccompagna.

— Buckingham Palace, s'exclama Thane tandis qu'ils franchissaient les grilles, j'ai été invité à Buckingham Palace !

— Vous méritez de briller devant la royauté, lui assura Ally avec un grand sourire.

— De briller et de me remettre au travail, répondit-il d'un ton ironique.

— En effet, dit Mark, qui regarda Ally en souriant.

Il tendit la main au journaliste.

— Nous partons pour la semaine.

— Où allez-vous ?

— Dans le Nord. Ally doit voir le château familial.

— Profitez-en bien. Et ne m'oubliez pas, leur recommanda Thane.

— Jamais, promit Ally.

Ils se séparèrent. Thane pensait déjà à l'article qu'il écrirait sur les Farrow lorsqu'ils partiraient pour l'Egypte.

Il s'arrêta et regarda en arrière tandis que les deux jeunes époux partaient ensemble, main dans la main, se souriant tous les quelques pas.

Il soupira doucement.

— Et ils vécurent heureux et eurent beaucoup d'enfants, dit-il à haute voix.

Puis, avec un sourire, il partit dans la rue pour aller travailler.

A paraître le 1er novembre

Best-Sellers n°535 •thriller

Tourmentée - Pamela Callow

Hantée par la mort de sa jeune sœur, fragilisée par une rupture amoureuse mais décidée à aller de l'avant, Kate Lange se lance à corps perdu dans sa carrière d'avocate, en Nouvelle-Ecosse. Mais le meurtre horrible de Lisa, la petite-fille de l'une de ses clientes venue lui demander conseil au sujet de l'adolescente, ravive ses blessures secrètes : aurait-elle pu empêcher ce drame ? Est-elle responsable de cette mort – comme de celle de sa petite sœur, morte 15 ans auparavant dans un accident de voiture dont elle seule a réchappé ? Tourmentée par le poids de ses doutes, déterminée à faire la lumière sur le meurtre de Lisa, Kate décide de mener sa propre enquête. Quitte à risquer sa carrière en s'exposant aux critiques acerbes et au regard d'acier de l'intransigeant Randall Barrett, son directeur de cabinet. Et sans savoir que le danger est toujours là. Car le tueur, lui, a déjà repéré sa nouvelle proie…

Best-Sellers n°536 • *roman*

Le pavillon d'hiver - Susan Wiggs

Désemparée et démunie après l'incendie de sa maison, Jenny Majesky accepte la proposition de sa grand-mère : s'installer au pavillon d'hiver du lac des Saules, la propriété familiale où, adolescente, elle passait ses étés. Loin de tout, dans ce décor sauvage empreint de nostalgie, la neige et le silence font resurgir en elle un flot de souvenirs : le premier – et l'unique – baiser de Rourke, le garçon qu'elle aimait alors, et, plus tard, la douleur muette dans ses yeux quand Joey, son meilleur ami, l'avait demandée en mariage. Elle avait tant espéré, pourtant, que Rourke se déclare ou lui fasse un signe… avant d'épouser Joey. Depuis, les années ont passé. Les non-dits et la mort tragique de Joey ont achevé de les séparer ; Rourke multiplie les conquêtes éphémères et, bien que la côtoyant tous les jours dans la petite ville d'Avalon, semble tout faire pour l'éviter. Aussi, quelle n'est pas sa surprise, peu après son installation, de le voir se présenter à la porte du pavillon.

Best-Sellers n°537 • *thriller*

Pulsion meurtrière - Erica Spindler

Eté 1983. Une femme est retrouvée pendue dans une maison inoccupée de Thistledown, dans le Missouri, après s'être livrée à des jeux sulfureux avec son amant. Des jeux que trois adolescentes trop curieuses avaient pris l'habitude d'épier. Persuadées que le compagnon de la victime a cédé à des instincts pervers et meurtriers, elles le dénoncent à la police. Mais il est trop tard, et l'homme disparaît du jour au lendemain sans laisser de traces. Quinze ans après ce drame, il resurgit brutalement dans la vie des trois amies. Courriers menaçants, coups de fil anonymes : Andie, Julie et Raven replongent dans l'horreur d'un passé qu'elles avaient cru pouvoir oublier. Et cette fois, il ne fait aucun doute que la folie de l'assassin ne connaît plus de limites.

Best-Sellers n°538 • thriller

Et vos péchés seront pardonnés - Nora Roberts

Washington DC, 15 août... Une étudiante est retrouvée assassinée. Puis une autre. Rien de commun entre ces deux femmes, sinon l'arme du crime : une étole de soie blanche qui a servi à les étrangler. Et la « signature » manuscrite du meurtrier : « Ses péchés seront pardonnés ». Très vite, dans la presse, le tueur psychopathe est surnommé « Le Prêtre ». L'enquête policière piétine... Au troisième meurtre, Ben Paris et Ed Jackson, chargés de l'enquête, font appel à une psychiatre, Tess Court, pour qu'elle les aide à établir le profil psychologique du tueur. « Le Prêtre », un tueur en série qui met en scène ses crimes avec un soin méticuleux, choisit soigneusement ses victimes : jeunes, belles, et blondes. Malgré la surveillance policière, les crimes continuent... Qui est ce tueur de l'ombre ? Pourquoi ne commet-il pas la moindre faute malgré tous les pièges qui lui sont tenus ?

Best-Sellers n°539 • roman

La promesse de Beach Lane - Sherryl Woods

Depuis plusieurs années, Susie O'Brien est engagée avec Mack Franklin dans un jeu amoureux troublant et ambigu. Mais en dépit du désir manifeste qui crépite entre eux, elle persiste à dire que leur relation n'est pas vraiment sérieuse. Et, triste coup du destin, au moment où Susie sent enfin naître en elle une envie d'engagement et de vie commune, elle apprend qu'elle est atteinte d'une maladie grave. Heureusement, Mack, pour lui prouver son amour et son soutien inconditionnels, la demande en mariage. Mais Susie est gagnée par l'inquiétude quand une ancienne petite amie de Mack arrive à Chesapeake. Comment être à la hauteur de cette femme qui a tout pour elle et qui éprouve manifestement toujours des sentiments pour Mack, quand elle-même doit affronter l'épreuve la plus difficile de sa vie ?

Best-Sellers n°540 • anthologie

Magie d'hiver

Les cinq histoires réunies dans ce livre explorent la magie d'un hiver scintillant de givre, où les flocons de neige offrent un écrin précieux à la tendresse et à la passion. Au fil des pages, les plus belles plumes du roman féminin feront miroiter les mille et une facettes de l'émotion amoureuse. Emotion bouleversante pour Laura et Gabbe qui, bloqué comme elle par une tempête de neige, va aider la jeune femme à mettre au monde un enfant. Intense émotion pour Adelaïde et Maxim, qui, au soir d'un réveillon pour le moins inattendu, vont devoir apprendre à s'apprivoiser. Emotion profonde pour Tracy et Graham, parents adoptifs d'une jeune orpheline à qui ils vont réapprendre la confiance et l'amour. Quant à Savannah et Trace, c'est à une adorable vieille dame qu'ils vont devoir le bonheur de leur rencontre de Noël. Et si Katharine ne peut se résoudre au mariage de raison que lui propose Daniel, c'est parce qu'elle l'aime en secret. Mais en cette période de fêtes, tous les espoirs ne sont-ils pas permis ?

BestSellers

Best-Sellers n°541 • historique
L'ange du passé - Judith James

Angleterre, 17ème siècle

En pleine tempête, alors que la guerre civile fait rage, Elizabeth découvre un homme presque inconscient sur le seuil de sa modeste demeure. Ses vêtements ne laissent aucun doute sur son appartenance : c'est un soldat, un ennemi de surcroît. Aussi Elizabeth hésite-t-elle : en portant secours à cet inconnu, elle se mettrait en danger, elle et tous ceux qui partagent son foyer. Mais ses hésitations volent en éclat lorsqu'elle découvre le visage du jeune homme. Ce regard intense, ces traits séduisants ne sont autres que ceux de William de Veres, l'ami d'enfance dont elle était éperdument amoureuse, celui qui, alors qu'ils n'étaient que des adolescents, lui a promis de toujours veiller sur elle ! Bouleversée, Elizabeth décide de venir en aide à William, au risque de se voir accuser de trahison. Une décision qui va complètement bouleverser son existence…

Best-Sellers n°542 • historique
L'héritière de Boston - Kat Martin

Londres, 1859.

Venue à Londres pour faire annuler son mariage avec Rule Dewar, Violet Griffin est convaincue que son époux sera soulagé par sa requête. Après tout, si, sur son lit de mort, le père de Violet ne l'avait pas supplié de prendre soin de sa fille, jamais le séduisant Anglais n'aurait posé les yeux sur elle. La preuve : depuis qu'ils ont échangé leurs vœux trois ans plus tôt, Rule n'a jamais remis les pieds à Boston, préférant mener une vie de débauche en Angleterre, sans même prendre la peine de se montrer discret.

Et pourtant, contre toute attente, Rule Dewar ne se montre pas aussi coopératif que prévu. Pis encore ! il impose ses propres conditions à Violet : pour obtenir son accord, elle devra accepter de vivre sous son toit pendant trente jours…

Composé et édité par les
éditions HARLEQUIN
Achevé d'imprimer en août 2012

CPI
BRODARD & TAUPIN

La Flèche
Dépôt légal : septembre 2012
N° d'imprimeur : 69231

Imprimé en France